dtv
premium

Fran Kimmel

Hannahs Gefühl für Glück

Roman

Deutsch von
Britta Mümmler

dtv

Ausführliche Informationen über unsere Autorinnen und Autoren und ihre Bücher finden Sie unter www.dtv.de

Für Jim

MIX
Papier aus verantwortungsvollen Quellen
FSC® C083411
FSC
www.fsc.org

Deutsche Erstausgabe 2020
dtv Verlagsgesellschaft mbH & Co. KG, München

Titel der kanadischen Originalausgabe:
›No Good Asking‹ (ECW Press, Toronto)

Umschlaggestaltung: zero-media.net unter Verwendung von Fotos
von Catherine Macbride/Trevillion Images, © FinePic, München
Satz: Fotosatz Amann, Memmingen
Gesetzt aus der Aldus 10,5/13,92˙
Druck und Bindung: CPI books GmbH, Leck
Printed in Germany · ISBN 978-3-423-26241-5

TEIL I

Sie kommen alle irgendwoher

Freitag, 20. Dezember

1

Aus der Ferne sah es wie ein kleiner Blutfleck auf einer weißen Decke aus. Ein verwundeter Kojote vielleicht, der im unbarmherzigen Wind die Straße entlangwankte. Eric fuhr weiter, das Auto von Schneegestöber umwirbelt. Er hielt sich an die schwache Fahrspur, die er selbst am Tag zuvor hinterlassen hatte. Als er näher kam, wurde der Fleck zu einem welk wirkenden alten Mann, und mit Bestürzung sah Eric, wie er sich auf seinen wackligen Beinen mit dünnen Armen und vorgebeugtem Rumpf dem Sturm entgegenstemmte. Doch damit nicht genug. Denn jetzt erkannte er in der Gestalt ein kleines Mädchen. Diese Straße ging niemand je zu Fuß, nicht hier draußen, mitten im Nirgendwo. Niemand, vor allem kein Mädchen, und schon gar nicht bei diesem Wetter.

Langsam lenkte er das Auto zum Straßenrand, im Schnee entstanden neue Reifenspuren. Dann fuhr er neben ihr her. Das Mädchen ignorierte ihn und ging weiter. Der rote Schal um ihren Hals bedeckte auch die Ohren, langes Haar fiel in feuchten Strähnen den Rücken hinab. Sie sah aus wie zehn, höchstens zwölf. Ihr Mantel war aus schmuddeligem grauem Filz und zu klein, wie aus einem Altkleiderladen, einer von denen, wo jeder kalte Windstoß in die Lücken zwischen den Knöpfen fuhr. Ihre Jeans waren schmutzig und unten ausgefranst. Sie trug Turnschuhe, keine Stiefel.

Eric öffnete das Beifahrerfenster, die hereinfegende Kälte drang ihm bis auf die Knochen. »Hey«, rief er, damit sie ihn bei dem Sturm hörte.

Sie hielt den Kopf entschlossen gesenkt und ging mühsam kämpfend, mit den Händen in den Manteltaschen weiter. Er stellte das Auto am Straßenrand ab und sprang heraus.

Sie blieb auch nicht stehen, als er sie eingeholt hatte und neben ihr herging. »Ich wohne etwas weiter die Straße runter.« Er schluckte die ihm in den Mund fahrende beißende Kälte hinunter. »Du bist nicht richtig angezogen für dieses Wetter. Es ist eiskalt hier draußen. Ich fahre dich, wohin auch immer du willst.«

Er trat ihr in den Weg, sodass sie stehen bleiben musste. Sie stampfte mit den Turnschuhen auf der Stelle und spähte mit erschöpftem Blick um ihn herum, als gäbe es dort etwas zu sehen und er versperrte ihr die Sicht.

»Ich nehme dich im Auto mit. Wohin, kannst du selbst entscheiden.« Wenn ich doch bloß noch Uniform tragen würde, dachte er einen Augenblick lang. »Hör zu, ich weiß, dass du nicht zu Fremden ins Auto steigen sollst, aber es ist …«

»Sie sind kein Fremder.« Sie klang benommen, krächzend. »Sie wohnen bei mir gegenüber.«

Sie wohnte bei Wilson? Ein anderes Haus gab es an dieser Straße nicht. »Bist du den ganzen Weg zu Fuß gegangen?« Es waren gut fünf Kilometer bis dorthin zurück, wo ihre Häuser sich zu beiden Seiten der Straße gegenüberlagen. Wer war dieses Mädchen?

Ihr lief die Nase. Sie zog ihre bloße Hand aus der Manteltasche und wischte sie kraftlos ab. Du meine Güte. Sie hatte nicht einmal Handschuhe an. Diese Entscheidung konnte er nicht ihr überlassen. Mit ausgestrecktem Arm zeigte er auf sein Auto, dessen Motor noch lief, und trat einen Schritt auf sie zu, sodass sie zurückweichen musste. Schließlich drehte sie sich um und stapfte zum Auto. Mit ihrer bloßen Hand zog sie am vereisten Griff der Hintertür und ließ sich hineinfallen.

Eric eilte mit schnellen Schritten an die Fahrerseite, stieg ein und drehte die Heizung so hoch wie möglich. Es wäre ihm lieber gewesen, wenn sie vorne, näher an der Lüftung gesessen hätte.

Er drehte sich nach ihr um und reichte ihr die Schachtel Taschentücher, die immer unter der Konsole stand. »Ich bin Eric Nyland.«

»Ich weiß«, sagte sie und wischte sich die Nase und die tränenden Augen.

Das musste Nigel Wilson ihr gesagt haben. Was hatte er ihr sonst noch erzählt?

»Wie heißt du?«

»Hannah Finch.«

Eric konnte sich nicht vorstellen, was Wilson mit einem Mädchen namens Finch zu tun hatte. Und auch nicht, was das Mädchen bei dieser bitteren Kälte draußen zu suchen hatte, völlig unpassend angezogen, so als würde sie im September einen Nachmittagsspaziergang machen.

»Okay, Hannah. Wohin also?«

Nach einer furchtbar langen Pause – wohin hatte sie gewollt? – sagte sie: »Ich muss nach Hause. Können Sie mich dahin zurückfahren?«

Irgendetwas stimmte nicht daran, wie sie *nach Hause* sagte. Ihre Schultern sanken, während sie mit dem Sicherheitsgurt kämpfte. Es sah aus, als könnten ihre Finger jeden Moment zerbrechen, so dünn waren sie.

»Bist du sicher?«, fragte er. »Denn ich kann dich auch in die Stadt fahren. Oder zu einem Freund.«

Sie schüttelte den Kopf. »Ich habe Mandy bei ihm gelassen.«

»Mandy?«

»Meine Katze.«

»Ich habe noch nie eine Katze gehabt«, begann er zu erzählen, als er das Auto wendete. Er hatte in seinen zwanzig Jahren bei der Polizei jede Menge Ausreißer gesehen. Wäre er diesem Mädchen hier im Einkaufszentrum begegnet, hätte er sie für eine von denen gehalten, die sonntags zur Kirche gingen, ihre Hausaufgaben machten und auf ihre Mutter hörten.

Er redete weiter, um ihr die Befangenheit zu nehmen. »In unserer Familie gab's immer Hunde, bis heute. Jetzt ist es Thorn. Er gehört meinem Vater, ein großer dicker Labrador, na ja, eigentlich ein Mischling. Kackt überall hin im Haus. Aber dafür kann er wohl nichts, er ist schon sehr alt und weiß nicht mehr, was er tut. Wenn er mal bellt, fällt er gleich um. Irgendwie traurig. Wuff, wuff, und schon liegt er.«

Sie rutschte ein bisschen auf der Rückbank herum. »Ich habe ihn schon mal gesehen. Er läuft manchmal die Straße entlang.«

Warum hatte er sie dann noch nie gesehen? Er war vor fast einem Jahr mit seiner Familie hierher zurückgekehrt. »Einmal hat Thorn einen ganzen Sack voll Hundefutter verschlungen. Einen von diesen riesigen Zehn-Kilo-Säcken, die man bei Costco kaufen kann. Den hat der dumme Hund beim Herumschnüffeln im Schuppen gefunden. Irgendwie ist es ihm gelungen, ihn umzukippen, und dann hat er an einem Zipfel ein so großes Loch hineingebissen, dass er den ganzen Kopf reinstecken konnte, und alles aufgefressen. Danach kam er völlig bedröppelt aus dem Schuppen gewatschelt, sein Bauch war so aufgebläht, dass er auf dem Boden schleifte. Drei ganze Tage hat es gedauert, bis er alles verdaut hatte. Und es hat so gestunken, dass er auf der Veranda schlafen musste.«

Sie erreichten die Talsenke, jetzt musste er den Blick auf die Straße richten und ihn dort lassen. In den warmen Monaten – in allen beiden – schaute man hier auf senfgelbe Rapsfelder, mit vereinzelten Farmen in der Ferne. Heute sah Eric nichts anderes als Schneegestöber rund um sich herum.

»Hauskatzen sollen ja ziemlich klug sein«, sagte er.

Hannah saß völlig reglos da, die Hände über einem Knopf ihres verschlissenen Mantels gefaltet.

»Die können sich beherrschen. Wenn man ihnen den Futternapf füllt, knabbern sie mal hier ein bisschen und mal dort, den ganzen Tag lang, ganz elegant. Aber ein schwarzer Labrador? Denkste. Stellt man dem seinen Napf hin, hat er nichts anderes im Sinn, als jeden einzelnen Happen ratzfatz zu verputzen. Manchmal vergisst er sogar zu kauen, so eilig hat er es, und dann würgt er alles wieder raus.«

Er drehte die Lüftung auf und hob die Stimme, um das Rauschen zu übertönen. »Erzähl mir von Mandy«, sagte er und schob die wichtigen Fragen auf, bis er ihren Blick auffangen würde.

»Sie frisst elegant.«

»Hab ich mir gedacht«, sagte er. »Hast du sie schon lange?«

»Seit mir die Mandeln rausgenommen wurden. Mom hat mich aus dem Krankenhaus abgeholt und dann gesagt, ich soll mal auf mein Bett schauen. Mandy lag in einem Schuhkarton, und nur ihre rosa Nase hat aus dem Handtuch rausgeguckt. Sie hat gewimmert, aber als ich sie in den Arm genommen habe, hat sie aufgehört.«

»Wie alt warst du, als dir die Mandeln rausgenommen wurden?«

Ihre glänzenden Augen sahen ihn im Rückspiegel direkt an. »Fünf. Jetzt bin ich elf. Fast zwölf.«

Sie lehnte sich in ihren Sicherheitsgurt und setzte sich aufrechter hin. Das Auto kam nur kriechend voran, es war noch ein weiter Weg.

»Wo wolltest du denn eigentlich hin, Hannah?« Sie war diesen ganzen Weg zu Fuß gegangen, ohne umzudrehen. »Deine Mom macht sich bestimmt schon Sorgen, glaubst du nicht?«

Sie sah in den Rückspiegel und fing seinen Blick auf. »Meine Mom ist tot.« Ein leichtes Schaudern durchfuhr sie.

»Das tut mir leid, Hannah. Das muss schwierig sein.«

Sie zuckte mit den Schultern.

»Dann ist Nigel Wilson also dein Dad?« Oder Stiefvater, wie auch immer.

»Nein. Er war mit meiner Mom zusammen, deshalb bin ich jetzt bei ihm.«

»Ich bin mit Nigel zur Schule gegangen.«

»Ich weiß.«

»Du glaubst doch nicht, dass er Mandy wehtut, oder?«, fragte er nun direkter.

Sie sah auf ihre Hände, die in ihrem Schoß lagen.

»Denn das ist verboten, weißt du, richtig vom Gesetz verboten. Man darf einer Katze nicht wehtun. Und einem Kind auch nicht.« Nigel Wilson war ein jämmerliches Exemplar der Gattung Mensch. »Wenn irgend so etwas bei dir zu Hause vorkommt, dann können wir dafür sorgen, dass es aufhört. Ich meine, die Polizei kann dafür sorgen, dass es aufhört. Aber du musst es ihnen erzählen, damit sie helfen können.«

Das Mädchen sagte nichts mehr. Sie hielt den Kopf gesenkt und schwieg, während sie im Schneckentempo die leere Straße entlangkrochen.

»Fast geschafft.« Eric blickte in den Rückspiegel. Ihre Wangen hatten die gräuliche Farbe von Pilzen, die schon zu lange lagen. »Alles okay da hinten?«

Sie nickte, auch wenn dem eindeutig nicht so war. Sie schien etwas schwerer zu atmen. Er setzte aus reiner Gewohnheit den Blinker, obwohl in der kargen Einöde niemand zu sehen war.

Langsam bog er ein letztes Mal ab. Die zwei verwitterten Briefkästen, einer davon Wilsons, lugten – obwohl weit oben an den Pfosten angebracht – kaum noch aus dem tiefen Schnee heraus, neben dem Schild »Sackgasse«. Die Straße wirkte wie ein viel zu schmaler, viel zu dunkler Tunnel. Zu beiden Seiten ragten drohend riesige Espen auf, deren überfrorene Äste von der Schneelast so tief herabhingen, dass sie fast über das Autodach strichen. Am Straßenrand türmte sich der alte Schnee mannshoch aufgehäuft.

»Bitte«, sagte sie. »Halten Sie hier an.«

Eric drehte sich um, die Panik in ihrer Stimme war ihm nicht entgangen. Sie hatte bereits ihren Sicherheitsgurt gelöst und mit den Fingern den Türgriff umklammert. Ihre Häuser waren noch nicht einmal zu sehen, nur der im Wind wirbelnde Schnee, der um die Autofenster fegte.

»Halt. Jetzt mal langsam, Hannah.« Sie hatte doch wohl nicht vor, da wieder hinauszugehen. Nicht, solange er hier keinen Meter entfernt von ihr saß, nicht bei diesem Wind, der heulend durch die winzigen Fensterritzen fuhr.

»Bitte.« Sie zerrte an dem Türgriff. »Schnell. Ich muss aussteigen.«

»Schon gut, Hannah. Warte einen Moment, dann wird die

Straße etwas breiter, und ich kann an den Straßenrand fahren.«

»Mir ist schlecht. Sonst muss ich mich gleich in Ihrem Auto übergeben.«

Erbrochenes auf der Rückbank war nichts Neues für ihn, das war in seinem früheren Beruf regelmäßig vorgekommen. Eric trat stärker als beabsichtigt auf die Bremse, und alle vier Räder blockierten. Das Auto rutschte im tiefen, nassen Schnee weg und kam schließlich quer auf der Straße zum Stehen.

»Moment, Moment. Ich mach deine Tür auf.« Ein eiskalter Windstoß erwischte Eric, als er ausstieg. Er kämpfte sich um das Auto herum und wollte ihr an den Straßenrand helfen, aber sie war schon draußen und fiel vornüber in den Schnee, der ihr bis zu den Knien reichte.

Eric trat hinter sie.

Er hielt sie an ihrem Mantel fest, während sie sich immer stärker krümmte und so laut und heftig würgte, dass er fürchtete, sie könnte sich eine Rippe brechen. »So ist es gut.« Er konnte nichts weiter tun, als dazustehen und das Mädchen am Mantel festzuhalten.

Es hörte gar nicht mehr auf. Ein Teil des aus ihr herausströmenden Zeugs lief die weiße Schneeverwehung hinunter, auf ihre darin versunkenen Waden zu. Nigel Wilson musste sie unbedingt von einem Arzt untersuchen lassen.

»Und, besser?« Er griff mit der anderen Hand nach ihrer Schulter und versuchte, sie ruhig zu halten. Der Wind fuhr ihm in den Mantelkragen, in die Ärmel. Sie hob einen Arm und wischte sich das Gesicht damit ab. Ihr Atem ging keuchend und stoßweise, fast so wie der Wind.

»Komm, Hannah.«

Sie hatte so stark zu zittern begonnen, dass sie fast umkippte. Als sie den Kopf wandte und ihn ansah, hatten sich Schneeflocken an ihren Lippen und Wimpern verfangen. Sie sah aus wie ein vom Winter überraschter und zu Eis erstarrter Sperling.

Eric hätte sie am liebsten um die Taille gefasst und aus dem Schnee herausgehoben, aber nicht einmal ein Ex-Polizist durfte Kinder auf diese Weise berühren, und ein Mädchen schon gar nicht. Also streckte er ihr stattdessen seine Arme entgegen. Sich daran festhaltend, gelang es ihr, sich aus dem Schnee herauszuwinden, und als er einen Schritt zurücktrat, fiel sie ihm in die Arme.

Er zog sie in den schmutzigeren, festgetreteneren Schnee der Straße, wo sie schwach mit den Füßen stampfte, einer nach dem andern, und dann brachte er sie zum Auto und half ihr, sich auf dem Beifahrersitz, näher an der Heizung, anzuschnallen. Sie bedankte sich, als er die Tür zumachte. Seine Ohren brannten vor Kälte, und sein rechter Daumen, seit seinen Football-Tagen im Gelenk arthritisch entzündet, pochte, als er durch den Schnee zur Fahrerseite des Autos stapfte.

Während er sich anschnallte, strich Hannah mit den Händen über ihre Oberschenkel. Sie vermied es, ihn anzusehen. Es ist ihr wahrscheinlich peinlich, dachte er, und so drehte er an der Heizung herum und ließ den Motor ein paarmal laut aufheulen. Wenn jetzt ein Pick-up auftauchte, käme der nie und nimmer an seinem Auto vorbei, denn das stand immer noch quer auf der Straße. Aber es tauchte kein anderer Wagen auf. Diese Straße war ein einsamer, abgeschiedener Ort im Winter.

Sie konnten sich nicht ewig hier aufhalten. Das Mädchen war traumatisiert und roch nach Erbrochenem. Sie brauchte ein heißes Bad und ein Bett. Er manövrierte das Auto im

Schnee hin und her, die Reifen fanden Halt, und schließlich waren sie wieder in der Fahrspur der Straße, in Richtung von Hannahs Zuhause.

»Hannah, ist alles in Ordnung? Halt deine Hände dicht an die Heizung.«

Sie hielt ihre Finger weit gespreizt vor die Lüftung, lehnte den Kopf an und schloss die Augen. Eric betrachtete ihr fleckiges, wieder auftauendes Gesicht. Die Haut um ihre geschlossenen Augen wurde so rot, dass es aussah, als hätte sie Ohrfeigen bekommen.

»Fühlst du dich schon besser?«

»Ja. Danke.« Sie hielt die Augen geschlossen.

»Ich hasse es, wenn ich mich übergeben muss«, sagte er und steuerte das Auto in gleichmäßigem Schneckentempo voran.

»Ich auch.« Ihre Nase fing wieder an zu laufen, doch sie zog sie hoch.

»Ich versuche alles, um es zu vermeiden.«

»Ich auch.«

Inzwischen hatten sie die Bäume hinter sich gelassen und waren wieder in offenem Gelände. Eric sah Rauch aus Wilsons Schornstein aufsteigen. Sein eigenes Haus auf der anderen Seite der Straße konnte er nicht sehen, denn es lag ganz am anderen Ende der geräumten Auffahrt.

Hannahs Haustür war nur einen Steinwurf von der Straße entfernt. Eric hatte sich immer gefragt, warum die Wilsons sich damals gerade dort niedergelassen hatten. Warum hatten sie sich mitten im Nirgendwo ein Grundstück gesucht und dann so dicht an der Straße gebaut, dass sie den Vorbeikommenden aus dem Küchenfenster heraus Limonade anbieten konnten? Es stand nichts weiter dort als das kleine zweistöckige Haus und ein halb eingeschneiter Ford-Kombi.

Keine Garage, keine Scheune, kein Wohnmobil oder Boot. Nicht einmal ein Baum oder ein Zaun. Nichts, das erkennen ließ, wo Wilsons Grundstück endete und das nächste begann. Nur sich türmende Schneeverwehungen, um die herum der Wind ein wildes Gestöber anzettelte.

Eric parkte sein Auto neben Wilsons Ford. Er ließ den Motor laufen und richtete den warmen Luftstrom auf die Windschutzscheibe. Er konnte Hannah nicht näher ans Haus bringen. Der Weg, den Wilson frei geschaufelt hatte, war nicht breiter als ein Wildpfad. Das Haus war alt, vor 1940 gebaut. Eins der wenigen originalen Kriegshäuser, wie die Einheimischen sie nannten, mit Holzläden vor den Fenstern im Obergeschoss und einer verglasten Veranda, die im Winter als Eisschrank und im Sommer als Sauna dienen konnte.

»Wir sind da, Hannah. Geht's?«

Sie drehte den Kopf herum und sah ihn mit großen Augen an, so als wäre sie erstaunt darüber, dass er es mit ihr bis hierher geschafft hatte.

»Ich habe etwas für dich.« Wenn ich ihr doch bloß noch meine RCMP-Karte der Mounties geben könnte, dachte er, mit dem Polizisten in scharlachroter Jacke zu Pferde, aber diese Tage lagen hinter ihm. Er griff in die Innentasche seines Mantels, holte eine seiner windigen Security-Guard-Karten und einen Stift heraus, schrieb seine Handynummer darauf und reichte sie ihr.

»Ich möchte, dass du mich anrufst, wenn du irgendetwas brauchst. Egal wann. Oder komm bei uns vorbei. Bei uns ist immer jemand zu Hause. Wir sind deine Nachbarn. Und das meine ich auch so.« Das tat er wirklich. Er fragte sich, ob Wilson etwas zum Essen im Kühlschrank hatte und der Ford überhaupt funktionierte.

Sie saßen schweigend nebeneinander. Eric fand es seltsam, dass Wilson nicht an die Tür kam. Er musste Erics Auto doch hören, der Motor machte auch im Leerlauf einen Höllenlärm.

»Ich muss jetzt gehen«, sagte sie.

»Okay«, sagte Eric.

»Okay«, wiederholte sie und trat in den beißenden Wind. Eric stapfte auf dem schmalen Pfad hinter ihr her.

Sie traten in die leere Veranda, in dem nutzlosen Raum war es immer noch so kalt, dass Eric die Atemwölkchen um Hannahs trockene violettblaue Lippen sehen konnte. Sie drückte die Klingel neben der Tür in dem schräg geschliffenen Rahmen zweimal mit dem Zeigefinger, bevor sie hineinging. Warum muss sie bei sich zu Hause klingeln?, fragte sich Eric. Warum ist dies ein Haus, in das man nicht einfach so hineingehen kann, ohne sich vorher anzukündigen?

Nigel Wilson kam die Treppe herunter und blieb, die Arme vor der Brust verschränkt, vor ihnen stehen. Es war Jahrzehnte her, seit sie zuletzt miteinander gesprochen hatten, seit Eric in diesem Haus gewesen war. In dem kleinen Wohnzimmer standen immer noch die Möbel ihrer Kindheit: die veloursbezogenen Sessel, das Polstersofa, die Stehlampe mit dem quastengeschmückten Lampenschirm. Als kleiner Junge war Eric oft in diesem Zimmer gewesen, hier hatten Nigel und er Star-Wars-Figuren und Schnupfenbazillen getauscht. Wenn dann die Schule wieder losgegangen war und Eric Alternativen hatte, sah er sich nach anderen Freunden um. Dann spielte er lieber mit den lärmenden Kindern als mit dem mürrischen Jungen von der anderen Seite der Straße. Jetzt stand Wilson einfach nur da. Eine Pose, die Eric ärgerte. Wilson hätte in Sorge sein müssen um Hannah oder zumindest erstaunt darüber, dass sie in Erics

Begleitung auftauchte. Nigel war ein großer Mann, größer, als Eric ihn in Erinnerung hatte, und seine trüben Augen standen immer noch zu eng beieinander. Er trug ein weißes gebügeltes Hemd, das er in eine schwarze gebügelte Hose gesteckt hatte, und sein Haar war ordentlich hinter seine übergroßen Ohren zurückgekämmt. Das ärgerte Eric ebenfalls. Er hätte weniger Aufwand auf seine Kleidung verwenden sollen, fand er, und mehr darauf, seine Auffahrt frei zu schaufeln und auf dieses Mädchen aufzupassen.

»Eric«, sagte Wilson, trat einen Schritt auf ihn zu und schüttelte ihm mit festem Griff die Hand. »Ist lange her. Hätte gedacht, dass wir uns schon früher mal über den Weg laufen.«

Eric hatte ein paarmal gewinkt, als ihre Wagen auf der Straße aneinander vorbeifuhren, aber Wilson hatte nicht auf ihn reagiert.

Sie standen sich gegenüber. Wilson roch leicht nach einem billigen Aftershave, etwas wie Franzbranntwein. Weihnachten hatte dieses Zimmer noch nicht erreicht: keine sorgfältig aufgehängten Strümpfe am Kamin, kein Baum voller Schmuck, den Hannah über die Jahre in der Schule gebastelt hatte. Ein fauliger Geruch drang von der Küche am anderen Ende des Hauses heran. Er könnte mal den Müll rausbringen, dachte Eric, gleich noch ein weiterer Vorwurf gegen ihn.

»Ich sehe, du hast Hannah mitgenommen. Einfach ins Auto eines Fremden einzusteigen – nicht die beste Entscheidung, Hannah.«

Hannah hatte sich vornübergebeugt, gleich neben der Fußmatte, und zerrte an ihren Turnschuhen herum, von denen der eine nicht mal einen Schnürsenkel hatte. Wilson hatte das Mädchen noch nicht ein Mal angesehen.

»Ich bin kein Fremder«, sagte Eric und spürte, wie der Ärger ihm heiß die Kehle hinaufstieg. »Ich wohne auf der anderen Straßenseite.« Warum fragte Nigel nicht, was sie überhaupt dort draußen gemacht hatte?

»Wer hätte gedacht, dass wir beide wieder hier enden würden«, sagte Wilson.

Eric warf einen Blick auf Hannah, die keinen Mucks von sich gab. »Hannah geht's nicht so gut. Sie muss sofort ins warme Bett.«

»Ja, hm, klar.«

»Und das Familien- und Jugendamt wird vorbeischauen.«

»Ach?« Wilson hob die Augenbrauen und verschränkte wieder die Arme vor der Brust. »Weil sie einen Spaziergang gemacht hat? Ist das nicht etwas übertrieben?«

»Das machen wir nun mal so«, log Eric.

»Wir? Was genau hat das mit dir zu tun?«

Wilson hatte recht. Eric sollte seine Nase besser nicht in die Angelegenheiten der Polizei stecken. Aber er wollte, dass seine Freundin Betty Holt dieses Mädchen aufsuchte, sich mit ihr hinsetzte, vielleicht oben in Hannahs Zimmer, nebeneinander auf ihrem Bett.

»Wo ist Mandy?«, fragte Eric. »Ich würde sie gern kennenlernen.«

Hannah sah auf, ihre Blicke trafen sich, und sie lächelte fast. Dann richtete sie sich auf, langsam wie in Zeitlupe, und purpurrote Flecken breiteten sich auf ihren Wangen und ihrem Hals aus. Ohne Mantel sah sie noch dünner aus.

»Oh«, sagte Wilson. »Die Katze.«

Dann drehte Wilson sich zu Hannah um, mit lächelndem Mund, aber seine Augen waren kalt und hart. Sie erwiderte seinen Blick ebenso stählern. Sehr gut, dachte Eric.

»Wahrscheinlich unter dem Bett«, sagte Wilson. »Oder

im Wandschrank. Oder, Hannah? Ich bezweifle, dass sie sich blicken lässt.«

»Dann beim nächsten Mal vielleicht«, sagte Eric.

Wilsons Augen flackerten, doch er ließ nicht erkennen, ob er Erics Warnung verstanden hatte.

Als Sergeant Nyland sie mit ihm allein gelassen hatte, stand Nigel im Wohnzimmer und starrte sie böse an.

»Was glaubst du eigentlich, wo du hingehen kannst?«, fragte er. Und als sie ihm nicht antwortete, fügte er verächtlich schnaubend hinzu: »Vielleicht kannst du dir beim nächsten Mal ja etwas mehr Mühe geben.«

Dann ging er in die Küche und ließ sie zitternd im Flur stehen. Sie hatte die eisige Welt mit sich ins Haus gebracht, die Kälte brannte auf ihrer Haut, und Flammen leckten an ihren Fingern und Zehen. Sie zuckte zusammen, als sie Nigel den Küchenschrank zuschlagen hörte, und noch einmal, als seine Flasche auf den Tisch knallte.

Hannah rannte in ihr Zimmer hinauf. Mandy war in ihrem üblichen Versteck, ein Häuflein langen schwarzen Fells, eingezwängt hinter den leeren Schachteln im Wandschrank in Hannahs Zimmer. Außer den Schachteln und ein paar leeren Bügeln an einer verrosteten Stange war nichts in dem Schrank. Die meisten ihrer Sachen hatte sie nicht mitnehmen dürfen, als Nigel sie von Bear Creek hierherholte.

Sie zog sich Jeans und Pullover aus, beides starr vor Kälte, und legte sie ordentlich gefaltet auf den Stuhl neben ihrem Bett. Dann zog sie ihren dünnen Schlafanzug an, wickelte sich in ihre Decke und legte sich auf den Boden vor dem Wandschrank. Sie flüsterte Mandys Namen und ahmte ihren Lieblingsvogel nach – *tschiep tschiep tschiep* –, doch

Mandy rührte sich nicht. So als ob sie wüsste, dass Hannah vorgehabt hatte, nie wieder zurückzukommen.

Es wäre leicht gewesen, die Schachteln beiseitezuschieben und die Katze zu finden. Eine leere Schachtel wog weniger als Schnee. Aber Hannah wollte, dass Mandy zu ihr kam. Und so lag sie bäuchlings auf verschränkten Armen da, bis diese auf dem kalten Boden bläulich anliefen, und erzählte ihrer Katze alles, was passiert war. Zu Anfang sprach Hannah stockend und kaum lauter als ein Flüstern. Aber schon bald sprudelten die Wörter nur so aus ihr heraus, eins nach dem andern, bis sie zwischendurch kaum noch Luft bekam. »Der Sergeant«, so hatte Nigel ihn genannt und ihr dann erzählt, dass er bei der Polizei rausgeflogen und mit eingezogenem Schwanz zurück ins Haus seiner Mommy gekrochen war. Und er hatte gesagt, dass der Sergeant ein mieser, durchgeknallter Mistkerl war, der sich für Gott hielt. Aber das glaubte Hannah nicht. Nigel log andauernd. Als sie im Auto ihres Nachbarn gesessen hatte, war der Sergeant freundlich gewesen und hatte sie nicht mit Fragen gelöchert oder sie für dumm erklärt, weil sie bei Sturm die Straße entlanglief und sich im Schnee übergeben musste. Sie hatte ihm erzählen wollen, dass in diesem Haus hier schlimme Dinge geschahen, doch da waren ihr Nigels Worte aus dem Magen hochgestiegen. Man würde sie in ein Waisenhaus voller Rotzgören stecken oder in ein Heim für schwer erziehbare Mädchen, wo die Türen von außen zugeschlossen und die Fenster vergittert waren. Sie erzählte Mandy nicht von ihren anderen Versuchen, hier wegzukommen, denn daran wollte sie nicht denken.

Sie erzählte Mandy alles, was sie über Nigel wusste. Wie er mal im Garten stand und in den dunkler werdenden Himmel hinaufschaute, in einen Himmel, der voller Wolken war, wie eine Schürze voll aufgenähter Blumen. Das war in ihrem ersten Haus gewesen, als sie anfingen, zu dritt zu wohnen, und Hannah noch nicht begriffen hatte, dass sie nicht dazugehörte. Als Nigel auf die dunkle Veranda kam, drehte sich Hannah zu ihm um und sagte: »Es wird wohl bald Regen geben«, so wie sie es die Erwachsenen um sich herum immer sagen hörte. Da huschte ein Ausdruck der Verachtung über sein Gesicht, schnell wie ein Sturm und kaum wahrnehmbar, noch bevor er ihn hinter einem Lächeln verbergen konnte und zu ihr sagte, dass sie besser mit hineingehen solle.

Und sie erzählte Mandy, wie viel Platz dieser Ausdruck in seinem Gesicht im Laufe der Zeit in ihrem Kopf eingenommen hatte. Ihre Kehle war wie ein ausgetrockneter Bach, ihre Worte klangen krächzend durch die Stille. Sie wollte Mandy auch sagen, wie leid ihr alles tat, aber Entschuldigungen bedeuteten einer Katze nichts.

Als Mandy sich herumrollte und mit ihren Pfoten an der Längsseite der Schachtel entlangstrich, kniete Hannah sich hin, erst dann stand sie auf. Ihre Beine schmerzten von dem langen Gang durch den Schnee. Mit nackten Füßen schlich sie auf Zehenspitzen zu ihrer Kommode und holte ihre Medaille vom Rechtschreibwettbewerb mit dem roten Band heraus. Dann ging sie zum Wandschrank zurück, ließ die Medaille baumeln und zog so an dem roten Band, dass sie auf und ab hüpfte. Mandy lugte um die Schachtel herum, und als Hannah weiter ins Zimmer hineinging, folgte sie ihr. Nachdem sie beide eine Weile mit der Medaille gespielt hatten, setzte Hannah sich im Schneidersitz aufs Bett, und Mandy sprang ebenfalls darauf und knetete ein Stückchen Decke, das sie zwischen die Pfoten genommen hatte.

Hannah konzentrierte sich auf eine Stelle an der Wand

und wartete, bis ihre Augen etwas anderes sahen. Das hatte sie in letzter Zeit oft getan. Jetzt war sie an dem See. Sieben Jahre alt. Sie war mit ihrer Mutter dort am Strand, nur sie beide, und die Wellen waren so laut, dass sie ganz laut reden mussten, um sich zu verstehen. Der Ausflug war ihre Belohnung dafür, dass sie das Schwimmabzeichen bestanden hatte. Es war ein heißer, windiger Tag, und ihre breitkrempigen Sonnenhüte klappten an der Stirn immer wieder hoch, und sie klappten sie mit sandigen Händen immer wieder herunter. Sie gruben tiefe Löcher mit ihren Plastikschaufeln und füllten ihre Eimer mit feuchtem, schwerem Sand, mit dem sie hohe Burgwände aufschütteten. Sie bauten Burggräben und Tunnel und Brücken mit Pfeilern, die von Seetang umwickelt und voller Marienkäfer waren. Und aus weißen Federn machten sie Flaggen mit Rändern so scharf wie Disteln.

Aber die eigentliche Belohnung war der Wal gewesen. Für dieses Geschenk hatte ihre Mutter wochenlang sparen müssen. Nachdem sie ihre Käse-Gurken-Sandwiches aufgegessen hatten, forderte ihre Mutter Hannah auf, ganz tief in ihre große geflochtene Tasche zu greifen. Als sie das Plastikpäckchen mit dem Bild eines Mädchens auf dem Rücken eines schwarz-weißen Wals herauszog, sprang Hannah auf und ab und rannte immer im Kreis um die Burg herum. Sie würde auf einem Wal reiten können, genau wie Pai in dem Film. Sie würde auf den Rücken des Wals klettern, ihn aufs offene Meer zurücklotsen und schneller als alle Walreiter vor ihr sein.

Es dauerte ziemlich lange, bis ihre Mutter so viel Luft in den Wal gepustet hatte, dass seine Flossen fest waren. Als er schließlich ausgewachsen war, zog Hannah ihren Wal am Schwanz durch die schäumende Ufergischt in das flache, kabbelige Wasser und schwang ein Bein über seinen breiten Rücken. Sie passte genau darauf und konnte mit den Händen mühelos die zwei kleinen Griffe oberhalb der Flossen erreichen. Sie blieb dicht am Ufer, so wie man ihr gesagt hatte, und ihre Mutter stand am Strand und klatschte und johlte wie die Leute in Pais Dorf. Ihre Mutter hatte Angst davor, ins Wasser zu gehen. Aber dafür liebte Hannah sie. Dafür, dass sie mit ihr bis an den Rand dessen ging, was sie am meisten fürchtete.

Hannah lehnte sich vor und umfasste den Wal, damit sie nicht in die Wellen hineinfiel. Es war, als wäre sie im Wasser geboren worden, als könnte sie auf ihrem Wal durch alle Meere der schönen weiten Welt pflügen.

Da erfasste eine heftige Windböe Hannahs Sonnenhut, hob ihn erst hoch in die Luft und trug ihn dann wie ein Blatt über das Wasser. Hannah wusste nicht, wie sie den Wal zu ihrem Sonnenhut manövrieren sollte, und so hüpfte sie von seinem Rücken und watete durch das knietiefe Wasser, um ihn einzufangen. Ihr Sonnenhut war vom Wind schon ein gutes Stück weit am Ufer entlanggeweht worden, und als sie ihn schließlich eingeholt hatte, schnappte sie ihn sich und wrang ihn aus, und dann winkte sie ihrer Mutter. Aber ihre Mutter schaute auf den Wal. Auf Hannahs kostbaren Wal, der ohne sie auf den Wellen dahinritt und weiter und immer weiter wegschwamm.

Hannah stieß einen Schrei aus und wollte ihm schon hinterherrennen, doch es war ihre Mutter, die sich da mit einem Mal einen Weg durch die Wellen bahnte, zuerst im flachen Wasser, dann immer weiter vom Ufer entfernt und tiefer eintauchend, mit den Armen rudernd. Dann wie ein Puppenkopf, der dahindümpelte, nichts weiter mehr als ein winziger Fleck.

Komm zurück, komm zurück, schrie Hannah in den Wind hinein. Warum war sie so dumm gewesen? Sie hatte ihren Wal wegen dieses blöden Sonnenhuts, der ihr nichts bedeutete, im Stich gelassen. Jetzt wollte sie nur noch ihre Mutter wiederhaben.

Es dauerte sehr, sehr lange, aber schließlich kam sie wankend aus dem Wasser und ließ sich in den Sand fallen. Hannah schlang die Arme um ihre marmorkalte Haut und sagte: *Es tut mir leid, es tut mir leid,* immer und immer wieder, während ihre Mutter keuchend dalag. Zu guter Letzt stand sie wieder auf eigenen Beinen, etwas unsicher noch, und strich sich den Sand vom Badeanzug. Sie beugte sich zu Hannah hinunter, setzte ihr einen Kuss auf die Stirn und flüsterte ihr ins Ohr: »Ich hätte es besser wissen müssen. Es ist viel zu windig heute für Sonnenhüte.« Und dann hob sie die Arme, streckte sich lang aus und fing an zu lachen. So würde Hannah sie immer in Erinnerung behalten, wie ihre schöne Mutter dort stand und in den Himmel hineinlachte.

Eric fuhr zu schnell in seiner Eile, von Wilsons Haus wegzukommen. Als er sich der Stelle näherte, wo Hannahs Erbrochenes den weißen Straßenrand verunstaltete, trat er so stark aufs Gaspedal, dass er in dem feuchten Schnee ins Schlingern geriet. Als er wieder auf die Hauptstraße abbog, hatte der Schneepflug die andere Straßenseite inzwischen geräumt, seine Fahrbahn jedoch war auch jetzt noch voller vereister Furchen und Schneeverwehungen. Ellie würde die Krise kriegen, wenn sie bei diesem Wetter hier draußen wäre. Sie suchte sich ihre Routen immer schon im Voraus heraus, nahm nur die ruhigsten Straßen, vermied es, links abzubiegen, und hatte doch ständig Angst davor, einen Fehler zu machen. Er versuchte, seine Frau zu ermutigen, und sagte ihr, dass sie eine gute Autofahrerin sei, auch wenn er das nicht wirklich glaubte. Er hatte sie über die Jahre hinweg aus so vielen Schneeverwehungen herausziehen müssen, dass es eigentlich nur eine Erklärung dafür gab: Sie fuhr absichtlich hinein.

Vor seinem Umweg über Wilsons Haus war Eric auf dem Weg zu Gerry gewesen, um Ellies Fichte zu holen, denn er hatte versprochen, sich um den Weihnachtsbaum zu kümmern. Ellie war enttäuscht gewesen, als er am letzten Samstag nicht wie geplant zu Gerry gefahren war, und noch mehr, als auch der Sonntag kam und vorüberging und sie immer noch ohne Baum waren. Heute Morgen war er mit einem einzigen Vorhaben aufgewacht, und zwar dem, das heute endlich für sie zu erledigen. Er würde seine letzte halbe Arbeitsschicht vor Weihnachten machen, den Baum für Ellie besorgen und die Dinge zwischen ihnen wieder zurechtrücken. Aber der Morgen hatte eine schale Note bekommen, noch ehe er überhaupt aus dem Haus war. Und dann konnte er wieder einmal seine Schlüssel nicht finden, was die ungute Stimmung nur verstärkte. Er suchte mit Ellie an den üblichen Stellen – oberste Kommodenschublade, neben dem Telefon, Jackentaschen. Ellie fand sie schließlich im Wandschrank unten, hinter Walters Schneestiefel. »Du bist wirklich wie ein kleines Kind, Eric«, hatte sie gesagt, ihm den Schlüsselbund quer durch den Flur zugeworfen und ihn an der Brust getroffen.

Er sah Ellie vor sich: wie sie zu Hause in der Küche am Spülbecken stand, Kartoffeln schälend oder Hühnerbrüsten die Haut abziehend, wie sie den Kopf zu ihm drehte, und noch ehe sie sich bemühen konnte, den Gesichtsausdruck zu verändern, er wieder die Leblosigkeit in ihren Augen sah. Er konnte sich nicht erinnern, wann das angefangen hatte bei ihr, dieser leere Blick. Seit Sammy sich von ihnen nicht mehr in den Arm nehmen ließ? Seit Daniel wegen jeder Kleinigkeit mit den Türen knallte? Seit sein Vater sich nicht einmal mehr vornahm, die Toilettenschüssel zu treffen? Ellie war mit den Nerven am Ende, weil sie immer alles perfekt haben wollte, und Weihnachten machte das nur noch schlimmer.

Er hielt am Straßenrand an, als er sich der Abzweigung zu Gerrys Haus näherte, und begann, Bettys Nummer zu wählen. Er würde ihr erzählen, was er heute gesehen hatte, und ihr erst mal versichern, dass er natürlich wusste, wie miserabel das Timing war, von wegen Freitag und so, und Weihnachten stand ja auch vor der Tür. Aber diese Hannah Finch war die Straße entlanggelaufen, bei einem eisigen Wind von minus sechsundzwanzig Grad, Herrgott noch mal, die Mutter tot und sie ganz allein bei Nigel Wilson. Ob Betty da wohl gleich mal hinfahren und sich mit dem Mädchen unterhalten könnte?

Aber während er sich seine Worte zurechtlegte, schienen darin eine ungute Vergangenheit und unbeglichene Rechnungen mitzuschwingen. Er steckte das Telefon wieder ein. Er würde zum Familien- und Jugendamt in Neesley fahren und die Sache mit Betty persönlich besprechen.

2

Als Eric an diesem Morgen aus dem Haus war, stand Ellie in ihrem Baumwollnachthemd neben dem Wäschehaufen. Sie hatte ihre Hausschuhe vergessen, und ihre nackten Zehen krümmten sich auf dem kalten Betonboden. Die alte Waschmaschine und der alte Trockner standen ganz am anderen Ende des großen düsteren Untergeschosses, zwischen dem Gefrierschrank auf der einen und dem Heizofen auf der anderen Seite. Sie hatte zwei Wäschekörbe gebraucht, einunddreißig Schritte pro Weg, um Sammys mit Zahnpasta beschmierte Handtücher, Walters schmutzige Bettlaken, Erics Arbeitshemden und ihre Slips und BHs, alle gleichermaßen formlos und ausgeblichen, hier herunterzuschaffen. Dannys Jeans und T-Shirts lagen noch dort, wo er sie im Lauf der Woche hingeworfen hatte, denn so wie einzeln versprengte Socken fanden auch sie einfach nicht den Weg zur anderen Schmutzwäsche.

Eine Zeit lang hatte sie davon geträumt, Waschmaschine und Trockner im Erdgeschoss zu haben, vielleicht in einer Abseite hinter weiß angestrichenen Lamellentüren oder in der Ecke eines kleinen Haushaltsraums. Ein Fenster mit gelben Vorhängen, eine Lampe mit Chromhalterung statt einer nackten Glühbirne an einer abgewetzten Schnur, eingebaute Regale, ein glänzendes Emaillebecken mit Federbrause am Wasserhahn.

Jetzt versuchte sie nur noch, jeden Tag zu überstehen, ohne dass ihr etwas Dummes passierte, ohne die Treppe hinunterzufallen oder etwas zu zerschmeißen.

Ellie füllte Waschpulver in den Plastikmessbecher, schüttete es in die Waschmaschine und drückte den Knopf »Vollwaschgang«. Sie konnte den stählernen Blick von Erics toter Mutter über der Schulter spüren. Dies war Myrtles ureigene Domäne gewesen, ihr Reich auf immerdar. An genau dieser Stelle hier hatte Myrtle in ihren soliden Schuhen gestanden und die unzähligen Flecken und Makel, die in ihrer Familie zusammengekommen waren, fein säuberlich herausgeschrubbt.

Walters Bettlaken stanken nach Urin und dem Altmännergeruch, den er im Badezimmer hinterließ. Ellie starrte die Flecken an. Sie sollte erst einmal das Gröbste entfernen, doch stattdessen legte sie die Hände an die Schläfen. In der Broschüre stand, dass man mit den drei mittleren Fingern jeder Hand fest drücken sollte, und zwar mit derselben Kraft, mit der man mit den Fingern auf dem Tisch trommeln würde. Tap tap tap tap tap tap. Aber auch nicht zu fest – wehtun sollte es nicht. Und sie sollte sich keine Sorgen machen, ob sie die Akupressurpunkte auch genau traf, sondern ihre Gedanken einfach auf ihr Problem lenken und dabei eine machbare Aussage formulieren. Die Aussage musste spezifisch und fokussiert sein, laut Paragraf drei. Nicht so wie einer dieser düsteren Gedanken, die unbemerkt an die Oberfläche drifteten. *Ich treibe in einer schwarzen Lagune der Verzweiflung* funktionierte nicht. Die Aussage musste pointierter, direkter sein. So was wie: *Auch wenn Walter seinen Schließmuskel nicht mehr unter Kontrolle hat, liebe und achte ich mich.* Ellie hatte schon unzählige Anfangssätze ausprobiert – *auch wenn Sammy immer nur die Wörter anderer wie-*

derholt, auch wenn Danny sich mit dem Pick-up seines Grandpas fast umgebracht hat, auch wenn Eric sich schon seit Monaten ausklinkt – und sie immer mit Halbsätzen wie *akzeptiere ich mich trotzdem* beendet, weil es so in der Broschüre stand. Nicht weil es stimmte.

Sie konnte sich nicht gut genug konzentrieren, ihr würde nichts Peppiges einfallen, schon gar nicht bei dem Gedanken daran, dass Myrtle direkt hinter ihr stand, überlebensgroß: *Reiß dich zusammen, Mädchen, es ist Weihnachten. Oh, Herrgott noch mal, nun mach schon.*

Ellie wusste genau, wie ihre Schwiegermutter sich Weihnachten vorstellte. Ehe ihre Familie im letzten Winter hierher umzog, war Ellie jedes Jahr über die Feiertage an diesen Ort geflüchtet, auch wenn sie das besser nicht getan hätte, wie sie jetzt im Nachhinein dachte. Eric arbeitete an Weihnachten – jedes verdammte Jahr, schien es –, und so suchte Ellie Busrouten nach Neesley heraus von dort, wo sie gerade stationiert waren. Sie machte die Jungs reisefertig, packte Berge von Windeln und Feuchttüchern ein, dazu Hosen fürs Töpfchentraining und Spielzeugautos, und stopfte all das, was ihr sonst noch einfiel, in nicht zusammenpassende Koffer. Sie ertrug Sammys Tränen, die entsetzten Blicke der Fremden bei seinen Wutanfällen, ramponierte Bussitze und schreckliche Schneestürme – alles, was nötig war, um Myrtles Haustür zu erreichen.

Myrtle holte sie stets vor dem Café der Esso-Tankstelle an der Hauptstraße ab, die als Bushaltestelle fungierte. Sie quetschte sie alle auf die vordere Sitzbank des großen Pickups und fuhr sie über die schrecklichen winterlichen Straßen nach Hause, ohne sich auch nur über das Glatteis zu beschweren. Und wenn sie dann, benommen und schmutzig von der Reise, die Vorderveranda erreicht hatten, atmete

Ellie tief durch, während Myrtle mit kräftigen Farmerarmen die Jungs hochhob, aus Schneeanzügen und Handschuhen schälte und die Koffer in die Schlafzimmer trug.

Es hatte Ellie gefallen, wie Myrtle den Kaminsims mit Girlanden schmückte und die winzigen Spielzeugsoldaten und gehäkelten Schneeflocken an den Zweigen des Weihnachtsbaums verteilte. Wie Myrtle das Kommando in der Küche übernahm, mit rosigen Wangen energisch im alten Kupfertopf Kartoffeln stampfte, Bottiche voll perfekter, klumpenfreier Soße anrührte, den Garpunkt von Karotten und Rosenkohl und den Bräunungsgrad von Auflaufkrusten überprüfte. Sie konnte mit derselben Selbstverständlichkeit, mit der sie Innereien aus einem Truthahn zog, Servietten zu zierlichen Blumen falten. Es war unglaublich.

Jedes Jahr wieder bot Ellie ihre Hilfe an. Und jedes Mal wieder lehnte ihre Schwiegermutter ab. Sie sagte Dinge wie: »Du musst dich erholen, Liebes« oder »Warum gehst du dich nicht ein wenig hinlegen«, und so zog sich Ellie zurück und versuchte, kein Gefühl der Unwürdigkeit aufkommen zu lassen und stattdessen dankbar für die Großzügigkeit dieser Frau zu sein.

Diese Weihnachtsfeste hatten sie gerettet oder aber waren ihr Ruin gewesen – da war sie sich nicht mehr so sicher. Sie wusste nur, dass sie sich nach diesem Ort gesehnt hatte und jedes Jahr immer noch früher dorthin wollte, so als wäre er ihre Droge und sie eine Abhängige. Jetzt konnte sie die feinen Risse in ihrem Märchen natürlich erkennen. Zu jener Zeit hatte sie, wenn er in seinem Sessel saß, Walters Verdrossenheit kaum wahrgenommen oder Myrtles versteckte mitleidige Blicke und ihr zweifelndes Ts-ts-ts über Sammys zunehmende Anzahl an Zwängen – während Eric nirgends zu sehen war.

Nach Myrtles Tod hatte Walter ein paar Monate allein in diesem Haus gewohnt, mit ständig wechselnden Betreuerinnen der häuslichen Altenpflege, weil keine es ihm recht machen konnte. Es war Ellies Idee gewesen, nicht Erics, in das Haus zurückzukehren, in dem er aufgewachsen war. Die kanadische Polizei hatte ihn schon zu lange seiner Familie entzogen, an zu vielen Weihnachtsfesten, an zu vielen Wochenenden, in zu vielen Nächten. Er könnte bei den Mounties doch kündigen, sich einen weniger stressigen Job suchen und noch einmal neu anfangen. Sie könnten alle noch einmal neu anfangen. Neesley mit all den schönen Erinnerungen war doch genau der Ort, an dem zu wohnen sich lohnen würde. Und hier würden sie sich auch um Walter kümmern können. Waren Familien nicht genau dafür da?

Jetzt bedauerte sie es, natürlich. Myrtle erschien ihr nach ihrem Tod längst nicht mehr so tolerant. Ellie konnte fast ihren heißen Atem im Nacken spüren. Du solltest dich anziehen. Die Betten machen. Den Jungs Porridge kochen. Was hatte sie all die Tage gemacht? Wo war der Weihnachtspudding? Warum lagen keine immergrünen Zweige auf dem Kaminsims? Warum hingen keine Papierschneeflocken in den Fenstern?

Sie wartete darauf, dass die Waschmaschine Wasser zog, und trommelte mit den Fingern, während sie irgendwelchen Unsinn über Selbstakzeptanz herunterleierte. Irgendwas stimmte nicht mit dem Wasserdruck, das heiße Wasser tröpfelte in die Waschtrommel wie ein versiegender Urinstrahl. Eric hatte sich die Rohre angesehen, war dann aber per Telefon in die Fabrik gerufen worden, weil dort eine übermäßig hitzige Gewerkschaftsversammlung stattfand, und hatte sich nicht mehr darum gekümmert. Außerhalb ihrer vier Wände war Eric für jede Krisensituation zu haben und übernahm gern Verantwortung. Er wurde in letzter Zeit so oft aus dem Haus gerufen, dass Ellie sich schon fragte, ob er Miseren erfand, nur um von hier wegzukommen.

Ellie hörte oben den Hund bellen und versuchte, es zu ignorieren. Sie versicherte sich, dass ihre Gedanken ihrem Ehemann verborgen blieben, dass nichts von dem, was in ihrem Kopf vor sich ging, sich zwischen sie gestellt hatte. Aber sie wusste, dass das nicht stimmte. Jedes Wort, das sie an diesem Morgen zu Eric gesagt hatte, war falsch gewesen. Als sie in die Küche kam, aß er gerade die Reste seines Toasts, und die Lokalnachrichten des *Neesley Advance* lagen aufgeschlagen vor ihm.

»Wie hast du geschlafen?«, fragte sie und ging um ihn herum, als er die Hand nach ihr ausstreckte.

»Walter hatte eine unruhige Nacht«, sagte er.

Das hieß, dass auch Eric eine unruhige Nacht gehabt hatte.

Ellie sah an Eric vorbei zu Sammy, ihrem Fünfjährigen, der immer noch seinen Superman-Schlafanzug trug und in einer Ecke des Wohnzimmers auf dem Boden saß und seine Legos sortierte.

Eric wartete, bis Ellie ihn wieder ansah. Dann rief er über die Schulter, ohne sich nach seinem Sohn umzusehen: »Hey, Rabauke. Komm und iss ein paar Frühstücksflocken.« Als Sammy nicht antwortete, pfiff Eric und hob seine Stimme: »Hey, Kumpel. Komm schon.«

Sammy sortierte weiter.

»Er ist doch kein Hund«, sagte Ellie und griff nach der Kaffeekanne.

»Er ist doch kein Hund«, wiederholte Sammy in seiner Ecke.

Ellie füllte Erics Becher und schenkte sich selbst den Rest mit dem Bodensatz ein. Thorn trottete den Flur entlang und ließ sich auf Erics Füße fallen. Eric belohnte ihn mit einem Klaps auf den Kopf.

»Du hast also nur eine halbe Arbeitsschicht? Und dann hast du frei bis Neujahr?« Sie setzte sich ihrem Ehemann gegenüber an den Tisch, Myrtles Serviettenhalter und Pfeffer- und Salzstreuer zwischen ihnen.

Er reichte ihr die Zeitung. »Über hundert Notrufe bei der Polizei« lautete die Schlagzeile.

»Das ist doch keine echte Frage, oder?«, sagte er. »Denn davon reden wir schon seit Monaten. Heute ist mein letzter Tag.«

»Es sei denn, es gibt einen Notfall«, sagte sie.

»Es sei denn, es gibt einen Notfall.«

Sie überflog den Zeitungsartikel kurz und begann, laut vorzulesen: »12. Dezember. In der Marsh Road wurde ein herrenloser blauer Chrysler Neon abgeschleppt. Der von einem Anwohner in der Harder Road als gestohlen gemeldete Hund ist nach einer Stunde wieder nach Hause gekommen. So viele Notfälle.«

»Immerhin nicht mehr mein Problem«, sagte er.

An Erics letztem Tag bei der Polizei hatten seine Kollegen oben in Smoky River eine große Party für ihn geschmissen. Und als sie nach Neesley umgezogen waren, hatte Eric dann tagein, tagaus im Haus gehockt und Trübsal geblasen, bis Ellie fürchtete, noch wahnsinnig zu werden. Sie war erleichtert, als er endlich einen Acht-Stunden-Job als Security-Guard in der Gasfabrik Chitwood annahm, auch wenn sie wusste, dass er den Job von Grund auf hasste. Vom Sergeant zum Sicherheitsheini – tiefer konnte er in seiner Vorstellung nicht sinken.

»In der Fabrik sollte es über Weihnachten ruhig sein«, sagte sie.

Eric erwiderte nichts, er blies nur in seinen Kaffee, als wäre der noch siedend heiß.

»Und wenn sie dich um Überstunden bitten?« Sie konnte einfach nicht aufhören. »Sagen wir mal, einer von den Typen der Nachtschicht trinkt einen über den Durst, und sie rufen dich an?«

Er stand so plötzlich von seinem Stuhl auf, dass Thorn ein Grummeln von sich gab und zur Seite rollte, damit er ihn nicht trat. »Ich werde hier sein, Ellie. Und ich werde dir deinen Baum besorgen. Heute Nachmittag, genau wie ich es dir versprochen habe. Was willst du sonst noch?«

Ellie sah, wie die Stirn ihres Mannes rot anlief, so wie die Haut unter dem Rand einer Baseballkappe an einem sengend heißen Tag. Thorn leckte Erics Socke, der einzige Trick, den er kannte, wenn er einen Stimmungswechsel wahrnahm.

Sie hatte gar nicht vorgehabt, ihn zu provozieren. Sie wollte einfach nur, dass dieses Weihnachten perfekt wurde – ihr Haus sollte voller Gelächter sein. Sie wollte einen zarten Truthahn mit samtiger Soße, die besser schmeckte als Myrtles.

Eric ging an den Wandschrank im Flur und holte seinen Parka heraus. Sie nahm an, dass er einen schnellen Abgang machen wollte. Aber er hatte wieder einmal seine Schlüssel verlegt und stand da, auf seinen Taschen herumklopfend wie ein Blödmann.

»Ich hab sie gleich«, sagte er, obwohl sie beide wussten, dass das nicht der Fall sein würde. »Ich hab sie doch in meine Tasche gesteckt.«

»Wenn du sie in deine Tasche gesteckt hättest, dann wären sie in deiner Tasche.«

Er zog alle Schubladen in der Küche auf, und dann lief er,

so vorhersehbar wie Schnee im Winter, ins Schlafzimmer hinauf zu der Hose, die er am Vortag getragen hatte. Sie wühlte im Stiefelhaufen der Familie im Wandschrank im Flur herum. Sein Schlüsselbund lag eingekeilt hinter einem von Walters alten Schneestiefeln. Eric kam mit leeren Händen wieder herunter, und ehe sie sich zurückhalten konnte, schleuderte sie die Schlüssel quer durch den Flur in seine Richtung. Er hatte nicht mal mehr reagieren können.

Das war ihr Morgen gewesen. Ellie steckte den Zeigefinger in das schäumende Wasser der Waschmaschine. Sie musste sich mehr Mühe geben. Thorn stieß über ihr eine Reihe jaulender Laute aus. Dann war das Tocken von Walters Stock zu hören, der den Flur entlangschlurfte. Sie stapfte die Treppe ins Erdgeschoss hinauf und schob den Hund vor die Tür, damit er sein Geschäft verrichtete. Als sie schließlich wieder unten war, drehte sich die Waschtrommel fröhlich vor sich hin, allerdings ohne ihre Ladung Schmutzwäsche. Großartig.

Es war Viertel vor drei, als Eric den engen Empfangsbereich des Familien- und Jugendamts betrat. Die Frau hinter dem Tresen wischte sich gähnend den Schlaf aus den Augen.

»Ich bin hier, um mit Betty Holt zu sprechen«, sagte Eric und lehnte sich an den Empfangstresen.

Die Frau sah ihn verständnislos an.

»Könnten Sie Betty wohl einfach sagen, dass Eric Nyland hier ist? Es wird nur ein paar Minuten dauern.«

Sie unterdrückte ein weiteres Gähnen, verzog den knallrot angemalten Mund und trottete schließlich den Flur entlang. Ihr brauner Wollpullover hing über einem Rollkragenpulli und mehreren T-Shirts unterschiedlicher Länge.

Eric setzte sich auf einen der Stühle im Wartebereich. Als

die Frau wiederkam, stellte sie sich vor die Pinnwand, hantierte mit Reißzwecken und sortierte die Aushänge neu.

»Wissen Sie schon, was Sie Weihnachten machen?«, fragte sie ihn.

Er fragte sich, ob sie Betty auf dem Weg durch den Flur schon wieder vergessen hatte. »Ich feiere mit der Familie«, sagte er. »Wird's lange dauern bei Betty?«

Sie stand mit dem Rücken zu ihm. »Weihnachten ist mein Lieblingsfest, gleich nach Ostern, mit all dem Eierpunsch, den Nanaimo-Riegeln und den vielen Truthahngerichten! Aber ich habe in diesem Jahr nicht eine Schneekugel hingestellt, nicht eine einzige, und weil mein Liebesleben auch gerade auf Eis liegt, kann ich meine ganze Aufmerksamkeit Kapitel sechs und sieben widmen. Jahresabschluss. Das treibt einem die Tränen in die Augen, wirklich.«

Eric hatte nicht die leiseste Ahnung, wovon sie sprach. Er bückte sich und hob die verstreuten Zettel auf, die sie fallen gelassen hatte. »Sie haben da was verloren.«

Er reichte ihr gerade die Blätter, als Betty schon mit ausgebreiteten Armen geschäftig auf ihn zugeeilt kam. Betty und er waren seit der Grundschule miteinander befreundet.

»Eric Nyland. Na, wenn das kein Anblick ist«, rief Betty. »Du bist also gekommen, um deiner lieben Freundin fröhliche Weihnachten zu wünschen.«

Die Empfangsdame trat einen Schritt zurück, während Eric sich auf die Kollision gefasst machte. Betty umschlang ihn mit einer Umarmung, die eines Bären würdig gewesen wäre.

»Das Amt schließt heute um vier«, sagte die Empfangsdame, den Rücken flach an die Pinnwand gedrückt.

Betty lachte, ihr üppiger Bauch wackelte. »Ja, Cindy. Ich weiß.«

»Sie haben meinen Urlaubsplan immer noch nicht unterschrieben.«

»Ich werde nur mal kurz mit Eric hier plaudern. Er ist doch bestimmt mit Geschenken bepackt gekommen.«

»Tut mir leid, keine Geschenke«, sagte Eric, als Betty mit ihm in ihr vollgestopftes Büro trat. Das Fenster des Zimmers ging auf den Parkplatz hinaus, wo Erics Auto auf einem der Besucherparkplätze stand.

»Cindy Simpson«, flüsterte Betty und machte die Tür zu. »Unsere neue Empfangsdame. Hat sie dir erzählt, dass sie für ihr Buchhaltungsexamen lernt?«

»Sie hat irgendwas von einem Jahresbericht gesagt.« Eric nahm einen Stapel Aktenordner vom Besucherstuhl und legte ihn auf den Schreibtisch zwischen einen Weihnachtsmann und eine Schale voller Zuckerstangen.

Betty zog einen Stuhl unter ihrem Schreibtisch hervor. »Sie erzählt jedem, der gewillt ist, ihr zuzuhören, dass sie für ihr Buchhaltungsexamen lernt. Sie ist schon viermal durchgefallen – und auch das erzählt sie jedem. Sie scheint sich an ihrer eigenen Hartnäckigkeit zu berauschen.«

Erics Gedanken wanderten zu der Reihe von Tests, die er selbst in letzter Zeit nicht bestanden hatte. Zu Ellies Blick, als sie ihm seine verlorenen Schlüssel heute Morgen zuwarf.

Betty manövrierte ihren Stuhl genau vor seinen, setzte sich, holte tief Luft und beugte sich vor. »Was für eine wunderbare Überraschung, Eric. Fröhliche Weihnachten. Ich würde dir ja einen Becher von Cindys Kaffee anbieten, aber der ist wirklich ungenießbar.«

Eric entspannte sich zum ersten Mal an diesem Tag. Betty nahm ihm die Anspannung. Das war schon immer so gewesen.

»Wie geht's dir, Betty?«

»Immer noch dick und glücklich.« Sie lachte und er auch. Dann schüttelte sie seufzend den Kopf. »Aber ich entreiße immer noch Kinder ihren Eltern, leider. Du solltest mal ein paar meiner E-Mails lesen. Man könnte meinen, ich wäre die meistgehasste Frau im ganzen Land.«

Wann immer Eric an Gutherzigkeit dachte, kam ihm Betty in den Sinn. Sie konnte an den unwahrscheinlichsten Orten Möglichkeiten auftun. In der vierten Klasse hatte sie mal die gesamte Grundschule zu ihrem Geburtstag eingeladen, nur um sicherzugehen, dass auch die Buckland-Kinder – schäbig gekleidete, schnoddernasige Gören, die nie irgendwo dabei waren – ihren gerechten Anteil an Kuchen und Eiscreme bekamen. Als der Schulbus vor dem Farmhaus der Familie Holt die Türen öffnete, hätte ihre Mutter fast einen Herzinfarkt erlitten.

Betty klopfte ihm leicht aufs Knie. »Ich hatte gehofft, wir würden uns öfter mal sehen, jetzt, da du wieder hier bist.«

Eric wollte gar nicht daran denken, was er alles nicht getan hatte, seit er nach Neesley zurückgezogen war. »Tut mir leid«, sagte er und räusperte sich. »Wir sind immer noch mit Einrichten beschäftigt.«

Betty hob die Augenbrauen. »Es hat mich überrascht, als ich hörte, dass du bei der Polizei gekündigt hast. Jetzt bist du also bei der Gasfabrik. Wie sieht's da denn aus mit der Sicherheit?«

»Ziemlich ruhig.« Das billige Hemd mit dem Chitwood-Logo, sein Outfit als Security-Guard, scheuerte unter dem Jackett am Hals. »Ich habe mir eine Woche freigenommen. Mein erstes Weihnachtsfest seit über zehn Jahren bei der Familie zu Hause.« Er sagte es ganz leichthin, auch wenn er sich wehrlos fühlte bei dem Gedanken, dass er eine

Woche ohne jegliche Abwechslung mit der Familie verbringen sollte.

Betty lächelte. »Na, schon gleich der erste Vorteil. Urlaub zu Weihnachten. Da kannst du all die gereizten Ehemänner und Väter und Liebhaber hinter dir lassen. Und auch all die zusätzlichen Verkehrsunfälle mit Blechschaden. Wie geht's Ellie und den Jungs?«

»Prima«, log er. »Sie gewöhnen sich langsam an das Leben hier. Sammy ist in der Vorschule. Dan macht Krafttraining.«

»Gute Jungs, die zwei. Und Walter? Wir geht's dem?«

Seit all den Nächten auf dem Sofa fiel es Eric immer schwerer, seinem Vater gegenüber noch höflich zu bleiben. Eric hatte außen an Walters Zimmertür ein Schloss anbringen wollen, damit er nicht mehr auf seinen alten weißen Füßen in die eisige Kälte hinaustappte. Aber davon hatte Ellie nichts wissen wollen. Du würdest ein Kind doch auch nicht dafür einsperren, dass es nachts umherirrt. Sie sperrten Sammy ja auch nicht ein, obwohl er manchmal im Schlaf nachts herumgeisterte und Zimmertüren auf- und zumachte. Nein, ihr Haus würde für niemanden zum Gefängnis werden, nicht, solange Ellie hier etwas zu sagen hatte. Aber es war Eric, der wartend auf dem Sofa lag und mit gespitzten Ohren darauf lauschte, ob sein Vater durch den Flur geschlurft kam. Wenn er richtig darüber nachdachte, was er tunlichst vermied, dann hatte er schon sein ganzes verdammtes Leben lang auf die Schritte seines Vaters gelauscht.

»Wie immer«, sagte Eric. »Dan hat Walters Pick-up zu Schrott gefahren.«

»Davon hab ich gehört. Gott sei Dank hat er sich nicht verletzt.«

Davon hatte sie gehört, natürlich. Der Sohn eines Ex-Mounties auf Spritzfahrt. Davon hatten alle gehört.

Weil er einfach nur dasaß, ohne etwas zu erwidern, fragte sie: »Du bist doch nicht hier, damit ich dich über dein Leben ausquetschen kann, oder?«

Eric beugte sich vor. »Was weißt du über Nigel Wilson?«

»Nigel?«, fragte sie erstaunt. »Den habe ich schon seit Jahren nicht mehr gesprochen. Seit der Schulzeit nicht. Du bist es doch, der gleich bei ihm gegenüber wohnt.«

»Was zum Teufel macht er eigentlich da draußen?«

Betty setzte sich auf und musterte sein Gesicht. »Er könnte dieselbe Frage über dich stellen.«

»Bei ihm im Haus wohnt ein junges Mädchen. Hannah Finch.«

»Das habe ich gehört.«

»Und, was weißt du über sie?«

»Nichts, Eric«, sagte Betty und hob die Hände. »Sie ist keine von meinen Schützlingen. Nigel hat sie mitgebracht, als er wieder hierhergezogen ist, ohne die Mutter. Eine tragische Geschichte. Da hat er endlich eine Frau gefunden, die ihn nimmt, und dann stirbt sie. Er hat irgendeine Art Steuerberatung aufgemacht. Geschäftsbücher von Farmern, solche Sachen. Hält sich aus allem raus. Das Mädchen wird zu Hause unterrichtet, soweit ich weiß. Warum fragst du danach?«

»Ich habe sie heute bei diesem hundsmiserablen Wetter auf der Straße aufgelesen. Meilenweit von zu Hause weg. Nicht angemessen angezogen.«

»Oh. Nun, das klingt nicht gut.« Seufzend warf sie einen Blick auf ihre prallvollen Büroschränke, die alle gefüllt waren mit familiären Katastrophen. »Was hat das Mädchen dir erzählt?«

»Nichts. Sie hat mich nur gebeten, sie zurück nach Hause zu fahren.«

»Wie hat sie ausgesehen?«

»Verfroren. Elend.«

»Geht's uns nicht allen so in diesem Winter.«

»Irgendwas stimmt da nicht. Wilson macht einen seltsamen Eindruck.«

Betty antwortete nicht gleich und sah einen Augenblick lang aus ihrem Bürofenster. »Du bist nicht gerade die Idealbesetzung, wenn's um die Beurteilung von Nigel Wilson geht«, sagte sie schließlich. »Hast du mit ihm geredet?«

»Kurz.«

»Und wie lief das?«

Eric hatte schon viele Kinder zurückgebracht. Sie kamen alle irgendwoher. Manche hatten Eltern, die Tag und Nacht bei der Polizei anriefen, mit Stimmen rau von Sorge. Manche hatten Eltern, die kein einziges Mal angerufen hatten und den Blick nicht einen Moment lang vom Fernseher abwandten, wenn er mit ihrem Sprössling im Schlepptau an ihrer Haustür auftauchte. Nigel Wilson fiel eher in die zweite Kategorie, aber es war noch schlimmer. Er war nicht geeignet als Vater eines Kindes. Er war kein guter Mensch.

»Ich möchte, dass du mal nach ihr siehst.«

»Auf welcher Grundlage?«

»Irgendwas stinkt da gewaltig.«

»Ich soll also bei ihm zu Hause reinplatzen und einen Schnüffeltest durchführen?«

»Verteidigst du ihn etwa?«

»Wogegen?« Sein mitklingender Vorwurf ließ sie vollkommen kalt. »Er ist auch nicht gerade mein bester Freund, Eric, aber du hast mir nicht viel gegeben, mit dem ich arbeiten könnte. Du weißt doch, wie die Sache funktioniert. Wenn sie verletzt wäre oder erzählt hätte, dass sie geschlagen wird, oder Anzeichen erkennen ließ von ...«

Er sah sie zögernd an. »Es ist nur so ein Gefühl ...«, sagte er. Was dachte er sich eigentlich? Er hatte doch so schon genug Probleme zu Weihnachten, da musste er nicht auch noch die Dämonen seiner Kindheit heraufbeschwören. Wütend auf sich selbst stand er auf. »Ja, du hast recht. Schlafende Hunde soll man nicht wecken. Ich müsste längst wieder auf dem Weg sein. Ich soll für Ellie einen Baum holen.« Die Gelegenheit war allerdings bereits verstrichen. Es würde dunkel sein, bis er wieder seine Gegend erreichte.

Betty stand ebenfalls auf und schloss ihn in die Arme. »Ich werde mal sehen, was ich tun kann«, sagte sie. »Und lass dich häufiger blicken. Grüß Ellie herzlich von mir.«

Als er in den Empfangsbereich zurückkam, kniete Cindy Simpson im Mantel auf dem Boden und zog gerade den Stecker der Weihnachtskerzen an dem dürren Baum, der in der Ecke stand. Sie sah auf und sagte: »Wir machen heute wegen Weihnachten früher zu. Und bis Neujahr ist geschlossen. Nicht, dass ich viel Freizeit haben werde. Ich muss für mein Buchhaltungsexamen lernen.«

»Passen Sie auf sich auf«, sagte er. Sie drehte sich mit geöffnetem Mund um, aber er hatte sich schon verdrückt, bevor sie noch mehr sagen konnte.

Hannah wollte auf ihrem Handtuch bleiben, dort im warmen, blendenden Sand, wo die Sonne heiß auf sie niederbrannte und sie ganz schläfrig machte. Doch ihr Magen knurrte. Sie musste etwas essen. Als sie in den Flur ging, sah sie, dass die Tür zu Nigels Büro geschlossen war, und so schlich sie im Dunkeln auf Zehenspitzen an seinem Zimmer vorbei und die Treppe hinunter.

Es war nicht viel zu essen im Haus. Sie fand ein paar schlaffe gefrorene Hühnchenstreifen, legte sie in Reihen nebeneinander auf ein Backblech und machte in einem Topf Wasser heiß, um Erbsen und Karotten zu kochen. Das Gemüse hatte schon so lange im Gefrierfach gelegen, dass es voller Eiskristalle war. Sie stellte Salz und Pfeffer hin, legte Messer und Gabel auf den Tisch und schenkte Wasser in die blauen Gläser, die so dünn waren wie Papier. Als sie sich vom Spülbecken abwandte, in jeder Hand ein Glas, war Nigel aufgetaucht. Er stand direkt hinter ihr, in der einen Hand eine halb leere Flasche, in der anderen ein Glas. Sie verlor fast das Gleichgewicht, Wasser schwappte ihr über die Hände.

Seine Augen waren zu glasig, sein Gesicht zu rot. Er stand einfach nur da, also ging sie um ihn herum, füllte Essen auf die Teller und trug sie zum Tisch hinüber. Als sie sich endlich hinsetzte, fühlte es sich an, als hätte sie Steine im Magen.

Nigel zwängte sich in den Stuhl ihr gegenüber und knallte die Flasche auf den Tisch, als er sich setzte. Er schob seinen Teller zur Seite und füllte sein Glas.

»Du bis 'n dummes Mächen, Hannah. Undangba.« Er nahm einen großen Schluck. »'ne Sprizztoua mit Eric Nyland. Dumm.«

Nigel beugte sich zu ihr, seine Alkoholfahne nebelte sie ein. Ihr ganzer Körper zuckte, ihre Beine unter dem Tisch zitterten, aber sie sah nicht auf, sondern zwang sich, so schnell wie möglich einen Bissen nach dem anderen zu essen.

»Was hab ich gesach üba ihn? Üba Abschdan haltn?« Er lehnte sich wieder in seinen Stuhl zurück und trank noch einen Schluck. »Arschlöcha. Iha alle beide.«

Sie musste aufessen und nach oben in ihr Zimmer gehen, außer Sichtweite. Zweimal biss sie noch von dem pappigen Hühnchenfleisch ab.

In Zeitenlupentempo kippte er zur Seite, wie ein Toter, der von einem Stuhl fällt. Doch dann schoss sein Arm vor, und es gelang ihm, sich zu fangen. Als er wieder aufrecht dasaß, sah sie, dass er sich Mandy geschnappt hatte.

Hannah sprang auf. »Lass sie los!« Mandy zischte und wand sich, ein einziger Ball aus Fell und Pfoten. Doch Nigel griff noch fester zu. »Ich hasse dich«, schrie sie, stürzte sich auf ihn und schlug ihm mit der Faust auf den Kopf. Mandy kreischte, einen so schrillen Schrei hatte sie noch nie von ihr gehört. Nigel stieß Hannah vor die Brust, so hart, dass sie rückwärts taumelte und mit dem Kopf an die Tischkante stieß. Ein lärmendes, sirrendes Gellen füllte ihre Ohren, Nigels Geschrei drang wie aus weiter Ferne zu ihr. Sie fühlte sich schwach, so als würde sie von ihrem Wal ins dunkle Wasser sinken. Ganz egal, wie sehr sie sich auch bemühte, sie konnte die Arme nicht ausstrecken, um ihren Fall abzufedern. Ein dumpfer Laut war das Letzte, woran sie sich erinnerte, als sie mit dem Gesicht voran auf dem Fußboden aufschlug.

3

Als sein Dad zur Tür hereinkam, hatten sie sich bereits auf den üblichen Plätzen niedergelassen. Ihre Teller waren noch leer, das Essen stand in Schüsseln auf dem Tisch, dampfte aber nicht mehr. Daniel ließ sich auf den Stuhl plumpsen. Er war den ganzen Tag in diesem trostlosen Haus eingesperrt gewesen. Hausarrest.

»Ihr hättet nicht warten sollen«, sagte er, als er den Schnee von den Schultern schüttelte und seine Jacke in den Wandschrank im Flur hängte.

»Du hättest anrufen können.« Seine Mom war wieder einmal wütend auf Dad. Sie war schon die ganze Woche über seltsam gewesen. Wer weiß, warum?

»Kein Fisch mit Pommes?«, fragte sein Grandpa zum vierten Mal. Er saß neben Daniel, seiner Mom und Sammy gegenüber, hatte sich die Serviette wie eine Flagge ins Knopfloch seines verblichenen Hemds gesteckt und stocherte mit dem Daumen darauf herum.

»Heute Abend nicht, Walter«, sagte sie noch einmal. »Heute Abend gibt's Hühnchen.«

»Heute Abend nicht, Walter«, wiederholte Sammy. »Heute Abend gibt's Hühnchen.« Sammy war ein hervorragender Imitator. Sonst schimpfte seine Mom ihn deshalb immer aus – sprich in eigenen Worten, Sammy –, aber in der letzten Zeit hatte sie damit aufgehört.

»Riecht gut.« Sein Dad stapfte auf Strumpfsocken durch die Küche und setzte Mom einen Kuss auf den Kopf. Sie tat, als hätte sie es nicht bemerkt, und schaute einfach weiter geradeaus.

»Hey, Rabauke«, sagte Dad und zerstrubbelte Sammy das Haar. Sammy wich zurück.

»Er hasst das«, sagte Mom.

»Ja, okay, da sind wir schon zu zweit«, murmelte Dad.

Daniel sah seinen Bruder an. Sammy redete nie viel, aber wenn er mit den Händen zu fuchteln begann, war klar, dass ihn etwas wirklich nervte. Und in letzter Zeit schien er dauernd mit den Händen zu fuchteln, so wie jetzt, als er seine Gabel in Lichtgeschwindigkeit zwischen Zeigefinger und Daumen bewegte.

»Darf ich unten essen?«, fragte Daniel.

»Du kannst wie ein höflicher Mensch zusammen mit allen anderen essen«, sagte Dad und setzte sich auf seinen üblichen Platz, den Stuhl mit den Armlehnen.

Mom ballte die Hände zu Fäusten. »Lasst uns das Tischgebet sprechen. Bitte.«

Dad senkte den Kopf, und Mom kniff die Augen zusammen und schlug sich an die Stirn. Daniel zählte die Schläge. Sie hatte sich in letzter Zeit oft an die Stirn geschlagen, so als würde sie an eine Tür klopfen, die niemand aufmachte. Sammy ließ seine Fäuste kreisen.

Dad hatte kaum Amen gesagt, da füllte Mom schon Erbsen und Kartoffeln auf Sammys Teller und schnitt ihm dann das Hühnchenfleisch in kleine Stückchen, während die Schüsseln am Tisch herumgereicht wurden.

»Wo sind die Pommes?«, fragte Grandpa, einen Finger im Knopfloch. Seine Serviette segelte zu Thorn auf den Boden, der sich wie auf ein Kissen daraufrollte.

»Heute Abend gibt's keine Pommes«, sagte Mom.

»Heute Abend gibt's keine Pommes«, wiederholte Sammy.

»Benutz deine Gabel, Sammy. Schau mal, so. Genau, so ist es richtig, mit der Gabel, nicht mit den Fingern.«

»Ich will meine Pommes.«

»Lass gut sein, Walter«, sagte Dad. »Dieses Hühnchen ist köstlich, Ellie.«

»Es ist kalt.«

»Du hättest nicht warten müssen«, sagte Dad.

»Das stimmt, Eric. Und Danny hätte seinen Teller nach unten in sein Zimmer tragen und immer und ewig dort bleiben können. Und Sammy hätte mit dem Löffel seine Kartoffeln als Wurfgeschosse überall verteilen können. Und dein Vater hätte ...« Mom sah Grandpa über den Tisch hinweg an. Er hatte in seiner Tasche Steine gefunden und häufte diese jetzt neben seinem Teller zu kleinen Pyramiden auf.

Daniel schaufelte das Essen so schnell wie möglich in sich hinein. Er hatte Hausarrest wegen des blöden Unfalls und konnte nirgends anders hin als in sein Zimmer. Überall war es besser als hier. Er hatte Melissa heute zehn SMS geschrieben und ihr dreimal auf die Mailbox gesprochen, aber sie hatte auf keine einzige seiner Nachrichten reagiert. Matt hatte er auch angerufen – der wohnte bei Melissa gegenüber – und ihn angebettelt, mit ihr zu reden. Aber Matt war nicht zu gebrauchen, wenn es um Mädchen ging, und hatte Nein gesagt, kommt überhaupt nicht infrage.

Vor dem Umzug ins alte Farmhaus seiner Großeltern im letzten Januar waren sie nie lange genug an einem Ort geblieben, dass er eine Freundin gefunden hätte. Melissa war die erste, und sie war so heiß, dass es ihm hier quasi gefallen *musste*. Wenigstens ein bisschen. Aber es war schöner hier gewesen, als er noch klein war.

Grandpa lief Saft übers Kinn, und er wischte ihn mit dem Handrücken weg.

»Man hätte mir wenigstens eine Serviette geben können«, rief er.

»Ich habe dir eine Serviette gegeben«, sagte Mom. »Schau mal auf deinen Schoß.«

»Erzähl doch mal, wie dein Tag war, Ellie.« Dad beugte sich zu ihr.

»Mein Tag war prima.«

»Darf ich aufstehen?«, fragte Daniel seine Mutter. Er könnte heute Abend in seinem Zimmer noch ein paar extra Runden einlegen. Er war jetzt bei zwölf Wiederholungen – Bizepsdrücken, Brustpresse, Trizepsstrecken. Mehr würde nichts bringen, aber wiederholen konnte man immer.

»Du kannst auch genauso gut noch eine Weile hierbleiben, Dan«, sagte Dad.

»Aber ich bin fertig.«

»Wir aber noch nicht. Deine Mutter hat eine Menge Arbeit in die Zubereitung dieses Abendessens gesteckt, da kannst du ja wohl mehr als zwei Minuten an diesem Tisch zubringen und es genießen.«

Was für eine große glückliche Familie. So glücklich, dass nach diesem Wortwechsel alle schweigend vor sich hin aßen.

Schließlich wandte Dad sich an Mom. »Bist du heute eigentlich in der Stadt gewesen? Ich kann mich nicht erinnern, ob du irgendwelche Termine hattest.«

Grandpa Walter hatte für jeden einzelnen Bereich seines Körpers einen Spezialisten. Daniel sah seine Mom an, und weil sie nichts sagte, hätte er am liebsten das Wort für sie ergriffen: *Genau genommen haben wir das Haus heute nicht verlassen, vielen Dank der Nachfrage. Wir sind die ganze Zeit hier gewesen und haben langsam vor uns hingeschimmelt.* Aber das behielt er lieber für sich.

Sammy hustete, als hätte er sich verschluckt. Er hustete ziemlich oft.

»Immer langsam, Rabauke«, sagte sein Dad.

Mom klopfte Sammy auf den Rücken, was dazu führte, dass ihm sein wilder Haarschopf ins Gesicht fiel. Dann schenkte sie ihm noch Milch nach.

»Ellie?«

»Wir sind heute nirgends hingefahren. Wir sind hier gewesen. In diesem Haus. Wir alle.«

»Umso besser. Die Straßenverhältnisse sind katastrophal. So schlimm wie diese Woche war's noch nie. Wie gut, dass du bei diesem Wetter nicht rausmusstest. Dann war's also ein ruhiger Tag?«

Noch etwas ruhiger, und wir wären alle tot.

Grandpa stützte die Hände auf den Tisch und versuchte aufzustehen. »In diesem Haus kriegt man nicht mal eine Serviette.«

Mom seufzte. »Danny, hilf deinem Grandpa bitte.«

Daniel griff unter den Tisch und zog an einem Zipfel der Serviette, bis Thorn sie freigab. Unmengen von Hundehaaren rieselten herab, dann legte Dan sie seinem Grandpa auf den Schoß. Thorn stieß ein Grummeln aus, streckte sich und rollte sich dahin zurück, wo er gelegen hatte.

»Also, was habt ihr dann gemacht?«

Dieses Frage- und Antwortspiel würde seinen Dad nirgendwohin führen.

»Sieh dich um«, sagte Mom.

Dad sah Mom an, als wäre er nicht sicher, welche Erwiderung jetzt die richtige war. Willkommen in meiner Welt, dachte Daniel.

Dann antwortete Mom, doch sanfter diesmal. »Ich hätte gern schon das Haus geschmückt.«

»Das können wir auch morgen machen. Stimmt's, Rabauke?«

Sammy hielt sich die Hände vor die Augen, als wären sie ein Fernglas, und starrte an die Decke.

»Du hast versprochen, den Baum heute zu holen.«

»Ich weiß. Tut mir leid. Es kam etwas dazwischen«, sagte Dad. »Ich werde dir deinen Baum holen.«

Daniel würde wahnsinnig werden, wenn er noch einen weiteren Abend Hausarrest hatte. »Wie lange häng ich hier noch fest?«

»Bis wir fertig sind«, sagte Dad.

»Max möchte Video-Spiele mit mir spielen.« Daniel hatte gar nicht mit Max gesprochen, aber Max hatte sowieso nie viel vor.

Mom sagte: »Nicht mein Baum. *Unser* Baum.«

»Max' Mom sagt, sie hat was für uns. Ich glaube, sie hat Shortbread gebacken oder so was. Ich hab gesagt, dass ich mal frag, ob ich zu ihm darf.«

Ellie legte eine Hand auf die von Sammy, damit er mal stillhielt. »Überall in Nordamerika gelingt es Familien, vor Weihnachten einen Baum zu besorgen und zu schmücken. Ich verstehe nicht, warum das bei uns so schwierig ist.«

»Also, darf ich?«, fragte Daniel. Seine Eltern sahen ihn beide an. Er setzte sich aufrechter hin und versuchte, glaubwürdig zu erscheinen.

»Was meinst du wohl?«, fragte sein Dad zurück.

»Weiß nicht. Deshalb frag ich ja.«

»Du hast Hausarrest.«

»Ja, ich weiß. Aber Mrs Peterson hat ein Geschenk für uns, und es wäre doch unhöflich, nicht hinzugehen und es abzuholen. Ich will ihre Gefühle nicht verletzen. Ich bin um elf wieder zu Hause. Okay, um zehn.«

Sein Dad legte die Gabel hin und verschränkte die Hände vor der Brust. »Ist das der Zeitpunkt, um dich daran zu erinnern, dass du den Pick-up deines Grandpas zu Schrott gefahren hast?«

»Das war doch keine Absicht. Deshalb nennt man es auch Unfall.«

Mom seufzte. »Dein Hausarrest hat nichts damit zu tun, dass du einen Unfall hattest.« Sie hatte noch keinen Bissen gegessen, nur die Kartoffeln auf ihrem Teller hin und her geschoben. »Du hast Hausarrest, weil du dir einfach den Pick-up deines Grandpas genommen hast. Du hast dich mitten in der Nacht zu einer Spritztour aus dem Haus geschlichen. Du hättest dabei umkommen können.«

»Ein rauchender Motor ist doch nicht so schlimm«, warf Grandpa ein, der die Steine wieder in seine Tasche packte. »Hat etwas rumort unter der Haube. Das schaue ich mir morgen mal an.«

Grandpa Walters Tage als Autofahrer lagen schon lange hinter ihm. Sie hatten vor Jahren ein Ende gefunden, als Grandma ihn zum Mehlkaufen schickte und er stattdessen mit Cornflakes und im Pick-up eines Fremden zurückkam. Daniel hatte vor sechs Wochen seinen Lernführerschein gemacht, und seine Eltern hatten ihm versprochen, dass der Pick-up ihm gehörte, wenn er den Führerschein endgültig bestand. Vor der unseligen Begegnung mit dem Baum war er noch so gut wie neu gewesen – ein Chevy Custom Deluxe 10. Jetzt steckte er irgendwo zwischen den anderen Wracks auf dem Schrottplatz von PoPow's Garage.

»Ist ja nicht so, als hätte ich ihn gestohlen«, sagte Daniel. Als Grandma noch lebte, war der Schlüssel immer im

Schrank mit dem Schnaps eingeschlossen. Grandpa hatte sich oft hinters Steuer gesetzt, aber er durfte nirgends mehr hinfahren. »Ihr habt gesagt, dass er mir gehört.«

»Stell dich nicht dumm, Danny«, sagte Ellie. »Er sollte dir erst gehören, wenn du den Führerschein bestanden hast. Du hast gegen das Gesetz verstoßen, als du einfach alleine damit losgefahren bist. Was glaubst du eigentlich, was das für ein Licht auf deinen Vater wirft? Ein Sergeant, der seinen Vierzehnjährigen nicht im Auge behalten kann.«

»Er ist kein Sergeant mehr, Mom.«

»Du weißt ganz genau, was ich meine.«

»Kann mir bitte mal jemand erklären, was aus dem Pie geworden ist?«, rief Grandpa und fuchtelte mit dem Arm.

Dad nahm einen großen Schluck Wasser und starrte ihn an. Mom seufzte. »Es gibt heute Abend keinen Pie, Walter.«

»Es war doch bloß ein einziger blöder Fehler«, sagte Daniel.

»Und sieh dir an, was daraus geworden ist«, sagte Dad.

»Häng ich jetzt etwa für den Rest meines Lebens hier fest?«

»Fünf Tage noch«, sagte Dad. »Das haben wir doch besprochen, Dan.«

»Die Tafel ist aufgehoben.« Mom stand auf, räumte Schüsseln, Platten und Besteck vom Tisch ab und knallte sie auf den Küchentresen. Sammy stand auch auf und rannte zu seinem Legohaufen im Wohnzimmer.

»Darf ich jetzt endlich gehen?«, murmelte Daniel.

»Du willst weg hier?« Sein Dad schlug mit der Hand auf den Tisch. »Lass uns aufbrechen.«

»Klar«, sagte Daniel, der diesem plötzlichen Umschwung nicht traute. »Dann fährst du mich also?«

»Wir fahren zu Gerry. Du kannst mir helfen, den Baum zu holen.«

»Heute Abend?«, sagte Mom, als ob er verrückt wäre.

»Warum nicht?«

Sie stand vor dem Spülbecken in der Küche und drehte das Wasser auf. »Gerry hat bestimmt was dagegen, wenn ihr euch heute Abend noch auf seinem Land herumtreibt. Ihr könnt doch nicht im Dunkeln einen Baum schlagen.«

»Wir nehmen eine Laterne mit. Das wird ein Abenteuer.«

»Ihr hackt euch noch einen Finger ab. Wenn ihr nicht schon vorher in der Kälte erfriert.«

»Draußen sind so was wie minus fünfzig Grad«, sagte Daniel.

»Ich werde dir den Baum holen, Ellie. Heute Abend. Und Dan wird mir helfen.«

»Nein, danke.« Daniel wich vom Tisch zurück, drauf und dran, die Flucht ins Untergeschoss anzutreten.

Sein Dad stand auf. »Keine Diskussion, Dan.«

Jetzt saß Grandpa Walter allein am Tisch.

»Mom!«, rief Daniel. Aber sie sah ihn nicht an.

»Zieh dich an. Du hast fünf Minuten.«

»Du bist verrückt.« Mom stürmte den Flur entlang, das Wasser in der Küche lief noch. Es sah aus, als wollte Dad ihr hinterherlaufen, doch dann ging er nur ans Spülbecken und drehte den Wasserhahn so fest zu, dass es quietschte.

Eric hatte das Mädchen vor nicht ganz vier Stunden bei Wilson abgesetzt und musste seitdem ständig an sie denken. Daniel hockte trotzig neben ihm, während er die Auffahrt entlangfuhr. Er hätte ihn nicht mitnehmen sollen.

»Ist dir warm genug?«

Daniel markierte einen Hustenanfall und tat, als müsste

er gleich ersticken. Dann riss er sich die Mütze vom Kopf und warf sie auf die Rückbank.

Als Eric die Straße erreichte, hielt er an, ließ den Motor aber laufen. Die Bäume schimmerten unheimlich im Scheinwerferlicht. Nichts konnte sich an dieses Wetter anpassen, alles ringsum war an diesem gottverlassenen Abend von kompaktem Weiß bedeckt.

»Nur für den Fall, dass du irgendeinen Anfall hast oder so was«, sagte Daniel, »will ich mal anmerken, dass wir uns nicht bewegen.«

»Wir legen erst noch einen kurzen Zwischenstopp ein«, erwiderte Eric. »Danach fahren wir zu Gerry und holen deiner Mutter ihren Baum.«

»*Unseren* Baum«, mimte Daniel. »Überall in Nordamerika gelingt es Familien, einen verdammten Baum zu besorgen.«

»Mach dich nicht über sie lustig, Dan«, fuhr Eric auf. »Es ist Weihnachten. Sie hat ziemlich viel um die Ohren.«

»Meinste? Was soll der ganze Aufstand überhaupt? Alles nur wegen so 'nem blöden Baum. Ist doch egal.«

»Deiner Mom ist es nicht egal.«

Daniel verzog den Mund. »Sie ist total am Durchdrehen, weißt du. Aber nee, so was kriegst du ja nicht mit, weil du nie da bist.«

Vielleicht hatte Dan recht. Vielleicht war Ellie diesmal wirklich durchgedreht.

»Du hast es ihr auch nicht gerade leicht gemacht«, sagte Eric. Er hätte sich nie darauf einlassen dürfen, mit seiner Familie hierher zurückzukehren. Hatte er *dafür* seinen Beruf aufgegeben?

»Ach, dann ist es also meine Schuld?« Daniel stieß mit dem Kopf an die Kopfstütze.

Er war in der letzten Zeit ziemlich schwierig gewesen, aber das mit Ellie war nicht seine Schuld. »Wir werden das für sie tun, Dan. Und alles wiedergutmachen.«

»Wir tun doch überhaupt nichts. Warum stehen wir hier rum? Wieso fahren wir nicht endlich weiter?«

Ja, vielleicht war seine Familie zurzeit wirklich ein trostloser Haufen, aber das Nyland-Virus war auch in der Lage, sich selbst zu kurieren. Weihnachten war bald vorbei. Ellie würde den normalen Alltag wieder aufnehmen. Daniel würde seine Aufsässigkeit aufgeben, und sei es nur, um wieder Auto fahren zu dürfen. Sammy würde in der Vorschule Freunde finden, denen es nichts ausmachte, dass er anders war. Und Walter, nun ja, Walter würde schließlich nicht ewig leben.

Aber dieses Mädchen. Diese Hannah. Er hätte genauso gut ein rotes X an ihre Tür malen können. In dem Haus herrschte irgendeine Pest, deren fauliger Gestank Eric aus Wilsons gebügeltem Hemd entgegengeströmt war.

»Dad?«

»Tut mir leid. Wir schauen noch kurz bei Wilson rein. Nur einen Augenblick lang.«

Daniel wurde munterer. »Bei Wilson? Du meinst den Typen auf der anderen Seite der Straße? Warum?«

Er würde sich für diesen erneuten Besuch irgendeine fadenscheinige Ausrede ausdenken, mit eigenen Augen sehen, dass Hannah gesund und fest schlafend im warmen Bett lag, und dann würde er die Sache auf sich beruhen lassen. Er brauchte wahrlich nicht noch ein Kind in seiner Obhut. Er brauchte keine weiteren Ausreden, um seinen eigenen Kindern auszuweichen.

»Ich dachte, du hasst den Typen«, sagte Daniel.

»Das habe ich nie gesagt.«

Daniel lehnte sich in den Sicherheitsgurt und spähte in die Dunkelheit hinein, während Eric das Auto auf Wilsons Grundstück bugsierte.

»Du hast vergessen zu blinken«, sagte Daniel tadelnd.

Ja, er hätte Dan wirklich nicht mitnehmen sollen. »In dem Haus wohnt ein Mädchen.«

»Ein Mädchen?« Daniel sah auf die weiße Einöde jenseits der Straße hinaus. »Hier draußen? Unmöglich. Wie alt ist sie?«

»Sie ist elf.«

Wilsons Schild war ganz von Schnee bedeckt, unleserlich. Es kam kein Lichtschein vom Haus, der den Weg gewiesen hätte.

Daniel holte tief Luft. »Ganz schön unheimlich, das Haus, wenn man näher rankommt. Scheint nicht viel los zu sein da drin.«

Hoffentlich stimmt das, dachte Eric. Er hielt neben Wilsons Auto an, das nicht bewegt worden war, und merkte sich die Uhrzeit: 18.47 Uhr.

»Du bleibst hier«, sagte Eric. Ein kalter Windstoß fuhr herein, als er die Tür aufmachte. »Ich lass den Motor laufen. Es dauert nicht lange.«

»Warum darf ich denn nicht mit?«

»Ich weiß nicht, was mich in dem Haus erwartet.«

Daniel löste seinen Sicherheitsgurt und lehnte sich zu seinem Vater hinüber. »Brauchst du keine Rückendeckung?«

»Du schaust zu viel Fernsehen. Ich bin gleich wieder da.«

Der schmale Pfad bis zu Wilsons Haus hatte sich schon wieder mit Schnee gefüllt, seit Eric zuletzt hier gewesen war. Er stapfte mühsam und bis zur Stiefelkante einsinkend auf die Veranda zu. Benommen von der betäubenden Stille holte er erst einmal tief Luft, bevor er an die Tür klopfte.

Überrascht stellte er fest, dass sie nachgab. Er sah auf die silbrige Klinke hinunter, sie war eingefroren, vollkommen von Schnee bedeckt, sie konnte den Winter nicht länger draußen halten. Eric schob die Tür auf, ging in die verglaste Veranda hinein, öffnete die innere Tür und trat in das überheizte Wohnzimmer, wo er breitbeinig stehen blieb. Er hörte nichts, nur das Ticken der Standuhr und die Stimme in seinem Hinterkopf, die ihm riet, auf der Hut zu sein.

»Wilson«, rief er.

Keine drei Meter von ihm entfernt, mitten im Wohnzimmer, regte sich etwas. Einen Bogen schlagend, bewegte Eric sich langsam darauf zu, um einen Blick darauf zu werfen: Wilson, ausgestreckt auf dem Sofa, die Haare verdrückt, ein Arm auf den Boden hängend, der andere das Gesicht bedeckend. Sein gebügeltes Hemd, das nicht mehr in der Hose steckte, war verknittert und hatte vorne einen langen bräunlichen Fleck. Auf dem fleckigen Zierdeckchen des Couchtischs stand eine dreiviertel leere Flasche Bourbon. Der Alkoholgestank war widerlich. Eric wurde schlecht davon – es war die Übelkeit des kleinen Jungen, der damals Walter vor sich ausgestreckt daliegen sah.

»Wilson«, rief er noch einmal und zog an der Schnur der quastengeschmückten Stehlampe neben Wilsons Kopf. Wilson versuchte mit rudernden Armen, an irgendeinem unsichtbaren Griff Halt zu finden, und schlug dann wieder lang hin.

Eric beugte sich über ihn und versetzte seiner Schulter einen festen Hieb. »Wilson!«

Wilson blinzelte mehrmals im Lampenlicht und versuchte, sich zu orientieren. »Eric. Raus aus meim Haus.« Wilson verzog den Mund und holte mit dem Arm aus, verfehlte Eric aber. »Raus aus meim Haus.«

Eric näherte sich bis auf wenige Zentimeter Wilsons Gesicht, säuerlicher Gestank drang ihm in die Nase. »Du bist betrunken.«

Wilson schloss die Augen wieder. »Is Weihnachn.«

»Wo ist Hannah?«

»Is ja nich vabotn, an Weihnachn zu trinkn.«

Eric hätte Wilson am liebsten an seinem roten Hals gepackt. »Wo ist Hannah?«

Wilsons Mund verzog sich zu einem Grinsen. »Is meine Sache.«

»Hannah!«, rief Eric laut. »Hier ist Eric Nyland. Ich muss nur einen Augenblick mit dir reden.«

Er lauschte auf Schritte über sich. Nichts. Kein Anzeichen des Mädchens. Kein Anzeichen der Katze.

»Hannah!«

Dieses verdammte Ticken war unglaublich laut. Wilson suhlte sich auf dem Sofa schnaufend in seinem Vollrausch. Eric ging ans Fenster und schob die Spitzengardine zur Seite. Er sah nichts Ungewöhnliches, nur Dans Silhouette, der mit gesenktem Kopf auf dem Beifahrersitz saß, genau dort, wo er ihn zurückgelassen hatte. Bleib da bitte auch, beschwor Eric seinen Sohn – in der Wärme, in Sicherheit, mit dem Handy beschäftigt.

Wilson schnarchte inzwischen, von ihm ging keine unmittelbare Gefahr aus, und so stieg Eric die Treppe hinauf, schweren Schrittes, unbefugt. Sie war vollkommen erschöpft gewesen. Vielleicht lag sie in tiefem, traumlosem Schlaf und ahnte nichts davon, dass dieses jämmerliche Exemplar von einem Stiefvater sich sinnlos betrunken hatte. Vielleicht hatte sie nicht gehört, dass er ihren Namen rief.

Im oberen Stockwerk, wo es mindestens zehn Grad kälter war als im Erdgeschoss, gab es vier Zimmer, zwei auf jeder

Seite des Flurs. Die Türen waren geschlossen. Eric öffnete die Tür, die ihm am nächsten war, und machte das Licht an. Wilsons Schlafzimmer, makellos aufgeräumt: ein abgetretener burgunderroter Teppich, ein militärisch korrekt gemachtes Bett, eine wuchtige Eichenkommode auf gedrechselten Füßen, ein Sessel mit gerader Lehne, ein leerer Mülleimer – wie ein billiges Hotelzimmer, das auf Gäste wartete. Langsam machte er kehrt, seine Stiefel ließen feuchte Abdrücke auf dem Teppich zurück.

Das Zimmer daneben versetzte Eric einen Stich. Der alte Schreibtisch aus Holz in der Ecke war leer – keine Papiere, Stifte, Aktenordner, Geschäftsbücher, Rechenmaschinen –, nichts, was ein Steuerberater zur Arbeit brauchte. Gleich bei der Tür stand ein Bügelbrett, und eine Kleiderstange aus Metall nahm die ganze Länge des Zimmers ein. Wilson hatte seine Hemden, sorgfältig einzeln auf Bügel gehängt, von Wand zu Wand aufgereiht. Dutzende weiße Hemden hingen dort, mit militärischer Präzision gebügelt, die Kragen heruntergeklappt, die Knöpfe geschlossen. Alle in derselben Richtung, wie kopflose Soldaten.

Eric lief wieder in den Flur und sah im Badezimmer nach. Jetzt war nur noch ein Zimmer übrig. Er schob die Tür auf und hoffte, dass er sie schlafend antreffen würde, dass es nur das war.

»Hannah«, flüsterte er. »Hannah, ich bin's, Eric Nyland. Dein Nachbar.«

Er drückte den Lichtschalter. Wenn das hier ihr Zimmer war, so gab es kein Anzeichen von ihr. Keine Kleiderhaufen auf dem Boden, keine Poster an den Wänden oder Stofftiere auf ihrem schmalen gemachten Bett, keine Katze auf ihrem Kissen.

Eric rannte die Treppe hinunter, am komatösen Wilson

vorbei, und stürmte in die faulig riechende Küche, den einzigen anderen Raum im Erdgeschoss. Er schaltete jedes Licht an, das er finden konnte. Auf dem Tisch und auf dem Boden lagen Überreste des Abendessens. Ein Porzellanteller war zu Bruch gegangen, und zertretene Erbsen klebten in den Ritzen der Dielenbretter. Wenn sie sich zu Fuß auf den Weg gemacht hatte, war das ihr Ende. Dazu war es einfach viel zu kalt. Er öffnete systematisch alle Küchenschränke und Wandschränke, schob Besen beiseite und Mehltüten, sah in Ecken und unter das Spülbecken. Überall und nirgends, wo sich ein Mädchen verstecken konnte. Die Tür beim Flur des Hintereingangs war mit einem Riegel zugesperrt. Mit einem dieser vernickelten Stahldinger, die erst nach dem Bau des Hauses angebracht wurden, der einzige Zusatz in einer sonst original erhaltenen und altmodischen Küche. Eric schob den Riegel zurück und stieß die Tür auf. Vor ihm tat sich eine abgetretene Holztreppe auf, die er noch nie gesehen hatte.

Langsam stieg er sie hinunter. Er griff in seine rechte Jackentasche und holte die Taschenlampe heraus. Er musste zweimal draufhauen, bis der Strahl endlich einen halben Meter vor ihm ausleuchtete. Unten angekommen musste Eric erst ein paarmal tief Luft holen, damit sein Herz nicht mehr so hämmerte in der höhlenartigen Gruft, die kaum hoch genug war, dass er darin aufrecht stehen konnte. Er spürte, wie es ihm die Kehle abzuschnüren begann, am liebsten hätte er auf der Stelle kehrtgemacht. Er hatte Angst vor engen Räumen – Tunnel, Aufzüge, Flugzeuge. Vor seiner ersten und einzigen Kernspintomografie hatte er ein starkes Beruhigungsmittel einwerfen müssen.

Der wütend bollernde Heizofen in der Ecke ächzte und knisterte, aber es war immer noch so kalt, dass man die eigenen Atemwölkchen sehen konnte. Rauchwolken umwaberten ihn. Der sandige Boden und die rohen Wände verströmten einen modrigen Erdgeruch. Eric suchte nach einer Lampe, fand über sich eine Glühbirne und zog an der zerschlissenen Schnur.

Schatten huschten umher wie Fledermäuse. Es kostete ihn all seine Energie, in diesem Sarg zu bleiben. Seine Stimme versagte ihm den Dienst, er konnte nicht nach Hannah rufen. Er drehte sich im Kreis herum, richtete den Lichtstrahl auf den verdreckten Heizofen, ließ ihn über leere Holzregale schweifen und zwischen Bottiche, die aufgereiht an der Wand standen.

Beim ersten Mal bemerkte er sie nicht. Erst als er sich mit dem Lichtstrahl noch einmal im Kreis drehte, sah er die ausrangierte Decke, die sich vor den ineinandergestapelten Metalleimern bauschte. Sie war grau und voller Löcher. Er fuhr tastend mit der Hand über die Falten, und dann warf er seine Taschenlampe beiseite und schälte die kleine, reglose Gestalt daraus hervor. *Lass sie nicht tot sein.* »Hannah, ich bin's, Eric Nyland.«

Er kniete sich vor sie hin, legte einen Arm um ihren Rücken und löste sie aus ihrer zusammengekauerten Haltung. Sie richtete sich ein wenig auf und versuchte kraftlos, ihn ins Gesicht zu schlagen.

»Ich bin's, Eric Nyland. Von nebenan. Ich will dir nicht wehtun.« Eric wartete ab, während sie auf ihn einschlug, und sagte immer wieder ihren Namen, bis sie aufhörte. »Ist ja gut jetzt. Alles ist gut.«

Schließlich sank sie keuchend in seinen Arm und blinzelte in die Schatten hinein.

»Komm, wir bringen dich hier weg.«

»Sie sind zurückgekommen«, sagte sie kaum lauter als ein Flüstern.

»Bist du verletzt?« Eine idiotische Frage. Sie war ein kleines Mädchen, das in den Keller geworfen worden war. Und weiß Gott was sonst noch. Eric hatte sein Telefon im Auto gelassen. Und Dan auch. Er musste schnellstens zurück zu seinem Sohn und das Mädchen ins Warme bringen. Sie trug nur einen dünnen Schlafanzug, und ihre Zehen waren so weiß wie Papier. Er fuhr mit der Taschenlampe über ihren Körper, um zu sehen, ob etwas gebrochen war oder ob sie blutete. Einen Arm hielt sie fest um ihren Leib geschlungen, so als wollte sie irgendetwas unter dem Schlafanzugoberteil verbergen. Er löste ihre Finger, hob die fadenscheinige Baumwolle an einer Ecke leicht an und hielt den Atem an. Es war ihre Katze – Mindy, Mandy? –, starr wie ein Stück Pappe. Er nahm die Katze vorsichtig an sich und legte sie auf den Boden.

Hannah versuchte, sich aufzusetzen. Jetzt weinte sie, aber es klang eher wie ein kehliges Miauen, so als wäre ihr Mund voller Kieselsteine.

»Sie w-w-wollte einfach nicht wieder anfangen zu atmen«, stotterte sie heiser.

»Es tut mir so leid, Hannah.« Eric zog seine Winterjacke aus und wickelte sie darin ein. »Ich werde dich jetzt hochheben. Du musst mir sagen, wenn es wehtut.«

Er griff nach der Taschenlampe, nahm sie auf den Arm und drückte das erstickt schluchzende Bündel fest an sich. Dann ging er um die tote Katze herum und stieg die quietschende Treppe hinauf, während er beruhigend auf sie einredete. Als sie im hellen Küchenlicht ankamen, hörte er im Nebenzimmer Wilson lallend herumschreien. Hannah wurde ganz steif in seinem Arm, während er das Mantra *Alles ist gut, alles ist gut, alles ist gut* vor sich hin flüsterte.

Aber das war es nicht. Hannah fest im Arm haltend, ging er ins Wohnzimmer, und dort traf er auf Dan, der seinen

Blick mit ängstlich aufgerissenen Augen erwiderte. Dan war in das Haus dieses Verrückten hereinspaziert, einfach so durch die Haustür. Herrgott noch mal, er hatte sich sogar die Stiefel ausgezogen. Wilson stand wankend genau vor Dan, hielt sich am Treppengeländer fest, um nicht auf den Teppich zu knallen, und schrie unzusammenhängendes Zeug darüber, dass Eric ein gottverdammter Loser sei. Die Standuhr schlug die volle Stunde.

»Dan, weg da, sofort«, sagte Eric. Dan biss sich auf die Lippe. Er regte sich nicht. »Sieh mich an, Dan.«

Wilson fuhr zu Eric herum. »Raus aus meim vadammtn Haus«, brüllte er.

Hannah zitterte in seinen Armen. Eric trug sie zum Sofa und legte sie darauf. Sie weinte in sein Ohr hinein und weinte weiter, als er sie hingelegt hatte.

»Schnauze. Schnauze. Schnauze.« Wilson griff nach Dan, packte ihn an der Jacke und schüttelte ihn wie ein wehrloses Tier.

Eric stürzte quer durchs Zimmer auf Wilson zu, stieß ihn mit dem Körper zu Boden und schlug mit der Faust auf sein Kinn ein, einmal, zweimal, immer weiter, bis Wilson reglos unter ihm dalag. Eric hatte Wilson das Knie auf die Brust gepresst und ihn mit der anderen Hand an der Kehle gepackt, und so blieb er noch einen Moment hocken, bis sein eigener Atem sich wieder beruhigt hatte und bis er nichts anderes mehr hörte als das Ticken der Standuhr und den durch die leere Straße fegenden Wind.

Als er aufsah, stand Dan mit dem Rücken zur Wand da, von einem Fuß auf den anderen tretend, die Mütze in der Hand.

»Alles okay bei dir?«

Dan nickte.

»Das war nicht deine Schuld. Das wäre auch passiert, wenn du im Auto geblieben wärst.« Eric stand ungelenk auf und ging auf den Jungen zu, der etwas zurückwich.

»Ist er tot?«, wollte Dan wissen.

Reue durchströmte Eric. *Gib bitte deinen Namen zu Protokoll. Daniel James Nyland. Schildere uns bitte den Ablauf des Geschehens. Hatte Mr Wilson dich gebeten, das Haus zu verlassen? In welchem Zustand war Mr Wilson zu diesem Zeitpunkt? Hat Mr Wilson zuerst zugeschlagen? Hat er überhaupt zugeschlagen? Und wie oft hat Eric Nyland Mr Wilson geschlagen?*

Wie oft? Erics Fingerknöchel waren purpurrot und angeschwollen. »Er ist nicht tot, Dan. Er ist betrunken. Das ist alles.« Hannah war fast ins Sofa hineingekrochen. »Wir müssen ihr helfen. Kannst du das mit mir zusammen tun?«

Daniels Blick schoss vom Sofa zu dem reglosen Wilson und zurück zum Sofa. »Was ist los mit ihr?«

»Sie ist verletzt. Hilfst du mir?«

Daniel nickte.

»Gut. Ich werde die Polizei anrufen. Geh mal rauf und hol ein paar Decken. So viele, wie du tragen kannst. Und auch ein paar Sachen zum Anziehen für sie. Bring das alles hier herunter. Wir werden sie aus diesem Haus herausholen.«

4

Ellie kuschelte sich in Myrtles mit Mohairvelours bezogenen Sessel und starrte in die ferne Dunkelheit draußen vor dem Fenster. Die Felder stachen überdeutlich hervor, weiß auf schwarz. Eric und Danny waren immer noch irgendwo dort draußen auf der Suche nach dem verdammten Baum. Sie hätten schon vor Stunden zurück sein müssen. Keiner von beiden ging an sein Telefon. Sie zog die Knie an die Brust und vergrub ihre Zehen unter ihrem Hausmantel, der inzwischen so verschlissen war, dass es ihr schwergefallen wäre, seine Farbe zu nennen. Schmuddlig grau, wahrscheinlich. Genau wie ihre Gedanken.

Dieses Jahr wollte sie zu Weihnachten nicht so niedergeschlagen sein, das hatte sie sich geschworen, und trotzdem war sie schon wieder dabei, aus allem ein Drama zu machen. Sie hatte sich über die Jahre hinweg Hunderte von Deadlines gesetzt – im Frühling lässt du es hinter dir, im Sommer hast du es vergessen, im Herbst bist du darüber hinweg. Es gab Tage, ja, Wochen, da fühlte sie sich fast normal, so als könnte sie tatsächlich wieder eine gute Ehefrau und Mutter werden. Und dann kam Weihnachten. Es war, als würde sie allein dadurch in die Vergangenheit gesogen, und ihre Brust fühlte sich an wie in einem Schraubstock, so schmerzhaft und eng, dass sie meinte, einen Herzinfarkt zu bekommen. Sie könnte es Eric und Danny nicht mal verübeln, wenn sie einfach immer weiterfuhren und nicht wieder zurückkamen.

Sie lauschte, ob in der Auffahrt knirschende Reifen oder im Flur tapsende Schritte zu hören waren. Aber Walter war an diesen Abend zum Glück ruhig, und Sammy war wie immer um 20.15 Uhr ins Bett gegangen. Es war jeden Abend exakt dasselbe. Sie ging in sein kleines Zimmer, zog die schweren Vorhänge zu, schaltete den Luftfilter mit dem vertrauten Summton ein und schlug die einfarbig braune Bettdecke zurück, die weder zu kratzig noch zu flauschig war. Dann arbeiteten sie gemeinsam die Schritte ab, die auf der Liste für die Schlafenszeit über seiner Kommode standen: Schlafanzug anziehen, Käsestange essen, auf die Toilette gehen, Hände waschen, Zähne putzen, Wasser trinken, Buch lesen, Mutter umarmen, ins Bett gehen, einschlafen. Sie setzte sich auf Sammys Bettkante, passte auf, dass sie weder ihn noch sein Kissen berührte, und las ihm aus dem inzwischen eselsohrigen Buch *Bist du meine Mama?* vor. Wenn sie die Seiten umblätterte, verschwammen ihr die Wörter vor den Augen. Sammy war eigentlich schon viel zu alt für die Geschichte – er ging jeden Nachmittag, wenn er aus der Vorschule zurück war, einen ganzen Stapel Bücher aus der Leihbücherei durch –, doch er wollte keine andere Gutenachtgeschichte hören. Ihm gefiel die ständige Wiederholung *Bist du meine Mama? Bist du meine Mama?* und auch, dass das Vogeljunge die Frage so verlässlich immer wieder stellte, während es versuchte, den Weg nach Hause zu finden. Manchmal übersprang sie Seiten, aber dann bestand Sammy darauf, dass sie zurückblätterte und sich genau an den Ablauf der Wegsuche hielt, die sie inzwischen von Grund auf leid war.

Denk nicht über sie nach, sagte sich Ellie und grub sich

durch ihren Hausmantel hindurch die Fingernägel in die Oberschenkel. Sie spürte, wie sie zu sinken begann, in sich selbst zu versinken, setzte sich anders in den Sessel und schlug sich, so fest sie konnte, mit der Hand an die Stirn. Sie hasste es, wenn sie so war, wenn sie nicht genug Kraft aufbrachte, diese Gedanken zu vertreiben.

Lily war das Schlimmste gewesen. Ellie konnte den exakten Zeitpunkt der Empfängnis nennen. Zwei Monate lang hatten Eric und sie versucht, ein Kind zu bekommen. Sie war erst vierundzwanzig und liebte ihren frisch gebackenen Ehemann wahnsinnig. Danny liebte ihn genauso wahnsinnig und folgte ihm mit seinen vier Jahren völlig verzückt von Zimmer zu Zimmer. Seit Eric und Ellie darüber sprachen, dass sie ein gemeinsames Kind wollten, ein Kind mit seinen Genen, seiner skandinavischen Herkunft, fegte er mit Enthusiasmus durch seine Tage, und seine Aufregung war so unerschöpflich, so leibhaftig, dass sie das ganze Haus anfüllte. Noch nie war sie sich einer Sache so sicher gewesen. Und wie schön war es gewesen, die Worte *Ja, ich bin schwanger. Ist das nicht wundervoll?* auszusprechen. Sie trug Umstandskleider mit Sprüchen wie *Mit Liebe gemacht,* um ihren Babybauch, ihre makellose Erscheinung noch zu unterstreichen. Diesmal gab es nichts zu verstecken. Keine Teenagertränen.

Ellie kam es vor, als hätte sie Lily durch schieren Willen ins Leben geholt.

»Du darfst jetzt nicht einschlafen«, flüsterte sie Eric zu, rollte sich auf seine Brust und legte ihr Kinn auf ihre verschränkten Arme. »Wir haben gerade ein Kind gezeugt. Ich kann sie schon spüren.«

»Das wäre dann wirklich so eine Art Weltrekord. Du hast doch Sexualkunde gehabt, oder?« Er schob sie wieder auf ihre Seite des Betts und legte den Arm um sie.

Sie legte Erics Hand auf ihren Bauch und hielt sie dort. »Sie wird genauso aussehen wie du, Eric. Deine Augen. Dein verwachsener Nagel am kleinen Zeh. Sie wird alles haben, was gut an dir ist.«

Die Clearblue-Schachtel versprach »Sicherheit so früh wie möglich«, und so machte sie den ersten Schwangerschaftstest gleich morgens an dem Tag, an dem sie ihre Periode bekommen sollte. Sie fing ihren Urin in einer blauen Porzellantasse auf, tauchte das Teststäbchen hinein und rührte darin wie in einem heißen Kakao. Keine drei Minuten später bestätigte es, was sie bereits wusste.

Eric war erst kurz zuvor in die Arbeit aufgebrochen, und so rief sie ihn auf seinem Handy an. Als er ranging, fragte er: »Was habe ich vergessen?«

»Du hast vergessen, dich von deinem Baby zu verabschieden.«

»Ellie?«

»Eilmeldung.«

Sie hörte, wie Eric ganz tief Luft holte und mit der Hand aufs Lenkrad schlug, dann den durchdringenden Laut einer Sirene.

»Du bist im Einsatz? Fahr weiter, wir reden später.«

Sie hatte kaum aufgelegt, da war Eric wieder in der Auffahrt, in der Tür und in ihren Armen. Danny krabbelte aus dem Bett. Er gehörte nicht zu denen, die morgens begeistert aus dem Bett sprangen, und die Sirene war nötig gewesen, um ihn zu wecken. Als er die Neuigkeit hörte, war er zunächst verblüfft, dann verlegen. *Das ist schon okay,* sagte er, und dass das Baby Mr Chuckles haben könne, aber nicht seinen blauen Bären. Und er fragte, ob er es seiner Grandma erzählen dürfe. Eric hielt es für verfrüht, aber Ellie hatte nichts dagegen. Grandma Myrtle rief *Ja so was aber auch, ja so was aber auch* ins Telefon, und dann warf sie es auf den Küchentresen und rief nach Walter und dass er sich das nur mal anhören solle. Noch ehe der Tag vorbei war, hatte Ellie es, zwischen Lebensmitteleinkäufen und einem Besuch beim Zahnarzt mit Danny, allen erzählt, die sie kannte, und auch vielen, die sie nicht kannte.

Es war eine Tochter, die sie unter dem Herzen trug, und sie hieß Lily, in Anlehnung an ihre Lieblingsblume, die Lilie. Das wusste Ellie vom ersten Augenblick an, und es war nicht Wunschdenken einer Mutter, sondern ein tiefes, rätselhaftes Wissen.

Die Vorbereitungen für den Familienzuwachs erfassten sie alle drei. Eric und Danny verbrachten Stunden im Hobbykeller, mit den Rolling Stones auf voller Lautstärke. Sie hämmerten und sägten und schmirgelten. Ihr erstes Projekt war ein Baby-Trittschemel, einfache Stoßfugen mit Schrauben verstärkt. Und danach machten sie gleich mit einem Küchenset aus einem kleinen Tisch und zwei Stühlen weiter.

»Ehe sie dich zum Tee einladen kann, wird sie erst mal ein Babybett brauchen, Eric.«

»Ein Hochbett mit einer Leiter«, schlug Danny vor.

Ellie kaufte Babyzeitschriften und Erziehungsratgeber dutzendweise und stapelte sie auf dem Nachttisch neben ihrem Bett. Sie nahm äußerst gewissenhaft Vitamine für Schwangere und hörte auf, Kaffee zu trinken. Sie fühlte sich bemerkenswert stark trotz ein wenig Übelkeit und gelegentlicher Kopfschmerzen, aber das hatte sie auch bei Danny erlebt.

Das Ende begann nach zwölf Wochen und sechs Tagen, mit einem kleinen braunen Schmierfleck. Es war am Freitag vor Weihnachten. Ellie ignorierte ihn. Von genau so was hatte sie in ihren Babybüchern gelesen. Ihre Brüste waren unempfindlich und kaum angeschwollen, sodass sie sich für einen ihrer Bügel-BHs entschloss, die sie schon seit Wochen mied. Mit freudiger Energie erledigte sie ihre Hausarbeit, ehe sie sich auf den Weg zum Termin für ihre Ultraschall-Untersuchung machte. »Du willst heute doch deinen Bohrer ausprobieren, Eric. Du hast noch ein Leben lang Zeit, auf ihren Herzschlag zu lauschen. Komm doch beim nächsten Mal mit.«

Aber die medizinisch-technische Assistentin, die sehr still war, konnte den Herzschlag nicht finden. Und auch die Gynäkologin nicht.

»Nein. Sie irren sich. Mir geht's gut. Ihr geht's gut. Uns geht's gut.«

»Sie müssen sofort ins Krankenhaus. Das ist das Beste, dann haben Sie gleich Sicherheit.«

Ellie zog ihren treulosen Körper wieder an und verließ fluchtartig die Praxis. Sie fuhr in die dem Krankenhaus entgegengesetzte Richtung und wusste nicht, wie sie ohne Blechschaden am Auto nach Hause gekommen war. Als Eric sie in ihrem Schlafzimmer antraf, wusste er, dass etwas nicht stimmte. Er fuhr Danny zu einem Freund, bei dem er übernachten konnte, und schusterte dann ein Abendessen zusammen, das aus lauter weichen Speisen bestand, die gut zu kauen waren, als würde es das einfacher machen. Ellie saß am Tisch und spielte mit dem Essen auf ihrem Teller. Sie aß nicht einen Bissen.

»Warum hast du mich nicht angerufen? Ich wäre gekommen. War es furchtbar?«

»Ob es furchtbar war? Als wenn's vorbei wäre.«

»Der Eingriff, meine ich.«

»Der Eingriff? Ich bin einfach weggefahren, Eric.«

»Und das Baby? Was ist aus dem Baby geworden?«

»Ich will nicht, dass man sie aus mir heraussaugt und in Stücke reißt.«

Eric griff nach dem Telefon, ging ins Schlafzimmer und schloss die Tür hinter sich. Er war von bemerkenswerter Hartnäckigkeit und ließ sich nicht abwimmeln, bis er die Ärztin erreicht hatte. Als er wieder herauskam, hatte seine Haut die Farbe von Bastelkleber.

»Ellie. Wir müssen ins Krankenhaus fahren. Ich habe mit der Ärztin gesprochen. Es muss eine Ausschabung gemacht werden. Das kannst du nicht alleine durchstehen.«

Aber sie stand es alleine durch. Sie trug den toten Fötus vier Tage lang in sich. Montagnacht wachte sie klebrig verschwitzt auf, irgendetwas floss aus ihr heraus, und sie hatte wellenartige Kontraktionen. Sie überließ Eric seinem unruhigen Schlaf, tappte den Flur entlang und machte sich mit einem alten Laken aus dem Wandschrank auf den Weg ins Badezimmer, wo sie die Wanne volllaufen ließ. Mit zitternden Händen breitete sie das Laken in dem kleinen Raum so aus, dass es den Boden ganz bedeckte. Dann setzte sie sich in die Wanne und wartete. Schließlich hielt sie das winzige Säckchen, das in einer Flüssigkeit ihr Baby barg, in der Hand. Ihre Tochter war schön. Durchsichtig. Die Arme ausgestreckt, die Beine angezogen, die Rippen ausgebildet. Sie hatte einen makellosen kleinen Kopf, Knospen als Ohren, eine schmale Linie als Mund und große Augen. Sie war kleiner als eine Visitenkarte und passte genau in Ellies Handfläche.

Benommen stand Ellie auf und legte ihre Tochter in die Seifenschale auf der Ablage. Dann stieg sie wieder in die Wanne und zog den Stöpsel, das Wasser lief ab wie ein roter Strom. Ihr wurde kalt, als sie sich abduschte, um auch die letzten Reste noch loszuwerden. Ein Geräusch hinter ihr ließ sie zusammenfahren, und als sie sich umdrehte, stand Eric in der Badezimmertür. Sie griff nach der Seifenschale mit ihrer Tochter darin und reichte sie ihrem Ehemann. Ihr Baby war nicht mehr so vollkommen wie vorhin noch, es begann bereits zusammenzuschrumpfen.

»Unsere Tochter«, sagte Ellie heiser und verschluckte sich beinahe an den Wörtern.

»Du zitterst ja.«

»Lily.«

»Ellie, nicht jetzt, bitte. Du brauchst einen Arzt.«

»Ruf niemanden an. Bitte nicht. Dies ist unsere Familie.«

Eric wickelte sie in ein Handtuch und half ihr ins Bett. Sie konnte sich nicht erinnern, was danach geschah. Als sie am nächsten Morgen aufstand, war das Badezimmer geputzt, der Mülleimer ausgeleert und das Laken nirgends mehr zu sehen.

Eric brachte ihr auf dem Holztablett das Frühstück ans Bett. Toast, Marmelade und eine Kanne Tee mit Honig. Er hatte ihre Tochter in seine geliebte Holzschachtel gelegt, in die, die er selbst geschnitzt und an den Seiten mit geometrischen Mustern verziert hatte. Irgendwann in der Nacht hatte er noch sechs Blätter in den Deckel geritzt, eine langstielige Lilie.

»Ich habe sie in einen Waschlappen gewickelt«, sagte er.

»Ich möchte sie sehen.«

»Nein, Ellie, nicht.« Er hielt die Schachtel weg von ihr. »Sie ist jetzt von uns gegangen.«

Doch Ellie entriss ihm die Schachtel, klappte den Deckel auf und betrachtete den kleinen, von Blasen übersäten Körper, ihre Tochter, die nur noch einen Bruchteil ihrer ursprünglichen Größe hatte. Sie würde davonfliegen wie Staub, wenn man zu stark blies.

Der Weihnachtsmorgen kam und ging, er war jedoch eine traurige Angelegenheit. Um Dannys willen versuchten sie, Interesse an der neuen Eisenbahn und dem Bodenpuzzle zu heucheln, die der Weihnachtsmann gebracht hatte. Als der Tag voranschritt, trank Eric zu viel und bestellte dann chinesisches Essen, während sie auf dem Sofa lag und Danny beim Herumtoben auf dem Boden zusah.

Es dauerte noch fünf weitere Tage, bis sie die Kraft fand, ihre Tochter zu begraben. Immer noch geschwächt, niedergeschlagen und erschüttert vom Anblick all des Blutes, ging sie mit Eric zu dem Hügel am Fuße des Berges. Es war ein ungewöhnlich milder Winter gewesen und die Erde immer noch locker. Sie hoben die kleine Grube neben dem Baum aus, in den Eric ihre Initialen geritzt hatte.

Jetzt hörte sie draußen vor dem Fenster ein Geräusch. Waren sie wieder da? Sie wollte aufstehen, leicht panisch wegen der düsteren Gedanken, doch ihr versagten die Beine, und sie sank in Myrtles Sessel zurück.

Nein. Es waren nicht ihr Ehemann und ihr Sohn, nur ein Eiszapfen, der von der Dachrinne zu Boden gefallen war.

Sein Dad setzte das Mädchen für die Fahrt ins Krankenhaus von Neesley auf den Beifahrersitz, von Kopf bis Fuß in Decken eingehüllt. Im Kofferraum lag ihre tote Katze. Ohne sie wollte sie nicht losfahren, also hatte Dad gesagt: *Okay, okay, schon gut,* war noch mal ins Haus gegangen und ein paar Minuten später mit der in ein Handtuch gewickelten Katze wiedergekommen.

Daniel saß auf der Rückbank, neben sich einen grünen Müllbeutel, in dem die Kleidung des Mädchens steckte: Jeans, T-Shirts, Pullover, Unterwäsche – was immer er finden konnte, als er ihre Kommodenschubladen durchwühlte.

Er hatte noch nie die Kleidung eines Mädchens angefasst, außer die von Melissa, und die auch nur ein Mal: den engen Pullover mit Knöpfen, so klein wie scharfe Zimtbonbons, den getüpfelten BH mit den Spitzenträgern, dem Bügel unten und dem komplizierten Verschluss hinten.

Er hätte gern Fragen gestellt, als sie durch Schnee und Eis dahinrasten. Was war passiert? Was würde passieren? Aber da das Mädchen schwieg, tat er es auch. Er ließ sich in den Sitz sinken und fühlte sich selbst wieder wie ein Kind, während sein Vater beruhigend auf sie einflüsterte und ihnen sagte, dass sie durchhalten sollten, dass sie gleich da seien, dass alles gut werde. Die Worte waren zwar an das Mädchen gerichtet, aber Daniel hielt sich trotzdem daran fest.

Als sie im Krankenhaus ankamen, trug sein Dad das Mädchen einfach am Empfangstresen vorbei. Seine Schritte hallten laut auf dem Linoleumboden. Daniel durfte nicht mit in das Labyrinth der Vorhänge, und so blieb er allein im Warteraum der Notaufnahme sitzen. Dort standen nur sechs Stühle in zwei Reihen, je drei an den einander gegenüberliegenden Wänden, so als könnte diese Stadt sich eine größere Krise nicht vorstellen.

Einmal kam Dad heraus, blieb weiter unten im Flur kurz an dem Verkaufsautomaten stehen und zog eine Dose Cola. Er gab sie Daniel, als er sich neben ihn setzte.

»Alles okay bei dir?«

Er nickte, schaute seinen Vater aber nicht an.

»Dan?«

»Ja, alles okay.«

Sein Vater griff in die Tasche und zog eine Handvoll Kleingeld heraus. »Hier, nimm das.« Daniel hielt die Hand hin. »Da hinten gibt's auch Chips. Doritos.«

»Was ist mit Mom?«

»Ich werde sie anrufen.«

»Wie lange dauert's denn noch?«

»Weiß nicht. Sie ist jetzt beim Röntgen. Halt durch, okay?«

»Dad?«

»Ja?« Er war schon wieder aufgestanden und wollte losgehen.

»Wie heißt sie eigentlich?«

Das Mädchen hieß Hannah und hatte versucht, von zu Hause wegzulaufen. Sein Dad hatte sie heute Nachmittag erst auf der Straße gefunden. Er hatte sie zurückgebracht und dann wieder herausgeholt, wie eine Tüte Milch aus dem Kühlschrank.

Nach der Cola verschwand sein Dad erneut. Daniel konnte die Schmerzen hinter den Vorhängen weiter unten im Flur hören. Ein Mann stöhnte, eine Frau rief nach einem Mittel gegen die gottverdammten Schmerzen, und ein Baby schrie unentwegt. Dazwischen Hustenanfälle und Würgen. Er stellte sich vor, wie mit sägenden Geräuschen ein Bein abgenommen wurde. Er lauschte auf die Stimme seines Dads oder die des Mädchens, aber sie waren beide verschwunden.

Sein Telefon steckte in seiner Tasche wie ein leeres Portemonnaie. Sonst schaute er alle paar Minuten darauf, aber hier hingen überall Schilder mit der Aufschrift *Handys verboten,* und ausgerechnet an diesem Abend hatte er echten Respekt vor Regeln und Konsequenzen und es ausgeschaltet. Komischerweise hätte er gern die Stimme seiner Mom gehört. Auch wenn er aus dem Alter, dass sie ihn trösten musste, längst raus war.

Der Geruch in dem engen Warteraum wurde schon bald unerträglich. Schweiß vermischte sich mit dem typischen Krankenhausgestank, der von den weißgrauen Wänden aufstieg, genauso wie im Geräteraum der Schule, nur irgendwie saurer und antiseptischer. Er stand auf, seine Beine waren von dem vielen Sitzen schon ganz steif, und ging in den Flur. Die Krankenschwester hinter dem Empfangstresen sah von ihren Tabellen auf, bemühte sich jedoch nicht mal um ein Lächeln und wandte sich, so als könnte sie ihn nicht sehen, gleich wieder ihrem Geschreibsel zu. Also drehte er um und stapfte an den Verkaufsautomaten und an den Glasvitrinen vorbei, die gehäkelte Puppenkleider und Vogelfutterhäuschen aus Holz anboten. Als er um die Ecke bog, lief er direkt in eine rundliche Frau hinein. Ihre großen Brüste prallten an seinen Brustkorb, ihr Klemmbrett fiel zu Boden und mit ihm jede Menge Blätter, die sich überall verstreuten.

»Hoppla«, rief sie.

»Tut mir leid. Mist. Tut mir leid.« Auf dem Boden kniend, sammelte er die einzelnen Blätter wieder ein und zögerte so den Augenblick hinaus, da er ihr in die Augen sehen musste. Sie lachte dröhnend laut. Dieses Lachen kannte er doch. Er schaute auf und sah, wie sie ihre leicht zerzauste Erscheinung wieder richtete, indem sie ihre Brüste mit den Händen wie zwei Bowlingkugeln anhob. Auch das hatte er schon einmal gesehen, ein Anblick, den er so schnell nicht vergessen konnte.

»Meine Schuld«, sagte sie, offenbar zufrieden darüber, dass ihre weiblichen Formen wieder dort waren, wo sie hingehörten. »Ich habe diese dumme Angewohnheit, mit gesenktem Kopf herumzulaufen. Lass mich einfach …«

Er kniete immer noch auf dem Boden. Sie betrachtete ihn genauer, als er ihr die Blätter reichte. »Um Himmels willen. Daniel? Daniel Nyland?«

»Ja, Ma'am.«

Sie ergriff seinen Arm und zog ihn auf die Beine. »Na, du

bist ja vielleicht gewachsen. Wie auch nicht, bist ja schon ein richtiger junger Mann. Und gut aussehend obendrein. Ich bin's, Betty. Vom Familien- und Jugendamt. Nicht, dass das irgendwas bedeutet. Das sag ich immer, ich weiß auch nicht, warum. Wenn ich bei der Post wäre, würde ich wahrscheinlich sagen: Ich bin's, Betty von der Post.«

»Hi, Mrs Holt.«

»Dann erinnerst du dich also. Und so höflich. Nenn mich Betty. Meine Schwiegermutter ist die einzige Mrs Holt in dieser Stadt, und die wollen wir weiß Gott nicht hierhaben.«

Sie war die Schulfreundin seines Dads. Als er klein war, schaute sie jedes Jahr an Weihnachten bei seinen Großeltern vorbei, eine wandelnde Weihnachtsdeko: baumelnde Ohrringe, die glitzerten wie Glühbirnen, ein roter Pullover mit einer riesigen gelben Schleife auf der Brust. Jedes Mal, wenn sie klimpernd und dröhnend in Gelächter ausbrach, fing Thorn an zu heulen. Sie hatte sogar seinen Grandpa dazu gebracht, dass er sich laut lachend aufs Knie schlug.

»Tut mir leid, dass ich in Sie reingerannt bin, Mrs Holt.«

»Betty. So was passiert mir mindestens zweimal pro Tag.« Sie klopfte ihre Blätter zu einem ordentlichen Packen zusammen, klemmte sie unter den Clip und sah ihn dann lächelnd an. »Muss ja ewig her sein. Und was habe ich nicht alles verpasst. Da schaut man einen Augenblick lang mal nicht hin, und schon ist die Zukunft da.«

Erst jetzt schaltete er. Sie war wegen des Mädchens hier.

»Hat Dad Sie angerufen?« Hatte er ihr erzählt, dass er fast einen Mann umgebracht hatte?

Sie nickte. »Ihr habt vielleicht einen Abend hinter euch. Ziemlich übel. Wie geht's ihr?«

»Ich weiß nicht. Ich weiß nicht mal, wo sie sind.«

Sie lachte noch einmal, das Dröhnen hallte durch den Flur. »Also, wir sind hier in Neesley. Da kann sich auf Dauer nicht mal eine Maus verstecken.« Und damit zog sie ihn am Jackenärmel mit sich den Flur entlang.

Als sie am Empfangstresen ankamen, sah die diensthabende Krankenschwester auf und seufzte. Sie ignorierte ihn, doch Mrs Holt flüsterte sie über den Tresen gebeugt zu: »Ich glaube, dieser Abend geht nie zu Ende.«

»Marlene, Sie sehen ja aus wie der leibhaftige Tod. Ist es so schlimm?«

»Weihnachten. Da stürmen uns immer die Verrückten. Wir platzen aus allen Nähten. Es ist nicht mehr ein Bett frei.«

»Das Problem hatte Jesus an seinem ersten Weihnachtsfest auch. Wo ist sie denn?«

»Sie ist unten beim …«

Auf einmal drehten sie sich alle drei zum Flur um. Mit quietschenden Rollen schob ein schlafmützig aussehender Typ in grünem Kittel polternd ein Krankenhausbett durch eine große Doppeltür, gefolgt von Daniels Dad.

Die Krankenschwester drehte sich auf dem Absatz zum Whiteboard hinter ihr um und überprüfte das Kästchen neben Hannah Finchs Namen. »Sie kommen gerade richtig. Das ist sie.«

Dan konnte einen Blick auf das Mädchen erhaschen, ehe Schlafmütze das Bett hinter einen Vorhang bugsierte. Sie wirkte ganz klein und flach unter der Krankenhausdecke.

Sein Vater kam auf sie zu, mit hängenden Schultern. Er sah hundemüde aus und viel älter als noch beim Abendessen. »Betty. Danke.« Er drückte ihr die Hand, und sie erwiderte den Händedruck. Daniel stand verlegen wippend daneben. Ihm war, als gäbe es tausend Dinge, die er an seinem Vater zuvor nie bemerkt hatte.

»Ich habe noch nichts unternommen«, sagte sie. »Wie gut, dass dein Instinkt immer noch funktioniert. Es war richtig von dir, noch mal hinzufahren.«

»Erinnerst du dich noch an Dan?«

»Aber sicher. Freut mich, ihm über den Weg zu laufen.« Sie zwinkerte Daniel zu, und da musste er unwillkürlich lächeln.

»Irgendwelche Knochenbrüche?«, fragte sie seinen Dad.

»Auf den Röntgenbildern sind keine zu sehen. Zumindest keine aktuellen. Schwellungen und blaue Flecken. Einige üble Striemen. Ein bisschen wird's noch dauern, Dan, tut mir leid. Ich muss mit Betty ein paar Sachen besprechen.«

Und damit machten sie sich auf den Weg in den Warteraum. Die Krankenschwester hinter dem Empfangstresen ignorierte ihn weiterhin und vergrub den Kopf in ihren Papieren, und weil er nicht allein im offenen Eingangsbereich herumstehen wollte, schlich er zum Vorhang des Mädchens hinüber.

Sie lag auf der Seite, mit dem Rücken zu ihm, und hielt sich mit ihren dünnen Armen den Kopf. Alles andere von ihr war unter der Krankenhausdecke verborgen. Er schob den Vorhang etwas auseinander, was ein furchtbar quietschendes Geräusch machte. Sie drehte sich um und sah ihn direkt an.

»Hi«, sagte sie.

»Hi.« Er griff in seine Jackentasche und tastete mit der Hand nach dem Kleingeld darin. »Willst du eine Cola?«

»Ich hätte lieber eine Orangenlimo.« Ihre Stimme klang erstaunlich kräftig, wenn man bedachte, was sie gerade durchgemacht hatte. Sie hatte enorme dunkle Ringe unter beiden Augen.

»Ich glaub, der Automat hat keine Orangenlimo. Aber

ich kann ja mal nachgucken.« Er wollte sich auf den Weg machen.

»Nein, schon okay. Ich hab gar keinen richtigen Durst.«

»Es gibt auch Chips. Barbecue. Salz und Essig.« Er war noch nie in der Nähe von jemand gewesen, der so fertig aussah.

»Du warst bei mir im Haus. Du wohnst auf der anderen Seite der Straße.«

»Ich sollte eigentlich im Auto warten.«

»Hast du aber nicht.« Jetzt saß sie aufrecht da, mit großen Augen, und drückte sich das Kissen an die Brust. »Kriegst du deshalb jetzt Schwierigkeiten?«

Daniel konnte sich die Schwierigkeiten, die sie kannte, nicht mal vorstellen. »Ich hab den Pick-up meines Grandpas zu Schrott gefahren und steck irgendwie also sowieso schon in Schwierigkeiten.«

»Oh.« Sie sah ihn konzentriert an, dann gaben ihre Schultern nach, und sie ließ sich wieder aufs Bett sinken. »Du siehst gar nicht so aus, als hättest du ein Auto zu Schrott gefahren.«

Sein Unfall kam ihm jetzt so belanglos vor, und es war ihm peinlich, dass er ihn erwähnt hatte. »Wie kommt's, dass ich dich noch nie gesehen hab? Wenn du doch genau gegenüber wohnst.«

»Ich hab dich mit deinem Dad die Straße rauf und runter fahren sehen.«

Die Übungsfahrten, nachdem er den Lernführerschein gemacht hatte. Sie hätten auf dieselbe Schule gehen, mit demselben Bus fahren müssen. »Wo gehst du zur Schule?«

»Ich werde zu Hause unterrichtet«, sagte sie und verzog die Nase, als stiege bei dem Gedanken ein Gestank auf. »Bringt er mich wieder dorthin zurück?«

»Wer?« Als wüsste er darauf eine Antwort.

»Dein Dad.«

»Er ist nicht mein richtiger Dad.« Warum erzählte er ihr das? Eric war der einzige Vater, den er je gekannt hatte. Er schämte sich. Wollte er mit ihr etwa um die schlimmste Geschichte konkurrieren? Er hätte sich am liebsten an eine Wand gedrückt, so bloßgestellt fühlte er sich, und griff nach dem dünnen Vorhang. »Ich geh ihn mal fragen.«

Als er sich umdrehte, um zu gehen, rief sie ihn beim Namen. Er konnte sich nicht mal erinnern, ihn ihr genannt zu haben.

»Ja?«, sagte er.

»Nigel Wilson ist auch nicht mein richtiger Vater.« Dann wandte sie den Blick ab und zog die grüne Decke bis an ihr Kinn hoch.

Daniel ging durch den Flur und ließ sich im Warteraum auf einen Stuhl fallen, an der Wand seinem Dad und Mrs Holt gegenüber. Die beiden saßen einander zugewandt da, sie mit einem Stapel Papieren auf dem Schoß, und unterhielten sich flüsternd, als vom Flur mit festem Schritt ein Polizist hereinkam und vor ihnen stehen blieb.

»Schön, dass Sie da sind«, sagte Mrs Holt und sah auf.

Der Constable wirkte so jung, als müsste er sich noch nicht mal rasieren, und war so mager, als könnte er keinen einzigen Bösewicht zur Strecke bringen. Dad und Mrs Holt standen auf, Daniel blieb sitzen.

»Constable Bradley King, das hier ist Eric Nyland und das da drüben sein Sohn Daniel.«

»Ist mir eine Ehre, Sie kennenzulernen, Sergeant Nyland.« Der Constable schüttelte Dad begeistert die Hand. »Rolly Adams hat oben in Griffins für Sie gearbeitet. Er ist ein Freund von mir.«

»Adams ist ein guter Mann. Aber einfach nur Nyland reicht. Ohne Sergeant«, erwiderte Dad, obwohl es so aussah, als wäre er derjenige, der die Verantwortung hatte.

»Also, bringen wir mal Ordnung in dieses Chaos, okay«, sagte Mrs Holt. »Sie werden Aussagen brauchen, nicht wahr, Bradley? Dafür können wir das Beratungszimmer benutzen.« Und weg waren sie wieder.

Sie blieben eine ganze Weile verschwunden, was Daniel jede Menge Zeit ließ, um darüber nachzudenken, dass sein Dad diesen Wilson beinahe umgebracht hatte. Er hatte keinen Maßstab, um das richtig einordnen zu können. Wenn er an die Zeit seines Dads bei der Polizei zurückdachte, fielen ihm harmlose Verkehrsunfälle und Nachbarschaftsstreitereien ein und wie er immer ins Stottern geriet, wenn er vor der versammelten Schule ein paar vorbereitete Worte sagen musste. Jetzt fuhr er um die Gasfabrik herum und suchte nach Löchern im Zaun. Er war der Mann, der bei ihnen zu Hause zur Tür hereinkam, seine Schlüssel dahin pfefferte, wo sie nicht hingehörten, und dann im Hintergrund ihres Familienchaos verschwand. Er war besser als manch anderer Dad und auf jeden Fall besser als der von Max, der einen Bierbauch wie der Weihnachtsmann hatte, aber nicht das Geringste von dessen Fröhlichkeit. Daniel war sein Vater nicht peinlich, er hatte ihn seit dem Umzug nach Neesley nur so selten angesehen, dass er ihn kaum noch wahrgenommen hatte.

Er ging noch einmal durch, was sein Vater getan hatte. Wie er das Mädchen festhielt. Wie er sich wie ein Luchs mit einem Sprung auf den Mann stürzte. Das tiefe Knurren, das aus seiner Kehle drang, als er mit der Faust zuschlug. Und wie sorgfältig er danach prüfte, ob der Mann noch atmete, ihn auf die Seite rollte und seinen Nacken abstützte. Er erkannte die Stimme seines Vaters nicht wieder, als er den Notruf anrief und ganz genau alle Details, Koordinaten und Anweisungen durchgab. Oder als er so schnell fuhr, ohne auf den Winter um sie herum und auf die spiegelglatte Straße unter ihnen zu achten, als wäre er sein Leben lang schon diese Strecke entlanggerast.

Nach einer unvorstellbar langen Zeit kam sein Dad allein in den Warteraum zurück und setzte sich auf den Stuhl neben ihn.

»Sie reden jetzt mit Hannah«, sagte er. »Wir können bald nach Hause fahren.«

»Steckst du in Schwierigkeiten?«

»Nein.« Er beugte sich vor, die Unterarme auf die Beine gestützt, und starrte den Boden an. »Vielleicht. Das kommt auf Wilson an. Er muss auch noch eine Aussage machen. Er nüchtert gerade in einer abgetrennten Abteilung aus.«

Das Polizeirevier von Neesley war ziemlich klein. Nach seinem Unfall hatte Daniel gedacht, dass man ihn dort hinbringen würde, doch stattdessen war ein Constable, ein älterer Mann, zu ihnen nach Hause gekommen. »Gibt's im Polizeirevier ein Gefängnis?«

»Oh ja. Aber nur ein paar Zellen.«

Hannah hatte Daniel gefragt, ob man sie wieder zurückbringen werde. Man würde sie nicht zurückbringen, natürlich nicht, das wäre die dämlichste Idee der Welt. »Was wird denn jetzt aus ihr?«, fragte er.

»Das liegt bei Betty und Hannah. Darüber reden sie gerade. Hannah muss Betty und Constable King erzählen, was passiert ist, bevor eine Entscheidung getroffen werden kann.«

Daniel brannten die Ohren. »Wir wissen doch, was passiert ist. Er hat sie geschlagen. Wahrscheinlich sogar sehr oft. Wir waren da.«

»Aber wir haben es nicht gesehen. Hannah muss es ihnen erzählen. Vermutungen reichen nicht.«

Erwachsenen entging immer das Wesentliche. »Das ist doch total bekloppt. Genau deshalb laufen so viele Kriminelle noch frei herum.«

Sein Dad sah ihn lächelnd an. »Auch auf die Gefahr hin, mich zu wiederholen: Du schaust zu viel Fernsehen, Dan.«

»Und wohin kommt sie dann, wenn sie es ihnen erzählt hat?«

Er schloss seufzend die Augen. »Betty wird irgendetwas finden, Pflegeeltern, eine Wohngemeinschaft. Ich weiß es nicht, Dan.« Er blieb vorgebeugt sitzen und bewegte die Finger seiner rechten Hand, deren Knöchel angeschwollen und blau unterlaufen waren.

Daniel fragte sich, warum sie nicht einfach nach Hause fuhren. Es war schon fast Mitternacht, und seine Mom hatte inzwischen wahrscheinlich einen hysterischen Anfall. Aber er wollte auch nicht verpassen, was als Nächstes geschah. Schweigend blieben sie sitzen und warteten ab. Als Mrs Holt wieder hereinkam, stand Dad auf.

»Alles geklärt?«, fragte er.

»Constable King ist noch bei ihr.« Dann senkte sie die Stimme und sprach direkt ins Ohr seines Vaters. »Bradley hat nicht viel Erfahrung mit Kindern.«

»Dann können wir uns wohl auf den Weg machen«, sagte er und griff nach seiner Jacke, die an der Stuhllehne hing.

Mrs Holt neigte den Kopf und sah über den Rand ihrer Brillengläser hinweg. »Es gibt eine Komplikation«, sagte sie.

Dad drehte sich zu ihr um. »Hannah sagt nicht vollständig aus?«

Sie schüttelte den Kopf. »Oh doch, keine Sorge. Hannah hat die ganze grausame Geschichte preisgegeben.« Einen

Augenblick lang stand Mrs Holt mit zusammengepressten Lippen einfach nur da und sah seinen Dad an. Schließlich sagte sie: »Sie hat darum gebeten, bei dir zu Hause untergebracht zu werden.«

Dad blieb stocksteif stehen, einen Arm nach seiner Jacke ausgestreckt.

»Sie meinen, um bei uns zu wohnen?« Daniel stand auf, er konnte einfach nicht länger still sitzen.

Die beiden sahen ihn an, und Mrs Holt sagte: »Nicht, um bei euch zu wohnen, Daniel. Nur für ein paar Tage.«

Ein Mädchen im Haus? Das konnte er sich nicht vorstellen. »Sammy wird sie nicht bei uns haben wollen. Der explodiert bestimmt.«

»Das reicht, Daniel.« Dad wandte sich mit rotem Gesicht an Mrs Holt. »Das kann nicht dein Ernst sein. Wir kennen sie doch nicht mal.«

Mrs Holt fasste ihn beim Arm. »Sie scheint es aber zu glauben. Du bist ihr einziger Nachbar, und sie sagt, dass sie dir vertraut. Sie hat sonst keine Familie, gar keine.«

»Und Wilson?«

»Nigel Wilson besitzt keine Elternrechte. Er ist nicht ihr gesetzlicher Erziehungsberechtigter. Es ist deine Entscheidung, Eric. Es geht nur um ein paar Tage. Bis zum zweiten Weihnachtsfeiertag habe ich bestimmt Pflegeeltern gefunden. Und du bist nicht mehr bei der Polizei, da sehe ich also keine Konflikte.«

»Aber es ist Weihnachten, Betty«, sagte sein Dad jetzt.

»Genau meine Rede. Ich werde jeden Tag vorbeischauen und …«

»Ellie ist nicht sie selbst. Es ist Weihnachten.«

»Du solltest Ellie nicht unterschätzen. Ruf sie an und frag sie.«

Dad schüttelte den Kopf. »Man kann ein Kind nicht einfach so irgendwohin schicken. Gerade du solltest das wissen.«

»Hannah hat da auch ein Wort mitzureden. Und ihr Wunsch zählt für mich sehr stark. Ich kenne dich, und deine ganze Familie, schon seit Jahren.«

»Du kanntest mich, bevor alles so kompliziert wurde. Die Dinge haben sich verändert.«

»Die wichtigen Dinge nicht. Aber es ist deine Entscheidung. Deine und die von Ellie.«

Mrs Holt sah seinen Dad an, der sich die Schläfen rieb. Sie wartete ziemlich lange.

»Dad?«

Er zog seine Jacke an und verkündete zögerlich: »Ich gehe Ellie anrufen.«

Mrs Holt nickte. »Du kannst das Telefon vorne am Empfang benutzen, Eric.«

»Nein, danke. Ich brauche ein wenig frische Luft«, sagte er und ging. »Warte hier, Dan. Es wird nicht lange dauern.«

Mrs Holt strahlte. »Das hätten wir also. Ich werde dann mal meinen Vorgesetzten anrufen.« Sie schien sich ziemlich sicher zu sein, dass seine Mom Ja sagen würde. Daniel hatte da so seine Zweifel. Aber was wusste er schon?

Ellie war viele verschiedene Szenarien durchgegangen, während sie auf dem Mohairbezug von Myrtles geliebtem Sessel herumrutschte. Aber nichts davon hatte sie auf das vorbereitet, was dann kam. Eric rief um halb eins an. Sie eilte ans Telefon und verdrängte all die schrecklichen Gedanken, was ihn so lange aufgehalten haben könnte, bereit, jeden Grund für diese Verzögerung zu verzeihen. Sie nahm ab, noch ehe es ein zweites Mal klingeln konnte, und hatte vor, Eric zu sagen, dass alles – was auch immer – gut sei. Sie wollte nur noch, dass er nach Hause kam, dass er ihren Jungen nach Hause brachte. Mehr wollte sie gar nicht.

»El.« Seine Stimme klang müde und weit weg, als er ihren Namen sagte. Das hatte sie ihm angetan. Sie hatte einen kindischen Aufstand darum gemacht, dass er ihr endlich den Baum holte. Und anscheinend hatte es wieder nicht geklappt. Aber das machte ihr nichts aus, es war nicht so wichtig. All das wollte sie ihm sagen, aber er ließ sie nicht zu Wort kommen.

»Wir haben hier ein Problem.« Er begann langsam, nahm dann aber an Fahrt auf. »Es geht um ein junges Mädchen in Schwierigkeiten. Elf Jahre alt. Sie hat bisher bei Wilson gewohnt, auf der anderen Seite der Straße – aber dort kann sie nicht bleiben. Dan und ich haben heute Abend nach ihr gesehen, und ihre Situation war gar nicht gut. Ich würde sie gern ein paar Tage bei uns aufnehmen, bis Pflegeeltern gefunden sind. Können wir das tun?«

Was sagte er da? Sie wurde nicht ganz schlau daraus, irgendwas von einem Mädchen und dass er es mit nach Hause bringen wollte. Hierher. Sie konnte die Einzelheiten nicht entwirren und wusste auch nicht, mit welcher Frage sie beginnen sollte, vielleicht: Was hatte ihn ins Haus dieses Mädchens geführt? Was hatte ihr Sohn damit zu tun? Warum sollte immer sie solche Entscheidungen treffen? Als sie nicht wusste, was sie erwidern sollte, begann Eric noch einmal von vorn, wiederholte die Geschichte und fügte noch einiges hinzu.

»Hannah hat auf der anderen Seite der Straße gewohnt, in Wilsons Haus.«

Das konnte gar nicht stimmen. »Auf der anderen Seite der Straße wohnt kein Mädchen! Genau dort hält der Schulbus. Da haben wir nie ein Mädchen gesehen.«

»Sie hat in dem Haus gewohnt, und sie kann nicht bei ihm bleiben. Er ist Alkoholiker. Dan und ich haben heute Abend nach ihr gesehen. Wir sind im Moment im Krankenhaus. Sie hat ziemliche Blessuren. Er hat sie in den Keller gesperrt, Herrgott noch mal. Ihre Katze getötet. Sie hat niemanden, zu dem sie sonst gehen könnte.«

»Danny?« Ellie schlug sich die Hand vor den Mund. Ein Keller. Eine tote Katze. »Du hast Danny mitgenommen? In das Haus hinein?«

»Danny geht's gut. Ihm geht's gut«, sagte er zu schnell, um sie wirklich zu beruhigen.

»Wie konntest du ihn da nur mit hineinziehen, Eric?« Sie lief einmal quer durchs Wohnzimmer mit dem Telefon am Ohr. Als er nicht antwortete, fragte sie noch einmal: »Wie konntest du nur?« In ihrer Stimme schwang ein Anflug von Hysterie, den sie herunterzuschlucken versuchte.

»Ich weiß.« Das war alles, was er sagte.

»Wo ist die Mutter des Mädchens?« Was für eine Frau würde zulassen, dass ihrem Kind so etwas widerfuhr?

»Sie ist tot, Ellie.«

Als ob das eine Entschuldigung wäre. Sie hatte ihr Kind in der Obhut eines solchen Mannes zurückgelassen. So etwas fiel immer auf die Mutter zurück, ganz egal, auf welcher Seite des Grabes sie sich befand.

»Du kannst sie nicht mitbringen.« Ihr schossen Dutzende Gründe durch den Kopf, die dagegen sprachen. Sie kam ja kaum mit dem zurecht, was sie so schon um die Ohren hatte. »Das schaffe ich nicht, Eric. Es ist Weihnachten. Sammy braucht Stabilität und nicht eine Fremde im Haus.«

»Sammy kommt damit klar, glaub mir«, sagte er. Er hatte diese immer gleichen, abgedroschenen Worte schon so oft benutzt.

»Er hat sich noch nie so schlimm aufgeführt wie jetzt.« Sie holte tief Luft und atmete hörbar ins Telefon. »Tut mir leid für das Mädchen, wirklich, aber es ist nicht das, was sie braucht. Und es ist bestimmt nicht das, was Sammy braucht. Das schaffe ich nicht.«

Eric schwieg so lange, dass sie sich schon fragte, ob er aufgelegt hatte. Aber sie konnte über die Telefonleitung den heulenden Wind hören und in der Ferne den röhrenden Motor eines Autos.

Als Eric schließlich wieder das Wort ergriff, sprach er sehr bedacht, so als müsste er einem seiner unfähigeren Constables etwas erklären. »Das ist eine Überreaktion, Ellie. Das schaffst du prima. Wir alle zusammen schaffen das. Bei uns zu Hause ist sie gut aufgehoben. Wir können ihr für kurze Zeit einen sicheren Platz bieten.«

Sie trat ans Fenster und blickte in die Dunkelheit hinaus.

»Betty und ich halten es für die beste Lösung.«

Ellie lief rot an. Betty Holt? Erics alte Vertraute. Seine Freundin aus Kindertagen. Die, die Myrtle immer so bewundert hatte. Sie steckte da mit drin, natürlich. Betty, die Wonderwoman, die Familien zerlegte und Kinder wie Weihnachtssüßigkeiten herumreichte. »Dann bist du dir mit Betty also schon einig?«

Eric seufzte. »So ist es nicht.«

»Es klingt aber so, als wäre die Angelegenheit bereits entschieden.«

»Ich rufe dich doch jetzt an, oder nicht?« Nun war er doch umgekippt, aber er konnte seine Frustration nicht länger verbergen. »Ich brauche dich dabei auf meiner Seite, El. Nur ein paar Tage. Nur bis Weihnachten vorbei ist und wir sie bei Pflegeeltern unterbringen können.«

»Du und Betty?«

Das hatte ihr gerade noch gefehlt, Betty als der Maßstab, mit dem sie sowieso nicht mithalten konnte. Als Eric nichts erwiderte, legte sie auf.

Eric stand draußen vor dem Krankenhaus und sah das Telefon an, das er in seiner eiskalten Hand hielt. Der Wind trieb lose Schneeballen über den Parkplatz und zwischen die Autos, die wie kleine Gletscher dastanden.

Du hast Danny mitgenommen? Du willst sie mitbringen zu uns? Du und Betty? Das waren die einzigen ihrer Worte aus diesem unmöglichen Gespräch, an die er sich erinnerte. Sie hatte noch nie einfach aufgelegt. Diese Wut fühlte sich anders an, so als würde er an einem Abgrund stehen und ein falscher Schritt könnte zu einem Sturz führen, von dem ihn nichts mehr zurückbrachte.

Daniel suchte sich genau diesen Moment aus, um die Tür der Notaufnahme aufzustoßen.

»Ich habe dir doch gesagt, dass du drinnen warten sollst«, sagte Eric.

»Ich brauch mal frische Luft«, sagte Daniel und fummelte an dem Reißverschluss seiner Jacke herum. »Was hat sie gesagt?«

»Wir sind unterbrochen worden. Der Empfang ist schlecht hier draußen.«

Daniel stampfte mit den Füßen auf den Boden. »Dann ruf sie zurück!«

»Ich wollte einen Augenblick abwarten. Geh wieder rein. Es ist zu kalt.«

Daniel stopfte seine Hände in die Taschen. »Mom hat Nein gesagt, stimmt's? Wegen Sammy, stimmt's? Sie glaubt, dann dreht er durch.«

Eric beschloss zu schweigen.

Daniel hob den einen Fuß, dann den anderen, so als würde er sich für ein Rennen warm machen. »Das hab ich zuerst auch gedacht, aber vielleicht findet er's gar nicht so schlimm. Sie bemuttert ihn viel zu sehr. Sammy ist doch kein Baby mehr.«

»Wir wissen, dass er kein Baby mehr ist.« Ellies Gefühle für Sammy waren zu vielschichtig, um sie jetzt zu erklären. Und heute Abend war weiß Gott nicht der richtige Zeitpunkt dafür. »Geh wieder rein. Lass mich das regeln, Dan.«

»Hannah könnte Sammy gefallen. Sie scheint ganz okay zu sein und auch sehr nett.« Danny hörte auf, an seiner Jacke herumzufummeln, und sah Eric direkt an. »Und sie kann sonst nirgends hin, Dad.«

Sie hatte sich so zerbrechlich angefühlt, als er sie aus diesem gottverdammten Keller heraustrug. »Dann hättest du also nichts dagegen, dass sie für ein paar Tage mit zu uns nach Hause kommt?«

»Hm, nee, eigentlich nicht«, sagte er zögernd, als wunderte es ihn, dass er überhaupt gefragt wurde. Und dann fügte er im Brustton der Überzeugung hinzu: »Es ist genau das Richtige.«

Eric sah seinen Sohn an, in dessen Vorstellung sich das Leben immer noch auf Comic-Superhelden und Bösewichter reduzieren ließ. Wenn es doch nur immer so einfach bliebe für Dan, dachte er: gut gegen böse.

Plötzlich ertönte Ellies Klingelton in seiner Hand. Das Geräusch erschreckte Eric so sehr, dass er sein Telefon beinahe fallen ließ. Es klingelte dreimal, Daniel rief unentwegt *Geh ran, geh ran,* dann hielt er sich das Telefon ans Ohr.

»Ellie?«

»Na gut, bring das Mädchen mit«, sagte sie zu ihm. »Und bring auch meinen Sohn mit nach Hause.« Nachdem sie zum zweiten Mal aufgelegt hatte, schluckte sie schwer. Wo sollte sie das Mädchen unterbringen?

In Myrtles Handarbeitszimmer, gleich neben Sammys und gegenüber von Walters. Diese Tür hatte sie verschlossen gehalten, seit sie hier eingezogen waren, denn der angehäuften Sammlung von schwindelerregend glitzernden Stoffen, Pailletten und anderem Zeug hatte sie sich einfach nicht widmen können.

Sie machte die Tür auf und betrachtete das Zimmer. Hier hatte Myrtle die strahlenden Wunder gewirkt, mit denen sie ihre Familie immer wieder betört hatte. Wie könnte sie es jetzt bewohnbar machen?

Mit ein paar raschen Handgriffen stapelte sie die vielen Bastelschachteln unter Myrtles Arbeitsplatte aus Holz, stellte die Schneiderpuppe in den Wandschrank, schob den Patchwork-Rahmen in eine Ecke und wischte alle Oberflächen mit einem feuchten Lappen ab. An der einen Wand stand ein schmales Bett auf Metallfüßen. Dort hatte sich Danny als kleiner Junge immer hineinfallen lassen, wenn er ganze Sommertage lang seiner Grandma hinterhergerannt war. Das Bett war kaum zu sehen unter den Bergen von Wollknäueln, Stricknadeln und Stoffstücken. Ellie stopfte all das Handarbeitszeug in einen großen grünen Müllbeutel, zog das Bett bis auf die Matratze ab und stattete es mit frischen Laken und Decken aus. Danach schlich sie auf Zehenspitzen in Walters Zimmer, ignorierte die röchelnden Atemgeräusche, die er im Schlaf machte, und zog hinter seinem Schreibtisch den Klapptisch aus Holz hervor. Diesen Tisch baute sie neben dem schmalen Bett auf, darauf stellte sie die Lampe mit dem grünen Glasschirm, die sie im obersten Regal des Wandschranks im Flur aufbewahrte. Dann wühlte sie im Untergeschoss so lange in Erics Sammelsurium von Gerätschaften, bis sie ein Verlängerungskabel fand, das bis zur Steckdose an der Wand reichen würde. Als sie auf Knien und mit ausgestrecktem Arm die Steckdose hinter dem Bett zu erreichen versuchte, fand sie ein ausrangiertes Stofftier von Danny, das Nilpferd Gracie mit der eingerissenen rosa Zunge. Ellie klopfte den Staub ab und setzte Gracie aufs Kissen des Mädchens. Aber dann änderte sie ihre Meinung wieder, schnappte sich das Nilpferd und stopfte es tief in den Müllbeutel, wo es wahrscheinlich von einer Häkelnadel aufgespießt wurde.

5

Natürlich hat sie Ja gesagt«, meinte Betty, als er mit Daniel in den Warteraum zurückkam. »Ellie ist eine mitfühlende Frau.«

Betty legte ihm ein Klemmbrett auf den Schoß und gab ihm einen Weihnachtsmann-Kuli. »Unterschreib hier und hier und hier.«

Mehr war nicht nötig, dann konnte er das Mädchen mit nach Hause nehmen. Eric fuhr langsam. Wie ein Ackergaul pflügte das Auto durch die Schneeverwehungen, die beiden Kinder saßen zusammengesunken auf der Rückbank. Er hielt den Blick auf die Straße gerichtet, doch das Glatteis war die geringste seiner Sorgen.

Es war mitten in der Nacht, und er war selbst todmüde, so müde wie nie zuvor in seinem Leben. Man konnte ihn vor Gericht stellen für das, was er Wilson angetan hatte, der ausgeknockt in einer der vier Zellen des Polizeigewahrsams lag. Hoffentlich würde er die richtigen Worte finden, damit Ellie es verstand. Dass er das Mädchen einfach aus diesem Haus herausholen musste. Dass man nur ein- oder zweimal im Leben die Chance bekam, so etwas wie das richtigzumachen.

Eric hörte, wie Daniel auf der Rückbank herumrutschte. Er war stolz auf seinen Jungen, und dieses Gefühl traf ihn so unvorbereitet, dass ihm ganz eng ums Herz wurde. Als Eric vorhin mit dem Auto vor den Schiebetüren des Krankenhauses vorgefahren war, um Hannah mit nach Hause zu nehmen, hatte er gesehen, wie Daniel Betty die Hand hinhielt, bevor diese ihn ungestüm an die Brust drückte. Und er hatte auch gesehen, wie sein Sohn Hannah vor dem Wind schützend beim Arm nahm und sie zum Auto führte. Heute Abend hatte er zum ersten Mal wahrgenommen, dass sein Junge zu einem Mann wurde.

Daniel sah verstohlen zu dem Mädchen, ohne den Kopf zu ihr umzudrehen. Sie trug die Jeans und das Sweatshirt, die er aus ihrer Kommode gefischt hatte, und war in die Decke mit dem Schmetterlingsmuster gewickelt, die er von ihrem Bett gezogen hatte. Sie schläft wohl, dachte Daniel, aber dann holte sie eine Hand unter der Wolldecke hervor und rieb sich die Augen.

»Wir werden morgen einen Baum schlagen«, sagte Daniel, weil ihm gerade nichts Besseres einfiel. »Mr Hodgins hat einen ganzen Wald. Da dürfen wir uns einen Baum aussuchen, ganz egal welchen. Eigentlich sollten wir heute Abend schon hinfahren, aber …«

Nach einem kurzen Augenblick beendete Hannah den Satz für ihn. »Aber dann habt ihr stattdessen mich geholt.«

»Du bist jetzt in Sicherheit«, sagte sein Dad und sah das Mädchen im Rückspiegel an. »Wir sind schon ein ganzes Stück über die Stadtgrenze hinaus. Es dauert nicht mehr lang, und wir sind zu Hause.«

Hannah sah Daniel direkt an. »Warum tut ihr das?«

Daniel starrte den Hinterkopf seines Vaters an. »Warum wir dich geholt haben, meinst du?«

Sie schüttelte stirnrunzelnd den Kopf. »Nein. Warum ihr einen Baum schlagen wollt.«

Er atmete aus, und erst da fiel ihm auf, dass er den Atem

angehalten hatte. Er hätte fast gelacht, hielt jedoch noch rechtzeitig an sich. »Für Weihnachten. Du weißt schon, so wie das mit Charlie Browns Weihnachtsbaum.«

»Was für ein Tag ist heute?«, fragte sie.

»Freitag. Ach nee, Samstag. Der 21. Dezember.« Daniel stockte erneut der Atem. Er hatte seit seinem Unfall immer nur herumgejammert: darüber, dass sein Leben echt ungerecht war, dass sein Grandpa plemplem war, dass seine Mom einen blöden Baum wollte, dass diese blöde Kälte einfach alles unerträglich machte. Und hier war dieses Mädchen, das gar nichts hatte. Sie wusste nicht mal, welcher Tag war.

Jetzt bogen sie in die Auffahrt ein, die von einer dicken Schicht frischem Schnee bedeckt war. Mom hatte die Verandalampe eingeschaltet, Eiskristalle tanzten in ihrem Lichtstrahl über dem Weg. Das Haus war auch erleuchtet, hell erleuchtet, so als wäre eine Party im Gange. Sein Dad schaltete den Motor aus, und einen Augenblick lang saßen die drei reglos im Auto, den Blick auf die Silhouette im Licht gerichtet, die hinter den Fenstern auf sie wartete.

»Wir sind da«, sagte er schließlich. Dann hieß es Sicherheitsgurte lösen, Türen öffnen, sich gegen die Kälte wappnen. Unaufgefordert griff Daniel nach dem Müllbeutel mit Hannahs Habseligkeiten, der auch auf der Rückbank lag, und im Gänsemarsch trotteten die drei, mit Hannah in der Mitte, auf das Licht zu.

Ellie stand barfuß an der Fliegengittertür, als das Auto in die Auffahrt einbog. Thorn saß neben ihr und schlug mit dem Schwanz aufs Linoleum. Als sie ihren Mann mit ihrem Sohn und dem Mädchen aussteigen sah, wich sie instinktiv zurück. Sie versuchte, auch Thorn wegzuscheuchen, aber er rührte sich nicht. Sie würde freundlich zur Seite treten, damit die drei ungehindert hereinkommen und ihre Jacken ausziehen konnten, ohne übereinanderzustolpern. Aber es war die Stimme der Hochglanzbroschüre, die das sagte, die Stimme, von der sie wünschte, es wäre ihre. Dahinter stieg etwas Wahrhaftigeres und Hassenswertes tief aus ihrem Inneren herauf. *Ich will sie nicht hierhaben. Ich will, dass sie geht.* Als die Autotüren zuschlugen, war sie schon ganz bis in die offene Küche zurückgewichen. Sie stand am Spülbecken der Kücheninsel, von wo sie die Haustür gut im Blick hatte, griff nach dem feuchten Spüllappen und fuhr damit über den Küchentresen. Doch es kam ihr immer noch alles schmutzig vor. Sie warf den Lappen hin, lehnte sich an das Spülbecken und umklammerte mit beiden Händen den kalten Rand, so als müsste sie sich gleich übergeben.

Sie rief Thorn zu sich, ganz leise, damit Sammy nicht aufwachte, aber es nützte nichts. Der Hund blieb auf seinem Wachposten an der Tür. Die drei kamen herein, das Mädchen in eine verschlissene Decke mit Schmetterlingsmuster gehüllt. Daniel und Eric stampften mit den Stiefeln auf, zogen sich die Mützen vom Kopf und rissen die Druckknöpfe ihrer dicken Jacken auf. Aufmerksam betrachtete Ellie ihren Sohn, suchte nach Anzeichen dafür, dass sein noch jungenhaftes Herz Schaden genommen hatte, so als würde dieser wie Pickel sprießen. Aber Danny sah noch genauso aus wie beim Abendessen, wenn nicht sogar energiegeladener und verwegener.

Thorn umkreiste die Beine der Ankömmlinge, nur bei dem Mädchen hob er immer wieder träge seinen großen Kopf und schnüffelte die Decke rauf und runter. Das Mädchen ließ es stocksteif über sich ergehen, schließlich streckte sie eine kleine Hand unter der Decke hervor, die Thorn heftig leckte.

Ellie hätte etwas sagen oder wenigstens den Hund zu sich rufen sollen. Sie hätte zu dem Mädchen hingehen und ihr die Hand reichen sollen. Doch sie stand wie festgewurzelt am Spülbecken und konnte sich nicht rühren.

Eric, jetzt auf Strumpfsocken, warf einen Blick auf seine Frau und sah in ihrem Gesicht einen Ausdruck, den er sofort verstand. *Wie konntest du sie mitbringen?* Wäre es einfach nur Verärgerung gewesen, die ihm da entgegenblickte, hätte er damit umgehen können. Er hätte seiner Frau gesagt, dass es ihm leidtue – dass ihm das alles leidtue –, es mit ihr gemeinsam durchgestanden und dann weitergemacht. Doch diese Verärgerung war ihre äußere Schale, so zerbrechlich und so robust wie die eines widerspenstigen Eies, dem nur mit einem harten Schlag beizukommen war. Unter Ellies aufwallendem scharfzüngigem Groll lagen Schichten um Schichten, an die er nicht mehr herankam. Früher wurden ihm seine eigenen Gefühle klar, indem er auf ihre reagierte. Jetzt wünschte er sich, unter ihre Haut kriechen und sie wiederfinden zu können. Und er wünschte sich, sie könnte das Gleiche tun, selbst wenn es nur für diesen einen Abend wäre, damit sie mit seinen Augen sah, wie dramatisch die Ereignisse sich entwickelt hatten.

Ich hatte keine Wahl, hätte er ihr gern gesagt. Doch er blieb beim Offenkundigen. »Ellie, das ist Hannah.« Ein Teil von ihm war erleichtert, dass er sie weiterreichen konnte.

Ellie betrachtete das Mädchen, das zu klein war für das ungeheure Ausmaß der Geschichte, die Eric ihr zweimal am Telefon geschildert hatte. Sie hatte sehr große Augen, aus denen sie Ellies Blick, ohne ein einziges Mal zu blinzeln, erwiderte. Es war klar, dass sie darauf wartete, was Ellie tun würde. Alle warteten darauf, während sie wie erstarrt bei der Haustür standen.

»Hallo, Hannah«, sagte sie. Ihre Stimme klang harsch in der Stille. »Komm doch bitte herein. Es ist kalt bei der Tür.«

»Wo soll ich meine Turnschuhe hintun, Mrs Nyland?«

Ellie hätte am liebsten aufgeschrien. Es würde Tausende von Fragen geben, die sie beantworten musste. Eric drehte sich um und hantierte an der Doppeltür des Wandschranks, der so vollgestopft war mit Jacken und Stiefeln, dass er ihn kaum aufbekam.

»Die kannst du erst mal einfach im Flur stehen lassen«, sagte Ellie und sah, dass einer ihrer Turnschuhe nicht mal einen Schnürsenkel hatte. »Darum werden wir uns später kümmern.«

»Den Baum haben wir nicht geholt«, meldete sich Danny zu Wort, marschierte an Ellie vorbei und öffnete mit einem Ruck die Kühlschranktür. Ihr Sohn wirkte aufgekratzt, so als würde er gleich eine Runde um die Möbel herumsprinten. Ihr Mann drückte und zerrte, Stiefel aus dem Weg kickend, am Wandschrank herum. »Lass die Tür doch einfach zu, Eric. Bitte.«

Das Mädchen bückte sich und löste den einen Schnürsenkel, während Thorn für den Fall, dass sie zu fliehen versuchte, seine riesigen Pfoten auf ihren Turnschuhen platzierte. Eric stand neben ihr, als wären seine Socken an genau der Stelle am Boden festgeklebt.

»Haben wir Orangenlimo?«, rief Danny hinter der Kühlschranktür hervor.

Eric sah Ellie verwundert an. Ihr Junge hatte noch nie in seinem Leben nach Orangenlimo verlangt.

»Schokomilch ist da. Und Hähnchen«, sagte Ellie, aber die hatte Danny schon gefunden. Er trug den Milchkarton und einen Stapel Tupperdosen zum Küchentresen und machte Schranktüren und Schubladen knallend auf und zu, als er Teller und Gabeln herausholte.

»Willst du auch was essen?«, rief er Hannah zu.

»Danny, bitte«, sagte Ellie. »Du weckst noch Sammy auf.«

Wie würde sich das auf Sammy auswirken? Dieses Mädchen im Haus, das jetzt etwas wankend dastand, die Turnschuhe auf dem abgewetzten Holzboden ordentlich nebeneinandergestellt, die Decke zusammengelegt unterm Arm. Ellie betrachtete sie von Kopf bis Fuß. Sie hatte ein hübsches Gesicht, auch wenn das auf den ersten Blick gerade nicht zu erkennen war. Ihr langes Haar hing wirr herab. Sie sah ungepflegt aus, unterernährt und bestürzend blass. Doch der unverwandte Blick dieser Augen hatte etwas Leuchtendes. Nichts passte richtig zusammen: Sie wirkte viel zu erwachsen für ihr Alter, viel zu gefasst für das, was sie durchgemacht hatte.

»Hast du Hunger, Hannah?«, fragte Ellie. »Wir können dir ein Sandwich machen.«

Das Mädchen schüttelte den Kopf und sagte, als müsste sie die Worte herauspressen: »Nein, danke, Mrs Nyland.«

»Du kannst mich Ellie nennen. Ellie reicht vollkommen.«

Hannah fuhr leicht zusammen und schob die Decke ungelenk vom einen Arm unter den anderen. Ellie hielt sich immer noch am Spülbecken fest. Dieses Mädchen hatte Furchtbares erlebt, hatte gelitten und litt offensichtlich auch jetzt noch. Ellie zwang sich vorwärtszugehen, bis sie vor dem Mädchen stand. Wie glasig Hannahs Augen waren, und in ihrem Geruch, der an modrige Schubladen erinnerte, lag ein Anflug von Urin. Eine Wange war geschwollen und wirkte im Flurlicht rötlich blau.

»Komm, lass mich die nehmen.« Ellie griff nach der

Decke, die erstaunlich schwer war. Die Arme des Mädchens fielen wie Steine an ihr herab. »Möchtest du dein Zimmer sehen?«

Hannah sah auf. »Ich habe ein Zimmer?«

Ellie bemühte sich um einen heiteren Ton. »Aber natürlich. Meinst du denn, wir bringen dich im Schuppen unter?« Sie vermied es, ihren Mann anzusehen. Die Worte taten ihr sofort leid. Welche Vorstellungen mochte dieses Mädchen haben? Sie war bereits in einen Keller gesperrt worden.

»Welches Zimmer?«, wollte Danny wissen. Ellie erwiderte den Blick ihres Sohnes. Er biss vollkommen sorglos in eine Hähnchenkeule. Natürlich fiel ihm jetzt erst ein, sich danach zu erkundigen, wo sie schlafen sollte. Eric hatte wahrscheinlich bis jetzt nicht daran gedacht. Als ob Betten auf wundersame Weise auftauchten und Tische von selbst größer wurden.

»Wo soll sie denn schlafen, Mom?«, fragte Danny noch einmal, den Mund voll Hähnchenfleisch.

»Im Handarbeitszimmer«, sagte Ellie.

»Aber du hast doch gesagt …«

»Ich habe das Bett schon gemacht«, warf Ellie ein. Ja, sie hatte zu ihren Kindern gesagt, dass sie nicht in das Zimmer am Ende des Flurs gehen dürften, aber das war immer nur als vorübergehendes Verbot gedacht gewesen. Sie hatte Pläne. Sie wollte das Zimmer ganz zu ihrem eigenen machen, so besonders wie Myrtle einst: ein Bienenkorb, in dem es nur so summte vor Aktivität; ein Quell schöner Projekte für Heim und Herd; eine Huldigung an die Großherzigkeit der Mutter. Sie musste sich nur erst wieder fangen.

»Cool«, sagte Danny zwischen zwei großen Schlucken Schokomilch zu niemandem im Besonderen. »Ist 'n tolles Zimmer. Da haben Grandma und ich Heidi immer als Soldaten verkleidet. Mit einem alten Zollstock als Schwert, so richtig mit selbst geschnitzter Spitze und silbern angemalt.«

Das Mädchen schaute ihren Sohn an. Ellie drehte sich um und sah, wie seine Wangen rosarot anliefen, er plötzlich ganz verkrampft dasaß. Heidi war der geheime Name, den er und Myrtle sich für die dämliche Schneiderpuppe ausgedacht hatten. Die beiden hatten jede Menge Geheimnisse gehütet in dem Zimmer. Ellie begriff sofort. Es war ihm peinlich, dass er seiner Begeisterung für Spielzeugschwerter freien Lauf gelassen hatte.

»Dann wollen wir dich mal ins Bett bringen«, sagte Ellie, mehr um ihren Sohn zu retten als das Mädchen. »Und du gehst auch ins Bett, Danny. Es war ein langer Abend.«

Danny schob sein Glas mit den bräunlichen Schlieren über den Küchentresen zum Spülbecken hin, stellte es aber nicht hinein, bemerkte sie, obwohl sie ihn schon wiederholt darum gebeten hatte. Das Hähnchenfett rieb er sich an der Jeans von den Fingern.

»Tschüss, Danny.« Das Mädchen klang verängstigt.

Er sah Hannah an … geradezu sanftmütig, dachte Ellie, und das erstaunte sie. Nicht, weil er seine Fassung schon wiedergewonnen hatte, sondern weil er die Geistesgegenwart besaß, in diesem Augenblick sanftmütig zu sein.

»Ich geh nach unten«, sagte er. »Da ist mein Zimmer. Deins ist hier oben.«

»Okay«, sagte sie.

»Wir sehen uns morgen früh.«

»Okay«, sagte sie noch einmal, und das klang sogar noch unsicherer.

Ellie griff nach dem grünen Müllbeutel – Hannahs Sachen, nahm sie an – und ging mit dem Mädchen den Flur entlang, weg von Eric, der die ganze Zeit nicht ein Wort gesagt, sondern in Habtachtstellung dagestanden hatte, als würde er eine Anhörung in einem Disziplinarverfahren beaufsichtigen. Er war nicht mal in der Lage, den Hund festzuhalten, der ihnen jetzt hinterhertrottete, die Nase schnüffelnd an Hannahs Kniekehlen.

Am Ende des Flurs schob Ellie den Hund energisch weg und flüsterte: »Verschwinde, Thorn. Geh dich endlich hinlegen.« Er wankte mit einem missbilligenden Knurren und ließ sich dann genau vor der Tür fallen, nicht ohne noch einen Furz loszulassen, ehe er, alle viere von sich gestreckt, auf dem Boden lag.

Als sie ins Zimmer gingen, folgte Ellie Hannahs Blick, die zuerst das gemachte Bett ansah, dann die altmodische Blümchentapete und die halb abgerissene Schnur der alten Lampe, und dann hierhin und dorthin blickte, in das Durcheinander von Farben und Krimskrams überall. Wenn ich doch nur das Fenster einen Spalt hätte aufmachen können, dachte Ellie, und sei es nur eine Minute lang, um etwas frische Luft hereinzulassen. Doch es war seit November zugefroren, so wie all die anderen Fenster im Haus auch.

Ellie hatte nicht die leiseste Ahnung, was Hannah von diesem unerträglichen Zimmer, von dieser unerträglichen Situation hielt. Aber wie sollte sie auch, ausgerechnet sie, der es ein ums andere Mal versagt geblieben war, ein Mädchen auf diese Welt zu bringen. Sie ließ den Müllbeutel zu Boden fallen, räusperte sich und sagte sachlich: »Also, das ist dein Zimmer. Für heute Nacht. Oder für ein paar Nächte vielleicht.«

Hannah sah auf und nickte.

»Sind da deine Sachen drin? In diesem Beutel?«

»Ich glaube.«

Eric musste ihre Sachen für sie hineingestopft haben.

»Dann lass ich dich jetzt erst mal auspacken.« Ellie ging zu Myrtles Holzkommode hinüber und zog schwungvoll an einem Elfenbeinknauf. Die Schublade quietschte beleidigt, und die Kommodenfüße wackelten auf den Filzuntersetzern. »Ich habe hier eine Schublade für dich frei gemacht. Da kannst du deine Sachen hineintun.«

»Danke, Mrs Nyland.«

»Ellie. Nenn mich einfach Ellie.«

Sie hatte das unwiderstehliche Bedürfnis, sich an die Stirn zu tippen, vergrub ihre Hand jedoch tief in der Tasche ihres Hausmantels und presste ihre Finger so fest zusammen, wie sie konnte. »Das Badezimmer ist ein Stück den Flur entlang. Handtuch und Waschlappen liegen auf deinem Kissen.«

»Danke, Mrs … Ellie.«

»Und deine Tür machen wir zu, damit Thorn dich nicht stört. Er haart wie ein Bär. Du bist doch nicht allergisch gegen Hundehaare, oder?«

»Ich glaube nicht. Ich hatte noch nie einen Hund. Er ist sehr nett.« Ellie konnte es keinen Augenblick länger in diesem viel zu vollen Zimmer aushalten. Hannah hatte sich nicht vom Fleck gerührt, seit sie hereingekommen war, so als wollte sie durch stilles Dastehen so wenig Platz wie möglich einnehmen. Ellie hätte noch sehr viel mehr sagen sollen, doch sie fühlte sich so ausgelaugt, dass sie das Gefühl hatte, ihre Haut bekäme Risse. Sie konnte geradezu spüren, wie diese sich an ihrem Haaransatz entlangzogen und bis hinunter in den Rücken.

»Na dann, gute Nacht, Hannah.« Sie fuhr sich mit der Zunge über die Oberlippe, was es ihr etwas leichter machte zu lächeln. »Ich hoffe, du fühlst dich wohl.«

Genauso gut hätte sie der Kleinen pseudo-herzlich die

Hand schütteln können, so wie ein Politiker, der am Abend vor einer Wahl an der Haustür auftauchte. Sie drehte sich um und musste, um aus dem Zimmer zu kommen, über Thorn hinwegsteigen, der schnarchend auf seinem Wachposten vor der Tür lag.

Doch Hannah rief nach ihr: »Mrs … Ellie«, und deshalb musste sie sich noch einmal umdrehen.

Bitte, lieber Gott, mach, dass sie nicht noch irgendetwas braucht.

»Was ist denn, Hannah?«

Das Mädchen trat von einem bestrumpften Fuß auf den anderen, ehe es hervorstieß: »Würden Sie dem Sergeant Danke sagen von mir?«

Dem Sergeant? »Ja, natürlich.«

»Ich habe vergessen, Danke zu sagen dafür, dass er noch mal wiedergekommen ist und mich geholt hat.«

»Wie bitte?«

»Ich wollte, dass er wiederkommt«, sagte das Mädchen ganz dünn, so als würde sie gleich anfangen zu weinen. »Und dann war er da.«

Ich wollte auch, dass er wiederkommt, dachte Ellie, und dann war er da. Nur dass er nicht richtig da war. Es hatte keinen Sinn zu fragen, warum er in dieses Haus gegangen war, ohne es ihr vorher zu sagen. Genauso wenig Sinn, wie zu fragen, wie er direkt neben ihr stehen und doch so weit weg sein konnte.

»Du musst ihm nicht danken, Hannah. Nachbarn sollten einander helfen. Jetzt erst einmal eine gute Nacht. Versuch zu schlafen.«

Das Mädchen stand benommen da, wie ein Hase kurz vor dem Abschuss. Ellie machte die Tür hinter sich zu. Auch sie fühlte sich benommen, als sie den Flur entlangging und die hellen Lichter ausschaltete. Als sie um die Ecke kam, sah sie Eric in Walters Sessel sitzen, dem verschlissenen Ding mit dem durchgesessenen Polster und der geraden Lehne, vor sich den Kartentisch, auf dem er Puzzleteile hin und her schob. Auf der Schachtel war ein Getreidesilo neben einem Eisenbahngleis abgebildet, mit einem violettblauen Himmel darüber und weißen Pferden in der Ferne, die über ein gelbes Feld galoppierten. Es war Walters Lieblingspuzzle, das Einzige, das er noch allein schaffte. Walter setzte die Teile jeden Nachmittag erneut zusammen. Eric nahm sie, bis auf die Umrahmung, jeden Abend wieder auseinander. Es war ein stetes Aufbauen und Einreißen, so vorhersehbar und notwendig wie die Gezeiten.

Ellie betrachtete ihren Ehemann etwas länger als eine Minute. »Sergeant« hatte das Mädchen mit Ehrfurcht geflüstert. Ellie meinte zu sehen, dass Erics Auge zuckte, doch sie war zu weit weg, um sich sicher zu sein. Hörte sie vielleicht sogar ein Summen? Eric summte oft vor sich hin, wenn es Schwierigkeiten gab, in einem tonlosen Mischmasch, das eher einem statischen Rauschen glich als einer Melodie und alles Übrige ausblendete. Er tat es zum Beispiel, wenn er vergessen hatte, den Wasserhahn unten im Haushaltsraum zuzudrehen, und das Untergeschoss geflutet war, oder sein Vater in die Hosen gemacht hatte oder Thorn auf der Treppe ein Hinterlauf weggeknickt war oder sie sich über Sammy oder Walter oder Daniel oder über niemanden im Besonderen gestritten hatten. *Hmm, hmm, hmm, hmm, hmm,* tönte es dann in ständigem Auf und Ab, während er im Haus herumging. Sie hielt den Atem an und hörte genauer hin, bis sie das typische Geräusch ganz leise vernahm. Ja, er summte auch jetzt.

Hannah wusste nicht mehr, wie oft sie am Fenster ihres Zimmers gestanden, über die Straße geschaut und sich vorgestellt hatte, wie sie zu diesem Haus hinüberrannte und an die Tür klopfte. Aber sie hatte sich nie ausgemalt, was sie hier erwartete. In ihrer Fantasie sah sie den Sergeant, Daniel und sich aus der Kälte irgendwo hineingehen – doch nicht in irgendein bestimmtes Haus, nicht in eines, das sie beschreiben konnte. Sie hatte darum gebeten, hierherkommen zu dürfen – sie hatte dieser Frau im Krankenhaus gegenüber darauf bestanden. Der Sergeant wirkte nett, aber hatte Nigel zu Anfang nicht auch nett gewirkt? Was, wenn der Sergeant wirklich so ein kranker, abgedrehter Mistkerl war, wie Nigel gesagt hatte? Was, wenn er bedauerte, dass er sie mitgenommen hatte, sie in seinen Keller sperrte und dann nie jemand kam?

Hannah verlangte es sonst immer danach zu wissen, was als Nächstes kam, doch heute Abend war sie ein Schatten ihrer selbst und viel zu benommen, um noch neugierig zu sein. Sie konnte nicht klar denken. Als sie schließlich die Auffahrt erreicht hatten und aus dem Auto ausgestiegen waren, konnte sie nur noch einen Fuß vor den anderen setzen, und das war alles.

Ein Schwall warmer Luft, und schon war sie drinnen statt draußen, und ein großer schwarzer Hund kam sie mit seiner Nase begrüßen. Dann sah sie die Frau in der Küche, und alles veränderte sich. Es dauerte nur den Bruchteil einer Sekunde, so lang wie ein Fingerschnippen. Dort war ihre Mutter. Sie stand am Spülbecken, das lange braune Haar zu einem Pferdeschwanz gebunden, mit einem Pony, der tief in die Stirn fiel. Sie hatte das gleiche schöne Gesicht, den gleichen milchig weißen Hals, der aus dem Kragen ihres geliebten Hausmantels ragte. Die gleichen langen Finger. Warum lächelte sie nicht?

Hannah war völlig überrumpelt. *Solltest du nicht schon im Bett sein, Schatz? Du hast einen Albtraum gehabt. Mehr war es nicht. Nur ein Albtraum. Na, komm her, wärm dich in der Küche ein bisschen auf.*

Wo waren ihre flauschigen blauen Hausschuhe? *Halt deine Füße warm, Hannah – kalte Füße können einem den ganzen Tag verderben.* Doch dann fiel ihr die kalte Mandy in ihrem Arm wieder ein, und ihre Mutter verschwand aus ihrem Blick, und andere Bilder, ungebetene Bilder, blitzten auf und wurden schlimmer und immer schlimmer.

Wenn ihre Beine ihr in dem Moment gehorcht hätten, wäre sie gerannt und gerannt und gerannt. Sie hörte ihr Herz klopfen, unglaublich laut, und versuchte durchzuhalten. Der Hund leckte ihre Finger. Ja. Bitte. Friss mich. Verschling mich mit Haut und Haaren.

Sie sollte sie Ellie nennen. Wie konnte sie das tun? Aber sie nickte trotzdem – sie war keine Heulsuse. Die anderen zogen ihre Stiefel aus. Also bückte sie sich ebenfalls und fummelte an ihren Turnschuhen herum. Sie schloss die Augen und hielt in Gedanken die Bilder der beiden Mütter nebeneinander. Jetzt konnte sie die Unterschiede sehen, wie bei den Suchbildern auf der letzten Seite der Samstagszeitung – hier eine fehlende Gürtelschnalle, dort ein Punkt zu viel im Kleidermuster. Mrs Nyland hatte einen Leberfleck an der Oberlippe und Sommersprossen auf den blassen Wangen. Im Gesicht ihrer Mutter spiegelten sich ihre Gefühle, in Mrs Nylands nicht. Sie war auch größer, und ihr Hausmantel hatte die falsche Farbe.

Es war nur ein grausamer Trick des Lichts gewesen. Als Hannah ihre Turnschuhe ordentlich neben sich gestellt und die Decke gefaltet hatte, stand sie vor der Mutter von jemand anderem, im Haus einer anderen Familie.

Eric blickte auf und bemerkte, dass seine Frau an der Wand lehnte und ihn ansah. Erschrocken stand er auf, der Deckel der Puzzleschachtel fiel zu Boden.

»Ellie?«, sagte er. Wie lange stand sie schon da? In dem Bewusstsein, von seiner Frau beobachtet zu werden, bückte er sich nach dem Deckel und stellte ihn aufrecht auf den Tisch, die altmodische Prärieprovinz-Szene zu Walters Sessel gedreht.

Dann wandte er sich um. »Wird sie klarkommen?«, fragte er und ging quer durch das Zimmer auf sie zu. Sie drückte sich fest gegen die Wand, die Arme vor der Brust verschränkt, die Finger in den Stoff ihres Hausmantels vergraben.

»Meinst du, dass sie klarkommen wird?«, fragte er noch einmal. »Fühlt sie sich wohl?«

»Das Zimmer ist schrecklich.«

»Aber sie liegt im warmen Bett?«

Sie strich sich mit den Fingern durchs Haar. »Da drinnen ist es trockener als in jeder Wüste. Wir sollten ihr einen Luftbefeuchter besorgen.«

»Wenigstens ist sie in Sicherheit.« Zum Glück war er noch einmal in dieses Haus zurückgekehrt. Es war das erste Mal seit ihrem Umzug nach Neesley, dass er jemandem eine echte Hilfe gewesen war. »Es war nicht geplant, dass es so kommt.«

»Ich weiß, Eric.«

Er beugte sich dicht an ihr Ohr, eine Hand über ihrem Kopf an der Wand abgestützt. »Sie mitzubringen war der letzte Ausweg. Betty und mir ist keine andere Lösung eingefallen.«

Ellie lief rot an. »Ah, Betty und dir. Wie schön, dass ihr beide euch einig wart.«

»So war es nicht.«

»Du klingst so, als ob das Mädchen bei uns einzieht.«

»Nein. Es ist nur für ein paar Tage. Nur bis Weihnachten vorbei ist und wir sie bei Pflegeeltern unterbringen können.«

»Betty und du?«

»Tut mir leid, El.«

Aber das reichte nicht. Er fand nicht die richtigen Worte. Es war Weihnachten, und Weihnachten war eine Zeit tiefster Melancholie in diesem Haus, und in all ihren Häusern zuvor. Selbst wenn er die letzten zwölf Stunden ausradieren könnte, selbst wenn er den perfekten Baum mitgebracht hätte statt Hannah, oder den ganzen dämlichen Wald, oder das Jesuskind höchstpersönlich, selbst dann würde das an ihrem Weihnachten nichts ändern. Wenn Ellie so wurde, wie immer man das auch nannte, konnte er nicht das Geringste dagegen tun.

»Und Danny?«, sagte sie jetzt. »Wird er damit klarkommen?«

Dessen war Eric sich ziemlich sicher, vor allem seit er gesehen hatte, wie er sich auf die Essensreste gestürzt hatte. »Ich war heute Abend sehr stolz auf ihn. Er wirkte so … erwachsen.«

Ellie schob Eric mit den Händen von sich. »Aber er ist noch nicht erwachsen, nicht wahr? Er ist vierzehn Jahre alt. Und du ziehst ihn in so etwas hinein.«

»Ich weiß«, sagte Eric hilflos.

Ellie glitt an der Wand entlang von ihm weg. »Geh mit Thorn raus, damit er sein Geschäft nicht im Flur erledigt. Und mach das Licht aus, wenn du fertig bist. Ich gehe ins Bett.«

Und damit hatte sie die Flurecke erreicht und war verschwunden.

Hannah blieb genau da stehen, wo sie stand, als Ellie sie verlassen hatte. Es war nicht wirklich Angst, die sie wie einen Eiszapfen erstarren ließ – sie wusste nur einfach nicht, was sie als Nächstes machen sollte.

Ellie hatte den grünen Müllbeutel genau hier, neben ihrem linken Fuß, fallen gelassen. Sie konnte ihn mit dem großen Zeh anstupsen, aber das Plastik war oben zu einem festen Knoten gebunden. Sie wollte ihn sowieso nicht aufmachen. In dem Beutel steckten lauter Erinnerungen an Nigels Haus.

Sie dachte über Sammy nach. Im Krankenhaus hatten alle nur flüsternd über ihn geredet. Sie sollte die Fragen des Constables beantworten, doch als er sich umdrehte, um ans Telefon zu gehen, war sie aus dem Krankenhausbett gestiegen und hatte, versteckt hinter dem grünen Vorhang, versucht zu verstehen, was der Sergeant und Daniel und diese Lady im Warteraum sagten. Sammy würde explodieren, wenn er sie sah. Das sollte sie eigentlich nicht hören, doch Daniel hatte es ganz laut und deutlich gesagt, praktisch geschrien. Sie wusste nicht, wer oder was Sammy war, nur dass sie vorsichtig sein musste. Ihr war so kalt, dass sie am liebsten ihren Zitter-Tanz getanzt hätte, mit stampfenden Füßen und klappernden Zähnen, doch dann würde die ganze Familie senkrecht im Bett sitzen und rufen: *Was ist das denn?*

Noch lieber hätte sie geweint. Aber das wäre sogar noch schlimmer, denn Kummerlaute klangen weit durch ein Haus, und sie musste an Sammy denken. Wenn sie erst anfing, hörte sie vielleicht nie wieder auf. Es war schlimm bei ihr mit dem Weinen. Sie weinte lauthals und hemmungslos, mit einem immer schriller werdenden Heulen, von dem ihr schließlich die Ohren wehtaten. Dann kam der Schluckauf.

Und danach lief ihre Nase wie ein Wasserfall und machte ihren Kragen nass, und wenn sie nach Luft schnappte, schluckte sie den laufenden Schnodder, und daran erstickte sie manchmal fast. Einmal war es so schlimm gewesen, dass sie ihr Schmuckkästchen ganz vollgespuckt hatte.

Deshalb traute sie sich nicht zu weinen, auch wenn sie die unglaublich steife, kalte Mandy im Arm gehalten hatte. Einen toten Freund festzuhalten war das Schlimmste auf der Welt, und es war ihre Schuld gewesen, und es war so schnell gegangen, dass sie sich nicht einmal von ihr verabschieden konnte.

Sie fuhr mit der Hand über ihr Sweatshirt und betastete mit leichtem Druck jede einzelne ihrer nicht gebrochenen Rippen. Ihr tat alles weh: hinten, vorne, Beine, Arme. Sie versuchte, die schmerzenden Stellen zu ignorieren, und betrachtete stattdessen ihre Umgebung. Langsam drehte sie sich in einem perfekten Kreis um sich selbst. In so einem Raum war sie schon einmal gewesen, nur dass dort kein Bett gestanden hatte. Es war ein Laden in der Stadt, in den sie hineingeschlüpft war, um dem Wind zu entgehen, während sie darauf wartete, dass Nigel aus dem Pub kam. Eine Klingel läutete, als sie die Ladentür aufschob, und hinter der Kasse stand eine Frau mit einem silbergrauen Dutt auf dem Kopf. »Kann ich dir helfen?«, fragte die Frau, nicht in gemeinem Ton. *Ja, ja, ich brauche Hilfe,* hätte Hannah gern geschrien. Aber sie schwieg und tat so, als würde sie sich die Sachen angucken, während sie ihre rauen roten Finger bewegte, die so kribbelten, als sie auftauten. Was sie sah, faszinierte sie so sehr, dass sie ganz vergaß, so zu tun als ob. Es war ein kleiner, sehr warmer Laden, der kaum genug Platz bot, dass man sich durch die Gänge quetschen konnte. Feuchte, duftende Luft stieg durch hübsche Gitterroste im Fußboden auf.

Sie sah Unmengen von Stoffrollen in riesigen Eimern, farbenfroh und glänzend wie wogende Fahnen; einen hübschen langen Tisch mit Scheren, groß wie Heckentrimmer; Reihen um Reihen wunderschöner Knöpfe; und ganz oben in den Regalen, nebeneinander aufgereiht, Filzhüte, die wie kleine Kanus geformt waren und deren Bänder Federn schmückten. Und plötzlich tauchte die Frau hinter ihr auf und fragte noch einmal: »Kann ich dir helfen?« Jetzt war sie nicht mehr so freundlich und viel älter, als sie hinter der Kasse gewirkt hatte. Sie stand gebeugt, und unter ihrem Kleid zeichnete sich ein Buckel ab. »Das hier ist ein Nähgeschäft, weißt du«, sagte sie. Hannah wäre gern dort geblieben, doch ihre Mutter hatte ihr das Nähen nicht beigebracht. Ihr fielen nur die Wörter Knopf und Faden ein, und deshalb ging sie wieder hinaus in den Wind.

Dieses Zimmer fühlte sich genauso an, so als wäre alles möglich. Überall lagen Sachen, aus denen man ganz von vorn eine neue Welt erschaffen konnte. Sie machte einen Schritt, um zu testen, ob der Holzboden knarrte, und dann noch einen und noch einen, bis sie vor dem Holztisch unter dem Fenster stand. Er war kleiner als der in dem Laden, aber da standen Glasgefäße jeder Form und Größe sorgsam aufgereiht, mit ordentlich sortierten, hübschen kleinen Sachen darin – weiche Bommeln, glitzernde Knöpfe –, die verlockend waren wie Bonbons. Sie hätte die Deckel gern einen nach dem anderen aufgeschraubt, aus jedem Glas eine Handvoll genommen und alles in Kreisen auf dem Tisch ausgebreitet.

Da wurde ihr plötzlich ganz schwummerig, so als würde sie jeden Moment umkippen und mit dem Gesicht auf die Gläser fallen. Lautlos schlich sie quer durch das Zimmer, setzte sich auf den Bettrand, vergrub das Gesicht in den

Händen und versuchte, ganz langsam und tief zu atmen, damit der Schwindel in ihrem Kopf wieder aufhörte.

Es war schon sehr spät. Oder sehr früh. Vielleicht würde die Sonne gleich ihren runden Kopf über dem Feld erheben und gähnend den Morgen begrüßen – *Hier bin ich, aber ich werde dich nicht wärmen.*

Dort blieb sie sitzen, zu müde, um nachzudenken, zu müde, um sich zu rühren. Sie hatte das merkwürdige Gefühl, dass es ihr ganzes Leben lang gedauert hatte, hierherzufinden. Ruckartig hob sie den Kopf, der immer wieder nach vorn fiel, ihr Körper wankte wie ein offenes Tor, das vergessen im Wind hin und her wehte.

TEIL II

Wie Soldaten, die aus dem Krieg nach Hause kommen

Samstag, 21. Dezember

6

Eric verbrachte ein paar schlaflose Stunden im Bett neben Ellie, bevor er das Haus so leise wie möglich verließ. Das Thermometer draußen bei der Hintertür zeigte minus 27 Grad Celsius an, aber das war nur die halbe Wahrheit. Von Norden wehte ein übler Wind, der die Straßen spiegelglatt und es völlig unmöglich machte, einen klaren Gedanken zu fassen. Er war froh, als das Auto trotz röhrenden Protestierens schließlich ansprang. Während der Motor stotternd warmlief, holte er die steife, am Handtuch festgefrorene Katze des Mädchens aus dem Kofferraum und trug sie wie einen Fußball vor sich her in den leeren Schuppen.

Er betrat das Büro des Polizeireviers um 5.16 Uhr. Constable King saß gebeugt an seinem Schreibtisch und füllte Papierkram aus. Als er Eric sah, erhob er sich und stand einen Augenblick stramm, bevor er auf ihn zukam und ihn begrüßte.

»Sergeant Nyland«, sagte er und streckte die Hand aus.

»Einfach nur Nyland. Eric reicht auch. Sie hatten eine lange Nacht.« Es waren keine anderen Constables zu sehen. »Sind Sie allein hier?«

»Constable Tanner holt gerade Timbits, diese Donuts, Sie wissen schon.« Kings Gesicht lief rot an. »Wie geht's dem Mädchen?«, fragte er.

»Sie schläft. Hat Wilson sich schon einen Anwalt genommen?«

»Einen Anwalt?«, fragte King. »Der hat sich noch nicht einmal aufgesetzt.« Er zeigte auf den Überwachungsmonitor auf seinem Schreibtisch.

Eric ging zu Kings Schreibtisch und sah auf den Monitor. Wilson war in der letzten Zelle am Ende des schmalen Gangs. Eric hatte Schwierigkeiten, ihn auf dem Bildschirm überhaupt auszumachen. In einer anderen Zelle, deren Tür weit offen stand, lag ein großer rotgesichtiger Kerl mit zotteligem Bart.

»Das ist bloß John«, sagte King.

»John Welsh?« Jetzt erkannte Eric die breiten abfallenden Schultern des Mannes und seinen selbst im Schlaf verwirrten Gesichtsausdruck.

»Ja, Sir. Er wurde im letzten Sommer in einer betreuten Wohngruppe in Caylee untergebracht, aber er macht sich immer wieder auf den Weg hierher. Als die Wohngruppe ihn als vermisst gemeldet hat, haben wir ihn im Fußballstadion drüben im Strafraum gefunden.«

John war in Neesley aufgewachsen, und Eric kannte ihn gut. Die ganze Stadt kannte ihn. Er und seine alleinerziehende Mutter hatten etwas über fünfzig Jahre in dem kleinen Haus am Ende der 16th Street gewohnt, nur einen Steinwurf von den Eisenbahngleisen entfernt – sie hatten die Bilder ihrer Zwei-Personen-Familie an die Wand kleben müssen, damit sie nicht jedes Mal vom Nagel fielen, wenn die täglichen Züge vorbeiratterten. John Welsh konnte die seltsamsten Details auswendig aufsagen, an welchen Tagen und um wie viel Uhr die Müllabfuhr kam etwa oder wann Stadtratsversammlungen waren, aber es überforderte ihn, auch nur das Wechselgeld für einen Hotdog und eine Pepsi abzuzählen.

»Es hat mir leidgetan zu hören, dass seine Mutter gestorben ist«, sagte Eric.

King nickte. »Wir heben in der untersten Schublade des Aktenschranks ein paar Sachen von ihm auf – Zahnbürste, Spiderman-Comics, die Schokoriegel, die er am liebsten mag. Und bevor er schlafen geht, bringen wir ihm einen heißen Kakao.« Eric musste an die John Welshs dieser Welt denken. Wie unterschiedlich all diese Kinder ins Leben starteten. Sammy gehörte zu den Glücklichen. Er hatte zwar auch seine Eigenarten, aber er würde zu einem lebenstauglichen Mann heranwachsen und nicht als Mündel der Gemeinde in einer unverschlossenen Gefängniszelle enden, wo gleich im übernächsten Bett das Böse schlummerte.

King zuckte die Schultern, so als könnte man da nichts machen. »John freut sich immer wie ein Schneekönig, wenn er hierbleiben darf. Es ist eine Art Jux für ihn. Wir bringen ihn nach Hause, wenn er seine Timbits gegessen hat.«

Eric musste sich ein deutlicheres Bild von Wilson machen. Als er mit zusammengekniffenen Augen auf den Monitor sah, zögerte King, als müsste er das Risiko abwägen. Doch dann griff er nach den Reglern und vergrößerte das Bild von Wilsons Zelle.

Wilson lag auf dem Rücken ausgestreckt da, einen Arm auf den Boden hängend. Er atmete schnaufend durch die Nase. Eric roch den Gestank seiner Alkoholfahne förmlich, die zur Zellendecke aufstieg. Kein Gürtel, keine Schuhe, und das Hemd hatte er sich als Kissen unter den Kopf gestopft. Die Decken lagen in einem Haufen auf dem Boden. Sein Unterhemd war ihm den wabbligen Bauch hochgerutscht, so als würde er für ein zwielichtiges Schmierblatt posieren. Eric dachte an die lange Reihe gebügelter Hemden in dem Zimmer im oberen Stockwerk. Er hätte Wilson durch die Gitterstäbe hindurch am liebsten bei seinem Unterhemd gepackt und zu sich herangezogen.

Doch er drehte sich zu King um und sagte stattdessen: »Werden Sie heute noch irgendetwas von mir brauchen?«

»Nein, Sir«, erwiderte King, der völlig zu Recht etwas verwirrt wirkte. Eric war nicht einbestellt worden und hatte keinen Grund, um fünf Uhr morgens bei der Polizei zu erscheinen. »Wir haben Ihre Aussage. Alles in Ordnung.«

»Gut. Also dann. Sie wissen ja, wo Sie mich finden.«

»Ja, Sir.«

Eric stieg wieder ins Auto und fuhr langsam davon, konnte Wilson aber nicht aus seinen Gedanken vertreiben, weder den Jungen, der er gewesen, noch den Mann, zu dem er geworden war. Über all die Jahre hinweg hatte Eric sich immer wieder gewünscht, jenen Nachmittag vergessen zu können – tu's als Dumme-Jungen-Streich ab und denk nicht mehr dran. Aber auf langen Autofahrten, ganz egal wo, sah er oft auf einem Zaunpfahl oder einer Telefonsäule plötzlich einen Bussard sitzen oder im Himmel seine Kreise ziehen, ihn ins Visier nehmen.

Die Jungen vom Rotschwanzbussard sind geschlüpft. Das hatte Nigel Wilson gesagt. Und Nigel wollte Eric das Nest zeigen, damit er es mit eigenen Augen sah.

Eric hätte erkennen müssen, dass an diesem Vorschlag irgendetwas nicht stimmte. Sie waren beide vierzehn Jahre alt, und es war einer der ersten warmen Maitage. Als sie aus dem Schulbus stiegen, klopfte Nigel ihm auf den Rücken, ehe sie sich trennten. Das allein schon war ungewöhnlich. Sonst mieden sie einander meistens, denn Eric war immer von einer Gruppe lärmender Freunde umgeben, eine Welt, in der Nigel nur am Rande existierte: als der Junge, der beim Wettrennen in der Sportstunde als Letzter durchs Ziel ging;

der beim Fußball als Einziger am Spielfeldrand stand, weil keine Mannschaft ihn gewählt hatte; der in der Cafeteria seinen Lunch allein aß. Er blieb immer für sich, aus den Augen, aus dem Sinn.

»Es sind zwei Junge«, sagte Nigel zu Eric. »Sie sind schon richtig groß und frech.«

»Ich muss zu Hause helfen«, erwiderte Eric. Seine Mutter war in die Stadt gefahren, um seine Tante im Krankenhaus zu besuchen, das hieß, dass er allein war mit seinem Vater, ohne Puffer. Da musste er vorsichtig sein. Er sollte die Hühner versorgen und noch einen Haufen Dünger untergraben. Aber Eric war ganz besessen davon, wie majestätisch der Rotschwanzbussard über den offenen Feldern seine Kreise zog, ein echter Raubvogel, der plötzlich herabstieß und ein Kaninchen in den Krallen hielt. Genau das hatte er letzte Woche erst stockend verraten, als die Englischlehrerin ihn dazu gezwungen hatte, vor die Klasse zu treten und seinen Aufsatz laut vorzulesen.

»Das ist deine einzige Chance«, redete Nigel auf ihn ein. »Sie sind schon fast flügge. In ein, zwei Tagen sind sie weg. Es dauert nicht mehr lange.«

Woher Nigel von den Nestlingen wusste, hatte Eric nie gefragt. Sie gingen den warmen Kiesweg entlang, verlegen schweigend, bis sie dorthin kamen, wo das Grundstück von Erics Vater endete und die Lichtung sich auftat. Jenseits davon warfen die Bäume, vor allem Fichten, aber auch hoch aufragende Pappeln mit Ästen, die die anderen zu Zwergen machten, dunkle Schatten auf den Boden. Das Nest war groß, ein Ungetüm aus Zweigen, das so weit oben in der Astgabel einer Pappel steckte, dass Eric es erst richtig gut sah, als er ein paar Schritte zurücktrat und den Kopf in den Nacken legte. Er konnte die weißen Köpfe und die schwarzen Augen der Jungen erkennen, die beide taumelnd auf ihrem Zweigenbett herumstaksten, wackelig dastanden, übereinander stolperten und sich gegenseitig die Köpfe pickten. Es war spektakulär.

»Die sind wirklich toll«, sagte Eric.

Plötzlich stiegen mit einem rauen, schrillen Schrei die Bussardeltern über ihnen auf, *Kii-iiii-err,* und die Jungen reckten sich und breiteten die Flügel aus.

»Wir sollten nicht so dicht ans Nest gehen«, flüsterte Eric, fasziniert davon, wie kämpferisch diese Familie war. Die Bussarde ließen sich kreisend sinken, mit langsamen, schweren Flügelschlägen, pulsierend wie ein Herz. Das Weibchen – das größere Tier – hockte sich auf den Nestrand, während sich das Männchen auf einem Ast in der Nähe auf Wachposten begab. »Wir müssen weiter weg.«

»Hier, 'ne Mutprobe«, sagte Nigel, zog eine Flasche aus seinem Rucksack und schraubte den Deckel ab. Er legte den Kopf in den Nacken, nahm unerschrocken einen enorm großen Schluck und wischte sich mit dem Handrücken den Mund ab, als er fertig war. »Jetzt du. Oder trauste dich etwa nicht?«, sagte Nigel.

Eric war sprachlos. Zuerst das Nest, dann Tequila. Er hatte keine Wahl. Eine Mutprobe war eine Mutprobe, auch wenn es nur um Nigel Wilson ging. Er konnte es sich nicht leisten, vor dem Blödmann von der anderen Seite der Straße als Schwächling dazustehen, und deshalb griff er nach der Flasche. Die scharfe Flüssigkeit brannte in seiner ganzen Kehle.

Sie zogen sich von der Pappel mit dem Nest zurück und suchten sich einen von Ästen geschützten Platz, damit die Bussarde nicht zum Sturzflug auf sie ansetzen konnten. Sie hockten auf grünem Moos, angelehnt an den dunklen Stamm einer toten Espe, reichten die Tequilaflasche hin und her und beobachteten, wie die beiden Bussarde sie beobachteten. Wenn er aufsah, fühlte sich Eric klein unter dem steten prüfenden Blick der Bussarde, so als hätte die Welt sich verkehrt und er wäre zur Beute geworden. Das Weibchen schrie immer wieder auf.

»Ich soll die Hühner versorgen«, hatte Eric vielleicht sogar noch gesagt, auch wenn er wusste, dass es zu spät war, um noch auszusteigen. Nigel lachte, reichte ihm die Flasche, und Eric trank, bis seine Welt zu sehr wankte, um sich daran festzuhalten. Aber selbst zu diesem Zeitpunkt war alles noch ganz unschuldig gewesen.

Doch dann lag Eric allein mit den Bussarden im Wald. Er war vielleicht sogar besinnungslos gewesen, denn als er bei dem Geräusch von Schritten seine Augen öffnete, hatte das Licht sich verändert, die Sonne stand tief am Himmel, und die Luft war kühl und feucht. Er war benommen, kein Teil seines Körpers schien mit den anderen verbunden. Übelkeit stieg plötzlich in ihm auf, und er beugte sich vornüber. Der Kopf drohte ihm zu zerspringen. Zuerst standen zwei Walter vor ihm, zwei zuckende Paar Beine, zwei düstere Blicke. Doch sie verschmolzen zu einem, als Eric zappelnd und strampelnd auf die Beine gezerrt wurde. Und dann sah er auch Nigel Wilson, wie er mit vor der Brust verschränkten Armen in sicherer Entfernung dastand, ein hämisches Grinsen der Genugtuung im Gesicht.

Es waren keine anderen Autos auf der Straße, als Eric vom Polizeirevier nach Hause fuhr. Es war bitterkalt und pechschwarz. Je mehr er über Nigel Wilson nachdachte, desto mehr wollte er nach Hause und auf seine Familie aufpassen. Es war sinnlos gewesen, überhaupt dorthin zu fahren. Er trug keine Uniform mehr. Er war kein Mann mehr, zu dem andere aufblickten, abgesehen von Ellie, Dan und Sammy. Und jetzt Hannah, die im warmen Bett am Ende des Flurs lag und ihn an das erinnerte, worauf es ankam, an den Mann, der er hatte sein wollen.

Er bog in die lange Auffahrt ein. Das Haus war dunkel, darin alles totenstill. Sie schliefen bestimmt noch, und er konnte unbemerkt wieder ins Haus schlüpfen, so als wäre er nie weg gewesen, dachte er erleichtert.

Doch da sah er sie in den Schatten der Küche, seine Frau, klein und allein. Er wollte zu ihr gehen, nahm sich jedoch die Zeit, zuerst seine Jacke aufzuhängen, seine Handschuhe in die Jackentaschen zu stecken und den Schlüsselbund auf das Tischchen im Flur zu legen. Er wollte Ellie erzählen, dass Nigel Wilson diesen Verrat geplant hatte. Nigel hatte gewartet, bis Myrtle in die Stadt gefahren war. Er hatte die Flasche nur an den Mund gesetzt, ohne je einen Schluck zu nehmen. Er hatte genau abgepasst, wie lange er Eric in seiner Trunkenheit schwelgen lassen musste, bevor er ihn der Wut seines Vaters auslieferte. Eric wollte Ellie von seiner Scham darüber erzählen, dass die Rotschwanzbussarde Zeugen dessen geworden waren, was als Nächstes kam.

Was ist das eigentlich mit dir und Nigel Wilson?, hatte Ellie ihn einmal gefragt. Das war kurz nach ihrem Umzug gewesen, sie hatten noch nicht mal ausgepackt. Als Eric erfahren hatte, dass Wilson ebenfalls wieder in sein Elternhaus eingezogen war, hatte er zu seinen Jungs gesagt, dass sie sich von ihm fernhalten sollten. *Da geht ihr unter keinen Umständen hin, habt ihr mich verstanden?*

Es wäre einfach gewesen, seiner praktisch veranlagten, geradlinigen Frau die Ereignisse jenes Nachmittags zu beschreiben, damals und jetzt. Nicht beschreiben konnte er dagegen, wie sehr diese ihn verändert hatten. Sein Vater hatte ihn grün und blau geschlagen, doch Nigel war der, dem er so etwas nicht zugetraut hatte. Er war der, den er stärker fürchtete. Wie sollte sie das verstehen, wenn er es nicht einmal selbst verstand?

Ellie tat alles weh, so als würde ihr Körper gegen eine Grippe ankämpfen. Sie presste sich den Nacken so stark, dass sich rote Fingerspuren abzeichneten. Sie hatte nicht geschlafen. Nicht eine Minute.

Eric hatte gestern Nacht das Sofa Sofa sein lassen und war mit ihr zu Bett gegangen. Er blieb auf seiner Seite liegen, ihr den Rücken zukehrend, reglos, flach atmend. Sie redeten nicht miteinander. Irgendwann vor fünf schlug er die Bettdecke zurück und stand auf, dann zog er sich ohne ein Wort im Dunkeln an und ging zur Tür hinaus. Ellie hörte den Motor des Autos röhren und stotternd warmlaufen, das Kratzen des Eiskratzers, das Knirschen der Reifen im Schnee. Er fährt zum Polizeirevier, dachte sie. Wohin sollte er sonst wollen? Er musste bestimmt noch eine Aussage machen, den anderen in einem Fall wie diesem mit seiner jahrelangen Erfahrung zur Seite stehen. Er würde den ganzen gottverdammten Tag weg sein und sie allein dem Chaos überlassen, das er verursacht hatte.

Doch er war vor Sonnenaufgang zurück, ungewöhnlich wach und hilfsbereit. Er traf sie in der Küche an, sagte ihr, sie solle sich setzen, und machte eine Kanne Kaffee. Als sie Sammy in seinem Zimmer rumoren hörten, hob er den Kopf und sagte *Nein, lass mich,* und dann ging er mit seinem Sohn ins Badezimmer und schloss die Tür. Sie blieben lange dort. Als sie herauskamen, war Eric frisch rasiert, und Sammy, das Haar ordentlich zurückgekämmt, wirkte nicht im Mindesten aufgebracht. Eric machte Sammy seine Haferflocken mit Milch zum Frühstück, legte ihm den richtigen Löffel hin und führte ihn zum Tisch, ohne ihn anzufassen.

Dann kam Walter den Flur entlanggeschlurft, ließ sich auf einen Stuhl am Küchentisch fallen und fing an, in der alten Zeitung zu lesen, die Eric ihm aus dem Altpapier geholt hatte. Eric machte ihm zwei Scheiben Toast mit Butter und Marmelade vom Bauernmarkt, schnitt sie in Dreiecke und trug sie auf einem der guten Porzellanteller zum Tisch.

»Wem wirst du deine Stimme geben?« Walter schob sich ein Dreieck in den Mund. Er hatte einen ungewöhnlich guten Appetit, vor allem morgens. »Es ist bald Wahl, hast du das etwa vergessen?« Walter schlug mit der Hand auf den Tisch. »Du musst dein Kreuz machen. Versuch bloß nicht, dich zu drücken. Das ist deine Bürgerpflicht.«

»So ist es«, sagte er. »Was meinst du denn, wem soll ich meine Stimme geben?« Für Walter fanden an sechs von sieben Tagen Wahlen statt, und Ellie fand es seltsam, wie geduldig Eric heute Morgen war.

»Herrgott.« Walter hatte den Mund voll Toast, und feuchte Krümel flogen durch die Luft. »Von diesen elenden Kerlen hat's keiner verdient.«

Ellie sah all dem von einem Barhocker am Küchentresen aus schweigend zu. Eric schenkte ihnen beiden einen Kaffee ein und setzte sich neben sie.

»Morgen«, sagte er einfach so, ganz simpel, doch es gab ihr Zuversicht. Er blickte zum Flur hinüber. »Hat der Hund die ganze Nacht dort gelegen?«

Ellie nickte. Sie war auf ihn getreten, auf ein Bein oder seinen Schwanz, als sie im Dunkeln über ihn hinwegstieg. Er hatte geknurrt, war aber liegen geblieben, wo er war.

»Ich fühle mich wie vom Lastwagen überfahren«, sagte sie.

Er strich ihr mit der Spitze des kleinen Fingers das Haar von der Wange. »Du siehst frisch wie eine Butterblume aus.«

Sie musste unwillkürlich lachen. »Wie eine Butterblume. Wirklich? Du weißt doch nicht mal, wie die aussieht.«

»Butterig.«

Walter sah die alten Schlagzeilen durch, während er seinen Toast aufaß. »Am Donnerstag ist Volkstrauertag«, verkündete er. »Gedenkfeier bei der Royal Canadian Legion. Um zehn Uhr. Kaffee gratis. Die alten Knacker erwarten sicher eine Ehrenbezeugung.«

Auf dieser Gedenkfeier zum Volkstrauertag war Eric mit Walter schon vor Wochen gewesen. Walter hatte mitten in der Schweigeminute Krawall geschlagen, weil er genau in dem Augenblick auf die Toilette am anderen Ende des Raumes musste.

Sammy war fertig mit Frühstücken, stand vom Tisch auf und marschierte ohne ein Wort an ihnen vorbei. Er setzte sich im Schneidersitz auf den Teppich vor dem Kamin und suchte Legos aus den Fächern des Tuppercontainers. Ellie und Eric drehten sich auf den Barhockern nach ihrem Sohn um. Er war noch nicht einmal aus den Windeln heraus gewesen, da fing er schon an, mit Legos zu spielen und aus den kleinen Einzelteilen komplexe Gebilde zusammenzusetzen. Sie hatten oft versucht, ihm zu helfen, doch Sammy spielte lieber allein. Das Projekt dieser Woche waren Hochhäuser, New York war nichts dagegen. Die Bauten schossen in die Höhe, so schnell seine kleinen Finger die Steine aufeinandersetzen konnten.

»Sollen wir ihn vorwarnen?«, fragte Ellie und dachte an das Mädchen.

»Lass uns erst mal abwarten«, sagte Eric. »Sammy ist gerade ruhig und glücklich. Und wir sollten sie noch schlafen lassen.«

Sie sah Hannah vor sich, so wie sie sie dort in Myrtles Zimmer zurückgelassen hatte, mit ihrem abgestandenen Geruch und ihrem wirren Haar. Die Reglosigkeit des Mädchens hatte Ellie nervös gemacht. Die männlichen Wesen in ihrem Leben fuchtelten und zappelten viel herum. Sammy besonders, aber auch Daniel drehte und wand sich dauernd, am Esstisch, vor dem Fernseher, im Auto. Walter kratzte sich unablässig an allen Stellen, die er erreichen konnte, unter den Armen, an den Hoden, an seinem faltigen alten Hintern. Eric war in der Nacht am unruhigsten, wenn er sich entspannte. Sobald sein Hirn abschaltete, zuckten und ruckten seine Beine so sehr, dass das ganze Bett wackelte.

»Aber was dann?« Ellie verkrampfte sich der Magen. Sie hätte in der Nacht nach ihr sehen sollen. Sie sollte jetzt nach ihr sehen.

Eric legte eine Hand auf Ellies Hand. »Wir lassen sie schlafen. Wir geben ihr zu essen.«

»Sie ist kein Baby mehr«, erwiderte sie und konnte ihren Frust nicht verbergen. »Das allein reicht nicht. Sie ist elf, oder?«

Eric nickte, fügte dann aber hinzu: »Fast zwölf.«

»Du hast nicht die geringste Ahnung von zwölfjährigen Mädchen«, sagte sie.

Er sah sie an, fast schüchtern. »Aber du.«

Ellie zog ihre Hand unter Erics hervor, drehte sich auf dem Barhocker herum und umfasste ihren Becher mit beiden Händen. Das stimmte nicht. Sie hatte auch keine Ahnung von zwölfjährigen Mädchen. Vor allem nicht von diesem. Trug Hannah schon ihren ersten BH, hatte sie schon ihren ersten Kuss bekommen? In Dannys Schule stolzierten die Mädchen in Cliquen mit viel zu kurzen Röcken und eng anliegenden Tops flüsternd und kichernd an ihr vorbei und drückten auf ihren Telefonen herum. Ellie wollte mit keiner von ihnen etwas zu tun haben.

Ellie hatte vor Dannys Zimmertür mal gehört, wie er um eine letzte Chance bat. Es war seine erste Freundin. Er war noch nicht so weit, und sie auch nicht.

Eric und sie saßen schweigend nebeneinander. Nach einer Weile hob Eric seine große Hand und rieb ihr den Nacken. Schließlich fragte er: »Was hättest du denn getan, Ellie? An meiner Stelle?«

»Ich hätte diesen Mistkerl umgebracht«, sagte sie. Doch dann blickte sie ihren Mann an und sah den Ausdruck in seinen Augen. Sie wollte nicht noch weitere Zweifel in ihm säen – er war ein unglaublich guter Mensch –, deshalb setzte sie erneut an. »Du hattest allen Grund, Nigel Wilson zu hassen. Jetzt verstehe ich es. Das Monster auf der anderen Seite der Straße. Und ein Mädchen in seinem Haus. Ich kann mir nicht vorstellen, wie es ist, mit so jemandem aufzuwachsen. Er muss euch doch schrecklich drangsaliert haben, als ihr Kinder wart.«

Er sah sie merkwürdig an. »Eigentlich nicht«, sagte er, drehte sich nach Sammy um und schaute zu, wie er mit den Legos baute. »Es könnte sogar anders herum gewesen sein. Vielleicht haben wir ihn drangsaliert.«

Das traf sie unvorbereitet. Dass er so etwas dachte, und mehr noch sogar, dass er es ihr gegenüber eingestand. »Du? Sollst ihn drangsaliert haben? Das glaube ich keine Sekunde lang.«

Eric schaute immer noch Sammy zu. »Wir haben ihn nicht verhöhnt. Oder verprügelt. Das nicht.« Es klang, als wäre er weit weg. »Aber wir haben uns auch nicht gerade bemüht, ihn bei irgendwas mitmachen zu lassen. Das ist vermutlich auch eine Form von Herabsetzung.«

Ellie berührte seine Hand und wartete, bis er sich wieder zu ihr umdrehte. »Oder es beweist, dass deine Instinkte intakt sind. Damals und jetzt.«

Es dauerte einen Augenblick, bis er ihre Worte begriffen hatte. »Nun ja, ich habe dich geheiratet«, sagte er. Sein müdes Lächeln erreichte beinahe seine Augen.

»Genau meine Rede.«

Und dann küsste er sie, direkt auf den Mund. Die Geste kam so unerwartet, war so ungewöhnlich und aufgeladen, dass sie mit einer Hand ihren Becher umwarf. Verwirrt ließen sie voneinander ab und sahen zu, wie die milchig braune Lache sich vor ihnen ausbreitete.

Eric stand auf, griff nach einer Handvoll Küchenpapier und wischte das Malheur weg. Er schenkte sich noch Kaffee ein und wollte auch nach Ellies Becher greifen, doch sie legte ihre Hand darüber und stand auf.

»Für mich nicht mehr«, sagte sie. »Ich bin auch so schon ganz hibbelig. Meinst du, du kannst die Stellung halten, solange ich mich im Badezimmer fertig mache?«

»Warum legst du dich nicht noch ein bisschen hin? Oder lässt dir ein heißes Bad ein? Ich muss nirgends hin.«

Ellie nickte. Als sie sich umdrehte, griff er nach ihrem Handgelenk und hielt sie auf. »Sie ist sicher bei uns, Ellie. Das System wird sich um sie kümmern. Wir brauchen nur ein paar Tage, bis es in Gang kommt und läuft.«

Sie warf Sammy einen Kuss zu, und dann ging sie den Flur entlang und musste auf ihrem Weg über den Hund steigen.

Ellie kletterte in ihr Bett, machte fest die Augen zu und dachte darüber nach, was Eric veranlasst haben mochte, sie auf den Mund zu küssen. Doch je länger sie dort lag, desto mehr rückte Weihnachten in ihre Gedanken. Sie war sowieso schon zu lange verheiratet, um über einen Kuss zu grübeln. Sie sollte Kekse für den Weihnachtsmann backen und in der untersten Schublade des Geschirrschranks nach Dolly Partons Weihnachts-CD suchen. Wer würde es sonst tun? Eric? Und sie musste sich auch Gedanken über das Mädchen in Myrtles Zimmer machen, das mitten in ihre seltsamen Stimmungen und Gefühlsausbrüche hineingeraten war. Sie konnte sich nicht einfach unter ihrer Bettdecke verstecken. Also ging sie ins Badezimmer und stellte sich unter die Dusche, bis das Wasser kalt wurde.

Sie zog ihre beste Jeans und die Bluse mit den silbernen Knöpfen an, die sie drei Weihnachtsfeste zuvor gekauft hatte, als dieses Haus noch nicht das ihre war und sie sich noch Mühe gegeben hatte. Seitdem hatte sie sie nicht mehr getragen.

Sie widmete ihrem Haar etwas mehr Zeit als sonst und tat einen Schaumfestiger hinein, arbeitete ihn richtig mit den Fingern ein, so wie ein Friseur es ihr mal gezeigt hatte. Dann beugte sie sich kopfüber und föhnte ihr Haar kreisend von allen Seiten, bis es ihr in braunen Wellen ums Gesicht fiel. Danach holte sie alte Tiegel mit Concealer und Rouge raus, halb eingetrocknete Mascara, Kajal und Lippenstifte. Sie tat ihr Bestes für ihr äußeres Erscheinungsbild. Und alles andere würde sie einfach für sich behalten.

Als sie um Viertel nach zehn aus dem Schlafzimmer kam, lag ein Hauch schwindender Rauchschwaden und der Geruch angebrannten Schinkenspecks in der Luft. Walter, der über sein Puzzle gebeugt dasaß, sah auf und rief: »Hast du die Karotten gekriegt?« Doch im nächsten Augenblick hatte er den Gedanken schon wieder vergessen und widmete sich erneut seiner Arbeit.

Sammy stand auf einem Stuhl am Küchentresen und sah

aus wie ein Zwerg in der karierten Schürze, die ihm bis um die Knöchel hing. Eric stand neben ihm, den Pullover und die Spitzen seiner Ohren mit Mehl bestäubt. Thorn lag zu ihren Füßen und versuchte, alles Herabtropfende aufzuschnappen. Auf dem Küchentresen herrschte Chaos: überall Messbecher und Löffel, der Mehlkanister stand auf dem Kopf da, die braune Backpulverdose war umgekippt, und die elektrische gusseiserne Platte hatten sie so dicht an die Wand gerückt, dass ihr loses Kabel eingeklemmt war. Auf dem Herd standen eine Bratpfanne mit klumpigem Fett und daneben ein Teller voll schwarz angebranntem Schinkenspeck.

Als Eric sie sah, stieß er einen anerkennenden Pfiff aus. Das Frühstücksgeschirr war abgeräumt, der Tisch war jetzt mit Myrtles altem Rosen-Porzellan aus der Glasvitrine für sechs gedeckt. Er hatte das gute Porzellan aufgedeckt, und dabei war es noch nicht einmal Mittag. Das bedeutete neue Haarrisse um die Rosen herum. Eric war in letzter Zeit so ungeschickt mit allem Zerbrechlichen, zwei von Myrtles Esstellern hatte er an Thanksgiving schon auf dem Weg zum Spülbecken kaputt gemacht. Aber sie würde sich nicht auf drohende Katastrophen konzentrieren. Ihr Herz tat einen Freudensprung, als sie Sammy und seinen Vater so einträchtig beieinander sah. Sie hätte ihrem Sohn am liebsten mit dem Finger über die Wange gestrichen.

»Was treibt ihr Jungs denn da?«, fragte sie und stellte sich daneben. Sammy hielt den Holzlöffel fest umklammert, ganz fasziniert davon, dass sich die klebrige Masse in der Schüssel immer rundherum drehte.

Eric grinste. »Ich dachte, wir machen mal Pfannkuchen. Ist ein bisschen aus dem Ruder gelaufen.«

»Ist ein bisschen aus dem Ruder gelaufen«, wiederholte Sammy.

»Das sehe ich. Noch kein Zeichen von Danny?« Oder dem Mädchen.

»Er ist wach und rumort unten bereits seit einer halben Stunde herum. Geduscht hat er auch schon.« Er zuckte die Schultern, so als könnte er es auch nicht glauben. Daniel kam gewöhnlich spätestens eine Minute, nachdem er sich aus dem Bett geschält hatte, die Treppe heraufgerannt und fiel über den Kühlschrank her. »Die hier sind in Nullkommanichts fertig. Eine kleine Zwischenmahlzeit, um den Tag in Schwung zu bringen. Unser Sammy hier ist mir eine große Hilfe.«

Sammy hörte auf zu rühren, nur ganz kurz, mit dem Anflug eines Lächelns. »Ich mach, dass die Klumpen weggehen«, sagte er.

»Das machst du großartig.« Ellie lächelte ihn an. »Deine Pfannkuchen werden absolut lecker und klumpenfrei sein.«

»Absolut lecker und klumpenfrei«, wiederholte Sammy.

»Vorwarnung, es dauert nur noch eine Viertelstunde!«, verkündete Eric. »Mach dich auf was gefasst!« Eric sah sie nicht an, sein Geplänkel war nicht so simpel, wie es schien. Er wollte, dass sie das Mädchen holte.

Es konnte nicht länger aufgeschoben werden. Sie würde das Mädchen in die Küche holen und sie den Nylands vorstellen. *Hannah, das ist Sammy.* Und Sammy, der jetzt noch in aller Seelenruhe in der Schüssel rührte und rührte, würde einen Anfall bekommen. Er würde ein Mädchen sehen, dort, wo es nicht hingehörte, und so ausrasten, dass er diese Welt verließ. Danny würde aus dem Untergeschoss heraufkommen, sich am Tisch seinen Teller vollhäufen und verschwinden. Walter würde zerstreut auf das Mädchen zuschlurfen, die Taschen ausgebeult vom Gewicht all der Steine darin, und ihr eine seiner drängenden Fragen stellen: ob sie ihren

Ehemann verlegt habe; ob sie daran gedacht habe, die Rohre der Wasserleitung auszublasen. Und Ellie könnte ihr nicht in die fragenden Augen blicken. *Wohin bin ich hier geraten? Ich will hier raus.*

»Dann hole ich sie jetzt mal«, sagte sie.

Eric nickte, sein Summen so laut wie das einer Wespe.

Ellie klopfte leise an und wartete. Dann machte sie die Tür zu dem dunklen, bedrückenden Zimmer einen Spaltbreit auf. Es war zu kalt; sie hätte zusätzliche Decken hinlegen sollen. Die schweren Brokatvorhänge in einem scheußlichen Erbsengrün mit Blumenmuster waren so fest zugezogen, dass kein noch so schwacher Lichtschein dieses trüben Wintermorgens durch die vereisten Fenster fiel. Ellie hätte sich am liebsten gleich wieder zurückgezogen und das Mädchen schlafen lassen, bis Betty sie abholen kam. Doch dann sah sie ihre Silhouette auf dem Bett – sitzend, nicht schlafend.

Das Mädchen konnte sie, die im Flurlicht stand, bestimmt besser sehen als Ellie das Mädchen. Ein Anflug von Unmut überkam sie: Warum um Himmels willen saß das Mädchen in der Dunkelheit einfach nur wie eine Statue da? Erwartete sie etwa, höchstpersönlich an den Tisch eingeladen zu werden?

Ellie schaltete das Licht ein, und Myrtles Krempel kam zum Vorschein. Mit frischerem Blick erkannte sie jetzt, was für ein absurdes Durcheinander hier herrschte. Wie war sie nur auf die Idee gekommen, sie könnte dieses Zimmer mit ein bisschen Staubwischen und Neuarrangieren präsentabel machen?

Das Mädchen saß kerzengerade und reglos auf dem nicht angerührten Bett und blinzelte in dem schwachen gelblichen Licht. Sie trug noch dieselben Sachen wie gestern, und der

Müllbeutel mit ihren Habseligkeiten lag immer noch mitten im Zimmer auf dem Boden.

»Hallo, Hannah.«

»Hallo, Mrs Nyland.« Ellies Verärgerung war vermutlich zu spüren, denn das Mädchen korrigierte sich sofort. »Ellie, meine ich.«

»Wie hast du geschlafen?«

Die Blässe ihres Gesichts ließ deutlich erkennen, dass sie nicht gut geschlafen hatte. Sie hatte dunkle Ringe unter den Augen, und die eine Wange war blau.

»Ich weiß, die Matratze ist klumpig wie ein Sack voller Steine. Aber wir haben so überraschend davon erfahren, dass du …« Ellie hielt verlegen inne. Wie konnte man je nicht überraschend davon erfahren, wann genau ein Monster ein Kind in einen Keller sperren würde?

Ellie verschränkte die Arme vor der Brust und fing noch mal von vorne an. »Dieses Zimmer wird schon ziemlich lange nicht mehr benutzt. Ehrlich gesagt wäre es das Beste, es einfach abzufackeln. Wir hatten die Wahl zwischen diesem Raum oder dem Sofa im Wohnzimmer, aber da hättest du keine Ruhe und keinen Raum für dich allein gehabt, und Thorn wäre dir die ganze Nacht mit seiner Schnüffelei auf die Nerven gegangen.« Sie sah sich seufzend um. »Aber es ist schrecklich.«

»Ich finde es schön«, sagte Hannah.

»Schön? Wirklich?«

Hannah zeigte auf die mit Krimskrams gefüllten Gläser. »Es gibt so viele kleine Sachen. So viele bunte Farben.«

Ellie unterdrückte ein Schnauben. Hatte das Mädchen sich überhaupt vom Bett wegbewegt? Sie schien unfähig, auch nur einen Fuß zu heben. »Na dann, es gehört dir. Du kannst die Deckel alle aufmachen und die Bommeln und das andere Zeug herausholen. Mach damit, was du willst.«

Thorn kam ins Zimmer getrottet, wedelte wild mit dem Schwanz und legte seine Schnauze auf Hannahs Schoß. Ellie wollte ihn hinausscheuchen, doch das Mädchen beugte sich vor und legte die Arme um seinen Nacken.

»Thorn ist ein alter Stinker«, sagte Ellie. »Nicht wahr, Thorn?«

Hannah sah mit ihrem blassen Gesicht auf. »Der Sergeant hat mir erzählt, dass er mal einen ganzen Sack Hundefutter auf einmal gefressen hat.«

Warum nannte sie ihn immer so? Was hatte Eric dem Mädchen sonst noch über ihre Familie erzählt? »Jetzt müssen wir *dir* erst mal etwas zu essen geben. Magst du Pfannkuchen?«

Die geballten Hände dicht an Thorns Ohren, rubbelte sie ihn. Der Hund zitterte vor Entzücken. »Ja, ich mag gerne Pfannkuchen. Danke.«

»Hast du Hunger?«

»Ja. Ich habe großen Hunger.«

»Tja, die Jungs sind heute Vormittag die Köche, ich kann also nicht sagen, wie gut die Pfannkuchen werden. Aber es gibt Ahornsirup und Schinkenspeck dazu. Warum gehen wir nicht mal nachsehen, wie weit sie sind?«

Hannah stand auf, als täten ihr die Rippen weh. Sie sah mitleiderregend aus in ihren zerlumpten Jeans, mit dem wirren Haar. So konnte Ellie sie nicht mit zu den anderen nehmen. »Warum ziehst du dir nicht erst mal etwas Frisches an und wäschst dir dein Gesicht.«

Ellie riss den Müllbeutel auf und schüttete den Inhalt auf den Holzboden. Es waren keine frischen Sachen darin. Nichts, was zu den aufgebrezelten Cliquen in den Fluren der Mittelschule gepasst hätte. Hannah besaß kein einziges Kleidungsstück, das nicht trostlos, stark abgetragen oder rein nützlicher

Natur gewesen wäre, bis hin zu ihren baumwollenen Unterhosen und Unterhemden.

Thorn schaute zu, wie Ellie den Haufen sortierte und die Sachen dabei zusammenlegte. Einen roten Wollpullover und eine Jeanshose, die genauso schmuddelig war wie die, die sie anhatte, legte sie zur Seite.

»Hat Eric die richtigen Sachen eingepackt?« Die Auswahl war bestimmt nicht allzu groß gewesen. Ellie hätte für nur zwanzig Dollar bei »Momma G's« bessere Secondhandkleidung gefunden. Anständige Socken oder Schlafanzüge hatte sie auch nicht.

»Das hat Daniel gemacht«, sagte Hannah.

Danny? Er hatte nicht nur von Weitem zugesehen, sondern die Schubladen des Mädchens durchwühlt? Ellie versuchte, mit ruhiger Stimme zu sprechen. »Gefällt dir irgendetwas davon am besten?«

»Der rote Pulli ist am wärmsten«, sagte Hannah sachlich.

Ellie hätte den ganzen Haufen am liebsten in die Mülltonne geworfen. Aber sie könnte die Sachen ja wenigstens so heiß wie möglich in der Waschmaschine waschen.

Kälte stieg vom Holzboden auf. »Weißt du was? Du gehst dich jetzt waschen, und ich schaue mal nach, ob ich nicht ein paar warme Socken für dich finde.«

»Danke, dass ich hierbleiben darf.«

Ellie schob Hannah ins Badezimmer, holte den Hund heraus und machte die Tür zu, bevor eine von ihnen noch mehr sagen konnte. Ellie zitterten die Beine.

Die Kinderchor-Version von *Away in a Manger* zog zusammen mit den Schinkenspeckschwaden durch den Flur. Eric hatte die Weihnachts-CD gefunden. Die Kinder sangen den Text lauthals mit. Es war genau wie in dem Lied. Kein Raum in der Herberge, nirgends auf der weiten Welt, außer bei den Nylands. Das Mädchen war nur vorübergehend bei ihnen und das hier nichts weiter als ein ungeplanter Aufenthalt auf ihrem Weg zu einem besseren Leben woanders.

Ellie zog ihre dritte Schublade auf und holte flauschige rosa Socken mit albernen Bommelschnüren heraus. Dann griff sie nach einer Bürste und einem Kamm und wühlte in ihrer Schublade mit den Schals und Tüchern herum, bis sie das Täschchen mit den Flechtfrisur-Mustern und den Spangen gefunden hatte, und ging zurück ins Badezimmer.

Hannah lehnte über dem Waschbecken, das Gesicht voller Seifenschaum. Der rote Pullover war ausgeleiert und hatte einen Riss, dadurch war er viel zu weit an den Schultern. Sie wusch sich die Seife aus dem Gesicht und sah Ellie mit feuchten Wimpern blinzelnd im Spiegel an.

»Ich habe ein paar Sachen mitgebracht.«

Hannah schaute ihr ungepflegtes, wirres Haar im Spiegel an und ließ seufzend die Schultern sinken.

»Mein Haar ist immer so schwer zu kämmen«, sagte Hannah.

»Es hat eine hübsche Farbe. Ich glaube, den Ton nennt man Honigblond.«

Hannah musterte ihr Haar mit zusammengekniffenen Augen. »Ich dachte, es ist braun. Wie eine Papiertüte.«

»Manche Filmschauspielerin hätte gern Haar in genau dem Farbton und lässt es sich extra so färben. Und dein Haar ist auch sehr voll, das heißt, du kannst viel damit machen.«

Was dann geschah, war eher Reflex denn bewusstes Handeln. Ellie hob eine schwere Haarsträhne nach der anderen und bürstete sie sanft so lange, bis sie entwirrt war. Dann teilte sie das Haar in drei Stränge und legte den rechten über den mittleren Strang, den linken über den mittleren und immer so weiter, bis alles Haar zu einem schönen Zopf verflochten war, der Hannah den Rücken hinabfiel.

»Gib mir aus dem Täschchen mal ein Gummi.«

Hannah holte ein rotes heraus, ohne den Blick vom Spiegel abzuwenden. Das aus dem Gesicht gekämmte Haar ließ sie weniger verloren wirken. Mit großen Augen drehte sie den Kopf von hier nach dort und versuchte, aus verschiedenen Richtungen einen Blick darauf zu werfen.

»Voilà, ein französischer Zopf«, sagte Ellie, die sich selbst wunderte, dass ihre Finger wussten, was sie mit dem Haar eines jungen Mädchens anfangen sollten. Sie hatte es richtig gemacht, gleich beim ersten Versuch, so als hätte der Vorrat an Fantasie-Erinnerungen, den sie über die Jahre angelegt hatte, sie durch die Schritte geleitet. »Gefällt er dir?«

Hannah nickte. »Jessie sagt, dass ihre Mom den Zopf jedes Mal zu fest macht und er ihr das Hirn rausquetscht wie aus einer Zahnpastatube. Jessies Haar ist fast schwarz und noch länger als meins, und es wird ganz krisselig, wenn es nass wird.«

»Wer ist Jessie?«, fragte Ellie.

»Meine Freundin. In der Schule. Bevor wir hierhergezogen sind.« Hannah holte tief Luft und schüttelte den Kopf hin und her. »Er ist nicht zu fest.«

Ellie gab ihr die Socken, und mit einem leichten Zucken bückte Hannah sich, zog sie an und band kleine Schleifen in die Bommelschnüre.

»Und jetzt frühstücken wir erst einmal«, sagte Ellie.

Hannah folgte Ellie den dunklen Flur entlang in den hellen Bereich des Hauses und spürte immer noch das Kribbeln von Ellies Händen in ihrem Haar. Thorn drängte sich neben sie und lief ihr immer wieder vor die Füße. Sie fühlte sich gleich viel erwachsener mit dem französischen Zopf und den flauschigen rosa Socken. Ellie wusste genau, was schick ist. Sie trug eine der schönsten Blusen, die Hannah je gesehen hatte. Vielleicht arbeitete sie ja in dem Laden für Damenmode in Neesley, in dem mit den Schaufensterpuppen im Fenster. Oder vielleicht war sie Friseurin. Vielleicht frisierte Ellie immer die Kunden mit Problemhaar, und ein französischer Zopf war ein Kinderspiel für sie im Vergleich zu dem, was sie sonst machte.

Es roch köstlich, und von irgendwoher kam Musik. Kinder sangen ein Lied, dessen Text sie kannte. Es war lange her, seit sie Musik gehört hatte, es stellte ihr die Härchen an den Armen auf. Sie hatte so großen Hunger, dass ihr der Magen schon richtig wehtat. Hoffentlich konnte sie sich davon abhalten, einfach einen Pfannkuchen in den Mund zu stopfen.

Am Ende des Flurs blieb Ellie so abrupt stehen, dass Hannah in sie hineinlief. Thorn setzte sich aufrecht hin und wartete ab. Ellie stand einfach nur da, reglos.

Hannah spähte um sie herum. Sie hatte alles außerhalb ihres Zimmers vergessen, auch wenn sie vor ein paar Stunden noch gleich dort bei der Haustür gestanden hatte. Nichts sah mehr so aus wie in der Nacht zuvor. Es war ein großer offener Raum, mit einem weichen Sofa mittendrin, hier und dort verstreuten Sesseln und einem Tisch mit einem Puzzle darauf in der Nähe eines Kamins, in dem ein brennendes Holzscheit knisternd Funken sprühte. Die Kücheninsel mit dem Spülbecken hatte die Form eines Blitzes, und auf den Küchenschränken an der einen langen Wand standen in einer Reihe sechs glänzende Keramik-Truthähne. An der einen Seite stand ein großer Holztisch. Und da saßen sie: der Sergeant und Daniel und noch zwei andere, ein kleiner Junge und ein alter Mann, die ihr den Rücken zuwandten.

Ellie sah sie in dem dunklen Flur eindringlich an. Hannah spürte Panik in sich aufsteigen. Es musste irgendetwas mit einem von denen im Licht dort zu tun haben – mit einem, von dem ihr niemand erzählt hatte. Und dann fiel es ihr wieder ein. Es ging um Sammy. Ihr Blick flitzte hin und her. Sie rechnete damit, dass er jeden Augenblick vor sie sprang.

Schließlich ergriff Ellie das Wort. »Es gibt etwas, das ich dir noch nicht …«

Hannah wartete, dass sie weitersprach, aber es kam nicht mehr. »Ich weiß von Sammy«, flüsterte sie, weil sie Angst hatte, dass man sie hören könnte. »Soll ich wieder in mein Zimmer gehen?«

Da griff Ellie sie am Arm, nicht gerade sanft, und zog sie in den lichtdurchfluteten Raum hinein und auf den großen Tisch zu. Sie forderte sie auf, sich auf den leeren Stuhl neben Daniel zu setzen.

Hannah nahm angespannt Platz. Sie senkte den Blick auf den mit Rosen gemusterten Teller vor sich und versuchte, nicht zu zappeln. Thorn quetschte sich unter den Tisch und legte den Kopf auf ihre Füße.

Und dann redeten alle auf einmal. Sie hatte zwar davon geträumt, nicht allein an einem Tisch zu sitzen und Leute um sich zu haben, die lauter schöne Sachen erzählten, aber plötzlich sehnte sie sich nach Schweigen. Durch das Fenster hinter ihr fiel nun Sonnenschein herein, und auf der hölzernen Tischplatte lag ein gelblicher Lichtstrahl. Sie konnte die Stille jenseits der Scheibe geradezu spüren. Wenn sie auf der anderen Seite wäre, könnte man hundert Leute auf die Suche nach ihr schicken, und man würde sie doch nicht finden.

Aber hier an diesem Tisch war es ihr viel zu laut. Sie setzte sich auf die Hände, damit sie sich nicht die Ohren zuhielt. Der Sergeant fragte, ob sie Pfannkuchen mochte, und Daniel fragte, ob das Bett jedes Mal quietschte, wenn sie sich bewegte, und der alte Mann wollte wissen, ob sie die Pflegerin war, und Ellie sagte zu allen, dass sie still sein sollten, doch es hörte keiner auf sie.

Schließlich klatschte Ellie laut in die Hände. Und da war plötzlich kein Geräusch mehr zu hören, nur noch das Zischen der Heizung, die warme Luft durch die Schlitze im Fußboden pustete.

»Sammy und Walter, das ist Hannah«, sagte Ellie. »Sie wird ein paar Tage lang bei uns wohnen.«

Hannah hob den Blick, ohne den Kopf zu heben, und schaute über den Tisch. Sammy war der kleine Junge, kein Monster, und er schien Angst zu haben, weil sie ihm gegenübersaß. Seine Augen waren hellgrün, mit einem dunkelblauen Rand rund um die Pupille. Genau wie bei Mandy.

Hannah kannte Angst. Der kleine Junge hatte Angst vor ihr. Seine Arme fingen an zu zucken und schlugen auf seine Beine ein, und Daniel sagte: »Es geht los.« Ellie streckte eine Hand nach ihm aus, wie um zu sagen *Alles okay*, aber da zuckten die Arme noch stärker. Steif wie ein Stock lehnte er sich so weit zurück, dass sein Stuhl nach hinten kippte und dann mit einem Knall wieder nach vorne.

Sammy stand auf, rannte den Flur entlang und verschwand. Ellie schaute den Sergeant an, warf ihre Serviette auf den Teller und lief hinterher. Eric reichte Hannah den Teller mit den Pfannkuchen. Wie konnte sie danach noch Pfannkuchen essen? Mechanisch hob sie die Gabel und nahm sich den obersten.

»Danke, Sergeant Nyland.«

»Ich bin kein Sergeant mehr. Du kannst mich einfach Eric nennen.«

Daniel griff nach dem Pfannkuchenstapel und schaufelte sich drei auf den Teller.

Alle schwiegen, bis auf den alten Mann namens Walter. Der sagte, dass er nachher noch in die Stadt fahren würde, um Kanthölzer und eine Betonmischung zu kaufen. Er hatte seinen Pfannkuchen in tausend kleine Stücke geschnitten und schüttete jetzt einen ganzen See von Ahornsirup auf seinen Teller.

Eric nahm ihm die Flasche weg. Dann sah er sie an und sagte: »Jetzt hast du Sammy also kennengelernt.«

Hannah rief sich Sammys Gesicht in Erinnerung, die Angst darin, und wie er vor und zurück geschaukelt war, bis er nicht mehr klar sehen konnte und die Welt um ihn herum verschwamm. Er war kein Monster, er wollte sie nur nicht in seinem Zuhause haben.

»So verhält Sammy sich manchmal, wenn er jemanden neu kennenlernt«, erklärte Daniel. »Vor allem, seit er in die Vorschule geht. Da gibt's mehr, wovor er Angst haben kann. Die sagen Freak zu ihm.«

»Nenn ihn nicht so«, sagte Eric.

»Tu ich ja gar nicht«, erwiderte Daniel. »Ich würde ihn nie so nennen. Das tun diese anderen Kinder. Johnson, zum Beispiel. Der regt Sammy auf, nur um zu sehen, wie er ausrastet. Die machen ein Spiel daraus. Los, wir ärgern ihn, mal sehen, was er dann macht.«

Eric schüttelte den Kopf. »Wir arbeiten daran, Dan. Wir reden bereits mit der Schule.«

Das nützt nichts, hätte Hannah am liebsten geflüstert. Wenn Menschen böse Dinge tun wollten, konnte man sie nicht davon abhalten. Sie schnitt sich ein kleines Stück Butter ab und tat es auf ihren Pfannkuchen, doch es schmolz kein bisschen, und so strich sie mit dem Messer darauf herum.

Thorn schleckte ihre Beine ab, bis in die Kniekehlen hinauf, und sie griff unter den Tisch und kraulte seine Ohren. Eric goss Orangensaft aus einem Plastikkanister in kleine blaue Gläser und schob Daniel zwei zu, der eins an sie weiterreichte.

»Sammy braucht immer eine Weile, bis er sich an Neues gewöhnt, das ist alles«, sagte Eric. »Ich kann es dir nicht verdenken, wenn du von dem Schinkenspeck nichts nimmst. Er ist ziemlich angebrannt.«

Sie griff nach einem Streifen. Noch nie hatte ihr etwas so gut geschmeckt. Genau wie der kalte Pfannkuchen – Stück für Stück tunkte sie ihn in den Sirup, und sie wartete kaum ab, bis sie mit Kauen fertig war, bevor sie das nächste Stück aufspießte.

In Daniels Tasche summte es mehrmals. Schließlich holte er sein Telefon aus der Tasche und schaute zuerst auf die Nummer und dann seinen Vater an.

Eric nickte und schickte dann eine Warnung hinterher. »Aber beeil dich. Und du sprichst nicht über das, was hier vor sich geht. Mit keinem Wort. Verstanden?«

Daniel sprang auf und lief an Hannah vorbei zum Fenster, Worte murmelnd, die sie nicht verstanden. Als er ein paar Minuten später wieder auf seinen Stuhl sank, hatte seine Laune sich verändert. Er wirkte niedergeschlagen und mürrisch.

»Wer hat angerufen?«, fragte Eric.

»Bloß Matt.«

»Alles okay?«

Daniel zuckte die Schultern. »Sicher.«

Hannah hatte ihren Teller leer gegessen und wünschte,

sie hätte sich mehr Zeit gelassen und jeden Bissen richtig genossen. Als sie aufblickte, bemerkte sie, dass Eric sie ansah. Lächelnd fragte er, ob sie noch einen Pfannkuchen haben wolle. Sie schüttelte den Kopf und wischte sich den Mund mit der Serviette ab. Ihr Magen war gedehnt wie ein mit Wasser gefüllter Ballon.

Die Weihnachtsmusik hatte aufgehört, jetzt war es still. Man konnte nur noch hören, wie Daniel auf dem knusprigen Schinkenspeck herumkaute, Walter kratzend mit der Gabel über den Teller fuhr und Thorn zu ihren Füßen schnaufte.

»Wie schade, dass Sammy seine eigenen Pfannkuchen gar nicht probiert hat«, sagte Hannah.

Walter sah auf, kniff die Augen zusammen und rief über den Tisch: »Wer zum Teufel sind Sie?«

»Herrje«, murmelte Eric und ballte die Hände zur Faust.

Daniel verdrehte die Augen. »Hannah, Grandpa. Das ist immer noch Hannah.«

Walter sah sie stirnrunzelnd an. »Sind Sie die neue Pflegerin?«

»Sie ist erst elf«, sagte Daniel laut.

»Fast zwölf. Aber ich habe schon einen Erste-Hilfe-Kurs gemacht.« Hannah hätte es nicht ertragen, wenn der alte Mann auch vom Tisch weggelaufen wäre.

Walter musterte sie skeptisch.

»Ich weiß, wie man den Atem prüft und den Puls findet, und wenn jemand nicht atmet, kann ich eine Herzmassage machen. Dreißigmal drücken und dann zweimal beatmen, aber zuerst muss man den Kopf schräg legen und die Zunge aus dem Weg nehmen.«

»Cool«, sagte Daniel. »Hast du das schon mal gemacht, so richtig? An einem echten Menschen?«

»Noch nicht«, sagte sie. »Aber ich übe es, damit ich die Schritte nicht vergesse.«

»Womit übst du denn?«

»Mit einem Kissen.«

Daniel lachte, aber es war kein gemeines Lachen.

»Und ich kann das Heimlich-Manöver anwenden, wenn du zu ersticken drohst, weil du ein Bonbon oder eine Erdnuss in den falschen Hals gekriegt hast.«

Daniel griff sich mit beiden Händen an den Hals und gab Würgegeräusche von sich.

»Es ist eigentlich nur eine Umarmung, und dann zieht man nach oben, so.« Sie schlang die Arme um ihren Körper und drückte mit einem Ruck nach oben fest zu.

Ein stechender Schmerz fuhr ihr durch die Brust. Und da überfluteten sie die Bilder: wie sie von den Füßen gefegt und an den Haaren in den Keller geschleift wurde. Nigels feuchte Spucke. Mandys Fauchen und Zerren und der entsetzliche Schrei.

Sie zog am Ausschnitt ihres Pullovers. Sie bekam keine Luft mehr, der Raum drehte und drehte sich. Sie ertrank, weil sie keine Luft bekam. Ihr Mund war so trocken, dass sie an ihrer Zunge zu ersticken drohte. Sie musste nach draußen in die Kälte, um ihre Lungen wieder öffnen zu können.

Eric hob den Stuhl mit ihr darauf an, drehte ihn um und kniete sich hin. »Hol ganz langsam und tief Luft, wenn du kannst. Ja, genau so, ganz langsam und tief.« Sowohl Eric als auch Daniel zählten jetzt. »Eins, zwei, drei, vier …«

Ihre Brust brannte, aber sie zählte mit ihnen. Daniel hatte seinen Stuhl vom Tisch weggestoßen und sich auch umgedreht. Er sah seinen Vater und sie eindringlich an.

»Sie hat PTBS«, sagte Daniel. »Wie Soldaten, die aus dem Krieg nach Hause kommen.«

Eric hatte ihr eine Hand auf die Schulter gelegt.

»Immer schön atmen. Genau so.« *Eins, zwei, drei, vier.*

Thorn lief schnaubend auf und ab, ein schwarzer Schemen vor ihren Beinen.

»PTBS – Posttraumatische Stressstörung. Nee, das wär ja PTSS. Beschwerden. Ballast. Wofür steht denn das B?«

Hannah konzentrierte sich auf Erics Hand, die schwer auf ihre Schulter drückte, auf das Gewicht seiner Finger, das sie wie ein Anker an ihren Stuhl band. *Eins, zwei, drei, vier.*

Daniel sagte: »Diese Männer kommen da raus, glauben aber, sie stehen immer noch auf dem Schlachtfeld, und dann hören sie ein falsches Geräusch, und zack, schon sind sie bereit, die ganze Welt abzufackeln, nur damit das endlich aufhört. Das passiert einem, wenn man traumatisiert ist.«

»Das reicht jetzt mit der PTBS, Dan.«

»Das hab ich in der Schule gelernt, Dad.« Daniel beugte sich vor, die Hände auf den Knien. »Als wir den Zweiten Weltkrieg durchgenommen haben. Da hat Wendy Wilsbee einen Anfall gekriegt und musste zur Schulsanitäterin, denn ihre Mutter hat PTBS. Wegen ihrem Autounfall beim Supermarkt. Die ganze Vorderfront war zusammengequetscht.«

»Sei still, Dan«, sagte Eric.

Hannah wollte, dass er weiterredete. Neben ihr, hinter ihr, irgendwo. Der Klang seiner Stimme beruhigte sie, zog sie aus dem Keller heraus.

»Mrs Wilsbee hat Albträume und zuckt jedes Mal zusammen, wenn sie eine Sirene oder quietschende Reifen hört. Die Wilsbees können nicht fernsehen – nicht mal Wendy –, denn da könnten sie ja einen Autounfall zu sehen kriegen. Das kann jedem passieren.«

»So etwas ist das nicht.« Eric nahm seine Hand weg, trat einen Schritt zurück und musterte sie aufmerksam. Ihr Atem ging schon wieder regelmäßiger, der Schwindel war fast weg, das Karussell hatte an Fahrt verloren.

»Du hast schon wieder etwas Farbe in den Wangen«, sagte Eric. »Fühlst du dich besser?«

Sie nickte, nicht mehr ganz so benommen.

»Fühlt es sich so an, als ob dein Herz außerhalb deiner Brust schlägt?«, fragte Daniel.

»Jetzt hör endlich auf, Dan, und lass Hannah einen Moment in Ruhe.« Dann drehte Eric sich zu Daniel um. »Lass uns mal das Thema wechseln. Wir werden heute Vormittag den Baum holen. Wenn du mit dem Frühstück fertig bist, fahren wir los. Wir können den Van nehmen.«

Sie fühlte sich fast wieder so wie vorher, war wieder zurück in ihrem Körper und ruhig genug, um Daniel und seinen Vater anzusehen. Es gefiel ihr, dass die beiden in ihrer Nähe waren. Sie wollte, dass Ellie zurückkam und ihr sagte, dass es Sammy gut ging, dass er seine Meinung über sie geändert hatte. Sie lauschte, ob vom Flur her etwas zu hören war. Doch es drangen keine Geräusche durch Sammys geschlossene Zimmertür.

Jetzt redeten sie leise darüber, dass sie den Baum holen wollten. Darüber, dass sie es erledigen wollten, bevor der Wind schlimmer wurde, über kommende Stürme und darüber, wie hart der Winter war. Hannah war dankbar, dass sie ihr etwas mehr Raum gaben, damit sie wieder zu Atem kam und in ihre eigene Haut schlüpfen konnte.

Daniel fand, dass Sammy auch mitkommen sollte, dass er einen Heidenspaß daran haben würde, durch den Schnee zu stapfen. Sie redeten darüber, welcher Baum besser war, Fichte oder Tanne, ob sie ihn mit Gummispannern oder mit einem Seil fixieren sollten, wie man Sammy am besten von der Axt fernhalten konnte.

Hannah sah, wie Eric Daniel anblickte und wie Daniel sich seine Antworten überlegte. Sie fragte sich, wie es wohl wäre, zu dieser Familie zu gehören, Essen am Tisch hin und her zu reichen, übers Wetter zu reden und darüber, wie man Sammy vor Gefahren schützen konnte oder wo der Baum stehen sollte.

Sie wäre auch gern zum Baumschlagen mitgefahren. Sie sah eine Reihe kleiner Gestalten im Gänsemarsch vor sich, die sich auf der Suche nach einem Wald durch die weiße Wildnis kämpften. Sie hätte gern die Axt geschwungen, das Echo des berstenden Holzes gehört und die Äste nachfedernd in den rundherum aufstiebenden Schnee fallen sehen. Aber es würde sie keiner bitten mitzukommen, und sie war auch viel zu erschöpft dazu.

Es fühlte sich an, als wären ihr Ziegelsteine unter die Füße geschnallt worden. Wenigstens wollte sie nicht so wie die angeknacksten Soldaten die ganze Welt abfackeln. Jetzt atmete sie wieder normal, und die Seitenstiche waren weg. Falls sie dieses PTBS hatte, dann war es genauso rasch wieder vergangen, wie es gekommen war.

Eric drehte sich zu ihr um. »Du musst dich ausruhen. Meinst du, du kommst eine Zeit lang allein zurecht?«

Ihr Magen verkrampfte sich. Ohne die beiden würde sie bestimmt etwas falsch machen. »Soll ich in mein Zimmer gehen?«

Eric lachte. »Du musst nicht, aber du darfst, wenn du willst. Du kannst noch mal ins Bett gehen oder dich hier aufs Sofa legen oder den Fernseher anmachen oder dich über den Kühlschrank hermachen oder *Angry Birds* spielen oder …« Ihm gingen die Ideen aus.

Daniel schnaubte. »*Angry Birds* ist was für Kleinkinder, Dad.«

Eric lächelte seinen Sohn an. »Hast du das nicht neulich erst gespielt?«

»Da hab ich Sammy geholfen«, sagte Daniel, sah sie kurz an und dann gleich wieder weg. Er schien einen Fussel auf dem Ärmel seines Pullovers zu mustern.

»Wir bleiben nicht lange weg«, sagte Eric. »Wir bringen den Baum durch die vordere Haustür herein, stellen ihn da drüben auf, und dann schmücken wir ihn und überall hier. So ist es Tradition bei uns. Wirst schon sehen. Weihnachten im Hause Nyland.«

Eric ging in den Flur, um Sammy zu holen. Thorn legte den Kopf auf ihren Oberschenkel, und als sie sich vorbeugte, um ihn zu streicheln, sah sie über den Tisch hinweg, wie sich Walter, der seine Pfannkuchen aufgegessen hatte, mit beiden Händen auf dem Tisch abstützte und wankend aufstand.

»Ich habe noch Arbeit zu erledigen«, verkündete er und griff nach seinem Stock. Mit dumpfem Stockgeklacker machte er sich auf den Weg zu dem Tisch in der Ecke am anderen Ende des weitläufigen Raums. Als er sich hinter dem Sofa entlangschob, drehte er sich um und sah sie direkt an: »Sie können meinen Puls nehmen, wenn Sie wollen.«

»Okay«, sagte Hannah.

»Aber Blut kriegen Sie nicht von mir«, warnte er sie.

»Nadeln«, flüsterte Daniel Hannah zu. »Er sagt, er ist allergisch dagegen. Aber er hasst es bloß, in die Haut gepikst zu werden.«

Grandpa war das Aufheben um sie am Tisch völlig entgangen. Jessies Grandma war genauso verwirrt gewesen. Sie wohnte in einem Altenheim draußen in Kelby, so weit weg, dass Jessies Familie sie nur an einem verlängerten Wochenende besuchen konnte, damit Jessie keinen Schultag versäumte. Jessie hasste es, dorthin geschleppt zu werden. Sie sagte, dass es da nach Windeln stank und alle wie Kühe auf der Weide zusammengesackt in ihren Rollstühlen hockten und dass eine der alten Frauen sich von Kopf bis Fuß in eine Decke eingewickelt hatte und verzweifelt eine Puppe festhielt – eine, die weich war wie ein echtes Baby – und dass sie selbst jedes Mal am liebsten schreiend weggerannt wäre.

Immer wenn sie Jessie besuchte, lag die ausgestreckt auf ihrem Bett und lästerte über ihre zahnlose alte Grandma: dass ihre Grandma auf den Plastikweihnachtsbaum neben dem Empfangstresen des Altenheims einbrabbelte, dass sie den Latz um ihren dürren Hals vollsabberte, dass sie jede Nacht aus dem Bett fiel, dass sie ihre Butterkekse zu widerlichem Brei zermanschte. Hannah hatte immer geschwiegen, obwohl sie es eigentlich besser wusste. Ihre Mutter hatte zu ihr gesagt, sie solle sich mal vorstellen, wie es wäre, wenn sie selbst einen Tag lang so dran wäre. Wenn sie einkaufen müsste, ihre Beine aber zu schwach wären, um den Weg bis zum Laden zu gehen. Wenn sie am Zebrastreifen stünde, sie aber zu wacklig auf den Beinen wäre, um loszugehen. Wenn sie so viele Geschichten zu erzählen hätte, aber keiner da wäre, der ihr zuhörte.

Hannah sah zu, wie der alte Mann zu dem Tisch ging, auf dem ein Puzzle lag. Wenn er hinfallen würde, käme sofort jemand, um ihm aufzuhelfen. Sie selbst hätte sich Jessica nicht als Freundin ausgesucht, aber an der Straße hatten keine anderen Häuser gestanden. Genau wie an dieser Straße.

Und dann saß Hannah allein am Tisch, nur den Hund neben sich. Bei der Haustür griff Daniel, das Telefon am

Ohr, mit einer Hand in das oberste Regal des Wandschranks, um Mütze und Schal herauszuziehen.

Sie drehte sich auf ihrem Stuhl herum und sah durchs Fenster in den grauen Himmel; die unberührten weißen Felder erstreckten sich endlos. Wie dumm sie gewesen war. Immer wieder war sie durch den Schnee gestapft und nie irgendwo angekommen, dabei hätte sie die ganze Zeit einfach über die Straße gehen können.

7

Ellie ging Sammy hinterher in sein Zimmer, wo er sich auf den Boden geworfen hatte. Sie musste ihm erklären, warum plötzlich ein Mädchen an seinem Tisch saß und in seinem Zuhause wohnte. Aber wie? Die wenigen Informationen, die Eric ihr gegeben hatte, würden kaum ausreichen. Doch man konnte ihm auch keine Vorwürfe machen.

»Nur ein paar Tage lang, Sammy«, begann sie. »Sie schläft in Grandmas Handarbeitszimmer. Wir haben ihr das Bett dort gemacht. Hannah geht nicht auf deine Schule, dafür ist sie schon zu groß. Und sie geht auch nicht auf Dannys Schule, dafür ist sie noch zu klein. Sie ist genau in der Mitte, wie Goldlöckchen.«

Sammy wandte ihr den Rücken zu.

»Sie hat es gerade sehr schwer. Aber sie ist sehr nett.« Ellie gab ihrer Stimme einen leichten, unaufgeregten Ton. »Hannah hat ein hübsches Gesicht, findest du nicht? Und wir alle, du und ich und Dan und Daddy, können dazu beitragen, dass sie sich wohlfühlt bei uns.«

Er wollte sich einfach nicht zu ihr herumdrehen. Sie vermasselte es.

»Hmm, lass mal nachdenken. Vielleicht hat Hannah ja Lust, diese Plätzchen zu backen, die aussehen wie Sterne, mit ganz viel Zuckerguss und Streuseln obendrauf. Oder wir könnten in die Stadt fahren und ein Weihnachtsgeschenk für sie kaufen, und dann wickeln wir es in Glanzpapier ein und schmücken es mit einer Schleife.«

Schöne Dinge, die ihr eigentlich auch ohne den Wutanfall eines Fünfjährigen hätten einfallen können. Wie die Augen des Mädchens aufleuchteten, als sie ihren Zopf im Spiegel sah.

»Was sagst du dazu, Sammy?«

»Was sagst du dazu, Sammy?«, wiederholte er, in wütendem Ton allerdings.

»Sprich in eigenen Worten, Sammy. Was sollen wir tun, was meinst du?«

»Ich mag Wörter nicht. Ich mag Zahlen.«

»Zahlen sind hervorragend, und ich kenne keinen anderen Jungen, der so gut mit Zahlen umgehen kann wie du. Aber wir brauchen eben auch Wörter. Manche Wörter sind sogar sehr schön. *Kladderadatsch,* zum Beispiel. Oder wie findest du *krawumm*?«

»*Krawumm* ist zu spitz. Es ist ganz schwarz.«

»Und was ist mit *quietschfidel*?«

»*Quietschfidel* ist rund. Und rot. *Quietschfidel.*«

Sammy liebte Rot. Da schnellte die Skala in seinem Hirn vermutlich auf hundert hoch, dachte sie. Ihr Sohn konnte Redewendungen, vollständige Sätze, die genaue Tonlage von Gesprächen, die er vor Wochen gehört hatte, wiederholen. Wie vollgestopft dieser kleine Kopf sein musste.

»Wörter fliegen in den Kopf rein und gehen nicht mehr raus«, sagte er, so als hätte er ihre Gedanken gelesen. »Ich mag Wörter nicht.«

Sammy war inzwischen schon ein großer Junge, aber er hatte sich nie von simplen Beschwichtigungen einlullen lassen. Kekse und Milch machten den Spott im Schulbus nicht wett. Wiederholungen gaben ihm Sicherheit, hüllten ihn ein wie eine Kuscheldecke, milderten die Zumutungen. Für ihn gab es nur einen vollkommen sicheren Ort, sein Zuhause, dort waren nur Menschen, die er kannte und denen er vertraute. Und jetzt war auch das vereinnahmt worden, von einem merkwürdigen Mädchen, das ihm und seiner Familie den Raum nahm.

Ellie änderte ihre Strategie, sehr plötzlich, aber ohne Bedenken. »Du musst ja nicht mit ihr reden, Sammy. Nicht ein einziges Wort. Und hier darf sie auch nicht einfach so hereinkommen. Dies ist dein Zimmer, du musst niemanden reinlassen.«

»Dies ist dein Zimmer, du musst niemanden reinlassen«, wiederholte Sammy.

»Das stimmt.«

Er dachte einen Augenblick lang nach, bevor er sicherheitshalber noch einmal wiederholte: »Du musst niemanden reinlassen.« Und er fügte hinzu: »Dann sag ich: *Geh weg*. Dann sag ich zu Hannah, sie soll weggehen.«

Als Eric hereinschaute, saßen sie nebeneinander auf dem Boden, inmitten von verknittertem Weihnachtspapier und den zerrissenen Teilen einer Pappschachtel. Eric betrachtete den Flieger aus Balsaholz, den sie gebaut hatten. Ein frühes Weihnachtsgeschenk – so viel konnte er ausmachen. Ellie hatte unterdessen beschlossen, in diesem Jahr auf einen Weihnachtsbaum mit Glitzerschmuck zu verzichten. Sie wollte die nächsten Tage nur noch hinter sich bringen, damit alles wieder so war wie immer; sie wollte, dass ihre Familie einfach abwartete, bis ihre Probleme sich aufgelöst hatten. Doch jetzt schaute Eric zur Tür herein und bestand darauf, ihre Jungs in den eiskalten Wald mitzunehmen.

Zur Überraschung beider Elternteile protestierte Sammy nicht. Er sprang auf, als wäre es seine Idee gewesen, und quetschte sich an seinem Vater vorbei, noch ehe Ellie ihn aufhalten konnte.

Auf dem Weg zu Hodgins' Wald hatte Eric mit Daniel reden wollen, um herauszufinden, welche Schäden die Ereignisse der letzten Nacht bei ihm angerichtet hatten. Um sich bei ihm zu entschuldigen. Um ihm zu sagen, wie stolz er auf ihn war.

Er hatte beim Pfannkuchenbacken auch mit Sammy über das Mädchen reden wollen. Sammy schützte sein Zuhause um jeden Preis, und Hannah gehörte dort nicht hin. Die gemeinen Jungs in der Schule hatten seine Angst nur noch verstärkt. Eric hätte am liebsten den Platz getauscht mit seinem Sohn, doch es blieb ihm nichts anderes übrig, als ihm auf halbem Wege entgegenzukommen – Sammy dabei zu helfen, die Welt in eine Sprache zu übersetzen, die er verstehen konnte.

Doch eingeschlossen im Van, mit seinen beiden angeschnallten Jungs und der auf Hochtouren laufenden Heizung, wurde ihm klar, dass er auch diesen Punkt der Liste nicht abarbeiten würde. Verlegenheit überkam ihn. Sammy zappelte hinten rum und malte mit dem Finger Kreise an die Scheibe. Daniel saß ungewöhnlich still neben ihm im Beifahrersitz, sein Handy war nirgends zu sehen, und jedes Mal, wenn Eric ihn ansah, wandte Daniel den Blick ab, so als wäre er selbst auch verlegen.

Eric parkte auf dem Forstweg an der Rückseite von Hodgins' Waldabschnitt. Die Bäume standen keine zehn Meter entfernt. Eric holte Walters Axt aus dem Van. Daniel nahm die Plane und ließ Sammy aussteigen, der wie eine Katze von der Rückbank sprang und auf allen vieren im tiefen Schnee landete. Er hielt den Autobesen umklammert und wollte ihn partout nicht loslassen. Die drei trotteten auf die Bäume zu. Eric und Daniel sanken bis zu den Knien ein, Sammy fast bis zur Hüfte.

Sie ließen Sammy den Baum aussuchen. Eine Schwarzfichte inmitten eines Tannenwaldes – ein Außenseiter, der etwas abseits allein dastand und schmaler war als seine Nachbarn. Daniel wollte den Baum schlagen. Eric zeigte ihm, dass man an der Seite, auf die der Baum fallen sollte, zuerst einen Keil aus dem Stamm schlug. Dann trat er aus dem Weg. Sein Blick wanderte von dem einen Sohn zum anderen: Sammy war außer Reichweite, er fegte Schnee von Ästen. Daniel setzte zu gleichmäßigen Schlägen an, verlagerte wie ein Mann das Gewicht beim Ausholen aufs hintere Bein und warf sich mit dem Schwung eines Baseball-Pitchers vor. Er schwang die Axt mühelos, mit rot glühenden Wangen. Erst gestern war er doch noch ein Federgewicht mit schlaksigen Armen und Beinen gewesen, das Eric ins Bett trug.

Es dauerte fast zehn Minuten, bis der Baum ächzend zu knacken anfing und sich schließlich neigte. Eric sagte, dass sie zurücktreten müssten, während Daniel sich aufs Knie schlug und rief: »Es ist so weit, Sammy!«

»Es ist so weit, Sammy!«, rief Sammy zurück.

Weihnachten kam mit einem knirschenden Krachen daher, das durch den ganzen Wald hallte und dann eine so tiefe Stille hinterließ, dass sie nur noch das Geräusch ihres eigenen weiß aufsteigenden Atems hören konnten.

Und Sammys Zähneklappern von dort, wo er auf seinen Besen gestützt stand. Er hatte einen seiner Handschuhe verloren, seine Finger waren schon ganz spröde und rot. Eric fand den Handschuh im Schnee wieder und trug Sammy ungelenk zum Auto zurück, denn so etwas konnte Sammy gar nicht leiden, und er machte sich so steif wie einen Pappkarton. Eric drehte die Heizung bis zum Anschlag hoch, übertrug Sammy die Aufgabe, Wache zu halten, der wichtigste Job überhaupt, und ließ ihn durch die vereisten Scheiben hinausspähend zurück.

Als er wieder bei Daniel ankam, hatte der den gefällten Baum bereits an den Rand der Lichtung geschleift.

»Dein erster Baum. Und du hast hart dafür gearbeitet.«

Daniel lächelte und rieb sich mit einem dicken Handschuh über die Stirn. »So hart war's gar nicht. Ich hätt auch noch 'nen massigeren geschafft.«

Eric lachte. »Aber den hätten wir dann nicht ins Haus gekriegt.«

Gemeinsam zogen sie die Fichte durch den tiefen Schnee und legten sie neben dem Forstweg ab. Daniel schnitt durch die Scheibe Grimassen mit Sammy, während Eric um den Van herumging. Dann breiteten sie die blaue Plane der Länge nach wie eine Picknickdecke über das Autodach.

»Was meinst du, wird er ihr gefallen?«, rief Daniel von seiner Seite.

Gemeinsam hievten sie den Baum hinauf, mit dem Stamm voran, was zu einem regelrechten Schneegestöber führte und den Van so stark ins Wanken brachte, dass Sammy aufschrie. Würde er Ellie gefallen? Sie hatte nur um eine Kleinigkeit gebeten, und dennoch hatte er eine elend lange Reihe an Ausreden aufgebracht. Warum tat er so etwas? Warum wartete er immer, bis die Kleinigkeiten überdimensional groß wurden?

»Sag schon.«

»Was soll ich sagen, Dan?« Er dachte gerade an den Kuss heute Vormittag und daran, wie er einfach nach ihr gegriffen hatte, bevor er es sich selbst ausreden konnte.

Daniel wiederholte jede Silbe übertrieben betonend: »Was meinst du, wird ihr der Baum gefallen?«

»Aber ganz sicher. Diese Fichte ist eine Schönheit.«

»Meinst du, sie hatte schon mal einen Weihnachtsbaum? Oder ein Weihnachtsfest?«

Wovon sprach Daniel denn da? Ja, er hatte zu viele Weihnachtsfeste verpasst und Ellie mit den Jungs an der Bushaltestelle abgesetzt, weil er als Polizist Dienst tun musste, aber es hatte immer einen geschmückten Baum gegeben. Und Weihnachtsmänner mit Wattebärten, Glocken aus Papiermaché und Schneeflocken-Scherenschnitte. So viel wusste er. Aber dann begriff er plötzlich. Daniel sprach gar nicht von seiner Mutter. Er wollte wissen, was Hannah sagen würde.

Eric zog ein letztes Mal an dem Seil, das nicht nachgab. »Ich weiß nicht. Wir sollten schleunigst nach Hause fahren und es herausfinden.«

»Was wird aus ihr werden? Wo kommt sie hin?«

»In ein gutes Zuhause«, sagte er. »Ein Zuhause mit guten Menschen.«

Aber so sicher war er sich da nicht. Betty hatte ihn beim Pfannkuchenbacken angerufen und gefragt, ob sie noch alle ganz seien und es Tränen gegeben habe oder Schlimmeres. Sie hatte einen Platz gefunden, ab dem zweiten Weihnachtstag, und würde Hannah um kurz vor zwölf abholen kommen. Bei der Familie Baxter, im Clearwater County, die hatte da draußen im Westen eine Hobbyfarm mit Lamas und Straußen und zurzeit vier Pflegekinder. Bis zum 26. Dezember waren sie alle zusammen noch in den Bergen, wo sie eine Großtante oder Cousine zweiten Grades besuchten. Betty hatte sich in der Beschreibung der Baxters zurückgehalten, nicht gerade ihr typischer Lobpreis des Silberstreifs am Horizont. Aber ihre Liste war rasch dahingeschmolzen bei der Suche, und mehr konnte sie nicht tun.

»Wir kümmern uns über Weihnachten um sie«, sagte er zu Daniel. Mehr konnte er auch nicht tun.

Ellie saß in Sammys Zimmer auf dem Boden und ging durch die letzten freudlosen Monate bis zu dem Tag zurück, als sie ihre Familie hierhergebracht hatte. Es war ein grauenhaft kalter Tag im letzten Januar gewesen, so unglaublich kalt, dass ihr Atem selbst dann noch in Wölkchen vor ihnen aufstieg, als sie erschöpft, aber doch erwartungsvoll – *Walter, wir haben es geschafft, wir sind da!* – das Haus betraten. Eric trug die große Rubbermaid-Kiste mit ihrem Bettzeug, die er oben auf den Van geschnallt hatte, aber die trockene Kälte war zu viel gewesen, der Plastikdeckel platzte auf, und die sauberen Laken und Kissenbezüge fielen auf den Boden. Zuerst hatte sie gelacht über den Haufen, doch dann breitete sich der Schmutz des Winters in den Laken aus, Schneepfützen voller Kies von ihren Stiefeln und Hundehaare. Und da ergriff plötzlich ein schrecklicher Gedanke Besitz von ihr: *Dieser Umzug würde gar nichts ändern.*

Den anderen wurde das erst später klar. Bis auf Walter, der sich im Flur aufbaute und im Weg herumstand, obwohl er auch damit die Prozession von Kartons und dunklen Stiefeln nicht aufhalten konnte, die wie eine Ameisenarmee an ihm vorbeimarschierte. Immer wieder mal hob er seinen Stock und stieß damit so heftig auf den Boden, dass das Porzellan im Schrank wackelte.

An diesem ersten Tag war Danny von Zimmer zu Zimmer getrottet, hier und dort etwas anfassend. Erinnerungen aus seiner Kindheit: das Coca-Cola-Telefon an der Wand mit der leuchtenden runden Wählscheibe; die Katze im Jutesäckchen, die wackelnd miaute, wenn man den Knopf auf dem gestreiften Schwanz drückte, der heraushing. Aber am Abend hatte auch er schon schlechte Laune. Es gab nur zwölf Fernsehkanäle und kein Internet.

Sammy hielt sich von Walters Stock fern und saß etwas abseits auf seinem Platz auf dem Teppich, als sie alle in einer Art Picknick die Eiersalat-Sandwiches aßen, die Ellie in der Kühlbox mitgebracht hatte. Bevor Eric und sie auch nur die Tür eines Wandschranks öffneten, rissen sie die Kartons mit der dicken schwarzen Aufschrift *Sammy* auf und bildeten sein altes Zimmer nach. Sie machten sein Bett, stellten seine Rennwagen auf der Kommode in haargenau der richtigen Reihenfolge auf, schlossen seine Lastwagen-Lampe an und hängten seine Sternkarte auf. »Mein Zimmer«, sagte er, und dann wollte er nicht mehr herauskommen.

Das war jetzt fast ein Jahr her. Ein Jahr, in dem sich die Farben und Texturen der Felder vor den Fenstern verändert hatten, nur in ihr drin, da hatte sich nichts verändert, ganz egal, wie oft sie SOS-Signale mit den Fingern klopfte. In all der Zeit hatte sie nicht einen Besucher ins Haus gelassen.

Viele hatten es versucht, wenigstens zu Anfang. Freunde von Eric waren mit einer Kiste Bier oder einer Flasche Wein vorbeigekommen. Freundinnen von Myrtle, alte Frauen mit großen Handtaschen und Taschentüchern im Ärmel, kamen mit Kuchen und Eintöpfen. Und auch jüngere Frauen erschienen, darunter zwei Mitglieder eines Willkommenskomitees, die die herzlichsten Grüße und Gratiscoupons für Kaffee und Muffins überbrachten. Sogar ein Trio der »Daughters of the Empire« erklärte ihr eines Tages ganz atemlos, dass auch Ellie in ihrem Wohltätigkeitsverein dazu beitragen könnte, Kanada zu einem besseren Land zu machen.

Sie war nie eine von denen gewesen, die streunende

Hunde oder Vögel mit gebrochenen Flügeln aufnahmen oder sich mit neugierigen Nachbarn abgaben, vor allem seit Sammy. Sie hatte eine Litanei von Gründen heruntergebetet, warum die Leute nicht ins Haus hereinkommen konnten. Ihr Sohn hatte eine Wintererkältung, ein Grippevirus, Frühlingsallergien, musste einen dringenden Arzttermin in der Stadt einhalten. Sie brachte eine lahme Ausrede nach der anderen vor – und sah sie wie Schneeflocken durch die Stadt wirbeln –, bis die Leute schließlich nicht mehr bei ihr klingelten.

Aber sie konnte nicht den ganzen Tag lang in Sammys Zimmer herumsitzen. Als sie wieder in die Küche kam, saß das Mädchen mit den Resten des Pfannkuchen-Experiments allein am Tisch. Walter schlief vor seinem Puzzle, die Schultern vorgebeugt, den Kopf ruckartig auf und ab bewegend wie ein Blauhäher am Futtertrog.

Sie sagte nichts zu dem Mädchen und spülte stattdessen den faden Geschmack auf ihrer Zunge mit einem Schluck lauwarmem Kaffee herunter. Dann wollte sie das Aufräumen in Angriff nehmen, doch Thorn hatte angefangen, im Kreis zu laufen.

»Warte, Thorn«, rief sie, schon auf dem Weg zu ihrer Jacke und ihren Stiefeln. Er war zu alt für dieses Wetter. Es hatte ihr gerade noch gefehlt, dass er sich auf den vereisten Holzstufen eine Hüfte brach und, alle viere von sich gestreckt, in einer vereisten Schneeverwehung liegen blieb.

»Gehen Sie auch weg?«, fragte Hannah.

Ellie drehte sich zu dem Mädchen um. Ein Anflug von Rot, Angst vielleicht, trat auf Hannahs Wangen.

»Ich gehe nur kurz mit dem Hund raus. Und du musst nicht am Tisch sitzen bleiben, Hannah. Du kannst im Haus überallhin gehen, wo du möchtest. Magst du den Fernseher anmachen und mal gucken, ob du irgendeine Sendung findest?«

»Nein, alles okay.«

Ellie hielt Thorn auf, der schnaufend durch die Nase atmete. »Oder möchtest du vielleicht in dein Zimmer gehen und dich ein bisschen ausruhen?«

»Darf ich hier einfach noch etwas sitzen?«

»Tu, was immer du magst«, sagte Ellie, zog mit einem heftigen Ruck den Reißverschluss ihrer Jacke zu und griff nach Thorns Halsband. Er sah zu ihr auf, mit beschämter Miene. Ein einzelner brauner Köttel war aus seinem Hintern auf den Holzboden gefallen.

Und da ergriff auch sie ein Gefühl der Scham. Scham darüber, dass sie sich nicht zusammenreißen konnte. »Ist ja schon gut, alter Junge.« Sie kraulte ihn unter seinem grau behaarten Kinn, holte einen Kotbeutel aus der Jackentasche und nahm das glänzende Exkrement mit geübtem Handgriff auf. »Jetzt lass uns draußen mal zu Ende bringen, was wir hier begonnen haben.«

Als sie wieder hereinkamen, trampelte Ellie sich den Schnee von den Stiefeln und wischte Thorns Pfoten eine nach der anderen besonders sanft mit dem alten Handtuch ab, das dafür bei der Haustür lag. Sie sah zum Tisch, Hannah war verschwunden. Sie war erleichtert, und das ließ ein seltsames Déjà-vu-Gefühl in ihr aufsteigen, so als hätte sie schon einmal hier an dieser Haustür gestanden, auf genau diesem Karree verzogenen Holzes, und in einen leeren Raum geblickt auf der Suche nach einem Mädchen, das nicht da war.

Ellie warf ihre feuchten Handschuhe hin. Sie konnte Tage wie diese nicht ausstehen. Sie sollte sich endlich einen Ruck geben und die Sache herumreißen. Und genau das würde sie jetzt auch tun. Sie würde den Flur hinuntergehen und in einem freundlichen Tonfall etwas Nettes sagen. Sie könnte Geschichten von ihrem Leben auf der Farm oder vor der Farm erzählen. Wie sie damals Mitchs Zaun umgepflügt hatte – und wie peinlich ihr das gewesen war, denn das hatte sie sich selbst nicht erklären können, die Abgrenzung hätte deutlicher nicht sein können. Oder wie sie in dem dämlichen Mais-Labyrinth mit einem heulenden Sammy in der Kinderkarre gefangen war und sie beide sich in der drückenden Hitze vom Maisstaub hustend immer nur im Kreis drehten, bis der Bauer sie auf dem Trecker retten kam. Oder sie könnte Geschichten davon erzählen, wie Thorn im Wind wehenden Plastiktüten hinterherjagte und dabei heulte wie eine durchgedrehte Eule. Hannah schien den Hund zu mögen, der an ihr klebte wie ein altes Kaugummi.

Und Hannah könnte ihr auch etwas erzählen. Sie könnte erzählen, wie kalt es in dem schrecklichen Keller war und wie gestört der Mann war, der sie dort eingesperrt hatte. Hannah könnte so viele abscheuliche Einzelheiten erzählen, wie sie wollte, Ellie würde ihr zuhören und nicken und ihr die Schulter drücken, auch wenn sie dabei denken müsste, dass Hannah nur noch nicht alt genug war, um zu begreifen, dass das Leben aus Ungerechtigkeit bestand – immer, es war nur eine Frage des Ausmaßes.

Ellie bog um die Flurecke und sah Thorn ausgestreckt vor der Badezimmertür liegen.

Sie könnte sich auch Geschichten ausdenken, wenn es sein musste, so wie damals für Danny, als er Windpocken hatte und Ablenkung brauchte, damit er sich die von roten Pusteln übersäte, juckende Brust nicht aufkratzte.

Sie ging in Myrtles Handarbeitszimmer, setzte sich auf

das klumpige Bett und wartete darauf, dass Hannah aus dem Badezimmer kam. Sie übte, wie sie nicken und lächeln und all die richtigen Dinge sagen wollte. Doch je länger sie übte, desto schwieriger wurde es. Was machte das Mädchen so lange da drin? Sie brauchte ja ewig.

Und ganz langsam dämmerte es ihr, zuerst nur in leichten Erschütterungen, schließlich mit einem Schlag ins Gesicht. Nein. Sie konnte das nicht. Sie war nicht fähig, diese Aufgabe zu übernehmen, genauso wenig, wie Myrtle in der Lage gewesen war, Kartoffeln anbrennen zu lassen.

Sie blickte zur Tür in der Hoffnung, dass Hannah nicht gerade jetzt aus dem Badezimmer kam und sie sah, bevor sie ihre Fassung wiedergewonnen hatte. Ihr Blick fiel auf die armseligen Sachen des Mädchens, allesamt abgetragen und ausgeblichen, die ordentlich zu Häuflein sortiert immer noch auf dem Boden lagen.

Damit könnte sie umgehen, wenn schon nicht mit dem Mädchen selbst. Ja, das könnte sie tun. Sie würde all ihre Sachen waschen. Jetzt sofort. Und es wäre auch eine nette Geste, alles in Schubladen einzusortieren. Sie würde ein Trocknertuch mehr benutzen, damit sie schön weich wurden und dufteten. *Besser als neu,* wie es in der Fernsehwerbung immer hieß. *Sie tragen Ihre Kleidung nicht nur, Sie leben darin.*

Sie nahm die Häuflein auf und trug sie ins Untergeschoss. Dort trennte sie Dunkles von Hellem, merkte sich, wo Knöpfe fehlten und Säume eingerissen waren, und nahm sich vor, die Makel mit Utensilien aus Myrtles Zimmer auszubessern.

Ellie saß auf dem Hocker neben der Waschmaschine und blätterte geistesabwesend in der Gebrauchsanleitung, während die erste Ladung lief. Danach holte sie Hannahs dunkle

Kleidungsstücke eins nach dem anderen heraus, alle lasch wie knittriges Papier, und legte sie aufeinandergestapelt in den Trockner. Sie warf zwei Trocknertücher hinterher und schlug die Trocknertür zu, dann drehte sie das Wasser noch einmal an für die weiße Wäsche. Aber den zweiten Waschgang konnte sie nicht auch noch hier unten abwarten, ihre Zehen wurden auf dem kalten Beton schon ganz bläulich grau. Es war unhöflich, das Mädchen so lang allein zu lassen, und das Chaos in der Küche wartete auch noch. Sie sehnte sich danach, die Reifen des Vans auf der Auffahrt knirschen zu hören, das Getrampel der Jungs auf dem Weg ins Haus. Doch Eric ließ sich Zeit. Sie hörte nichts als das Rauschen des trüben Wassers und das dröhnende Drehen der Trommel.

Ellie schleppte sich die Treppe hoch und fand Hannah am Spülbecken, wo sie mit einem dünnen Arm an etwas schrubbte. Wie durch ein Wunder war der Tisch von Geschirr und Krümeln befreit, die Sirupkleckse waren weggewischt, der Saftkrug und die Butterdose weggestellt, die Stühle unter den Tisch geschoben und die Porzellanteller auf der Ablage neben dem Spülbecken gestapelt. Der Küchentresen glänzte: keine Spur mehr von Erics großen Handabdrücken im verstäubten Mehl der Pfannkuchen, keine Fettspritzer vom Schinkenspeck auf dem Herd.

Hannah fuhr herum, als Ellie plötzlich neben ihr auftauchte. Ein leises »Oh« entschlüpfte ihrem Mund, als ihr Arm dabei ins Spülwasser platschte und Schaumbläschen aufflogen.

Ellie hätte sich nicht so an sie anschleichen dürfen. »Was machst du denn?«, fragte sie, auch wenn es offensichtlich war.

»Ich mache die Pfanne sauber«, sagte sie, beugte sich ein wenig weiter über das Spülbecken und sah zu dem schlafenden Walter in der Ecke hinüber, so als könnte der ihre Aussage bestätigen.

»Das sehe ich.« Das Mädchen wirkte so befangen, dass Ellie ihre verschränkten Arme löste und herunterhängen ließ.

»Ich wusste nicht, wohin ich das Fett tun soll, deshalb habe ich es da reingegossen.« Sie zeigte auf einen halb mit braunem, rußigem Schinkenspeckfett gefüllten Joghurtbecher. »Es ist noch nicht hart. Ich kann es noch woanders reintun, wenn das falsch ist.«

Danny hätte es einfach in den Ausguss getan, wenn man ihn seinen Ideen überlassen hätte.

»Nein, der Joghurtbecher ist prima.« Ellie sollte etwas Nettes sagen, aber es fiel ihr nichts ein.

»Ich habe die Besteckschublade gefunden. Ich finde schön, dass da alles mit solchen Holztrennern eingeteilt ist. So weiß man gleich, wo die Gabeln, die Messer und die Löffel hingehören.« Hannah strich sich mit dem Unterarm über die Stirn wie eine Putzfrau. »Den Schrank für die Teller habe ich nicht gefunden. Ich meine, den Schrank habe ich schon gefunden, aber diese Teller haben Rosen, und die im Schrank sind alle blau. Deshalb stehen sie noch auf der Ablage und sind nicht weggeräumt.«

Wenn Myrtle hier wäre, würde sie sie beide mit einem Handwedeln aus ihrer Küche scheuchen.

»Du bist Gast in unserem Haus, Hannah. Und nicht Aschenputtel. Du musst bei uns nicht putzen.«

»Ich putze gern«, sagte Hannah und sah blinzelnd ihre schaumigen Finger an.

Ellie hörte keinen Sarkasmus in ihren Worten. »Ich habe noch nicht viele Mädchen getroffen, die gern putzen.« Aber sie kannte kein Mädchen gut genug, um zu wissen, was sie gern taten.

»Mrs Ellderslie hat mich zur Putz-Ordnerin für den Kunstunterricht gemacht, die ganze dritte Klasse lang. Eigentlich sollten wir uns abwechseln – es ging nach dem Alphabet –, aber als mein Name dran war, durfte ich es bleiben. Ich bin die Beste mit den Pinseln, hat Mrs Ellderslie gesagt.«

»Und die Pfanne hast du auch tadellos sauber gemacht.«

Hannah hatte die schwere Bratpfanne umgestülpt auf das ausgebreitete Geschirrtuch gelegt, das nass genug war, um ausgewrungen zu werden. Sie zog den Stöpsel und wischte die Hände an der Jeans ab, als das Wasser abfloss. »Ich glaube, ich bin fertig.«

»Das glaube ich auch.« Ellie warf einen Blick durch den aufgeräumten Raum, unsicher, was von ihr erwartet wurde, nachdem man ihr dieses Geschenk gemacht hatte.

Am frühen Nachmittag gab es den ersten Schnee des Tages. Ein heftiger Wind erfasste die dicken Flocken und wirbelte sie in alle Richtungen, weshalb schwer zu sagen war, ob sie fielen oder aufstiegen. Eric sah zu, wie der Wind in heulenden Böen ums Haus fuhr und das Vogelfutterhäuschen, das vor dem Fenster draußen an einem toten Ast hing, wie ein Karussell drehte.

Der Weihnachtsbaum lehnte jetzt in der Wohnzimmerecke an der Wand, der graue schuppige Stamm in einem Eimer voll warmem Wasser. Eric und Dan hatten ihn durch die Verandatür beim Essbereich bugsieren müssen. Es war eine schön gewachsene Fichte, fast drei Meter hoch, mit harzig weichen, silbrig grünen Nadeln, auch wenn ihre Äste an der einen Seite etwas flacher wirkten, den Teil konnte man ja zur Wand drehen.

Ellie hatte die Jungs liebevoll gelobt – Sammy fürs Auswählen, Danny fürs Baumschlagen – und Eric zwar nicht direkt angesehen, als sie durch die Verandatür marschierten und überall Schnee verteilten, sich aber auch nicht von ihm abgewandt.

Eric stand am Fenster und starrte auf den Horizont. Die weißen Felder hatten etwas von Ödnis an sich, Senken und Anhöhen verschwammen ununterscheidbar miteinander. Er rieb sich das schmerzende Schlüsselbein. *Steh nicht einfach nur herum,* hatte seine Mutter immer gesagt, als er klein war und nicht wusste, was er als Nächstes tun sollte. *Dir bleibt genug Zeit zum Nichtstun, wenn du tot bist.* Myrtle sah Untätigkeit als ein Zeichen von Schwäche, als ausgemachten Weg zur Hölle und eine schlimmere Sünde als Stehlen, was ihrer Meinung nach Schneid erforderte, zumindest, was die Planung eines guten Raubs anging. Myrtle lebte nach ihren eigenen Prinzipien. Und so starb sie auch. Ihr Herz setzte aus, als sie an einem Tag, so kalt wie dieser, auf den Knien am Heizofenfilter herumhantierte.

Er wusste, dass Ellie sich nach einer solchen Gesinnung sehnte. Deshalb waren sie hierher umgezogen, wegen ihres verqueren Glaubens an die heilenden Kräfte von Myrtles Geschäftigkeit. Sie wollte unter dem Schutz von Myrtles Dach leben, nicht nur als ein erschöpft eintreffender Feriengast, sondern als eine Mutter, die sich so um ihre Familie kümmerte, wie Myrtle es vor ihr getan hatte. Genau das bräuchten sie, hatte sie gesagt. Frische Luft, einen Garten auf dem Land. Das einfache Leben von Neesley. Sie könnten auf Walter aufpassen und dafür sorgen, dass er gepflegt war und aß. Es war ein guter Ort für die Jungs, mit all dem offenen Gelände, dem sauberen Schmutz und dem Mangel an schlechten Einflüssen. *Die Jungs haben so gute Erinnerungen an Neesley, Eric. Sie verdienen diese Chance.*

Eric hatte seine eigenen Erinnerungen, über die er auch nach all den Jahren nicht redete. Als Ellie in sein Leben trat, lagen Walters alkoholgetränkte Tage bereits hinter ihm, und obwohl Walter nie liebenswürdig gewesen war, hielt sie an einem verklärten Bild des Mannes fest, der er einst gewesen war, und sei es nur, weil Myrtle ihn erwählt hatte.

Jetzt blickte Eric durch den Raum zu Walter, der wie eine vertrocknete Feige harmlos zusammengesunken im Sessel saß. Vor Jahren hatte er ihn stets beobachtet und darauf gewartet, dass sein Vater so zusammensank: den Mund offen, die Gläser umgekippt und die großen Fäuste arglos an ihm herabbaumelnd. Myrtle hatte Walter meistens links liegen lassen – seine gelallten Monologe, seine Tobsuchtsanfälle. Sie hatte Eric vor dem Schlimmsten bewahrt, aber es ärgerte ihn, dass sie nicht ein einziges Mal ernsthaft in Erwägung gezogen hatte, diesen Mann mit ihrem Sohn im Schlepptau zu verlassen. Wenn Walter besinnungslos war, summte sie bei der Arbeit vor sich hin und staubte auch ihn mit dem Wedel ab, als wäre er ein Möbelstück. Eric dagegen beobachtete ihn stets und wartete darauf, dass die Flasche sich leerte. Erst dann konnte er, wie ein Soldat an der Front, aus dem Graben steigen.

Seit er wieder hier wohnte, fühlte er sich, als lebte er in einem Museum seiner Eltern, mit einem noch als Gespenst anwesenden Vater und einer toten Mutter. Er hatte Ellie nie eingestanden, dass er den Mann und dieses Haus hasste. Er hatte nicht widersprochen, als sie auf die Idee kam, hierherzuziehen. Ihre Begeisterung hatte ihm Hoffnung gegeben, und die hatte er weiß Gott gebraucht. Auf der Suche nach einem Spielzeug von Sammy hatte er in Smoky River unter ihrem Ehebett ein Buch gefunden. *Soll ich ihn verlassen?*, lautete der Titel. Ganze Absätze darin waren unterstrichen,

Passagen mit Sternchen markiert, Seiten mit Eselsohren versehen. Er hatte es nie erwähnt und sie auch nicht. Ihm war nur eines klar: Sie mussten neu anfangen, und es war dieses Haus, in das sie wollte. Und auch wenn der Umzug ihnen nicht das Glück der frühen Jahre zurückgebracht hatte, wohnten sie immerhin noch unter einem Dach.

Hannah kam und stellte sich neben Eric ans Fenster. Sie sah blass und müde aus, ihre Lippen waren farblos wie Wasser.

»Ich möchte Mandy begraben«, sagte sie.

»Oh.« Eric sah auf ihren Scheitel hinunter. Er hatte natürlich gewusst, dass sie ihre Katze nicht einfach vergessen würde – oder das, was der Mistkerl ihr angetan hatte –, aber er hatte doch gehofft, dass sie sich keine Gedanken über solche Einzelheiten machen würde. Der Winterboden war steinhart. »Der Boden ist zu stark gefroren, Hannah. Seit Wochen schon. Wenn wir versuchen würden, ein Loch für sie zu graben, würde der Spaten abbrechen.«

»Ist sie noch im Auto?«, fragte sie.

Wollte sie, dass sie noch im Auto lag? »Sie ist im Schuppen. Nicht weit weg vom Haus.«

»Es ist so kalt da draußen.«

»Es wäre keine gute Idee, sie hereinzuholen.«

»Ich weiß. Man darf Tote nicht im Haus haben.«

»Wir könnten sie nach Neesley bringen. Jane ist eine gute Tierärztin.«

»Mandy ist doch schon tot. Eine Tierärztin kann ihr nicht helfen.«

»Aber wir könnten Mandy einäschern lassen. Das ist eine Aufgabe, die Tierärzte auch übernehmen.«

Hannah sah ihn an. »Der Körper kommt in einen Ofen und wird verbrannt.«

Wie abgeklärt sie das sagte, so als käme sie auf dem Weg zum Tanzunterricht jeden Tag an einem Krematorium vorbei.

»Ja«, sagte er. »Und wenn du möchtest, kannst du die Asche behalten.« Für ein paar Dollar obendrauf würde Barb Delancy, die unermüdliche Unternehmerin der Stadt, ihren Ofen anwerfen und einen Pfotenabdruck herstellen, von Hand bemalt und in einem nicht ganz rechteckigen Schaukästchen aus Holz. Ihr Ehemann, der nicht gerade ein Tischler war, hatte mal zwölf Stück auf einmal gezimmert, die überall in Neesley schief an Wohnzimmerwänden hingen.

»Das macht man auch mit toten Menschen«, sagte Hannah. »Der Körper wird verbrannt, und dann kriegt man die Asche in einer großen Vase. Die kann man bei sich auf die Kommode stellen, wenn man will.«

Das hatten sie wahrscheinlich mit ihrer Mutter gemacht. Eric dachte an ihr Zimmer und an die Sachen, die er auf ihrer wackeligen Kommode gesehen hatte. Ein Schmuckkästchen auf einem verblichenen Spitzendeckchen und eine Haarbürste mit blauem Griff. Keine Urne.

»Das will ich für Mandy nicht«, sagte sie. »Ich will nicht, dass ihr Körper verbrannt wird. Ich will, dass sie begraben wird.«

Eric hatte für Lily eine kleine Holzschachtel geschnitzt. Er hatte mit dem Messer in das Holz geschnitten, dann mit dem Spaten in die Erde. Nichts davon hatte geholfen.

Hannah wippte auf den Füßen, die Hände hinter dem Rücken verschränkt. »Ich möchte mich von ihr verabschieden. Ich hatte keine Zeit dazu. Es ist so schnell gegangen.«

Er wusste nicht, was er sagen sollte. Doch plötzlich trat ihm ein Bild vor Augen, so als zeigte ihm jemand ein Foto seines jüngeren Ichs, vor Lily, vor Ellie, aus der Zeit, als er oben im Norden noch ein unerfahrener, übereifriger Constable war. Auf gefrorenem Erdboden stand er da neben Menschen, die nicht bereit waren zu warten, bis sie ihre Toten beerdigen konnten, meist Selbstmörder oder solche, die es hätten sein können – die sich nach einem Saufgelage torkelnd auf den Heimweg gemacht hatten und erfroren waren.

Schweigsame Verwandte, alte Männer meistens, schaufelten zuerst den Schnee von der Parzelle, danach machten sie ein Feuer an und warteten. Wenn der Boden weich genug war, um zu graben, wurde das Feuer beiseitegeschafft und das Grab mit Schaufeln und Spitzhacken ausgehoben. Trafen die Männer dann, unter ihnen Eric, wieder auf gefrorenen Boden, wurde das Feuer in die Grube gelegt, bis schließlich nur noch die dumpf auf den Sarg prallende Erde und das brüchige Klagen der Frauen zu hören waren.

»Wir können ein Feuer machen«, sagte Eric. Eine Katze musste nicht allzu tief begraben werden.

Hannah berührte ihn mit den Fingerspitzen am Ärmel. »Nicht verbrennen.«

Er machte es noch schlimmer. »Ein Feuer, um den Erdboden aufzuweichen, meine ich. Mehr nicht.« Er würde nach einer Kiste für die Katze suchen und sie drüben beim Apfelbaum begraben, an der windabgewandten Seite, weit weg von der Schaukel, die er letzten Sommer für Sammy aufgebaut hatte. Er würde Kohle auf dem Boden aufhäufen, anzünden und das Feuer mit Walters altem Wasserfass abdecken – das müsste er allerdings erst noch in der Mitte durchsägen. »Es wird eine Weile dauern, bis der Boden auftaut. Aber dann können wir sie begraben.«

»Wie lange?«, wollte Hannah wissen.

»Einen Tag. Vielleicht zwei. Wir können das Feuer über Nacht brennen lassen.«

»Heute nicht?« Sie wirkte niedergeschmettert, all ihr Elan war verpufft, als sie wieder aus dem Fenster ins Nichts starrte.

»Heute nicht.«

Was, wenn ich dann schon weg bin? Das war es, was sie wissen wollte. Doch stattdessen fragte sie: »Darf ich in mein Zimmer gehen?«

Eric nickte, auch wenn er sie so eigentlich nicht gehen lassen wollte.

»Ich verspreche es«, fügte er hinzu, als sie ging. »Wir werden deine Katze begraben. Gemeinsam.« Doch sie ging einfach weiter, so als würde sie ihn nicht hören.

Sammy lag vor der geschlossenen Tür seines Zimmers auf dem Boden und dachte an das, was seine Mom gesagt hatte: *Dies ist dein Zimmer, du musst niemanden reinlassen.* Wörter klebten immer in seinem Kopf. Er mochte Wörter nicht. Er mochte Zahlen am liebsten. Sein Wachturm ging bis zweihundertneunundsiebzig. Er musste ihn noch höher bauen, um die Soldaten aufzuhalten, die unter dem Sofa warteten. Dreihundertvierundsiebzig doppelte, fünfundneunzig mehr. Aber an seine Legosteine kam er nur heran, wenn er die Tür aufmachte.

Er stellte seine Autos in einer Reihe auf, vom kleinsten bis zum größten, und blockierte so den Platz zwischen dem Teppich und dem unteren Türspalt. Schwarz ist eins. Rot. Blau. Grün. Das andere Grün. Gelb. Orange. Weiß ist acht.

Aber seine Autos mussten doch auf seiner Kommode stehen, nicht auf dem Boden. Also trug er sie wieder dorthin zurück, vom größten bis zum kleinsten. Er wollte seine Zimmertür nicht aufmachen. Die Stühle in der Küche waren falsch. Das waren jetzt sechs, es mussten aber fünf sein. Und es standen zwei Salzstreuer auf dem Tisch, nicht einer, und der eine musste neben dem Saftkrug stehen, nicht neben dem Platz für den grünen Becher seines Dad. Er bekam Bauchschmerzen von so etwas.

Seine Mom hatte gesagt, dass das Mädchen wieder wegging. Gut.

Hannah lag in ihrem Zimmer unter einem Haufen Decken im Bett, mit Thorn am Fußende, und hatte winzige, mit einem Kabel verbundene Stöpsel in den Ohren. Sie hielt Dannys iPad fest umklammert. Er hatte es ihr ganz aufgeregt gegeben. »Das ist cool, wirst schon sehen – jetzt dahin, und wenn du mit dem Finger rauf und runter wischst, genau, dann passiert das.«

Er hatte ihr gezeigt, wie man Sachen in die Luft sprengte und die besten Bomben aussuchte, aber dann hatte das Telefon in seiner Tasche vibriert, und er hatte einen Blick darauf geworfen und war weggerannt. Sie stoppte die Explosionen und ging stattdessen zu den Liedern im Store, tippte auf Buttons und füllte ihre Ohren mit Musik. Sie hatte schon ganz vergessen gehabt, wie schön Musik sich anfühlte, das zarte Summen in ihrer Brust, die Freude in ihrer Kehle, so herrlich wie Schokoladen-Milchshake. Die Clips waren alle sehr kurz, aber die Musik ließ sie vergessen, wo sie war und warum.

Ihre Mutter hatte Lieder über die Liebe, den Mond und den gelben Sonnenschein auf ihrem Gesicht gesungen. Sie hatte überall CDs – in ihrer Handtasche, in unordentlichen Stapeln auf dem Couchtisch, auf der Kommode. Und sie tanzte immer durch ihre winzige Küche in der Wohnwagensiedlung und zog Hannah mit sich, und dann schmetterten sie zusammen Lieder, dass die Töpfe im Schrank klapperten, die neugierigen Nachbarn zeterten und Mandy auf den

Kühlschrank sprang und sie anstarrte, als wären sie verrückt geworden.

Jeden Tag nach der Schule hüpfte Hannah am Spielplatz und am Drugstore vorbei, an der Betonbank mit der Aufschrift *Genieße den Tag* und an den Bäumen, von denen die Kiefernzapfen herunterfielen. Sie schaute in beide Richtungen, bevor sie den Zebrastreifen überquerte, den Arm ausgestreckt wie ein Gewehr. Dann den flachen Hügel hinauf, über den Parkplatz und unter die Markise mit dem Schriftzug »Sunnybrook«. Mit einem Knopfdruck öffnete sie die große Tür, und dann winkte sie den im Rollator herumschlurfenden alten Leuten zu und sagte Hallo zu den gestreiften Fischen, die im Zickzack durch das Aquarium flitzten. Im Personalraum stellte sie sich auf die Zehenspitzen, um ihre Jacke an den Haken zu hängen. Und dann setzte sie sich in den geblümten Sessel vor dem Regal mit den Papierhandtuchrollen, aß den für sie auf einem Pappteller bereitliegenden Keks, trank den Saft im Plastikbecher, arbeitete ihre Buchstaben- und Zahlen-Arbeitsblätter durch und wartete darauf, dass sie das Lachen ihrer Mutter hörte.

Nigel Wilson fand sie dort, im Altenheim Sunnybrook. Er hatte einen alten Onkel dort – Mr Lambert, einen Liebling ihrer Mutter –, den er besuchen kam. Mr Lambert war schon einhunderteins Jahre alt und hatte an Stecknadeln mit roten Köpfen aufgespießte Schmetterlinge mit schwarzen und gelben Flügeln überall an seiner Wand. Hannah durfte nur bis zum Personalraum gehen *(Die Zimmer sind ihr Zuhause, Hannah. Du würdest doch von der Straße auch nicht einfach in irgendein Haus hineinspazieren!)*, aber ihre Mutter hatte ihr das Foto am Schwarzen Brett gezeigt: Da stand ein nicht lächelnder Mr Lambert in zu kurzen Hosen vor einer beigen Zimmerwand, und um seinen Kopf und seine Schultern herum saßen lauter Schmetterlinge so groß wie Kolibris.

Nigel Wilson war gekommen, um die Angelegenheiten seines Onkels in Ordnung zu bringen. Er war besessen von Ordnung, ein unangenehmes und schmutziges Wort, wie Hannah seitdem fand. Er war gerade erst ins Zimmer seines Onkels gekommen und bückte sich, um seine nassen Stiefel auszuziehen, als ihre Mutter ihren Putzwagen durch die Tür schob und er das Gleichgewicht verlor und in die Pfütze fiel, die er selbst am Boden gemacht hatte. Seine Brille fiel herunter und schlitterte ganz bis zum Badezimmer.

Sie sind wirklich umwerfend, sagte er, als er sich wieder aufgerappelt, seine Brille aufgesetzt und ihre Mutter lange betrachtet hatte. So hatte es begonnen.

Hannah tippte eifrig auf Daniels iPad herum und versuchte, Lieder zu finden, die ihr ihre Mutter näherbringen würden. Doch jetzt verdrehte sich alles, und sie musste stattdessen an ihn denken. Die beiden waren in ihr so sehr miteinander verwoben, dass sie die eine nicht ohne den anderen haben konnte.

Er ist weg, er ist nicht hier, er kommt nicht. Aber es nützte nichts. Sie wurde Nigels Gesicht nicht mehr los, nicht einmal, als sie die Augen fest zukniff und sich die Decke über den Kopf zog. Sie riss sich die Stöpsel aus den Ohren.

Vorher war noch nie ein Mann in ihrem Wohnwagen gewesen. Er war ganz still zu Anfang, das Haar zurückgekämmt, die Schuhe poliert, und klopfte so zaghaft an die Tür, dass sie den Kopf schräg legen und den Atem anhalten mussten, um das *Tok-tok-tok* überhaupt zu hören. Ihre Mutter machte die Fliegengittertür auf und presste ihre Hände an die Brust. Dann griff sie nach dem Blumenstrauß, den er ihr hinhielt. *Sieh nur, Hannah, wie schön die sind.* Zuerst

Nelken, dann Tulpen, dann Rosen, bis ihr Wohnwagen wie ein Garten war, mit Blumen in jedem Gefäß, in das man Wasser füllen konnte. Hätte Hannah gewusst, dass ihre Mutter sich so sehr über Blumen freute, hätte sie jede gepflückt, die sie finden konnte, und die Gefäße selbst gefüllt.

Sie hatte ihre Mutter noch nie teilen müssen. Als Nigel Abend für Abend in ihrem Wohnwagen auftauchte, bestand Hannah darauf, dass sie für ihn eine Show aufführten. Der Couchtisch und die große Truhe wurden zur Seite geschoben, um Platz zu schaffen, und ihre Mutter und sie wickelten sich in Bettlaken, ihre Abendkleider, steckten sich Blumen ins Haar und hielten Holzlöffel als Mikrofone in Händen. Sie sangen nur für ihn, wiegten sich hin und her, ihre Stimmen verschmolzen miteinander, und er sprang auf und klatschte pfeifend. *Bravo, bravo. Zugabe. Zugabe.* Manchmal fuhr er mit ihnen zum Fluss, wo sie flache Steinchen über das grün-blaue Wasser hüpfen ließen. Dann führte er sie zum Auto, machte ihnen beiden die Tür auf und wartete auf das Einrasten der Sicherheitsgurte, bevor er den Motor anließ. Hannah saß auf der Rückbank, vor sich das lockige Haar ihrer Mutter, dem ein Geruch von Palmolive-Shampoo und Apfel-Lufterfrischer entströmte. Sie drehte am Knopf des Autoradios, und wenn sie ein schönes Lied fand, warf sie Hannah einen Blick zu, und dann stimmten sie beide in den Refrain ein und dachten sich selbst Texte aus. Sie holperten über die steinige Landstraße, eine meilenlange Staubwolke hinter sich herziehend und tote Insekten auf der Windschutzscheibe. Nigel hielt die Lippen fest geschlossen und den Blick auf die Straße gerichtet, aber gelegentlich klopfte er mit den Fingern auf dem Lenkrad den Takt mit, und ihre Mutter brach in Gelächter aus.

Er blieb bis zur Beerdigung seines Onkels. Hannah bat

darum, die Schmetterlinge des alten Mr Lambert behalten zu dürfen, doch sie kam zu spät. Nigel hatte das Nachtpersonal bereits angewiesen, sie in den Müll zu werfen. Sie weinte wie ein Baby bei dem Gedanken an ihre schönen Flügel, die jetzt zerbrochen zwischen schmutzigen Taschentüchern und Essensresten lagen.

Er blieb bis zur Sunnybrook-Teeparty im Frühling und bis zum Schulkonzert im Juni. Er blieb bis zum Unwetter mit den starken Regenfällen, als die Gullys überliefen und der Park die Straße hinunter sich in einen See verwandelte.

Aber er konnte nicht ewig bleiben. Er sagte, er müsse sich um seine Geschäfte kümmern.

Ihre Mutter wollte nicht weg. Sie liebte die alten Leute, und diese liebten sie. Zum Schluss war es Hannah, die den Ausschlag gab. Wenn sie umzogen, dachte sie, müsste ihre Mutter nicht mehr so viel arbeiten und wäre nicht immer so müde. Dann könnten sie mehr Zeit miteinander verbringen.

Also fuhren sie mit, ihr ganzes Leben in Nigels Auto verstaut. Sie bräuchten keinen Umzugswagen, sagte er zu ihnen, sein Haus sei schon vollständig eingerichtet: mit hübschen Möbeln, weichen Kissen und Decken, Töpfen und Pfannen, mit allem, was man brauchte, um neu anzufangen. Und so nahmen sie nur ihre Kleidung und Mandy mit, und sonst nichts. Hannah machte es nichts aus. Sie waren auf dem Weg zu seiner Farm in der Nähe einer Stadt namens Bear Creek. Sie war ganz aufgeregt, während das Auto Meilen um Meilen auf ebenen Straßen dahinfuhr und sie sich das erste richtige Haus ausmalte, in dem sie wohnen würde, mit einem eigenen Zimmer, in dem sie tanzen konnte, und mit Feldern voller Schmetterlingen.

Es war nicht so traumhaft, wie sie es sich ausgemalt hatte – sie sah keinen einzigen Schmetterling den ganzen langen Sommer über. Und es war einsamer in einem großen Haus, als sie es sich ausgemalt hatte, mit all den vielen Türen, die man vor ihr zumachen konnte. Alle Zimmer waren aufgeräumt und sauber, nicht mal ein Trinkglas oder ein Paar Schuhe standen am falschen Platz. Und es gab keine Shows mehr am Abend, jetzt waren sie die Gäste in seiner Welt. Die ersten Wochen waren mit Tränen gefüllt. Hannah wusste nicht, wo sie hingehörte, und Mandy auch nicht, die sich weigerte, aus ihrem Versteck zu kommen, sogar dann, wenn Hannah mit der Leckerli-Tüte raschelte. Aber ihre Mutter wirkte so glücklich, das wollte sie nicht ruinieren. Ihre Augen leuchteten, wenn sie auf der Veranda oder ganz dicht neben ihm auf dem Wohnzimmersofa Händchen hielt mit Nigel. Dann warf sie den Kopf in den Nacken und lachte über etwas, das er gesagt hatte – so wie früher mit ihr –, und Hannah rannte in ihr Zimmer hinauf, knallte die Tür zu und warf sich aufs Bett. Wenn ihre Mutter sie so antraf, den Kopf unter dem Kissen, nahm sie sie ganz fest in die Arme und sagte: *Oh, Hannah, es ist genug Liebe für alle da, du wirst schon sehen.*

Ihre Mutter fing an, jeden Vormittag mit ihr über Land zu fahren, nur sie beide nebeneinander auf dem Vordersitz von Nigels Auto. Sie kamen an Zauberwäldern und Einhörnern vorbei und entdeckten herzförmige Wolken. Hannah genoss diese Zeit so nah bei ihrer Mutter, die aufmerksam allem zuhörte, was Hannah sagte. Nigel nörgelte wegen dieser Ausflüge ohne ihn – *Was macht ihr beiden da immer? Ihr müsst doch nirgends hin!* –, aber ihre Mutter bestand darauf, und jedes Mal, wenn sie ihn in die Arme schloss, gab er ihr den Schlüssel.

Im August hatte Hannahs Zimmer Lichterketten und eine Tapete mit einem Feenschloss darauf, und es wurde zu ihrem und Mandys Lieblingsort. Die Katze hockte stundenlang auf der Fensterbank und schaute die große weite Welt dort draußen an. Das Haus füllte sich langsam mit Dingen von ihnen, mit Vorhängen, die ihre Mutter genäht, mit Bildern, die Hannah gemalt hatte. Sie konnte an den wuchernden Stauden hinterm Haus dicke rote Tomaten pflücken und hineinbeißen wie in einen Apfel. Und jeden Abend vor dem Zubettgehen bekam sie etwas Süßes: ein Fürst-Pückler-Eis mit extra Erdbeeren oder ein selbst gemachtes Joghurt-Orangensaft-Eis. An sonnigen Abenden grillte Nigel Steaks und trug ein großes Tablett mit Plastiktellern, in Servietten eingewickelten Gabeln und Salz- und Pfefferstreuern hinaus. Dann stellten sie die wackligen Gartenstühle in einem Dreieck in den Schatten der Zitterpappel und aßen von den Tellern auf ihrem Schoß. Ihre Mutter nippte an einem Glas Wein, und Nigel trank eine Tasse Kaffee nach der anderen. Sie dachten sich neue Texte aus zu Melodien, die ihnen in den Sinn kamen, Unsinnstexte – *Schwester Hannah, Schwester Hannah, schläfst du schon, schläfst du schon* –, und manchmal warf auch Nigel ein paar Worte ein, unbeholfen und ohne den Ton zu treffen, und dann lachten sie und ihre Mutter so sehr, dass ihnen der Bauch wehtat.

Und dann brach ihre Mutter zusammen. Einfach so. Sie waren in der Stadt einkaufen, nur sie beide, ihre Mutter klagte über Kopfschmerzen und Schwindel und darüber, dass es in der Obst- und Gemüseabteilung viel zu hell sei. Als sie nach Hause kamen, hielt Hannah das Toilettenpapier in den Armen, und ihre Mutter lief mit all den schweren Taschen in die Küche. Im einen Moment stand sie noch aufrecht, und im nächsten krümmte sie sich, und eine Spur zerbrochener Eierschalen und schleimigen Eigelbs zog sich quer über den Küchenboden.

Hannah schrie, als ihre Mutter hinfiel, und schrie noch einmal, als sie nicht wieder aufstand. Nigel kam die Treppe heruntergerannt. Er schob seine Arme unter den schlaffen Körper ihrer Mutter, hob sie vom Boden auf und lief mit ihr aus dem Haus. Dann legte er sie auf die Rückbank des Autos und schob Hannah weg. Er sagte noch etwas, bevor er seine Tür zuschlug, aber sie heulte so laut, dass sie ihn nicht verstehen konnte. *Ich will auch mit,* schrie sie, aber er war schon in einer Staubwolke davongefahren.

Er brachte ihre Mutter weg und nie wieder zurück. Sie hatte eine Blase im Hirn, hat er zu Hannah gesagt, wie eine Beere, die an einem Stiel hängt. Doch als sie fragte, was für eine Beere das war und warum sie geplatzt war, wollte er nicht darüber reden. Hannah bat darum, zu ihr gehen zu dürfen. Sie wollte ihren Namen auf dem Grabstein lesen und für sie singen, so wie sie es mindestens ein Dutzend Mal an den Gräbern der alten Leute von Sunnybrook getan hatte, wenn sie und ihre Mutter in ihren besten Kleidern und in ihren Sonntagsschuhen *Amazing Grace* oder *Row, Row, Row Your Boat* sangen und ihre Mutter sagte: *Gehe hin in Frieden und ruhe sanft.*

Aber er sagte, er habe sie verbrennen lassen, so als hätte Hannah kein Anrecht auf ihre tote Mutter. Er sagte, sie sei zu Asche geworden und er habe nicht darum gebeten, sie mitzunehmen. Hannah glaubte ihm nicht, aber sie hatte keine Möglichkeit, sie wiederzufinden.

Nigel suchte nach Familienangehörigen, zu denen er Hannah schicken konnte, auch wenn sie beide wussten, dass es keine gab. Danach versuchte er, nett zu sein, und sie auch. Aber das hielt nicht lange an. Er nahm einen Schluck aus der Flasche und sagte: *Hübsch siehst du heute aus, Hannah. Freust du dich schon auf die neue Schule? Wir singen ein an-*

dermal, heute Abend nicht. Noch ein Schluck. *Ich will nicht mehr über den Himmel reden. Nicht jetzt, Hannah. Du stellst zu viele Fragen. Mach die Musik bitte leiser. Mach die Musik leiser. Mach die gottverdammte Musik aus.* Bis in ihren Ohren keine Musik mehr klang, ihre Kehle einrostete, es in ihrem Zimmer so still war wie in einer leeren Kirche. Als Nigels eigene Mutter starb, packte er alles zusammen, setzte Hannah ins Auto, stellte die Flasche zwischen seine Beine und fuhr mit ihr davon.

Jetzt lauschte Hannah auf die Geräusche der Familie vor der Tür. Sie konnte Gemurmel hören und das Knistern einer Zeitung. Sie hatte so viele Fragen und noch immer keine Antworten. Was, wenn sie die schweren Einkaufstaschen hineingetragen hätte und ihre Mutter das Toilettenpapier? Was, wenn sie einmal den Mund gehalten hätte, damit ihre Mutter zu Atem kam? Vor allem aber wollte sie wissen, wie ihre Mutter einfach so aufgeben konnte – sie aufgeben konnte –, ohne sich auch nur zu verabschieden.

Vielleicht war sie überrascht worden. Vielleicht hatte die böse Beere in ihr die Warnsignale verschleiert, so wie sich Schnee ganz weich und weiß um einen Schornstein legt und im nächsten Moment das Dach zum Einsturz bringen kann. Vielleicht war Saft von diesem bösen Ding aus ihrem Körper in seinen geflossen und brodelte jetzt verfaulend unter seiner Haut, bis nichts mehr von ihm übrig war. Vielleicht war etwas davon auch in ihren Körper getröpfelt. Vielleicht konnte er sie deshalb nicht mehr ansehen. Vielleicht war er deshalb so gemein geworden.

Sie hätte diese Gedanken so gern verscheucht, aber sie purzelten in ihr herum wie Lumpen in einem Trockner. Sie hätte so gern mit jemandem geredet, vor allem über ihre Frage mit den Einkaufstaschen. Mit jemandem wie Ellie. Sie hatte die kleinen Dinge schon ganz vergessen gehabt: ein warmer Hausmantel, der fruchtige Geruch von Lippenstift, auf dem Boden hockend Wäsche zusammenlegen. Dass sie jetzt an Ellie denken und sich auf ihre Gestalt konzentrieren konnte, war wie ein Schluck Wasser für sie, erfrischend und beruhigend, und es füllte sie aus.

8

Am frühen Nachmittag bekam Eric einen Anruf von Constable King. Wilson war aus seinem Rausch erwacht und in der Lage gewesen, ein paar Bissen Toast bei sich zu behalten. King sagte, Wilson sehe zwar übel aus mit dem zugeschwollenen Auge und der aufgeplatzten Oberlippe, habe aber nichts abbekommen, das genäht werden müsse, und längst nicht das, was er verdient habe. »Er will weder einen Anwalt noch Anzeige erstatten. Und das Mädchen will er auch nicht, sagt er. Ich dachte, das wüssten Sie vielleicht gern, Sergeant Nyland.«

Eric legte auf und versuchte, Wilson aus seinen Gedanken zu vertreiben. Er wollte sich auf seine Familie konzentrieren. Zurück im Wohnzimmer ging er wieder auf die Knie und drehte die letzte Schraube des Ständers in den Stamm, der Baum stand jetzt in der Ecke. Durch die Äste warf er einen Blick auf seine Frau. Ihr Gesicht war rot vor Anstrengung, denn sie zerrte den alten Überseekoffer an seinem Ledergriff durch den Raum. Das hier hatte sie seit Tagen geplant – das gemeinsame Baumschmücken, bei dem alle mitmachen sollten. Auf dem Küchentresen standen schon schön aufgereiht die Weihnachtsbecher für die heiße Schokolade, die es danach geben sollte.

»Müssen wir alle mitmachen?«, fragte Daniel mit kleinen Schweißperlen auf der Stirn und feuchten Schweißflecken unter den Achseln. Er hatte genörgelt, dass er gerade beim letzten Durchgang seines Hanteltrainings sei, als sie ihn von unten heraufgerufen hatten.

Eric war bereit, Daniel wenn nötig mit Handschellen an den Baum zu fesseln. »Hör mal, wir haben das doch schon …«

Aber Ellie ließ sich nicht aus der Fassung bringen und warf ein: »Du hast den Baum geschlagen, Danny. Du bist der Wichtigste überhaupt.«

Sie löste die Lederriemen und klappte den Deckel auf. Sammy ging zum Koffer und spähte hinein, seine Arme zuckten.

»Erinnerst du dich noch an die hier, Sammy?« Sie holte Schuhkartons voller glitzerndem Weihnachtsschmuck heraus. Sammy griff in einen hinein und hielt in beiden Händen kleine Zinnsoldaten. Daniel ließ sich mit solchem Drall aufs Sofa fallen, dass ein paar Kissen auf den Boden flogen.

Eric kroch unter dem Baum heraus und stellte sich davor. Er neigte den Kopf. »Findet ihr auch, dass er etwas schief steht?«, fragte er niemanden im Besonderen.

»Wo ist mein Sessel?«, rief Walter und klopfte mit seinem Stock auf den Boden.

»Er steht tatsächlich schief«, sagte Eric.

»Stimmt«, bestätigte Daniel vom Sofa.

Der Baum neigte sich eindeutig nach links. Erics Mutter hätte vor sich hingebrummt, sie alle weggescheucht und ihn dann mit eiserner Faust selbst kerzengerade ausgerichtet. Er musste das unbedingt hinkriegen – Ellie setzte schon so lange all ihre Hoffnungen darauf. Der Baum war längst nicht mehr nur ein Baum, sondern Symbol der vielen Schichten, die zwischen ihnen lagen.

»Er ist perfekt so«, sagte Ellie.

»Wer hat meinen Sessel geklaut?«, rief Walter. »Was

macht der Baum im Wohnzimmer? Wo ist mein gottverdammter Sessel?«

Sammy wiederholte die Tirade Wort für Wort und in exakt derselben ohrenbetäubenden Lautstärke wie Walter.

Eric zeigte in die andere Ecke des Raums. »Da drüben ist er doch, Walter. Beim Fenster. Und dein Puzzle auch.« *Wer hat meinen gottverdammten Stift weggelegt? Wo ist mein gottverdammter Becher?* Mit wütenden Forderungen wie diesen war Eric aufgewachsen. Es war, als hätte sein Vater in all den Jahren allein gelebt, als wäre es nur ihm erlaubt, hier etwas zu berühren.

»Es ist immer noch mein Haus«, murmelte Walter vor sich hin und blieb schwer auf seinen Stock gestützt mit glasigen Augen vor dem Sofa stehen.

»Hilf deinem Grandpa mal zu seinem Sessel, Danny«, sagte Ellie.

Daniel rutschte vom Sofa und griff Walter beim Arm. »Es ist Weihnachten, Grandpa. Weißt du noch? Ho. Ho. Ho. Du hast den Baum mit Grandma auch immer genau da aufgestellt.«

»Ho. Ho. Ho«, wiederholte Sammy. Er hatte viel zu viele Zinnsoldaten auf einmal aus dem Schuhkarton genommen, seine Hände waren zu klein, um sie alle festzuhalten. Sie fielen immer wieder auf den Boden. Und wenn er sich bückte, um sie aufzuheben, fielen andere herunter.

Daniel brachte Walter zu seinem Sessel und half ihm, sich hinzusetzen.

Der Hund nieste zweimal laut und feucht, und als Eric zum Flur hinübersah, stand Hannah dort – Thorn neben sich. Wie lange stand sie schon da?

»Komm, hilf uns beim Schmücken«, sagte Eric und winkte sie heran. »Was meinst du, Hannah? Findest du, dass er schief steht?«

»Nicht noch einer«, rief Walter und starrte die Gestalt im Flur mit zusammengekniffenen Augen an. »Überall diese gottverdammten Bäume.«

»Das ist doch kein Baum, Grandpa.« Daniel schob den Puzzletisch dicht an Walter heran. »Das ist Hannah.« Und dann rief er über seine Schulter: »Wie weit bist du bei *Dungeon Hunter* gekommen?«

Hannah zuckte die Schultern, ohne aufzusehen. Der Hund ließ sich bereits zu ihren Füßen nieder.

»Bist du durch das erste Tor gekommen?« Daniel ließ sich wieder aufs Sofa fallen. »Durch das in dem Gewölbe?«

Als Hannah nicht antwortete, musterte Eric sie genauer. Ihr Zopf hatte sich gelockert, es hingen überall Strähnen heraus. Warum war sie so still und blieb da ganz alleine stehen? Er sah Ellie an. Sie war mit gerunzelter Stirn schon auf dem Weg zu dem Mädchen.

»Na komm«, sagte Ellie, legte Hannah eine Hand auf den Rücken und führte sie durch den Raum zu den Schuhkartons. »Lass uns mal nachsehen, was da alles so ist.«

Hannah kniete sich vor die Schuhkartons, so dicht neben Sammy, dass sie fast seine Schulter berührte. Sammy fuhr zurück, seine Arme fingen an zu zucken, und er wieselte bis ganz ans andere Ende des Raums. Auf dem Weg dorthin fielen ihm ein paar Zinnsoldaten herunter, aber er blieb nicht stehen, um sie aufzuheben.

Bitte nicht, Sammy, nicht jetzt. Eric hätte seinen Sohn am liebsten bei der Hand genommen und wieder in die Mitte des Raumes zurückgebracht. Sein Herz hämmerte wahrscheinlich, und als Nächstes würde er Bauchschmerzen bekommen. Sammy war Hannah gegenüber noch kein bisschen aufgetaut seit dem Fiasko am Frühstückstisch. Es war ihm gelungen, ihr auszuweichen, indem er jedes Mal in sein Zimmer geflitzt war, wenn sie ihres verließ. *Helfen Sie ihm, die Ursache seiner Angst zu ergründen,* das hatte der Therapeut gesagt. *Versuchen Sie zu verstehen, was er als Gefahr wahrnimmt, und führen Sie ihm vor, dass es ungefährlich ist.* Das hatte bei Luftballons, Grashüpfern und sogar bei Schneefräsen funktioniert, bei dem Mädchen, das ohne jede Vorankündigung aufgetaucht war, würde es nicht so einfach werden.

Hannah saß im Schneidersitz da und bestaunte mit großen Augen die Schuhkartons. Direkt vor ihr lagen hauchdünne glitzernde Rentiere, fedrige Schnee-Eulen mit schwarzen Knopfaugen, winzige karierte Schlittschuhe, Zuckerstangen und Cupcakes mit Zuckerguss aus Ton, Herzen und Sterne. Schneeflocken. Glocken. Das erste Mal, seit sie hier war, strahlten ihre Augen – jeder Dummkopf konnte sehen, dass sie den Baum schmücken wollte.

Eric lächelte bei ihrer kindlichen Freude, was für ein Unterschied zu ihrer sonstigen Wachsamkeit. Er sah Ellie an, doch die betrachtete ihren jüngeren Sohn, der sich jetzt am anderen Ende des Raums niederließ.

Eric legte Ellie eine Hand auf die Schulter. »Er wird sich schon dran gewöhnen«, flüsterte er. Sie kaute auf ihrer Unterlippe und erwiderte nichts. Er musste diese Lichterkette am Baum anbringen, ehe die Hölle losbrach. »Hilf mir hiermit mal, Dan, ja?«

Daniel machte eine Show daraus, sich vom Sofa zu erheben, und streckte sich erst ein paarmal herzhaft gähnend, bevor er zu ihm getrottet kam.

»Wir fangen oben an.« Eric reichte Daniel das eine Ende der verwickelten Lichterkette.

»Neben den andern hat er viel größer ausgesehen«, sagte Daniel und fädelte die bunten Lichter durch die Zweige.

»Wer hat größer ausgesehen?«, fragte Ellie, den Blick

immer noch auf Sammy gerichtet, während sie ungeschickt die knisternden silbrigen Lamettafäden entwirrte.

»Der Baum«, sagte Daniel. »Genau daneben standen so 'n paar Winzlinge, fast im Schnee vergraben.«

»Er ist ordentlich groß«, erwiderte Eric. »Sieh dir nur mal den Stamm an.«

»Ich hab immer bloß gedacht, ein Mal noch, ein Mal noch, ein Mal noch, dann fällt er um.«

Eric griff nach dem nächsten Stück der Lichterkette. »Du hast ganz schön geackert. Gut gemacht.«

»Ich warte aufs Saufgelage«, verkündete Walter.

Alle sahen ihn an, außer Eric, der tat, als hätte er ihn nicht gehört.

»Ich habe keine Ahnung, was du meinst, Dad«, sagte Ellie.

»Ich auch nicht«, erwiderte Walter mit einem Zittern in der Stimme.

»Den hat Sammy gut ausgesucht. Was, Sammy?«, rief Daniel seinem Bruder zu. »Du hast den ganzen Wald sauber gefegt mit dem Besen. Bist 'n prima Feger. Wir sollten dich der wilde Feger nennen.«

Ellie lachte, deshalb sagte Danny es noch einmal: »Der wilde Feger«, mit knurrender Stimme und furchterregendem Gesicht. Er kniff die Augen zusammen und bleckte die Zähne wie ein Haifisch. Doch Sammy schaute nicht auf, er schlug nur immer wieder seine Zinnsoldaten gegeneinander. Hannahs Blick folgte Daniels und landete auf Sammy.

»Alles okay?«, fragte Eric Hannah. Sie schien ihre Freude verloren zu haben.

Sie sah nicht zu Eric auf. Ihre Schultern sanken, und leise, wie zu sich selbst, sagte sie: »Sammy will, dass ich weggehe.«

»Er wird sich schon dran gewöhnen«, sagte Eric und wünschte sich, er könnte das für die beiden lösen – für Ellie.

»Er glaubt, dass ich ihm wehtun will«, flüsterte Hannah. »Aber das will ich nicht!«

»Natürlich nicht.« Hilfesuchend sah Eric Ellie an, doch sie drapierte gerade an der anderen Seite des Baums die Lichterkette noch einmal neu. »Sammy braucht nur eine Weile, bis er auftaut. Das ist alles. Und dieser Baum braucht alle Hilfe, die er kriegen kann. Gefällt dir der Schmuck?«

Hannah lächelte. Eric sah Daniel an, der auf dem Boden hockte und die letzten Lichter auf den untersten Zweigen verteilte.

»Das war's«, sagte Daniel.

»Prima. Dann steck mal den Stecker rein.« Eric faltete die Hände.

Daniel erreichte die Steckdose mit dem Stecker gerade so, das Kabel hätte keine zehn Zentimeter kürzer sein dürfen. Der Baum leuchtete auf, die bunten Farben funkelten hell. Walter hielt sich die Ohren zu, so als erwartete er das Knallen von Feuerwerkskörpern, aber dann sah er auf sein Puzzle, fand das richtige Teil und machte sich wieder an die Arbeit.

Daniel klatschte Eric ab, als hätte er gerade eben einen Touchdown erzielt. Ellie trat ein paar Schritte zurück, um den Baum zu betrachten, und stand so dicht neben Eric, dass ihre Arme sich berührten. Sie ließ es geschehen.

»Was sagst du?«, flüsterte er ihr zu. Was hätte er getan, wenn die Lichterkette kaputt gewesen wäre? Lieber gar nicht dran denken.

»Wunderschön, Eric.« Ellie sah zu Sammy hinüber, der aus seiner sicheren Ecke am anderen Ende des Raums wie gebannt die Lichter anstarrte. Sie winkte ihn auffordernd zu sich, doch Sammy ging nicht darauf ein.

»Es ist meine Schuld«, sagte Ellie so leise, dass nur Eric es hören konnte. »Ich habe sie zu dicht an ihn herangeschoben.«

In Ellies Welt lief immer alles auf die Mutter hinaus. Jedes kleine Missgeschick, jede Unwilligkeit. Sie würde sich auch noch die Schuld an den Wolken geben, wenn sie meinte, dass sie ihren Kindern das Sonnenlicht nahmen. Er drückte ihr den Arm, während sie quer durch den Raum schaute.

»Sieht jemand irgendwo durchgebrannte Birnen?«, fragte Eric, um die Dinge in Gang zu halten.

»Da ist eine.« Daniel zeigte auf ein Licht ganz oben.

»Und hier unten auch«, warf Hannah ein.

»Nur zwei kaputte. Nicht schlecht«, sagte Daniel.

»Hannah, schau mal in den Koffer«, sagte Eric.

Sie krabbelte zu dem Überseekoffer und steckte den Kopf hinein.

»Siehst du die Plastikbox? Ganz unten. Hol da mal zwei Birnen raus, ja?«

Hannah musste erst mal bemalte Toilettenpapierrollen mit weihnachtlichen Zipfelmützen beiseiteräumen, bevor sie die richtige Box fand. Sie nahm den Plastikdeckel, holte eine violette und eine rote Birne heraus und hielt sie hoch.

Eric griff danach. Er schraubte die dunklen Birnen ab und ersetzte sie durch die neuen. Sie leuchteten sofort auf.

»Danny, du darfst den ersten Schmuck aussuchen«, sagte Ellie. Der Baum war inzwischen mit Lametta behängt. »Das hast du dir verdient.«

Daniel wühlte in den Schuhkartons, bis er die Maus mit den kleinen grauen Ohren und dem langen Schnürsenkelschwanz gefunden hatte. Vor Jahren, als sie noch in einem anderen Haus wohnten, hatte Eric mal gesehen, wie er die Maus vom Weihnachtsbaum nahm, sie in seine Tasche steckte und mit Käsekrümeln fütterte.

»Mr Maus«, sagte Daniel und ließ die Maus Hannahs Arm hinaufflitzen. Er lachte, als sie schauderte.

»Eine Maus im Haus«, fügte Eric hinzu. Genau dieselben Worte, die er damals gesagt hatte.

Daniel setzte die Maus auf ein dickes Nadelbett nahe der Spitze.

Ellie trat zu ihm und sagte: »Diesmal werde ich deine Taschen überprüfen.« Daniel stieß sie mit der Schulter an, etwas stärker als beabsichtigt. Taumelnd verlor sie das Gleichgewicht, doch er konnte sie noch beim Blusenärmel packen und auf den Beinen halten.

»Wie läuft's denn so mit dem Krafttraining?«, sagte Eric, und die drei lachten.

Hannah hatte auf dem Boden fünf Buntglasengel in einer Reihe aufgestellt.

»Also, los geht's!«, rief Eric und winkte Sammy. »Komm her, Rabauke. Dieser Baum schmückt sich nicht von selbst. Du auch, Hannah.«

Hannah sprang mit den Engeln in Händen auf. Daniel und sie wuselten so dicht an dicht um den Baum herum, dass sie fast übereinander stolperten, wenn sie dieselben Zweige ausgeguckt hatten oder nach Rentieren und Eiszapfen und Glocken griffen.

Eric war erstaunt, wie zwanglos sie unentwegt miteinander plauderten und dennoch jeden Zweig, den sie sich ausgesucht hatten, verteidigten, so als hätten sie den Weihnachtsbaum schon immer zusammen geschmückt. Daniel hatte Hannah gern um sich – das war nicht zu übersehen –, und es schien ihm zu gefallen, einen Wettstreit daraus zu machen und sie herumzukommandieren. Doch sie war keine, die sich gängeln ließ, und sagte ihm immer wieder mal geradeheraus, dass er sich einen anderen Zweig suchen oder an den Baum als Ganzes denken solle, und nicht nur an sein eigenes kleines Stück.

Daniel steckte den Kopf hinter der Baumseite hervor, die

an der Wand stand. »Bring mir mal ein paar größere Sachen«, rief er. »Hier ist ein Loch.«

»Ach, du bist jetzt also der Anführer hier?« Eric legte ihm gutmütig einen Arm um die Schultern.

»Wer den Baum schlägt, sagt, wo's langgeht«, erwiderte Daniel.

Hannah suchte ein Gebilde aus wattierten Herzen und roten Filzstrümpfchen mit grünem Rand aus und reichte es Daniel. »Willst du das hier haben?«

Er griff danach. »Ist ja potthässlich, aber wird schon gehen.«

Sie kniete sich wieder auf den Boden und schaute in den Cowboystiefelkarton voll glitzernder Schneeflocken.

»Das sind so viele«, sagte sie. »Wir können den ganzen Baum mit Schneeflocken bestreuen.«

Als sie den Karton durch den Raum zog, musste sie um Ellie herummanövrieren, die mit einem Rest Lametta ums Handgelenk einfach nur reglos neben dem Baum stand und Sammy ansah. Hannahs Blick wanderte von Ellie zu Sammy, immer hin und her, bis Sammy sich zur Wand drehte, damit sie ihn nicht mehr ansehen konnte.

Hannah stand wie in Zeitlupe auf. »Ich möchte in mein Zimmer gehen.«

Eric kam zu ihr, einen Cupcake aus Ton in der Hand. »Du willst doch nicht etwa schon aufgeben, oder? Wir sind noch längst nicht fertig mit Schmücken.«

Hannahs Unterlippe zitterte. »Darf ich gehen?«

Ellie stand vor dem Mädchen und legte ihr den Arm um die Schultern. »Nein, bleib hier.«

»Gottverdammt noch mal, da fehlt ein Teil«, rief Walter, setzte sich auf und beugte sich dann so weit vor, dass er mit der Nase fast an den Puzzletisch stieß.

»Er will mich nicht hierhaben«, sagte Hannah.

»So meint Sammy das nicht«, versuchte Ellie zu erklären. »Es ist anfangs nur schwierig für ihn. Wenn ihm jemand zu nahe kommt. Wenn er jemanden nicht gut kennt. Wenn seine gewohnten Abläufe durcheinandergeraten – weil zum Beispiel jemand Neues da ist –, dann braucht er eine Weile, um sich daran zu gewöhnen.«

Hannah sagte nichts und stand eine ganze Zeit lang nur völlig reglos da, die Augen zusammengekniffen, die Lippen aufeinandergepresst. Dann bewegte sie sich langsam vom Baum weg. »Ich gehe beim Puzzle helfen«, sagte sie schließlich. »Dann kann Sammy jetzt mal schmücken.«

Ellie sah Eric an. Durften sie die Wünsche des einen Kindes über die Wünsche des anderen Kindes stellen?

Hannah könnte sich bis zum Schuppen draußen zurückziehen, und sein Sohn würde nicht nachgeben. Eric wollte sie schon zurückrufen, hielt jedoch inne, als er den entschlossenen Blick sah, mit dem sie sich auf Walters Sessellehne setzte. Selbst wenn er sie jetzt zum Baum zog und ihr Schneeflocken in die Hände drückte, es würde nichts mehr ändern, sie wäre nicht mehr mit dem Herzen dabei.

Daniel schaute hinter dem Baum hervor. »Du kannst doch jetzt nicht aufhören«, rief er. »Wir sind noch nicht fertig.«

»Sammy übernimmt mal eine Weile das Schmücken«, erklärte Eric, während Ellie ans andere Ende des Raums ging.

Daniel stöhnte auf. Dann ließ er sich wieder aufs Sofa fallen und zog sein Telefon aus der Tasche.

Eric hob das Lametta vom Boden auf, das Ellie fallen gelassen hatte, und warf es in den alten Überseekoffer. Ellie brachte Sammy zum Baum mit und bückte sich auf dem Weg immer wieder, um die herunterfallenden Zinnsoldaten aufzuheben. Sammy weigerte sich, in Hannahs Richtung zu schauen, und tat so, als wäre sie gar nicht da.

»Also, wo wollen wir die denn nun hintun, Sammy?«, fragte Ellie.

Sammy setzte sich mit dem Rücken zu Hannah im Schneidersitz auf den Boden und zeigte auf den untersten Zweig. Ein Zinnsoldat eroberte den Baum, dann noch einer, und noch einer, bis die Soldaten alle zusammen eine Art Dickicht aus winzigen Helmen und Gewehren bildeten.

»Gut gemacht, Rabauke!«, sagte Eric. »Ich glaube, die Ecke hast du schon mal gesichert.«

»Und als Nächstes die Schneeflocken?« Ellie reichte ihm eine Schneeflocke an ihrer Drahtschlaufe und führte ihn zu einem anderen Zweig in der Nähe der Soldaten.

»Wir brauchen dich hier mal, Dan«, rief Eric, weil er wusste, dass Ellie ihn gern dabeigehabt hätte.

»Hab grad keine Zeit.« Daniel sah nicht mal von seinem Telefon auf.

All diese strategischen Manöver: Hannahs Rückzug, Daniels Kapitulation, Sammys Einmarsch mit seinen Soldaten, der das Feld übernahm. Eric konnte hören, wie Walter sie dauernd nach ihrem Namen fragte und Hannah ihn wieder und wieder nannte.

»Warum genau hast du denn gerade keine Zeit, Dan?«

»Wegen dem Tweetstorm über Wale in zu kleinen Becken. Aqualium im Freizeitpark. Da gibt's 'ne Doku drüber. Und einen Trailer.«

»Schon okay«, sagte Ellie. »Lass ihn eine Pause machen. Wir kriegen das auch so hin.«

Eric überließ Ellie die Entscheidungen, was wohin sollte, und mit ihrem jüngsten Sohn zwischen ihnen auf dem Boden war bald der ganze Schmuck verteilt. Sammy hielt eine fedrige Schnee-Eule umklammert und fuhr mit dem Zeigefinger immer rund um eins der schwarzen Knopfaugen.

»Oh nein!«, rief Ellie plötzlich, die Hände auf dem Kopf. »Wie konnte ich das vergessen?«

Eric sah sich um. »Ist doch alles da, Ellie.« Überall im Raum lagen Utensilien für die mühselige Dekoriererei herum. Was sollte da noch fehlen?

»Musik! Es gehört doch Weihnachtsmusik dazu.«

Wenn sie nur endlich mal mit diesem Perfektionswahn aufhören würde, dachte Eric, ging aber zum CD-Player und schaute den Stapel durch. »Was möchtest du denn hören?«

»Einen der Chöre. Weihnachtslieder. Irgendwas, das wir mitsingen können.«

Musik erfüllte den Raum. *Stille Nacht.* Gesungen von dem Erwachsenenchor. Walter forderte die Pflegerin empört auf, den Radau abzustellen. Eric machte die Musik noch etwas lauter. Daniel hörte sich, das Telefon auf volle Lautstärke gestellt, den Mitschnitt eines Notrufs an: »Ein Wal hat einen der Trainer gefressen!«

Alles schläft, einsam wacht. Jetzt konnte man hören, wie der mit einem Hebewerk aus dem Wasser gehievte Killerwal sich das Herz aus dem tonnenschweren Leib schrie. »Mach das aus«, sagte Eric zu Daniel, »und leg das Telefon weg.«

Sammy stocherte immer noch auf das Auge der Schnee-Eule ein, und plötzlich schlitterte der winzige schwarze Knopf über den Boden bis direkt vor Thorns Maul, der seine lange Zunge vorschnellen ließ und ihn sich wie eine tote Fliege schnappte. Sammy wollte den Knopf wiederhaben, und seine Arme fingen an zu zucken.

Ellie rief in die Runde, dass sie jetzt alle zusammen singen würden. »Na los, wir kennen den Text doch. Sammy, dieses Lied kennst du auch.«

Sammy lag flach auf dem Bauch und versuchte mit beiden Händen, Thorns Maul aufzustemmen. Ellie sang mit rot angelaufenem Gesicht leise mit, sie würde nicht aufgeben. *Schlaf in himmlischer Ruh,* verdammt. »Danny, unterstütz mich mal.«

»Wir sind doch nicht die Jackson-Familie.«

Eric fuhr herum und rief: »Es reicht jetzt, Dan! Mach das verdammte Telefon aus.«

»Dann sing du doch mit, Dad.«

Eric biss sich auf die Unterlippe und konzentrierte sich auf den Baum. Der Chor hatte noch immer nicht genug von der dämlichen stillen Nacht und setzte zu einer erneuten Runde an, mit Ellie im Schlepptau.

Doch dann erklang noch eine Stimme, lieblich und hell, die sich über die anderen erhob. Sie drehten sich alle auf einmal um, sogar der Hund.

Hannah stand aufrecht neben Walters Sessel, den Kopf leicht erhoben, die Augen geschlossen, und sang mit einer Stimme, so zart wie ein Flötenton. Die zweite Strophe. Die dritte Strophe. Musik strömte aus ihr heraus.

Die anderen gaben keinen Laut von sich, nicht einer der Nylands. Thorn hockte andächtig da, der Rest wirkte wie erstarrt, während sie alle zuhörten, wie das Mädchen das Lied sang.

Als die Musik schwand, machte Hannah die Augen wieder auf und blinzelte im Licht. »Sollten wir nicht singen?«, fragte sie unsicher, weil so viele Augenpaare sie anstarrten.

Ellie stand reglos da, einen Arm ausgestreckt, und konnte kaum atmen.

Eric ging zum CD-Player und drückte die Pause-Taste. Er brauchte erst einmal einen Augenblick, um seine Fassung wiederzugewinnen. Wenn die Polizei doch anrufen und ihm mitteilen würde, dass Nigel Wilson sich aufgehängt hatte, dachte er.

»Heilige Scheiße, Hannah.« Daniel machte mit seinem Telefon ein Foto von ihr. »Du solltest bei einer dieser Casting-Shows mitmachen.« Er drückte noch ein zweites Mal ab. »Echt jetzt. Du bist viel besser als die meisten da. Das gewinnst du locker.«

»Er hat recht«, sagte Eric. »Du hast eine wirklich schöne Stimme.«

Walter zog am Ärmel von Hannahs Pullover und gab ihr einen der Steine, die er immer in der Hosentasche hatte. »Aber nicht verlieren«, warnte er. Dann sah er den Stein, den er ihr gegeben hatte, in ihrer Hand liegen, nahm ihn ihr wieder weg und steckte ihn zu den anderen in seine Hosentasche.

Sammy saß auf dem Boden, das Knopfauge war vergessen. Er kannte ihre Wörter, es waren runde, glänzende Wörter. Und sie sprangen in leuchtenden Farben aus ihrem Mund – Blau, Blau, weniger Blau, Rot, Rot, doller Rot, Gelb, Blau, Rot. Auch der Klang war genau richtig, wie der von seinem Turm aus Legosteinen. Der Raum schrumpfte, während er zuhörte, zu einem Goldlöckchen-Raum, nicht zu groß, aber auch nicht zu klein. Und er war auch genau richtig und saß auf dem besten Platz. Sie hatte die Augen zugemacht. Er sah ihr direkt ins Gesicht, und es tat gar nicht weh hinter seinen Augen.

Dann hörte die Musik auf. Seine Mom stand ganz still da. Danny machte mit seinem Telefon ein Foto. Sein Grandpa gab dem Mädchen einen Stein und nahm ihn ihr gleich wieder weg. Sammy wollte, dass sie noch mal von vorne anfing, er wollte die Wörter auch singen.

Nur Fernsehgeräusche waren noch zu hören, sonst war alles still im Haus, die Kinder und Walter schliefen schon lange in ihren Zimmern, sogar Daniel. Eric und Ellie hatten sich die Spätnachrichten angesehen oder es zumindest versucht. Eric konnte diese Wettertante mit ihrem Was-bin-ich-doch-toll-Ton nicht ertragen. Schnee und noch mehr Schnee in den Prärieprovinzen. Ein heranziehender Sturm. Und unglaubliche Kälte.

»Komm, wir gehen auch ins Bett«, sagte er und zog Ellie vom Sofa.

Eric hatte vor, heute Nacht in seinem eigenen Bett zu schlafen, zum Teufel mit den Konsequenzen, aber er war sich auch ziemlich sicher, dass sein Vater liegen bleiben würde. Walter war so erschöpft gewesen von den Aufregungen des Tages – das Mädchen, der Baum, die engelsgleiche Stimme, die an sein Ohr drang –, dass Ellie ihm den Flur entlang und in seinen Schlafanzug hineinhelfen musste. Er hatte seit Stunden keinen Mucks von sich gegeben.

Eric machte den Fernseher aus und zog den Stecker der Weihnachtslichter. Ellie folgte ihm müde ins Schlafzimmer, ihr Hausmantel glitt vor dem Wandschrank zu Boden, und sie ließ sich auf das Doppelbett fallen. Ihr Kopf traf wie ein Stein aufs Kissen. Eric legte sich neben sie, breitete die zusätzliche Decke über sie beide aus und schaltete die Lampe auf seinem Nachttisch aus. Er lauschte auf Ellies Atemzüge, ein Geräusch, das ihn beruhigte, aber sie lag zusammengerollt von ihm abgewandt da. Er konnte nur das Knarren des alten Dachs und das Pfeifen der Kupferrohre hören, sonst nichts.

Er musste daran denken, wie oft er die Sorgen seiner Frau kleingeredet hatte. Wenn sie ihn mit erschreckender Panik in der Stimme in der Arbeit anrief, als Sammy noch in den Windeln lag. *Ich glaube, er ist taub, Eric* oder *Ich kann ihn einfach nicht beruhigen.* Er hatte es nicht hören wollen und sie damit beschwichtigt, dass Danny doch auch einen starken Willen gehabt habe und sie übertreibe; hatte sie daran erinnert, dass er ein Polizeirevier zu leiten habe, so als zählten ihre Belange nicht und hätten nichts mit ihm zu tun. Eric fühlte sich vollkommen ausgelaugt. Er konnte über all das nicht mehr nachdenken. Über seinen Vater und seine Söhne. Das Mädchen. Ellie. Vor allem über Ellie nicht. Darüber, wie sie es immer und immer wieder versucht hatte, bis Sammy schließlich kam. Über den Part, den er gespielt hatte. Es gab keine unbefleckte Empfängnis, er trug jedes Mal eine Mitschuld, wenn er überschwänglich in sie eindrang. Und nach Tagen oder Wochen, wenn ihre sonst so blassen Wangen rosig wurden oder ihr bei einer Werbung für Grußkarten die Tränen kamen, taten sie beide so, als würden sie diese Veränderungen nicht bemerken. Und genauso im gegenteiligen Fall, wenn sie wieder blass wurde und die Augen verdrehte, sobald sie die Fernseh-Grandma die Karte zum Muttertag lesen sah. Immer und immer wieder. Er ging in die Arbeit, und wenn er nach Hause kam, waren alle Beweise vernichtet. Sie zitterte vielleicht etwas, wenn sie nach der Haarbürste griff, aber sie machte es ihm leicht, wegzuschauen und so zu tun, als hätte er sich das alles nur eingebildet.

Sie machte nach dem zweiten Mal vermutlich deshalb ein Geheimnis aus den Schwangerschaften, weil sie ihn schützen wollte, dachte er. Weil sie glaubte, dass er zu sehr darunter leiden würde, wenn er es wüsste, dass er nicht stark genug oder nicht feinfühlig genug oder nicht sensibel genug wäre, das Richtige zu tun oder zu sagen oder zu empfinden. Und damit hatte sie recht. Er wusste es jedes Mal – die Veränderungen an ihr waren unübersehbar –, und trotzdem tat er so, als würde er es nicht bemerken. Er hätte ihr Einhalt gebieten, nicht so bereitwillig daran teilnehmen können. Doch er ließ Ellie immer weitermachen, ließ sie die Last der Hoffnung und der Trauer für sie beide tragen.

Jetzt wollte er nur noch allein sein in Gedanken, den süßen Sog des Nichts genießen. Er konnte zuerst gar nicht ausmachen, was das war, dieser grell gleißende Lichtschein, der da wie aus weiter Ferne auf ihn zukam und ihn aus der Bahn warf. Die Sonne? Einer der Constables?

Es war Ellie, die an seinem Arm zog. Er schüttelte sie ab.

»Deine Beine zucken wieder so doll.« Sie saß aufrecht, das Kopfkissen ans Kopfende gelehnt, eine Zeitschrift auf den angezogenen Knien. Sie hatte das verdammte Licht angemacht.

Er bedeckte die Augen mit dem Ellbogen. »Mach das verdammte Licht aus.«

»Deine Beine zucken wieder wie verrückt. Schon seit einer halben Stunde. Alle dreizehn Sekunden. Ich habe mitgezählt. In dem einen Augenblick wirkst du noch völlig entspannt, und dann zucken sie wieder.«

»El, du musst auch schlafen. Mach das Licht aus.«

Sie blätterte um. »Du musst Kalzium einnehmen.«

Ihn überkam das brennende Verlangen, mit den Beinen zu strampeln, doch er biss die Zähne zusammen und blieb so still wie möglich liegen.

»Ich habe dir eine große Arzneiflasche voll gekauft. Diese Kautabletten. Du könntest es wenigstens einmal ausprobieren.«

»Morgen«, sagte er, und dann blitzte der morgige Tag vor ihm auf, an dem so viel Ungelöstes bevorstand. Hannah noch hier bei ihnen, Wilson voll blauer Flecke und ausgenüchtert in seiner Zelle, sein Haus immer noch auf der anderen Seite der Straße. Er griff unbeholfen an Ellie vorbei nach ihrer Lampe und schaltete sie aus, ihre Zeitschrift fiel auf den Boden, und es wurde dunkel im Zimmer. Er rollte sich auf seine Seite des großen Betts zurück, wie in ein anderes Land, es fehlte eigentlich nur, dass er die Kuhle in der durchgelegenen Matratze mit Kreide nachzeichnete. Doch dann geschah etwas Merkwürdiges. Ellie überschritt die Grenze. Und jetzt lag sie neben ihm, in seinen Arm gekuschelt. Er konnte ihren Atem auf der Brust spüren.

»Es war doch ein schöner Tag, findest du nicht«, sagte sie.

Er war noch immer ganz überrumpelt.

»Ich meine, es ist natürlich schrecklich, wenn man genau darüber nachdenkt. Dieser entsetzliche Kerl. Aber wenn man ihn mal weglässt, dann ist doch alles gut gelaufen, oder nicht?«

Eric kam immer noch nicht ganz damit klar, dass er ihren Körper spüren konnte, ohne Vorwarnung und so eng an ihn gepresst.

»Danny war wirklich richtig süß. Mit dem Baum. Und wie er ihr sein iPad gegeben hat.«

Er hatte vergessen, was er mit seinen Händen tun sollte. *Sie ist deine Ehefrau, Herrgott noch mal. Jetzt gib dir mal Mühe.*

»Und Thorn. Weißt du, dass er bei ihr im Bett liegt? Der ist total hingerissen. Du warst doch noch draußen mit ihm, oder? Nach dem Abendessen?«

»Äh, mhm«, machte er, oder so ähnlich, und drehte sich zu ihr herum. Er konnte sie jetzt nicht küssen, nicht auf den Mund, nicht mit diesem zarten Band zwischen ihnen, das so leicht reißen konnte.

»Ich bin so müde.« Sie stieß ein langes Seufzen aus, das mit einem Gähnen endete. »Ich hätte auf dich hören sollen, was den Umzug hierher angeht. Und diese Stadt. Und dieses Haus.«

Soweit er wusste, hatte er nichts über diese Stadt oder

dieses Haus gesagt, auf das sie hätte hören sollen. Er konnte sich nicht erinnern, überhaupt etwas gesagt zu haben.

»Du warst zu Anfang so dagegen.«

»Das soll ich gesagt haben?« Er hatte ihr nicht erzählt, wie er zu Walter stand, da war er sich ganz sicher. Aber Ellie hatte eine Art, ihre eigenen Schlussfolgerungen zu ziehen.

Sie schwieg eine ganze Weile. Eric dachte schon, dass sie vielleicht eingeschlafen war. Dann aus heiterem Himmel: »Du weißt, was ich meine.«

Er schlang die Arme um sie und zog sie noch enger an sich. Sie gähnte noch einmal und steckte ihn wohl an, denn jetzt gähnte auch er.

»Ich bin nur so müde, Eric. Die ganze Zeit so müde.«

»Schlaf jetzt, Ellie.«

»Nimm das Kalzium.« Sie klang schläfrig und weit weg, lag aber immer noch an seiner Brust.

Seine Arme lockerten sich etwas um ihre Schultern, und sein Körper entspannte sich. Aber er ließ sie nicht los, die Vorstellung vor Augen, so einzuschlafen und Stunden später mit Ellie noch immer im Arm wieder aufzuwachen. Eine aufregende Vorstellung, so als käme man nach einer feuchtfröhlichen Party im Bett einer Fremden wieder zu sich.

»Jetzt sind sie weg«, sagte er über die Zuckungen. Seine Beine lagen weich wie Erbsenpüree da.

»Noch ein paar Tage«, erwiderte sie schon halb schlafend verträumt.

Nur ein winziger Teil seines Hirns arbeitete noch. Sie hatte ihm die Zuckungen genommen. »Jetzt sind sie weg«, sagte er wohl noch einmal.

»Weg«, wiederholte sie. »Bald ist sie weg.« Sie atmete jetzt viel langsamer, mit leicht geöffnetem Mund, aus dem etwas Speichel auf sein Brusthaar tröpfelte.

TEIL III

Lass sie einfach spielen

Sonntag, 22. Dezember

9

Hannah konnte keinen Augenblick länger im Bett bleiben. Sie schlug ihre Decken zurück, sodass der Hund auf den Boden sprang, stieg über ihn hinweg und schlich auf Zehenspitzen auf ihre Zimmertür zu, öffnete sie einen Spalt und tastete sich den dunklen Flur entlang bis in den Wohnraum. Thorn schlich um ihre Beine, als sie sich um die Möbel herum einen Weg zum geschmückten Baum bahnte. Sie hatte abwarten wollen, bis ihre Augen sich an die Dunkelheit gewöhnten, doch dann fasste sie sich ein Herz und schaltete die Lampe an, damit sie den Stecker für die Lichter am Baum finden konnte.

Er war sogar noch schöner, als sie ihn in Erinnerung hatte. Gestern hatte sie sich wegen Sammy nicht getraut, sich den fertigen Baum genau anzusehen, aber jetzt, ganz allein am frühen Morgen, konnte sie in aller Ruhe jeden Zweig einzeln bestaunen.

Die Lichter leuchteten in allen Farben, die man sich nur wünschen konnte. Rot, Blau, Grün, Gelb, Violett, Weiß. Der Baum in ihrer Erinnerung hatte nur blaue Lichter, so winzig wie Bleistiftradiergummis. Den hatten ihre Mutter und sie jedes Jahr aus dem Karton im Wandschrank des Wohnwagens geholt. Die Äste des Baums konnte man auffalten, und der Stamm war eine silbrig graue Metallstange gewesen. Hannah durfte immer die Äste herunterdrücken und die künstlichen Zweige aufplustern. Und sie hatte ihn auch herumgetragen, mal hierhin, mal dorthin. Abends hatte sie ihn meistens neben ihr Bett gestellt, damit sie vor dem Einschlafen die Lichter eins nach dem anderen anfassen und die Wärme jeder winzigen Birne spüren konnte.

Dieser Baum war riesig. Sie liebte ihn, sie liebte alles daran. Wie er roch, richtig nach Wald, und die Nadeln, die wie kleine Mikadostäbchen auf den Boden fielen. Und wie die Äste sich an den Spitzen nach oben bogen, wie Finger.

Der selbst gebastelte Schmuck von Daniel und Sammy gefiel ihr am besten. Eigentlich war er ja hässlich – ramponierte, halbherzig angemalte Toilettenpapierrollen, Dinge aus Ton, deren Gestalt man nicht erkennen konnte und die wie kleine Kackehaufen aussahen. Aber sie waren all die Jahre über in ihren Kartons aufbewahrt worden und zu Weihnachten immer neben die schönen, im Geschäft gekauften gehängt worden.

Sie musste wieder an ihren eigenen kleinen Baum denken. Was war daraus eigentlich geworden? War er immer noch im Wandschrank des Wohnwagens, oder hatte die nächste Familie ihn weggeworfen?

Thorn war zu ihren Füßen eingeschlafen, die rosarote Haut seiner zurückgeklappten Ohren leuchtete in seinem schwarzen Fell. An einem der unteren Zweige vor ihr hingen ganz viele Schneeflocken auf einem Haufen. Die konnte man doch besser verteilen. Hannah griff nach einer Handvoll und hängte sie in unterschiedlichen Höhen neu auf.

Im Augenwinkel nahm sie eine Bewegung wahr, die sich in einem der Buntglasengel spiegelte. Sie wirbelte herum. Sammy beobachtete sie von seinem Versteck im Flur aus. Sie erstarrte, eine Hand noch halb gehoben und die Zähne fest zusammengebissen. Es forderte ihr alles ab, reglos stehen zu bleiben, doch sie hatte Angst, dass er erschrecken und das ganze Haus aufwecken würde.

Da standen sie und starrten einander an wie Rehe, die an entgegengesetzten Enden eines offenen Feldes verharrten. Was auch immer sie als Nächstes tat, sie musste es richtig hinkriegen.

Sie hatte ihn entdeckt. Da stand sie in ihrem Schlafanzug und sah ihn an. Sammy könnte sich umdrehen, damit sie sein Gesicht nicht sah, aber dann könnte er seine Soldaten nicht mehr sehen. Und sie stand zu dicht an ihnen dran.

Er versuchte, seine Arme still zu halten, aber sie fingen einfach an zu zucken und hoben sich. Ihre auch. Als er sie aus der Luft holte und in seinen Bauch stemmte, machte sie es mit ihren auch. Ihr Gesicht glänzte im Lampenlicht. Ihre eine Wange war dicker als die andere und sah aus wie ein Regenbogen, den man mit drei Buntstiften – Blau, Violett, Grün – aus der obersten Reihe der Buntstiftschachtel malen konnte. Sie lächelte nicht und lachte nicht und sang nicht und bewegte sich nicht.

Seine Hände befreiten sich, und alle zehn Finger flogen auf einmal in die Höhe, ganz schnell. Ihre auch. Er zählte das Flattern. Es war das Flattern von Kolibriflügeln, genau wie bei ihm.

Er zählte an den Fingern Zahlen ab und sprang dabei auf und ab, mit den Füßen immer auf den Holzboden, bis es in seinen Ohren sirrte. Sie machte dasselbe, genau wie er.

Er probierte etwas Schwierigeres aus und zeigte mit den Fingern alle Zahlen, und jede einzelne Zahl leuchtete rot vor seinen Augen auf. Als er damit aufhörte, fing sie an. Und sie bewegte ihre Finger so schnell, dass ihre Zahlen alle ineinander übergingen.

Thorn lag ausgestreckt vor ihren Füßen. Sammy wollte mit den Zahlen weitermachen, doch plötzlich drehte sie sich um, und er konnte ihre Hände nicht mehr sehen. Was machte sie da? Er beugte sich vor, und als das nichts nützte, ging er zwei Schritte aus dem Flur heraus. Sie drehte sich nicht um, um ihn anzusehen. Noch zwei Schritte. Noch zwei. Noch fünf. Noch näher. Bis er direkt hinter ihr stand.

»Du darfst nicht in mein Zimmer kommen«, sagte Sammy zu ihrem Rücken.

Sie benutzte keine Wörter. Sie spielte mit der Lampe.

»Ich habe dreizehn Soldaten. Die darfst du nicht haben.«

Sie bewegte den Lampenständer, erst runter, dann rauf, und an der Wand hüpfte ein Lichtball herum, wie die gelbe Sonne am Himmel.

»Singst du heute wieder ein Lied?«

Sie sah den Lichtball an, nicht sein Gesicht. »Schau an die Wand«, sagte sie.

Das tat er. Und ihre Hand explodierte in der Sonne wie Superman.

Ellie schrak plötzlich auf, als wäre ein Feueralarm losgegangen und das unerbittliche Lärmen ihr durch Mark und Bein gefahren. Sie widerstand dem Bedürfnis, sofort aufzuspringen, Myrtles Steppdecke mit dem Rebenmuster zur Seite zu schlagen und sich ins Alltagsgeschehen zu stürzen.

Das war ihr schon öfter passiert. So oft sogar, dass sie manchmal träumte, sie würde im Traum plötzlich aufschrecken und dann feststellen, dass die ganze Welt um sie herum noch fest schlief und sie mit einem Zeigefinger vor dem Mund zur Ruhe mahnte, als müsste man sie daran erinnern, still zu sein.

Ihr Unbewusstes spielte ihr gern diesen Streich und

schlug wie mit Mottenflügeln an ihre Augäpfel, nur um sie grundlos aufzuschrecken. Sie wusste aus leidiger Erfahrung, wie sie dessen Herr werden und die Flügel abwehren konnte. Sie musste flach liegen bleiben, ein- und ausatmen und rückwärts alle sieben Todsünden durchzählen, bis die verstörenden Sekunden zwischen Schlaf und Wachen sich in Rauch auflösten. Erst dann konnte sie ungefährdet in die Dunkelheit blinzeln. Und eine Bestandsaufnahme machen.

Sie wusste, dass heute Sonntag war. Alle schliefen noch. Gestern Abend war sie vor dem Fernseher eingeschlafen, aber Eric hatte sie an der Schulter gerüttelt und ihr gesagt, dass sie mit ins Bett kommen solle. Sie hatten sich den Wetterbericht angesehen. Schnee und noch mehr Schnee. Sie konnte das Gewicht der weißen Massen, die sich an diesem Sonntag auf ihren Dachschindeln niederlassen würden, schon fast spüren. Ihr Flanellschlafanzug hatte über dem Knie ein traubengroßes Loch – die Wärme unter der Decke fühlte sich gut an auf der nackten Haut. Die Zehen ihres linken Fußes kribbelten vor Kälte. Eric lag tief atmend neben ihr unter der Steppdecke – Walter musste endlich mal eine ruhige Nacht gehabt haben –, doch er war zu weit weg. Wenn sie sich einfach an ihn schmiegen und ihr Bein an seines legen könnte, würden ihre Zehen von seiner sommerlich warmen Wade gewärmt.

Stattdessen drehte sie sich zur anderen Seite und sah auf die Uhr. Halb acht. Sie blinzelte zweimal, damit ihre Augen klarer wurden, und sah noch einmal hin, erschrockener. Halb acht. Es war schon Morgen? Aber wo war Sammy? Er hatte noch nie länger als bis sieben geschlafen, nicht einmal nach dem Abend, als sie alle mit dem Van auf den Boogle Hill hinaufgefahren waren und, ohne einander zu berühren, auf Walters dreckiger Pferdedecke gehockt hatten, um sich das bunt am Nachthimmel aufpoppende Feuerwerk anzusehen, während aus dem meilenweit entfernten Baseball-Stadion, wo sich ganz Neesley drängte, gedämpfte Hochrufe herandrifteten.

Irgendetwas stimmte nicht. Sammy hätte längst nach ihr verlangen müssen. Er hätte aus dem Bett klettern, in seinem Superman-Schlafanzug den Flur entlangtrotten, die Tür zu ihrem Schlafzimmer öffnen und sie so lange in die Seite piksen müssen, bis sie die Augen aufgemacht und verschlafen gesagt hätte: *Oh, es ist der einzig wahre, echte S-u-u-uperman.*

Sie hörte Geflüster jenseits ihrer Wand, jenseits jeder Ecke, wo er hätte sein können. Und in diesem verworrenen Augenblick fiel ihr alles wieder ein, so als hätte sich ein Wasserhahn geöffnet. Dies war kein normaler Sonntag. Ein Mädchen mit grün-grauen Augen und einer Vielzahl blauer Flecken war im Haus. Sie sollte abgeholt werden, aber nicht heute. Betty Holt würde zu ihrer Rettung auf ihrem Schimmel herangaloppiert kommen, mit wippenden Brüsten unter dem mit einem Elch oder Flamingo verzierten Pullover.

Dann hörte sie ein lautes Kreischen, fast einen schrillen Schrei – ein Geräusch, das sie irgendwie wiedererkannte, aber nicht genau einordnen konnte. Ellie sprang ungraziös aus dem Bett und warf dabei die Steppdecke über Erics Kopf. Nur drei große Schritte, und schon drehte sie den Türknauf und war auf dem Weg dorthin, woher die Geräusche kamen.

Am Ende des Flurs blieb sie stehen. Ihr stockte geradezu der Atem, und sie musste die Hand vor den Mund schlagen, um keinen Laut von sich zu geben. Ihr jüngerer Sohn und das Mädchen saßen in ihren Schlafanzügen im Schneidersitz am anderen Ende des Wohnraums mit dem Rücken zu ihr und so dicht nebeneinander auf dem Boden, dass ihre Knie sich berührten, wie ganz normale Kinder, einfach ein

Junge und ein Mädchen, mit einem dicken alten Hund vor ihnen ausgestreckt.

Sie hatten die Bogenlampe, die bei Myrtles Velourssessel stand, herumgedreht – das hatte bestimmt Hannah getan, denn Sammy war noch zu klein, um an sie heranzukommen. Sie warf in dem dämmrigen Raum einen großen Lichtkegel an die Wand. Hannah fuchtelte mit den Armen. Sie hatte sie ausgestreckt, die Finger der aneinandergelegten Hände verschränkt und die Daumen aufgerichtet, und dann hielt sie sie plötzlich ganz still. Sammy schüttelte wie ein Verrückter kreischend seine Hände. Ihr Sohn lachte, ein echtes Lachen, ein Geräusch, so selten in diesem Haus, dass Ellie weit, weit zurückdenken musste, um es zu begreifen.

Und da war es, lebensgroß an die Wand geworfen: Hannah hatte mit ihren Händen einen Hund gemacht, mit neugierig aufgestellten Ohren und offenem Maul, einen freundlichen, aus der Luft gegriffenen Kumpan. Sammys Kreischen wurde jetzt immer klarer. Kurzes, beseligtes Lachen drang aus seinem Mund. Thorn hob den Kopf, bellte halbherzig, doch es war eher ein Räuspern, sah sich kurz um und ließ den Kopf mit einem dumpfen Aufprall seufzend wieder sinken, weil er nicht verstand, was hier für ein Wirbel herrschte.

Hannahs Hund tobte die Wand entlang, mit gehobenem Kopf wie ein Kojote bei Vollmond, mit gesenktem Kopf im hohen Gras schnüffelnd. Und Ellies Sohn hüpfte so begeistert auf seinem Superman-Hintern herum, dass die Erschütterungen durch den Boden bis zu Ellies nackten Füßen liefen. Ellie lehnte sich haltsuchend an die Wand, die Finger vor ihrem Mund ganz weiß, weil sie so fest zudrückte.

Jetzt hörte sie Hannahs Stimme, ganz leise und freundlich sprach sie auf ihren Sohn ein. Sein wild hampelnder Körper wurde reglos.

Ellie lauschte angestrengt, um zu verstehen, was das Mädchen sagte. Es waren nur ein paar hingeworfene Worte. Der Schattenhund hieß Chester und war nicht gern allein, und Sammy wusste doch, was man da tun konnte, nicht wahr, einfach das, was sie geübt hatten. Ehrfürchtig wie ein Sinfonie-Dirigent hob er die Arme, seine Finger zu einem perfekten Krokodil verschränkt, das sein Maul aufriss und wieder zuklappte, so als hätten seine Hände noch nie etwas anderes getan. Er führte das Krokodil die Wand entlang zu dem Hund, ihre Schnauzen berührten sich, und so blieben sie nebeneinander stehen, lernten sich besser kennen, und keiner von beiden hatte Angst vor dem anderen.

Hannahs Hund verwandelte sich in einen Elefanten, dann in einen Schwan, dann in eine Giraffe mit langem Hals. *Und wie geht's dir heute, Mr Krokodil? Du hast ja ein großes Maul.* Sammy bat um alle Tiere des Zoos. Und mit einem Dinosaurier und einem Pinguin und einer Maus wollte er sich anfreunden.

Ellie spürte die Wärme von Erics frühmorgendlichem Atem im Nacken. Sie griff nach seinem muskulösen Oberarm und drückte ihn warnend.

»Was ist denn los?«, fragte er etwas zu laut.

Sie hätte ihm die Hand auf den Mund drücken können, aber es war zu spät, der Augenblick war zerstört. Hannahs Tiere fielen von der Wand, als wären sie erschossen worden. Ihr Sohn drehte sich mit einem langen »Aaahhhh« herum, und als Hannah schnell aufstand und sie mit herabhängenden Armen anschaute, die jetzt nur noch wie gerade Zweige in ihrem verblichenen Schlafanzug steckten, schloss Sammy sich ihr an. Thorn hievte sich hoch und setzte sich schwanzschlagend neben das Mädchen.

»Ich habe die Lampe umgestellt«, gestand Hannah, so als

erwartete sie von den Erwachsenen, die sie vom Flur aus ansahen, bestraft zu werden.

»Das macht nichts. Du kannst jede Lampe benutzen, die du willst«, sagte Eric betont beiläufig, obwohl sein Körper so angespannt war wie Frischhaltefolie über einer Schüssel.

Er geht die Beweise durch, dachte Ellie, *als wäre er an einem Unfallort.* Ein elfjähriges Mädchen, ein fünfjähriger Junge, die an einem kalten Morgen nebeneinander im Licht einer Bogenlampe standen.

»Waren wir zu laut?«, wollte Hannah wissen.

Sammy war jetzt Teil eines *wir*? Ellie schnürte es die Kehle zusammen, dass sie fürchtete, nie wieder schlucken zu können.

»Überhaupt nicht«, sagte Eric. »Ihr wart leise wie zwei kleine Mäuse.«

»Leise wie zwei kleine Mäuse«, warf Sammy ein.

»Ich habe schon ewig nicht mehr so lange geschlafen«, sagte Eric. »Was habt ihr Kinder hier denn getrieben?«

Ellies Blick lag wie gebannt auf der anderen Seite des Raums. Ihr Junge wirkte so selbstsicher, ein Lächeln trat auf seine Lippen, und dann folgte ein lärmendes Gelächter.

Eric stimmte in sein Lachen ein, drehte sich zu ihr um und sah sie an. »El?«

Jetzt musterten alle sie. Hannah, Sammy, Eric, der Hund. Es fiel ihr schwer, ein Wort herauszubringen. »Alles in Ordnung.«

»Aber …«

»Alles in Ordnung.«

»Oh, El.«

»Die Kinder haben nur gespielt«, sagte sie. »Lass sie einfach spielen.«

Dann machte sie auf dem Absatz kehrt und flüchtete sich

ins Badezimmer, weg von ihren Blicken, weg aus dem Licht dieser Lampe. Sie meinte in feuchter, salziger Luft schier zu ertrinken, als sie schwer atmend mit dem Rücken an der verschlossenen Tür dastand, und es dauerte einige Minuten, bis sie sich sicher genug auf den Beinen fühlte, um ans Waschbecken zu gehen. Was sie im Spiegel sah, erschreckte sie noch mehr. Das verweinte Gesicht einer Mutter – die seit Jahren schon zu weinen schien.

Als sie in der Lage war, sich wieder zu beruhigen, hatte Eric für Hannah und Sammy bereits Frühstück gemacht. Sammy schaufelte seine Frühstücksflocken in sich hinein und sah das Mädchen zwischendurch immer wieder mal über den Tisch hinweg an.

Ellie ging zu Eric, der am Spülbecken stand und das Sieb des Wasserhahns austauschte, darum hatte sie ihn vor Wochen schon gebeten. Er wischte sich die Hände am Geschirrtuch ab und drehte sich zu ihr um.

»Besser?«, fragte er.

»Viel besser«, sagte Ellie. Der Knoten in ihrem Magen hatte sich gelöst. Sie hatte Hunger. Einen Bärenhunger sogar.

Eric schenkte ihr mit breitem Lächeln einen Becher Kaffee ein. »Einfacher als das Frühstück gestern«, flüsterte er mit einem Kopfnicken zu den Kindern.

Ellie gab ihm einen Kuss auf die Wange und trug ihren Becher zum Tisch. Als sie sich setzte, senkte Hannah den Blick. Sie konnte sich vorstellen, wie sie aussah. Sammy beachtete sie gar nicht. Er war zu sehr damit beschäftigt, Hannah anzugucken und den Löffel möglichst genau so wie sie in die Milch zu tunken.

Ellie musterte das Mädchen. Hannah wirkte nicht mehr so ausgezehrt wie zuvor, auch wenn der Fleck auf ihrer Wange in ein tieferes Violett übergegangen war.

»Wo hast du das denn gelernt?«, fragte Ellie.

»Was?« Hannah legte ihren Löffel neben ihre Schale.

»Tiere an der Wand zu machen«, sagte Ellie.

»Tiere an der Wand«, wiederholte Sammy, den Mund voll Cheerios.

»Im Sommerlager«, sagte Hannah.

Ein Gefühl der Dankbarkeit erfasste Ellie. Das Mädchen war einmal in ein Sommerlager geschickt worden.

»Ein paar Tiere habe ich mir selbst beigebracht. Der Elefant ist einfach.« Hannah sah Ellie an und verschränkte die Finger zu einem massigen Leib. Sammy probierte es auch, doch bei ihm sah es eher nach einem Schnabeltier aus.

Eric rief vom Küchentresen: »Möchte irgendwer Toast? Mit Erdnussbutter und Marmelade?«

Sammy klatschte nickend in die Hände. »Erdnussbutter und Marmelade!« Er hatte noch nie Toast gewollt.

»Mir gefallen deine Schattentiere sehr«, sagte Ellie zu Hannah und beugte sich zu ihr. »Wir könnten nachher eine Show machen. Für Grandpa und Daniel. Sammy, du darfst der Hund sein.«

Sammy klatschte wieder in die Hände. »Chester!«, rief er, das Wort aus der Luft greifend. Chester. Ein leuchtendes Wort, ganz weich und rund, ohne spitze Ecken.

Das machte ihr Mut. »Wir sollten heute Morgen in die Kirche gehen«, sagte sie zu ihrem eigenen Erstaunen laut heraus. Wo um Himmels willen kam das denn her? Es war so schnell gegangen. Sie hatte den Gedanken kaum gefasst, da war er schon ausgesprochen und keine Zeit mehr geblieben, die Worte wieder herunterzuschlucken. Sie konnte sich nicht erinnern, diese Idee gestern schon gehabt zu haben. »Warum gehen wir nicht? Wir alle zusammen. Zum vorweihnachtlichen Sonntagsgottesdienst.«

Eric stellte Sammy einen Teller mit klebrigem Toast hin und drehte sich zu ihr um. »Wirklich? In die Kirche? Hältst du das für eine gute Idee?«

»Warum nicht?«, sagte sie und verdrängte die Gründe, die dagegensprachen. Sammy, Walter, Hannah den Blicken aller ausgesetzt – das konnte auf so viele Weise schiefgehen. »Es wird uns guttun, mal aus diesem Haus herauszukommen. Und es wird Weihnachtsmusik geben. Sammy liebt Musik und Hannah auch.« Sie wandte sich an das Mädchen. »Hast du Lust dazu, Hannah?«

Hannah nickte, als wäre die Entscheidung einfach.

»Und du, Sammy? Möchtest du in die Kirche gehen?«

Toastkrümel flogen ihrem Sohn aus dem Mund, als er ihre Frage wiederholte. »Und du, Sammy? Möchtest du in die Kirche gehen?«

Eric lächelte. »Das nehmen wir jetzt mal als ein Ja.«

Damit war es beschlossen. Sie würden in die Kirche gehen, so wie alle anderen Familien an einem Sonntagmorgen. Ellie stand vom Tisch auf, bevor ihr Verstand die Führung wieder übernahm.

Hör auf zu nörgeln, hatte sein Dad zu ihm gesagt. *Wir tun das für deine Mom, okay. Es ist Weihnachten.*

Aber Weihnachten war erst Mittwoch. Und sie waren keine dieser Familien, die ständig in die Kirche rannten. Seit sie in Neesley wohnten, waren sie noch nicht ein einziges Mal in der Kirche gewesen, und auch in den anderen Städten vorher nie. Dieser Ausflug am Sonntagmorgen war doch nur eine weitere Aktion des weihnachtlichen Perfektionswahns seiner Mom, eine, die er lieber ausgelassen hätte. Aber dann fiel ihm ein, dass Melissa von ihren Eltern jede Woche in die Kirche geschleift wurde. Hoffentlich würde

Mom wenigstens die richtige Kirche aussuchen, dachte er – Melissas Kirche.

Er trug sein grünes Hemd, braune Hosen und ein sauberes Paar Socken und hatte sein Haar ordentlich zurückgekämmt. Mom lief im Haus herum und gab letzte Anweisungen. Sie machte ihn verrückt, deshalb warf er seine Jacke über, stieg in seine Stiefel und folgte seinem Dad in die Kälte hinaus. Er half, Schnee vom Van zu fegen, und kratzte das Eis von der Windschutzscheibe.

Thorn, der zu Hause bleiben musste, ließ sich beleidigt direkt vor der Haustür der Länge nach nieder, damit sie nicht an ihm vorbeischleichen konnten, falls sie jemals wiederkommen würden. Daniels Telefon musste ebenfalls zu Hause bleiben. Dafür sorgte seine Mom.

Dad fuhr, klar. Es wäre sinnlos gewesen zu fragen, ob er fahren durfte. Das würden sie nie wieder erlauben. Dad setzte sich immer hinters Steuer, solange kein Grund dagegensprach, wie zum Beispiel, als er sich mit dem Angelmesser ein Stück vom Daumen rausgeschnitten hatte und ihn mit einem blutigen Waschlappen umwickelt hielt, während Mom dreihundertmal *Oh Eric, oh Eric* schluchzend ins Krankenhaus fuhr.

Grandpa und Sammy saßen in der Mitte. Er und Hannah hinten. Er zeigte ihr, wie sie den Sitz mit dem Knopf an der Seite schräg stellen konnte. Ihre Haare waren zu einem hohen Pferdeschwanz zusammengebunden, mit Ringellöckchen rund ums Gesicht, nach denen sie dauernd tastete, um zu sehen, ob sie noch da waren.

Das hatte Mom gemacht. Zuerst hatte sie Hannahs Bluse gebügelt, eine aus dem Haufen, den er aus Hannahs Kommode gezogen hatte. Der beschissene Abend schien schon tausend Jahre her zu sein, und die Einzelheiten verschwammen bereits. War zum Beispiel dieses schreckliche *Dong, dong, dong* von einer echten Uhr gekommen, oder hatte er sich das nur eingebildet?

Mom hatte Hannah ein rotes Halstuch gegeben, das vorne von einem Clip zusammengehalten wurde, und sie dann auf einen der Barhocker am Küchentresen gesetzt und wie im Schönheitssalon einen Spiegel vor sie hingestellt. Sammy saß mit seinem Malblock neben ihr und rief jedes Mal *Jetzt oder nie,* wenn der Lockenstab blinkte. Daniel konnte es nicht glauben. Irgendwie hatte Sammy herausgefunden, dass Hannah ihn nicht beißen würde, und jetzt ließ er sie nicht mehr in Ruhe. *Kleine Ringel oder große,* hatte Mom gefragt. Hannah entschied sich für kleine, sah die ganze Zeit in den Spiegel und spielte an dem Clip herum, während jede Strähne einzeln von dem heißen Lockenstab geringelt wurde.

Sie sah hübsch aus, fand Daniel, wie ein neuer Mensch, aber am besten gefiel ihm der Ausdruck in ihrem Gesicht. Die Scheiben hinten im Van waren vereist, darin eine Karte der Welt, der Ozeane, der Berge, doch Hannah beugte sich in ihrem Sicherheitsgurt vor und spähte mit großen Augen in die Täler hinein, so als säße sie in einer Achterbahn und wartete darauf, dass ihr Waggon jeden Moment in die Tiefe schoss. Sie fuhren in die Kirche, nicht ins Disneyland, aber wenn er sie jetzt ansah, konnte er beinahe spüren, wie es ihr den Magen umdrehte. Mal abgesehen davon, dass da ja noch Melissa war, ein Gedanke, der ihn zu Tode erschreckte.

Er senkte den Kopf, als sie an dem Baum vorbeifuhren, in den er mit dem Pick-up reingekracht war. Auf dem Parkplatz der Kirche suchte er nach dem Auto von Melissas Mutter – ein Subaru Legacy in Metallic-Silbergrau mit Boxermotor und Glasschiebedach –, doch er sah nur Pick-ups von

Ford und SUVs. Was für ein Auto ihr Vater fuhr, wusste er nicht. Er hatte Melissa mal danach gefragt. Groß und hässlich, hatte sie bloß gesagt.

Sie führten eine regelrechte Show auf, als sie aus dem Van ausstiegen. Türenknallen. Geschliddere übers Eis. Nach ein paar Schritten zwischen den parkenden Autos hindurch sagte Mom plötzlich: »Wo ist dein Stock, Walter?«, und Dad musste noch einmal zum Van zurückgehen. Aber er wusste nicht mehr, in welcher Tasche seine Schlüssel steckten, und so standen sie eine Weile mit den Füßen stampfend da und froren. Als er die Autotür endlich aufgeschlossen hatte und mit dem Stock zurückkam, sagte Mom, inzwischen etwas entnervt: »Sammy hat den Besen mitgenommen.« Also zerrte Dad ihm das Ding aus der Hand und tastete noch einmal seine Taschen nach den Schlüsseln ab, was ewig dauerte, während sie dastanden und wieder mit den Füßen stampften und froren.

Schließlich hatten sie es bis zu der breiten Steintreppe geschafft, die sie ganz, ganz langsam hinaufgingen, weil Grandpa sich partout nicht am Geländer festhalten wollte. Im Eingangsbereich herrschte lärmendes Gedränge. Kleine Mädchen in Samtkleidern und Jungs mit Fliege liefen herum, Frauen mit Christstern-Broschen und viele weihnachtlich herausstaffierte Leute – dicke Beine in hohen Absätzen und dicke Nacken in gestärkten Hemdkragen. Die Lautstärke ließ in dem Moment nach, als sie gemeinsam das Foyer betraten. Als würde ein Kraftfeld sie umgeben, machten alle anderen wie in Zeitlupe eine Gasse frei, die ihnen fast zu viel Platz bot. Zuerst sahen die Leute sie nur neugierig oder überrascht an, doch dann warfen sie alle Höflichkeit über Bord und starrten die blauen Flecken in Hannahs Gesicht unverhohlen an. Er konnte quasi hören, wie sie erschrocken einatmeten und die Luft anhielten, nur übertönt von der in einiger Entfernung spielenden Orgel.

Er nahm instinktiv die Schultern zurück, was ihn größer machte, und ging vor Hannah her. Dann platzte Grandpa heraus: »Wo ist die Wahlkabine?«, und aller Augen wandten sich stattdessen auf ihn.

»Walter. Walter Nyland«, sagte eine alte Frau, die seinem Grandpa bis ans Kinn reichte, und kniff die Augen zusammen. »Ich hätte nie gedacht, dass ich das noch erlebe.«

»Ein Vergnügen für Sie, mich kennenzulernen«, sagte Walter.

Die Frau lachte, und dann drängten noch ein paar andere alte Frauen heran, bis Grandpa von Parfüm und weißen Dauerwellen eingehüllt war.

»Wie geht es Ihnen, Walter?«, sagte eine. »Da draußen so weit außerhalb der Stadt.«

»Ich werde auch den nächsten Tag noch erleben, solange mir kein Baum auf den Kopf fällt«, sagte Walter und sah in die Runde. Daniel hatte den Verdacht, dass er sich nach der Wahlkabine und dem Gratiskaffee umsah.

Ein paar Männer klopften seinem Vater auf den Rücken. Einige nannten ihn Sergeant, sehr respektvoll, so als wäre er ihr Chef.

»Wir freuen uns sehr, dass Sie sich für die Baptisten entschieden haben.« Eine jüngere Frau kam auf sie zu und griff mit beiden Händen nach der Hand seiner Mom. Daniel erkannte in ihr eine der Krankenschwestern vom Empfang des Krankenhauses. Sie warf immer wieder neugierige Blicke auf Hannah und reckte ihren langen Hals, um Sammy besser sehen zu können. Daniel drehte sich nicht um, konnte aber spüren, wie die kleinen Arme hinter seinem Rücken zuckten.

Eine Gruppe von Mädchen kam zusammen die Steintreppe herauf. Eins, zwei, drei, vier, schnatternd wie ein Haufen Entenküken. Ein Lärm, den er von den Schulspinden vor dem Englisch-Raum kannte. Daniel hatte diese Mädchen noch nie aus der Nähe gesehen. Sonst standen sie immer zusammengedrängt irgendwo weit weg, in der Ecke am anderen Ende der Cafeteria oder hinter einem Regal in der Bücherei. Sie plapperten ausgelassen und trugen heute alle die gleichen, in schwarze Röcke gesteckten weißen Blusen. Wirklich erstaunlich, ihre Lippen waren unentwegt in Bewegung, alle auf einmal.

Melissa hätte sich nie im Leben mit diesen Mädchen abgegeben. Sie mochte Geflüster und rote Lippen, Feder-Ohrringe und Du-Maurier-Zigaretten. Sie hatten die falsche Kirche erwischt, verdammt. Er hätte es auf einen Streit ankommen lassen und wie geplant im Bett liegen bleiben sollen.

Aber dann folgten sie der Menge, die Nyland-Familie und Hannah, vorbei am Schwarzen Brett, an grünen Zweigen und roten Glocken auf hohen Tischen, bis zur bereits vollen Garderobe, wo sie ihre Jacken zu zweit auf einen Bügel hängten, weil nur noch wenige übrig waren. Walter wollte seinen Mantel nicht ausziehen. *Wozu? Ziehen wir hier ein?* Sammy war unsicher, aber Hannah hielt ihm ihren Bügel hin und flüsterte: »Deine Jacke wird meine warm halten!«, und so willigte Sammy ein.

Als sie durchs Foyer durch waren, sah es aus, als wäre die ganze Stadt in einem einzigen Raum zusammengedrängt. Zu beiden Seiten zogen sich Reihen von Kirchenbänken entlang, getrennt von einem Mittelgang. Sie waren die Letzten, die Platz nahmen. Ein Mann in einem grauen Anzug mit einer Hose, die so kurz war, dass seine weißen Socken zu sehen waren, drückte ihnen ein Heftchen in die Hand und führte sie, wegen Walter schrecklich langsam, den langen Gang entlang. Er brachte sie zur zweiten Reihe von vorne auf der rechten Seite. Daniel hielt den Blick auf den abgetretenen Läufer gesenkt, der wahrscheinlich irgendwann mal rot gewesen war. Selbst wenn Melissa hier war, konnte er ihr jetzt nicht ins Gesicht sehen. Es war einfach alles zu peinlich.

Ihre Familie füllte die ganze Reihe, zuerst Grandpa – eher schlurfend –, dann seine Eltern. Es gab etwas Hin und Her darüber, wo Sammy sitzen sollte. Mom wollte, dass er neben ihr saß, denn sie hatte eine Tasche voll Spielzeug dabei, damit er still blieb. Aber sie konnte ihn ja nicht einfach bei der Hand packen und zu sich ziehen, deshalb saß er schließlich zwischen Daniel und Hannah. Hannah bekam den Platz am Ende der Bank, beim Gang, und ihre Ringellocken wippten, als sie sich darauffallen ließ.

Die Sitzfläche der Holzbank war mit rotem Stoff bezogen, der herumrutschte, als sie sich setzten. Daniel landete neben einem verdächtigen braunen Fleck (vielleicht war aus diesem Grund die Bank gemieden worden), deshalb rutschte er so weit nach links wie möglich, ohne dass er Sammy berührte. Auf dem Ablagebrett an der Bank vor ihm lagen Bibeln und Gesangbücher. Schlimmer als in der Schule, dachte er, aber es konnte auch nichts schaden, vielleicht musste er ja mal etwas nachschlagen.

Der Pastor stolzierte wie ein Rockstar nach vorn ans Mikrofon. Pastor Mike, der ganz besonders auch die Besucher begrüßte, womit er vermutlich die Nylands meinte, dachte Daniel. Er konnte am anderen Ende der Bank seinen Grandpa vor sich hin murmeln hören, da brodelte etwas. Dann forderte Pastor Mike alle auf, sich umzudrehen und ihrem Nächsten mit einem Händeschütteln einen guten Morgen zu wünschen. Das Mädchen in der Bank vor ihnen drehte sich um und wollte Sammy die Hand geben, doch der saß mit gesenktem Kopf und schlenkernden Beinen da und musterte die feuchten Abdrücke, die ihre Stiefel hinterlassen hatten. Also wendete sie ihre Aufmerksamkeit Hannah zu, starrte dann aber so unverhohlen deren blaue Flecken an, dass Daniel die Arme verschränkte und sie mit finsterem Blick dazu trieb, sich schnellstens wieder umzudrehen. Seine Eltern schüttelten die Hände der Eltern des Mädchens, etwas zu begeistert, wie er fand. *Herzlich willkommen, herzlich willkommen, heute singt der Chor, sie proben seit Monaten, das wird wunderbar.* Walter nörgelte: »Hier drin ist es heißer als in der Hölle.« Kein Wunder, sein zotteliger langer Mantel war vom Hals bis zu den Knien zugeknöpft.

Daniel wurde von hinten zum Händeschütteln aufgefordert, jemand tippte ihm an die Schulter. Als er sich umdrehte, sah er ein paar Reihen weiter hinten auf einmal Melissa. Sie saß auf der anderen Seite des Gangs, mit hellrotem Lippenstift und einem glitzernden roten Oberteil, das er noch nie gesehen hatte. Sie hatte ihr Haar auch aus dem Gesicht gebunden, das tat sie für die Schule nie. Die Frau, die ihm an die Schulter getippt hatte, beugte sich so dicht zu ihm, dass er die vereinzelt an ihrem Kinn sprießenden Haare zählen konnte. Ein Hauch von verbranntem Toast wehte ihm entgegen, als sie ihn nach dem Namen fragte und ob er hier in der Stadt wohne. Murmelnd erwiderte er ein paar Worte, aber er konnte den Blick nicht von Melissa abwenden, die ihn anfunkelte, als hätten sie nie im Abstellraum hinter der Schulbühne geknutscht, seine Zunge in ihrem Mund, seine Hand unter ihrem Pullover. Mit einem Schulterzucken neigte er den Kopf. *Was war das Problem?*

Pastor Mike räusperte sich ins Mikrofon hinein, und alle verstummten. Daniel war der Einzige, der noch nach hinten sah, deshalb drehte er sich auch wieder um. Wenn er etwas falsch gemacht hatte, könnte sie ihm wenigstens sagen, was. Am Freitag hatte er zuletzt von ihr gehört. Sie hatte auf seine ellenlangen SMS, in denen er sein Herz ausgeschüttet und um ein Treffen gebeten hatte, nur mit *später* und *haha* geantwortet, und dann war nicht mal mehr das gekommen. Was sollte *haha* überhaupt heißen? Sie könnte ihm wenigstens einen Grund nennen, auch wenn es eine Lüge wäre.

Pastor Mike hob die Arme, als würde er zum Korbwurf beim Basketball ansetzen, und rief dröhnend ins Mikrofon: »Lasst uns füreinander beten.« Die Leute in der ersten Reihe senkten den Kopf. Und Mom erstaunlicherweise auch. Hannah schloss die Augen. Sammy wippte hin und her, aber nicht stärker als jedes andere Kind mit Hummeln im Hintern. Daniel hoffte fast darauf, dass sein Grandpa einen seiner Sprüche loslassen würde – *Jetzt halt endlich die Klappe* –, aber er saß mucksmäuschenstill auf seinem Platz am anderen Ende der Bank, wahrscheinlich war er eingeschlafen.

An der Rückwand des Podiums stand ein großes Becken mit einem Holzkreuz darüber. Sein Freund Ryan hatte ihm das mit der Taufe mal erklärt, als sie noch in Slave Lake wohnten. Eigentlich gingen sie dafür immer zum Fluss runter, so wie Jesus, sagte er, aber nach dem Chemieunfall war das Wasser zu dreckig; man bekam so ein weißes Gewand und behielt die Unterwäsche an, und es sah besser aus, wenn man sich beim Untertauchen die Nase nicht zuhielt.

Pastor Mike fuhr fort. Bibellesung, Segnung, Lobpreisung, Danksagung – die *-ungs* wollten gar kein Ende nehmen. Und jetzt öffneten sich die Himmelsschleusen, der

Heilige Geist kam als Taube auf sie herab, und die Stimme des Herrn wohnte in ihren Herzen.

Dann war es vorbei. Pastor Mike schritt übers Podium und setzte sich auf den einzigen Stuhl, keine drei Meter von den Nylands entfernt, viel zu nahe für Daniels Geschmack, der es auch nicht leiden konnte, wenn er vor dem Tisch des Lehrers sitzen musste.

Er hörte seinen Dad seufzen, als Grandpas Stock klappernd auf den Boden fiel. Durch eine Tür an der anderen Seite der Kirche kamen Leute herein und stiegen die Stufen zum Podium rauf, die unterschiedlichsten Gestalten in Weiß und Schwarz gekleidet, manche mit Rüschen, andere schlicht, manche so eingezwängt, dass Knöpfe aufzuspringen drohten, andere so dünn wie Bohnenstangen, und mit einem schwarzen Hefter in der Hand. Auch die Schnattermädchen aus seiner Schule waren dabei, alle vier von ihnen, und stellten sich, in ihren einheitlichen Outfits, schwatzend in die letzte Reihe. Es dauerte einen Augenblick, bis sich alle in zwei geraden Reihen zu beiden Seiten der Orgel aufgestellt hatten. Ein kleiner alter Mann wuselte von hier nach dort und schien nicht zu wissen, wohin, bis eine Frau ihn am Arm ergriff und zwischen zwei anderen alten Männern hinter ein paar jungen Mädchen platzierte.

Dann stellte diese Frau sich mit dem Rücken zum Publikum vor die anderen und nickte dem Organisten zu, der mit einer theatralischen Geste in die Tasten griff. *Da da da da.* Die Frau hob ein Stöckchen, und da machten alle, die Hefter aufgeschlagen vor sich, den Mund auf und fingen an zu singen.

Er warf einen Blick auf Hannah, die völlig hingerissen zu sein schien. *So gut sind sie auch wieder nicht,* dachte er, lehnte sich dann aber auf dem gepolsterten Sitz zurück und ließ die Musik auf sich wirken. Wenn die Kirche zu Ende war, würde er gleich als Erster in den Gang laufen, sich Melissas Hand schnappen und sie irgendwo in einen Nebenraum ziehen. Und dann würde er ihr das blaue Samtkästchen geben und darauf warten, dass sie sich bei ihm entschuldigte.

Er hatte die Halskette mit dem Medaillon in Dave's Drugstore entdeckt, in der Glasvitrine mit den Uhren. Dr. Dave half gerade einem alten Farmer dabei, eine möglichst günstige Methode zur Linderung seiner Arthritis-Schmerzen zu finden, und das hatte Dan viel Zeit gegeben, das etwas weiter hinten auf einem Stückchen roter Seide platzierte aufgeklappte Herz anzuschauen. Um Dr. Dave herum war ein ganzer Pulk von Leuten versammelt, die alle etwas zu dem Arthritis-Problem zu sagen hatten. Der Farmer war bereit, alles auszuprobieren, sogar die Bienenstich-Therapie – bei der man seinen Kopf tatsächlich in einen Bienenkorb stecken musste –, aber Dr. Dave sagte: *Nein, nein, nein, das ist viel zu gefährlich.* Wer hätte das gedacht?

In beide Herzhälften des Medaillons konnte man etwas einstecken, und Daniel dachte, er und Melissa könnten doch ihre Gesichter aus Facebook-Fotos ausschneiden. Die Auswahl würde er ihr überlassen. Die Leute um Dr. Dave unterhielten sich inzwischen über Hautausschlag und Magenblähungen. Die Halskette mit dem Medaillon kostete dreißig Dollar, weil sie aus echtem Silber war, und dazu gehörte ein blaues Samtkästchen, das man auf- und zuklappen konnte. Als der Pulk Leute sich endlich wieder aufgelöst hatte und Dr. Dave für ihn die Glasvitrine aufschloss, holte Daniel sein Portemonnaie heraus. Dr. Dave gab ihm sogar noch einen durchsichtigen silbrigen Beutel und ein Geschenkband obendrauf.

Das erste Lied ging zu Ende. Die Dirigentin hob mit wabbelndem Unterarm ihr Stöckchen wieder, und schon sangen alle weiter.

Daniel blätterte in dem Heftchen, das der Mann ihnen gegeben hatte. Eins, zwei, drei … zwölf Lieder insgesamt. *Das sollte wohl ein Scherz sein.* Außerdem gab es am zweiten Weihnachtstag um 16 Uhr noch ein geselliges Beisammensein, zu dem die freiwilligen Helferinnen früher kommen sollten, und das Treffen der jungen Mütter war auf den 16. Januar verschoben.

Eine Strophe nach der anderen wurde gesungen, ein Lied nach dem anderen, ohne Applaus zwischendurch – vielleicht war Applaus für Baptisten eine Sünde. Nur das Rascheln von Blättern, Räuspern und manchmal leises Geflüster unter den Mädchen in der hinteren Chorreihe war zu hören. Seine Mom lehnte sich unauffällig über ihn, um nach Sammy zu sehen, doch der war damit beschäftigt, die Gestalten nachzuahmen, die Hannah mit ihren Fingern machte.

Daniel hatte Sammy Melissa gegenüber nicht erwähnt. Er wollte den richtigen Zeitpunkt abwarten, und irgendeine Vorahnung hatte ihn veranlasst, vorsichtig vorzugehen. Melissa konnte nett sein, aber das kam und ging wie der Wind. Im einen Augenblick unterhielt sie sich noch ganz freundlich mit dem pickligen Mädchen in dem ausgeleierten Jogginganzug, und im nächsten lief sie schon ans andere Ende des Korridors, um sich nicht die Läuse zu holen. Er schämte sich nicht für seinen Bruder, aber er wollte sich nicht entscheiden müssen, und er wusste auch nicht, ob er ihn gegen das verteidigen konnte, was vielleicht aus ihrem Mund kommen würde. Ein Bruder ist ein Bruder, selbst ein Halbbruder.

In der Nacht des Unfalls war er auf dem Weg zu ihr gewesen. Er war vom Gepiepe seines Telefons aufgewacht, neben sich einen Teller Hähnchenknochen und klebrige scharfe Soße an Fingern und Wangen. Er zählte dreiundzwanzig SMS, alle nach Mitternacht gesendet, die letzte in Großbuchstaben. WO BIST DU? KOMM ZU MIR. ICH BRAUCH DICH, BABY!!!!

Er stieg in seine Klamotten, rannte nach oben, warf Thorn etwas Trockenfutter hin, damit er ruhig blieb, und fuhr mit dem Pick-up los. Schnee stob von der Motorhaube, als er auf der Straße nach Neesley Gas gab, die Scheibenwischer fuhren wild hin und her, und die Scheiben beschlugen, als eiskalte Luft aus dem Heizgebläse kam. Schneetreiben, vereiste Seitenstreifen. Er konnte nicht viel sehen, deshalb beugte er sich immer wieder über das Lenkrad, um die Dunstschicht mit dem Handschuh wegzuwischen. Er wusste, dass sie high war von den blauen Pillen, die sie von ihrem Rocker-Cousin bekommen hatte, als er das letzte Mal von einem Job im Norden wiederkam. Sie hatte gesagt, sie würde in der Gasse hinter der Garage auf ihn warten. Er konnte nur hoffen, dass sie daran dachte, eine Jacke anzuziehen. Er drückte den Fuß noch etwas fester aufs Pedal.

Die Form ihrer Brüste, so voll und rund, und mit diesen spitzen Brustwarzen. Er dachte gerade daran, wie perfekt sie waren, wie gut sie in seiner Hand lagen, als er auf Glatteis geriet. Der Pick-up scherte seitlich aus, genau da, wo vor hundert Jahren blöderweise ein Baum gepflanzt worden war, um den Übergang vom Land- ins Stadtgebiet zu markieren. Er stieg in die Bremse – die Regel, möglichst wenig zu tun, war wie weggewischt aus seinem Hirn –, und der Pick-up drehte sich wie ein Kreisel, immer rundherum, bis er mit einem ohrenbetäubenden Krachen schließlich zum

Stehen kam. Der Motor stotterte noch ein letztes Mal, dann war alles totenstill. Es war so schnell gegangen, dass er nicht mal wusste, ob er die Augen zusammengekniffen oder aufgerissen hatte. Als er wieder etwas wahrnahm, steckte er inmitten von Ästen, die durch die zerbrochenen Scheiben stachen, und eisige Kälte wehte ihn an. Von der Wucht des Aufpralls waren seine Tür eingebeult und der Rückspiegel zerschmettert. Der Pick-up stand herumgedreht da, mit der Front in die Richtung, aus der er gerade gekommen war, so als hätte er die ganze Zeit schon gewusst, was für eine dumme Idee das alles war, und wollte jetzt nur noch nach Hause.

Er wischte das Glas in den Fußraum, schob sich über die Sitzbank, machte die Beifahrertür auf, fiel in die Kälte und rief Melissa an. Er ließ es achtmal klingeln, bevor er auflegte. Kein Mensch kam vorbei. Dann rief er sie noch mal an, und noch mal, bis sie schließlich verschlafen und wie ganz weit weg ranging. *Bist du drinnen, Melissa? Bist du im Haus?* Es dauerte endlos lange, bis sie undeutlich ein paar Worte herausbrachte. Sie lag im Bett. Wo sollte sie sonst sein?

Pastor Mike schritt über das Podium und winkte dem Chor laut rufend zu, denn er hatte das Mikrofon noch nicht wieder erreicht. »Einen großen Applaus für den Chor, bitte, der unermüdlich geprobt hat für diesen vorweihnachtlichen Sonntagsgottesdienst.« Alle klatschten, es war also doch keine Sünde, und Hannah klatschte sogar noch begeisterter und länger als die anderen.

»Lasst uns gemeinsam beten.«

Melissa stritt später ab, dass sie ihn gebeten hatte, in der Nacht zu ihr zu kommen. Und als er sie aufforderte, mal in ihre SMS zu schauen, sagte sie, er müsse ganz schön blöd sein, wenn er das ernst genommen habe. *Du hast den Pick-up zu Schrott gefahren? Du hast Hausarrest?* Danach hatte sie keinen seiner Anrufe mehr angenommen.

Ein vielstimmiges »Amen« hallte von den Wänden wider. Pastor Mike hob die Arme, und sie erhoben sich, die Holzbänke knarzten, Stiefel trafen dumpf auf den Boden. Daniel schüttelte seine kribbelnden Beine und sah an seinen Eltern vorbei zu seinem Grandpa, der mit offenem Mund und geschlossenen Augen vorgeneigt in der Bank saß. Jetzt waren sie dran, sie alle, und Mom griff mit einem echten Lächeln nach dem grünen Gesangbuch vor sich. Daniel teilte sich eins mit Sammy, Hannah nahm ein eigenes.

Er versuchte, die Stimme seiner Mom neben sich zu hören, die zaghaft und etwas schief klang, und auch die seines Dads, der sich mit ihr ein Gesangbuch teilte. Doch es war Hannah, die ihre Reihe überstrahlte und *Amazing Grace* in einem so klaren, reinen Ton sang, wie er es noch nie zuvor gehört hatte. Ihre Stimme strömte von oben bis unten durch ihn hindurch, alle anderen schienen nur ihre Lippen zu bewegen, denn er konnte nur sie hören.

Und plötzlich wurde ihm klar – Hannah nahm diese ganze Kirchen-Sache ernst, die Musik und die Botschaft. Er dachte an das, was sie seit dem Tod ihrer Mutter durchgemacht hatte, dass sie mit diesem Widerling auf der anderen Seite der Straße in einem Haus wohnen musste. Das war nicht nur ein rührseliges Lied für sie. Er hielt die abgegriffenen Seiten auf Sammys Höhe und folgte dem Text mit dem Finger, damit Sammy sich nicht ausgeschlossen fühlte. Und jetzt kam wieder der Refrain. *Amazing grace how sweet the sound.*

Hannah sang die Worte laut heraus, ihre Stimme stieg auf und übertönte die aller anderen. Köpfe wurden herumgedreht. Ganze Reihen sahen zu ihnen herüber. Pastor Mike versuchte, Hannahs Blick aufzufangen. Die vier Mädchen in der hinteren Chorreihe reckten die Hälse auf der Suche nach dem Engel in der Menge. Da, da war sie, neben einem kleinen Jungen, sie fiel kaum auf.

Daniel drehte sich nach Melissa um, er wollte wissen, ob sie auch hörte, was er hörte. Ja. Sie musterte das Mädchen mit dem roten Halstuch und der großen Stimme, mit säuerlich kalter Miene, die ihr Gesicht hässlich machte. Er wandte sich wieder ab und sang, so laut er konnte, mit. Sammy sah kichernd zu ihm auf. Und dann legte auch Sammy sich ins Zeug, den Ton genau treffend und nur deshalb ein paar Takte hinterher, weil er den Text nicht lesen konnte.

Das Lied ging viel zu schnell zu Ende. Die Gesangbücher wurden wieder zugeklappt. Weiteres Herumgesitze. Weitere Gebete. Dann war es vorbei. Ein Stein aus Grandpas Tasche fiel klappernd auf den Boden und schlitterte unter die Bank vor ihnen. Als Dad sich danach bückte und ihn aufhob, rief Grandpa so laut: »Hab ich was verpasst?«, dass die halbe Kirche ihn hören konnte.

Mom tat, als ob nichts wäre, und strich sich mit der flachen Hand den Rock glatt. Mit geröteten Wangen lehnte sie sich glücklich über ihn und flüsterte Sammy zu: »Du bist so ein artiger Junge gewesen.« Und dann scheuchte sie ihre bunt gewürfelte Truppe in den Gang hinaus.

Sie folgten der Menge im Gänsemarsch bis ins Foyer, wo ihre Jacken aufgehängt waren, Sammy jetzt zwischen seinen Eltern und Hannah bei Grandpa, der sich murrend über diese Parade beschwerte, die so unorganisiert sei, dass man nicht mal die Umzugswagen sehen könne. Die Leute liefen umher und lobten einhellig den Chor und seinen hervorragenden Gesang.

Melissa stand auf der anderen Seite beim Notausgang,

ihre Jacke bereits angezogen, und funkelte ihn an. Er ging zu ihr, nicht wirklich bereit zu diesem Gespräch, aber er wollte es auch nicht aufschieben.

»Hi«, sagte er.

»Hast du eine Zigarette?«

Er schüttelte den Kopf. Es war ihm nicht in den Sinn gekommen, die Du-Maurier-Schachtel mitzunehmen, die er hinter dem Gefrierschrank versteckt hatte. Er selbst konnte die Dinger nicht leiden, aber sie schien gar nicht genug davon zu kriegen.

»Wer ist denn die Tussi?«

Er sollte nicht über Hannah reden. Daran hatte sein Vater ihn extra noch mal erinnert, als sie den Van freigekratzt hatten.

»Sie wohnt eine Weile bei uns.«

Melissa blickte in die Menge, zwei Finger hochhaltend, als hätte sie sich bereits eine Zigarette angesteckt. »Eine Cousine oder so was?«

»Nee.«

»Ist sie von hier?«

»Irgendwie schon.«

»Was ist mit ihrem Gesicht los?«

Daniel biss sich auf die Lippe.

Melissa begann die Geduld zu verlieren. »Hat sie einen Namen?«

Er schwieg. Eigentlich wollte er ihr eine Frage stellen, fürchtete aber, es könnte komisch klingen.

»Machst du einen auf mysteriöser Typ? So mit deiner schicken Hose und allem.«

Er hatte schon tausendmal gesehen, wie sie sich über andere lustig machte. Er griff tief in seine Tasche und schloss die Hand um das Samtkästchen.

»Sie ist von zu Hause weggelaufen, okay. Ist 'ne Polizei-Angelegenheit.«

Sie sah zu Hannah hinüber, die an die Garderobe gedrängt dastand. Ihr Urteil fiel nicht mehr ganz so vernichtend aus, doch dann wurde ihr Gesicht wieder ausdruckslos. »Hätte ich auch selbst draufkommen können. Die sieht nicht aus, als ob sie hierhergehört. Hat wahrscheinlich 'nen Tripper.«

»Echt jetzt? Echt, Melissa?«

Sie warf den Kopf in den Nacken. »War doch bloß ein Scherz. Herrje. Reg dich wieder ab.«

Daniel brannten die Wangen, er hoffte, dass Hannah nicht zu ihnen herüberkommen würde. »Wie kommt's eigentlich, dass du nie rangegangen bist, wenn ich angerufen hab?«

Aber Melissa war schon woanders, sie hatte den Blick auf jemanden in der Menge geheftet.

Sammy kam auf ihn zu. Melissa trat einen Schritt zurück, sah ihn an und fuhr sich mit der Zunge über die glänzenden Lippen. »Und. Willst du uns gar nicht vorstellen?«

Sammy stand neben seinem großen Bruder, seine Arme zuckten kaum. Daniel sah in das unschuldige Gesicht, hinter dem sich ein so kompliziertes Wesen verbarg. Wenn die Welt doch nur ein wärmerer Ort wäre, dachte er, und sie barfuß die Straße entlanglaufen ließe. Sammy das Rennen gewinnen ließe.

»Also, wie heißt er?«

Er musste seinen Bruder wegbringen von ihr. Die Leute drängten sich auf dem Weg nach draußen bereits quer durchs Foyer, seine Eltern unter ihnen.

»Fertig zum Abmarsch, Kumpel?«, sagte er zu Sammy.

Melissa beugte sich vor, viel zu nah an Sammy heran. »Wie heißt du denn, Kleiner?«

Sammy sagte: »Wie heißt du denn, Kleiner?«, genau in ihrem Tonfall, und wich mit wild zuckenden Armen zurück.

Melissa starrte ihn mit zusammengekniffenen Augen an. »Er ist doch dein Bruder, stimmt's? Du erzählst nicht grad viel von ihm.« Sammy musterte den Boden und stieß einen langen Brummton aus. Melissa schlug sich die Hand vor den Mund, um ein Lachen zu unterdrücken. »Ich weiß schon, warum.«

Daniel trat vor Sammy, damit sie ihn nicht mehr sehen konnte. Er war nur wenige Zentimeter von ihrem Gesicht entfernt. Ihr schaler Atem erinnerte ihn an den Geschmack ihrer Zunge, und ihm wurde ganz übel davon.

»Vorsichtig, Melissa«, sagte er.

Sie lächelte, wich aber einen Schritt zurück. »Ich bin immer vorsichtig.«

Hannah tauchte wie aus dem Nichts auf. »Dein Dad will wissen, ob du so weit bist?«

Melissa ignorierte Hannah. Sie drehte einfach den Kopf herum und sah weg. Hannah biss sich auf die Lippe und sah Daniel an. Er steckte die Zeigefinger in beide Mundwinkel und zog sie zu einem traurigen Clownsgesicht auseinander. Hannah lachte, Sammy auch.

Melissa schnaubte verächtlich. »Echt kindisch.«

Daniel lächelte. »Du schnaubst wie ein Schwein.«

»Als wenn du irgendwas zu melden hättest. Du hast Hausarrest. Deine Mommy bringt dich abends bestimmt immer noch ins Bett.«

Dann wandte er sich an Hannah. »Ja, das war's hier.«

»Aber so was von«, zischte Melissa. »Das war's, und zwar schon seit Tagen. Du bist wie dein Bruder: zu bekloppt, um es mitzukriegen.«

Die drei machten sich auf den Weg, Sammy hüpfend in

der Mitte. Als sie durchs Foyer durch waren, drehte Daniel sich noch einmal um. Melissa versicherte sich, dass niemand sie beobachtete, bevor sie ihm den Mittelfinger zeigte, und dann verdrückte sie sich durch die Seitentür in die Kälte hinaus.

Nach der Kirche fand Hannah ihre Kleidungsstücke auf dem Bett, ordentlich zusammengelegt zu zwei Stapeln. Sie rochen wie Ellie, frisch und sauber. An ihrer gelben Bluse waren neue Knöpfe. Und ihr roter Pullover sah aus wie neu, der Riss war genäht, und man konnte nicht einmal mehr sehen, wo das Loch in der Wolle geklafft hatte. Ellie hatte zu Hannah gesagt, dass sie die oberste Schublade der Kommode benutzen dürfe, und so legte sie ihre Sachen jetzt dort hinein, ordentlich nebeneinandergeschichtet und darauf bedacht, Ellies Faltkanten nicht zu ruinieren.

Die Kommode hatte noch zwei Schubladen. In der zweiten Schublade lagen vergilbte Häkelzeitschriften. Die unterste Schublade klemmte. Hannah kniete sich davor und zog so fest sie konnte an beiden Knäufen, bis es ihr gelungen war, die quietschende schwere Schublade zentimeterweise zu öffnen.

Darin lag eine Art Sandwich aus Babykleidung – Dutzende kleine Sachen, zwischen gefaltete Handtücher gelegt. Winzige Schühchen und Mützchen, kleine gehäkelte Pullover mit Teddybärknöpfen und Flanellschlafanzüge mit Schleifchen. Jede Schicht war rosa. An einige der Babysachen ganz unten hatte jemand mit Stecknadeln kleine Zettel gepinnt, alle mit demselben handgeschriebenen Namen. Sie waren platt gelegen und verströmten einen faden, etwas muffigen Geruch, als wären sie schon seit Jahren hier verstaut.

Genau in dem Augenblick steckte Ellie den Kopf zur Tür herein und sagte: »Oh, die Schublade habe ich noch nie aufgemacht. Brauchst du mehr Platz für deine Sachen?«

Hannah war es peinlich, dass sie beim Herumschnüffeln erwischt worden war. »Vielen Dank, dass Sie meine Sachen gewaschen haben. Und fürs Zusammenlegen. Und für die Knöpfe. Und für meinen Pullover.«

Ellie lachte. »So viel Dank auf einmal. Das habe ich gern getan.« Lächelnd lehnte sie an der offenen Tür.

»Da sind Babysachen drin«, sagte Hannah. »Für ein Mädchen.«

»Wirklich?« Ellie kam zu ihr und schaute in die Schublade hinein. »Oh, du meine Güte.« Ellie ging in die Hocke und griff nach einem Schühchen. »Den hat Myrtle gehäkelt. Das war Dannys und Sammys Grandma. Schau nur, wie detailgetreu. Sind ihre Häkelarbeiten nicht wunderbar?«

»Er ist so winzig. Die Sachen sind alle so winzig.«

»Diese Größe ist für Neugeborene.« Ellie kniete sich hin und strich mit dem Zeigefinger die rosa Konturen entlang. »Myrtle hat sich immer beschäftigt. Die waren bestimmt für eine Tombola auf dem Bauernmarkt gedacht, und sie ist nicht dazu gekommen, sie wegzugeben.«

Das glaubte Hannah nicht. »Wer ist Lily?«, fragte sie.

Ellie ließ das Schühchen fallen und sah sie unvermittelt an. »Wie bitte?«

»Lily«, wiederholte Hannah. Sie griff unter die Mützchen, zog einen der Pullover mit daran festgestecktem Zettel heraus und gab ihn Ellie. Sie wollte noch mehr Sachen für Lily herausholen, doch Ellie hielt den Pullover auf beiden Händen vor sich hin und starrte ihn mit leicht geöffnetem Mund und ohne ein Blinzeln reglos an. Es war, als würde sie versteckt in dem gefalteten Pullover ein Baby sehen.

Hannah erstarrte mit angehaltenem Atem neben Ellie. Es fühlte sich komisch an, einfach nichts zu tun, so als hätte sie im Schultheaterstück ihren Text vergessen und bräuchte jemanden, der ihr vorsagte. Aber sie wagte es nicht, etwas zu sagen oder sich zu bewegen, nicht mit einer so reglosen Ellie neben sich. Sie wollte wissen, wer Lily war, ob etwas Schlimmes passiert war. Je länger sie dort hockten, desto mehr Schmerzen bekam sie – ihre angeschwollene Wange und ihr geprellter Rücken meldeten sich brüllend wie Bären aus einer Höhle.

»Oh«, sagte Ellie, und es war nicht so sehr ein Wort, vielmehr ein Ausatmen. Sie erwachte aus ihrer Benommenheit und ließ den Pullover zurück in die Schublade fallen.

Hannah holte wieder Luft und legte sich die Hand an die Wange.

»Es tut mir leid«, sagte Ellie seufzend und schüttelte den Kopf. »Du musst mich für verrückt halten.«

Hätte ich die Schublade doch bloß nie aufgemacht, dachte Hannah. »Ich hätte nicht schnüffeln dürfen«, sagte sie.

»Nein. Nein. Sei nicht albern.« Ellie hielt sich an der Schublade fest. »Es ist nur so eine Überraschung. Ich hatte alten Krempel erwartet, nicht so was.«

»Es ist alles so weich.« Warum sage ich so etwas, dachte Hannah. Das war doch dumm.

»Myrtle hat diese Sachen für sie gemacht. Und sie all die Jahre behalten. Wir haben nie über sie gesprochen, Myrtle und ich. Wir haben über vieles nicht gesprochen, um ehrlich zu sein.«

Hannah sah Lilys kleinen Pullover an und musste an ihre eigenen schäbigen Sachen in der obersten Schublade denken. »Was wollen Sie damit machen?«

Ellie betrachtete die Schublade seufzend. »Die werden wir

vermutlich irgendwo anders unterbringen müssen. Aber heute nicht mehr. Jetzt lassen wir sie erst einmal da drin.«

Mit vereinten Kräften schoben sie, und die Babysachen verschwanden, als die Schublade einrastete.

Ellie stand auf und klopfte sich Staub von der Jeans. »Bœuf Stroganoff zum Abendessen. Wie klingt das?«

»Gut.«

Ellie drehte sich um und lief eilig davon. Hannah wäre ihr gern hinterhergelaufen und hätte ihr gesagt, dass Lily hübsch ausgesehen hätte.

Ellie griff in den Karussellschrank und holte den Topf mit dem Siebeinsatz heraus. Sie füllte ihn mit kaltem Wasser und stellte ihn auf den Herd.

All die Babysachen in dieser Schublade. Eine Ausstattung, die einer Prinzessin würdig gewesen wäre. Myrtle hatte ihr nicht ein einziges Mal ihr Mitgefühl ausgesprochen, nicht ein tröstendes Wort für sie gehabt. Woher hatte sie Lilys Namen überhaupt gewusst? Den musste Ellie in den ersten aufregenden Wochen gesagt haben. *Wir werden sie Lily nennen, Myrtle, in Anlehnung an meine Lieblingsblume, die Lilie,* hatte sie vielleicht gesagt und großspurig von ihren Yogakursen und ihren 10-Kilometer-Spaziergängen erzählt. *In dieser Schwangerschaft ist es ganz anders als bei Danny. Ich platze vor Energie.*

Eric war es gewesen, der seiner Mutter gesagt hatte, dass es vorbei war. *Ellie hat das Baby verloren,* hatte sie ihn am Telefon flüstern hören, so als hätte sie ihre Tochter auf einer Parkbank vergessen. Soweit Ellie wusste, hatte Myrtle nie auch nur eine Minute Schlaf darüber verloren oder je einen weiteren Gedanken an Lily verschwendet.

Ellie rührte die Zwiebeln und die Fleischstücke um, die sie

in der Pfanne anbriet, mit dem Rücken zu den Kindern, die im Wohnbereich inmitten von verstreuten Legos auf dem Boden saßen.

Was war mit Beatrice? Die hatte sie Myrtle gegenüber doch bestimmt nicht erwähnt? Eric hatte darauf bestanden, dass sie ins Krankenhaus ging. Sie versprach es ihm. Doch dann bestand er auch darauf, sie hinzufahren, und faselte den ganzen Weg über davon, wie glücklich sie sich schätzen könnten, Danny zu haben und einander. Er raste durch die Straßen, als würde das Baby jeden Moment kommen. Als ob Geschwindigkeit irgendeinen Unterschied machte.

Die weiteren Schwangerschaften behielt sie für sich. Sie konnte es nicht ertragen, darüber zu sprechen, nicht einmal mit Eric. Sie fuhr jedes Mal ins Krankenhaus, unterschrieb Einverständniserklärungen und beantwortete die Fragen der Ärzte kurz angebunden und mit kurzem Kopfnicken. Sie gab allen einen Namen, ohne sie gesehen zu haben – Maggie, Catherine, Elizabeth. Fünf tote Mädchen, bis Sammy kam.

Sie sah durch den Raum, dorthin, wo er neben Hannah auf dem Boden kniete. Ihr Turm war eindrucksvoll, über einen Meter hoch. Sie hatte so viele Fehler gemacht mit ihrem Sohn, sich immer auf all die Aspekte konzentriert, die sie ändern wollte, und trotzdem saß er jetzt dort und zeigte seiner neuen Freundin, wie man einen Turm in die Höhe baute und wie man den Sockel verstärkte, damit er nicht umkippte. Die Nudeln mussten noch zehn Minuten kochen. Sie würde die schöne Tischdecke und das gute Porzellan benutzen. Für den Sonntag nur das Beste. Das hätte Myrtle gefallen.

TEIL IV

Irgendwie nicht ganz real

Montag, 23. Dezember

10

Ellie konnte nicht erklären, was sich so klebrig wie halb angerührter Kuchenteig tief in ihr festgesetzt hatte. Seit dieses Mädchen aufgetaucht war, lief sie in einem Dunst von Widersprüchen herum. Verließ das Mädchen den Raum, dachte sie: *Gut, dann habe ich etwas Ruhe.* Aber schon kurz darauf wollte sie, dass sie zurückkam, um sie hören und sehen zu können. Sie hatte eine gefährliche Zuneigung für Hannah entwickelt, und Zuneigung war nur einen Steinwurf entfernt von den Gefühlen, die loszulassen schwer werden würde. Sie konnte es sich nicht erlauben, sich zu sehr auf das Mädchen einzulassen.

Eines war ihr jedoch nur allzu klar, Weihnachten würde nicht warten. Nur noch zwei Tage bis dahin, und es gab nicht ein einziges Päckchen mit dem Namen des Mädchens. Wenn sie nicht etwas unternahm, würde ihre Familie bald schon Geschenkpapier aufreißen und Hannah aus der Ecke zusehen, so als hätte man einen Hund hinter einer Glastür ausgesperrt.

Eric war zu Gerry gerufen worden, um die Batterie seines toten Pick-up aufzuladen. Ellie würde selbst nach Neesley fahren und ein paar Sachen für Hannah einkaufen müssen. Die Straßen waren bestimmt fürchterlich, aber Müttern, selbst angeknacksten, blieb kaum eine Wahl bei solchen Dingen. Danny hatte sowieso Hausarrest und könnte auf die anderen aufpassen – sie sollte ihm vielleicht ein paar Dollar für seine Mühen anbieten.

Sie scheuchte Hannah aus der Küche, räumte das Lunch-Chaos auf und wartete, bis alles ruhig war: Walter hielt in seinem Zimmer Mittagsschlaf, ohne Schuhe und bei zugezogenen Vorhängen; Sammy war unter dem Küchentisch mit seiner Farm beschäftigt und stellte den Schweinen und Kühen gerade eine Kuchenform voll Wasser hin, durch das sie waten konnten; Danny machte in seinem Zimmer Krafttraining.

Sie wollte gerade zur Tür hinaus und den Van freikratzen, als Danny die Treppe heraufkam und fragte, ob er mitkommen könne. Er klang ernst, und es schien so, als hätte er einen bestimmten Grund, zu Dave's Drugstore zu fahren.

Wann hatte er das letzte Mal mit ihr irgendwohin gewollt?

Hannah stand direkt neben ihm, unterstützte seine Bitte und versicherte, dass es ihr nichts ausmache, zu Hause zu bleiben. Ja, sie würde den Hund hinauslassen, wenn er im Kreis lief. Ja, sie würde Walter daran erinnern, seinen Stock zu benutzen. Ja, sie wusste, wie man den Film *Cars* anmachte, wenn Sammy das Farmer-Dasein aufgab. Und nicht zu vergessen, sie hatte ja auch schon einen Erste-Hilfe-Kurs gemacht. Dieses Mädchen wäre in der Lage, mit der einen Hand ein Zwölf-Gänge-Menü zuzubereiten und mit der anderen eine Schaukel zusammenzubauen, so wie sie sich gab. Eine Miniausgabe von Myrtle.

Und so verließ Ellie mit Danny an der Seite das Haus. Was könnte schlimmstenfalls schon passieren?

Doch das war vor einer Stunde gewesen.

»Sie geht immer noch nicht ran«, sagte Ellie, jetzt in noch eindringlicherem Ton. Ihr Auto stand schlecht geparkt vor

Peavey Mart, ein Vorderreifen ragte ziemlich weit auf den Behindertenparkplatz. Sie waren schon in dem schäbigen Kaufhaus gewesen und hatten alle Gänge abgeklappert. Es gab Schneehosen, Schutzhelme und auf Heuballen drapierte Sattel, aber die Regale mit Schnickschnack und Mädchenkram waren leer gefegt. Ganz Neesley schien schon vor ihr hier gewesen zu sein und den Laden ausgeräumt zu haben.

»Wir müssen zurückfahren, Danny. Sie geht nicht ran.«

»Du hast noch nichts für sie gekauft.« Er drehte an der Heizung herum und wischte dann auf seiner Seitenscheibe herum, weil sie beschlagen war.

»Ich hab's fünfmal versucht.« Ellie steckte ihren Schal in die Jacke. Der Winter hatte dem Van alle Wärme genommen. »Es klingelt und klingelt immer nur.«

»Es ist nicht ihr Telefon. Wenn ich bei Max zu Hause bin, gehe ich auch nicht an deren Telefon.«

Ellie ging die Liste ihrer Anweisungen durch. Sie hatte zu Hannah nicht gesagt: *Wenn das Telefon klingelt, geh ran.* Aber so etwas musste man doch nicht extra erwähnen. Ellie steckte ihr Handy in die Handtasche und legte den Rückwärtsgang ein. Das Haus stand in Flammen. Walter war gestürzt und konnte nicht mehr aufstehen. Sammy hatte sich selbst einen Apfel geschnitten und dabei eine Arterie durchtrennt. Sie versuchte, diese Gedanken zu verscheuchen, doch sie kamen zurückgekrabbelt wie Spinnen. Sie musste nach Hause.

»Als Nächstes zu Dave's«, sagte Danny. Er hatte den Radiosender Sunny 68 gefunden und drehte die Musik laut auf. Irgendein alter Rocksong, der Ellie irgendwie bekannt vorkam.

Es gelang ihr, das Auto in Richtung Parkplatzausfahrt zu manövrieren, dann trat sie aufs Gaspedal. Der Van tat einen

Satz und blieb mit stotterndem Motor stehen. Sie hielt den Atem an und trat immer wieder aufs Pedal. Nichts. Ihr wurde gefährlich heiß in ihrer Jacke, als könnte sie jeden Augenblick Feuer fangen. Irgendetwas stimmte nicht mit dem Van, stimmte nicht mit ihr. Warum bewegten sie sich nicht?

Danny legte ihr eine Hand auf die Schulter und sagte etwas zu ihr, aber sie konnte ihn wegen des Lärms aus den Lautsprechern nicht verstehen. Sie drückte den Radioknopf, und es wurde still im Van, sie nahm nur noch ihr hämmerndes Herz wahr.

»Mom, du musst noch mal auf Parken schalten. Erst dann kannst du losfahren.«

Ach ja, natürlich. Mehr war es gar nicht, aber schon dazu fühlte sie sich nicht fähig. Sie ließ ihren Sicherheitsgurt zurückschnellen und stürzte geradezu aus dem Auto.

»Du fährst«, rief sie und winkte den Farmern in ihren Pick-ups zu, die sich mittlerweile hinter ihnen aufreihten. Als sie durch den Schneematsch um den Van herumgestapft war und sich auf Dannys Platz fallen ließ, war er schon auf die Fahrerseite gerutscht und ließ den Motor neu an.

Sie fühlte sich wieder etwas ruhiger, auch wenn sie an der Entscheidung, ihren Sohn fahren zu lassen, zweifelte. Doch Danny brachte sie reibungslos voran, hielt genau vor dem Stoppschild an und blinkte vorschriftsmäßig, als sie den Parkplatz verließen. Beide Hände am Lenkrad, schaute er alle fünfzehn Sekunden in den Rückspiegel. »Mom, denen geht's prima. Hannah ist klug. Da passiert nichts«, sagte er, als bräuchte sie den Zuspruch eines Vierzehnjährigen.

Sie holte das Telefon wieder aus ihrer Handtasche und versuchte noch einmal anzurufen. Das Klingeln dröhnte zu laut in ihrem Ohr. Was, wenn Nigel Wilson zu ihnen gekommen war? Eric hatte gesagt, dass er gestern unter Auflagen freigelassen wurde; das stand sogar Monstern zu. Vielleicht besaß er ein Gewehr und hatte durch die Haustür geschossen.

Danny bog auf die Main Street ab. »Zuerst zu Dave's und dann zum Style Loft, stimmt's?«

Sie wandte den Blick nicht vom Telefon. »Das Style Loft knicken wir.« Warum hatte sie Hannah ihre Handynummer nicht gegeben? Was war sie nur für eine Mutter, wenn sie nicht mal daran dachte? »Da verkaufen sie nur Ramsch. Das kommt alles aus China.«

»Aber du hast doch gesagt … Ich dachte, du wolltest Hannah einen neuen Pullover kaufen.«

»Das Ganze war keine gute Idee.«

Dave's Drugstore lag genau vor ihnen, ein flaches rotes Backsteingebäude, eins der letzten Originale an der Main Street. Danny fuhr problemlos auf den letzten Parkplatz vor dem Laden. »Denen geht's prima, Mom. Ich geh da rein.«

Sie hob den Kopf, doch er hatte den Motor schon ausgemacht, den Schlüsselbund mit der Hasenpfote herausgezogen und hielt ihn ihr jetzt vor die Nase.

Sie griff nach der weichen Pfote und dachte, sie könnte ihn einfach hineingehen und von Dr. Dave nach Hause fahren lassen. Aber sie wusste selbst, wie lächerlich das war.

»Warum eigentlich Dave's? Was hast du hier so dringend zu erledigen?«

Er sah sie an. Seine Wangen röteten sich wie reifende Äpfel. »Es geht darum, etwas … Ich meine, glaubst du …« Doch dann machte er den Mund zu und seine Tür auf.

»Was?«, rief Ellie.

»Nichts«, sagte er trotzig und stieg aus. »Ich will nur etwas zurückgeben.« Er versetzte den Eiszapfen am Fahrwerk einen harten Tritt.

»Du hast fünf Minuten …« Doch er schlug die Tür zu.

Ellie wartete. Sie steckte den Schlüssel wieder ins Zündschloss, drehte auf der Suche nach einer Sendung mit aktuellen Nachrichten am Radio herum und überprüfte die Einstellungen ihres Telefons: die Lautstärke des Klingeltons, die Anzeige der verpassten Nachrichten. Sie würden Hannah nur fünf Tage lang haben, nicht einmal eine ganze Woche. So schwierig konnte das doch nicht sein. Aber was, um Himmels willen, hatte sie sich nur gedacht? Anstatt weiterhin auf sie aufzupassen, hatte sie ihr freie Hand gegeben. Ellie wusste nichts darüber, wie sich das Leben mit diesem schrecklichen Mann auf Hannah ausgewirkt hatte, welche anhaltenden Schäden sie womöglich davongetragen hatte. Es war einfach nicht richtig, ihr die Verantwortung für einen kleinen Jungen aufzubürden.

Und es war auch nicht richtig, dass Betty Holt ihr die Verantwortung für dieses Mädchen aufbürdete!

Betty hatte in den letzten Tagen oft angerufen und Eric jedes Mal gebeten, sie ans Telefon zu holen. Heute Morgen erst hatte sie wieder angerufen und weitere aufmunternde Worte über Ellies mütterliche Instinkte von sich gegeben. Es war, als sähe Betty eine andere Frau in ihr. Eine Frau, die alles Mögliche leisten konnte. So als hätte Betty bei ihren fröhlichen Weihnachtsbesuchen in Myrtles Haus nie etwas von Ellies »Ruhezeiten« mitbekommen. *Tu einfach genau das, was du immer tust, Ellie. Sie ist in guten Händen bei dir.*

Sie musste Eric anrufen und ihm sagen, dass er sofort nach Hause fahren solle. Doch sie hörte schon seine ruhige Polizistenstimme in ihrem Ohr – *Erkläre mir das doch noch einmal, Ellie* –, ein Klang, schlimmer als alle anderen Szenarien, die sie sich vorstellte. Sie konnte es nicht ertragen, ihm einen weiteren Grund zu liefern, die Sorgen über seine durchgedrehte, hysterische Frau zu verbergen.

Sie schwang sich aus dem Van und ging hinein in Dave's Drugstore, in dem viele fröhliche Kunden herumliefen, vom Typ Myrtle, mit selbst gestrickten Schals, darunter ein paar, die sie vorhin schon bei Peavey Mart durch die Gänge hatte spazieren sehen. Danny entdeckte sie hinten im Laden, den dick wattierten Rücken seiner Jacke und sein Haar, das in alle Richtungen abstand, weil er die Mütze abgesetzt hatte. Er stand vor dem Ladentresen, unter dem Drugstore-Schild, und hinter dem Tresen, ihm gegenüber, Dave Sonnenberg. Die beiden unterhielten sich so vertraulich miteinander, als gäbe es keinen besseren Ort dafür.

Sie schlängelte sich an dem Feiertagsgeplauder vorbei – Berichte über Zwölf-Kilo-Truthähne und alte, auf Sägeböcke gelegte Türblätter, um alle Weihnachtsgäste an einem Tisch unterbringen zu können – und vorbei an Shampoos, Haarsprays und den Lesehilfen an einem Drehgestell. Als sie hinter ihrem Sohn ankam, reichte Dr. Dave ihm gerade ein kleines Päckchen, das er schnell in seiner Jackentasche verschwinden ließ.

»Mrs Nyland«, sagte der Mann mit einem femininen Wedeln der Hand, bei dem er die Finger spreizte. Danny schaute sie erschrocken an. »Ich unterhalte mich hier gerade sehr nett mit Ihrem Jungen.«

Das glaube ich gern. Hatte er ihm ein Päckchen Kondome gegeben? Der Mann hatte nicht mal einen echten Doktortitel. Sie ignorierte Dr. Dave, ergriff Danny bei der Jacke und zog ihn zu sich. »Ich habe gesagt, fünf Minuten.«

Ihr Sohn machte sich frei, mit rotem Gesicht.

»Gehen wir.« Grußlos drehte sie sich um.

Danny stapfte hinter ihr her. »Willst du dich nicht mal

umsehen? Einiges von dem Kram könnte Hannah doch gefallen. Haarspangen oder so was.«

In der Nähe des Ausgangs stand ein Verkaufstisch mit Artikeln, die um fünfzig Prozent reduziert waren. Sie griff nach dem Ersten, was sie zu fassen bekam. Drei Minituben Handcreme in einem Plastiktäschchen mit Reißverschluss. Die nahm sie mit und warf sie bei der Kasse auf den Tresen.

»Das macht dann 3,67 Dollar, bitte.« Das junge Mädchen trug eine Weihnachtsmütze, die ihr mehrere Nummern zu groß war. Sie schob sie sich mit der Daumenspitze aus der Stirn, doch sie rutschte gleich wieder herunter. Ellie zog einen Fünf-Dollar-Schein aus dem Portemonnaie und legte ihn auf den Kassentresen. Danny hatte sich aus dem Staub gemacht, wohl weil er nicht mit ihr in Verbindung gebracht werden wollte.

»Ich meine 3,65 Dollar. Wir nehmen keine Pennys mehr«, fuhr das junge Mädchen im Plauderton fort. Sie hatte sich viel zu viel Make-up auf ihr pickliges Kinn geschmiert, es sah furchtbar aus. »Hätten Sie gerne eine …«

»Danke, aber ich brauche weder eine Tüte noch eine Rechnung, und ich will auch kein Wechselgeld.«

Ellie schnappte sich die Handcremetuben vom Tresen, warf sie in ihre Handtasche und ging.

Danny wartete auf dem Beifahrersitz des Vans auf sie. »Also echt, du nervst, Mom.«

Danach herrschte Schweigen. Danny starrte reglos aus dem Fenster und vermied es, sie anzusehen. Sie orientierte sich so weit wie möglich am Mittelstreifen, auch wenn er stellenweise von Schnee bedeckt war und sie ihn nur erahnen konnte. Ihr taten die Hände weh, weil sie das Lenkrad so verkrampft hielt, aber sie gab gleichmäßig Gas, sogar als sie die Kurve vor Hodgins' Waldstück nahm. Beim Anblick ihres Hauses aus der Ferne wappnete sie sich innerlich. Es züngelten keine Flammen in den Himmel hinter ihren Bäumen, nur die wabernde graue Rauchfahne aus dem Schornstein. Aber die Beschaulichkeit der Szenerie machte es irgendwie noch schlimmer.

Sie bog mit dem Van in die lange Auffahrt und nutzte die Reifenspuren, die sie selbst auf dem Weg in die Stadt gezogen hatte. Nichts deutete auf etwas Verdächtiges hin, nirgends Spuren eines Fremden. Das Licht war merkwürdig, die Welt dort draußen wirkte irgendwie nicht ganz real. Die kalten Sonnenstrahlen aus dem Westen fielen schräg auf die Windschutzscheibe und erschwerten die Sicht, während der Van sich vorwärtsschob.

Danny lehnte sich übers Armaturenbrett vor und blinzelte in die Sonne. Dann warf er sich wieder in den Sitz zurück. »Ruf bloß die Feuerwehr. Da hast du deinen Notfall.«

Es dauerte einen Augenblick, bis Ellie sie entdeckte, in der Nähe des Apfelbaums, dort, wo das Vogelfutterhäuschen im Schnee begraben lag, samt Hund, der um sie herumrannte, als hätte er keine Arthritis. Sammy steckte von oben bis unten in seinen Wintersachen und sah aus, als wäre er ein Ballon. Hannah stand neben ihm, in ihrem viel zu dünnen Mantel und mit einem Schal um die Ohren gewickelt, den sie unter dem Kinn verknotet hatte.

Sie lenkte den Van auf den üblichen Platz und schaltete den Motor aus, ohne den Blick von den Kindern zu wenden. Sie hatten zwei unglaublich riesige Kugeln aus feuchtem weißem Schnee aufeinandergestapelt und an den Seiten zwei Stöcke als Arme hineingespießt. Sammy kniete auf dem Boden und rollte noch eine dritte kleinere Kugel, den Kopf, während Hannah sich immer wieder helfend bückte und Schnee zu ihm hinschaufelte.

»Na, zufrieden?«, sagte Danny.

Ellie hatte ganz vergessen gehabt, dass es Schneemänner gab. Vergessen, dass Danny noch neben ihr saß. Als sie sich zu ihm umdrehte, sah er sie verächtlich an.

»Danny … hör mal …«

»Vielen Dank auch für den *super* Ausflug.« Er kletterte aus dem Auto und knallte die Tür hinter sich zu.

Sie stieg ebenfalls aus dem Van aus, jeder Schritt mühsamer als der vorherige, so als hätte sie Beton in den Stiefeln.

»Hey, Kumpel«, rief Danny seinem Bruder zu und stiefelte durch den tiefen Schnee des Gartens zu ihm hinüber.

»Geh weg«, schrie Sammy und kippte in seinem dicken Schneeanzug um.

Daniel warf in gespielter Verzweiflung die Hände in die Luft. »Geh weg? Was soll das denn heißen? Wir sind doch gerade erst nach Hause gekommen.«

»Wir sind noch nicht fertig.« Sammy rollte durch den Schnee, bevor er wieder auf die Knie kam.

Thorn kam auf ihn zugerannt, steckte die Nase zwischen Dannys Beine und drehte dann wieder ab, um zu Sammy zurückzurennen. Ellie, die an den Verandastufen stehen geblieben war und sich kaum noch rühren konnte, ignorierte er völlig.

»Hast du eine Nase?« Hannah lachte und kam mit stapfenden Schritten auf ihn zu. »Es ist ein Wettkampf. Wir wollten fertig sein, bevor ihr nach Hause kommt.«

Ein dumpfes Pochen kam aus dem Inneren des Hauses. Sie schauten hinüber und sahen Walters Gesicht am Fenster, der mit dem Handgriff seines Stocks gegen die Scheibe klopfte. Hannah hob beide Arme hoch über den Kopf und winkte, als wollte sie ein Flugzeug auf seine Parkposition lotsen. Sammy tat es ihr gleich.

»Wir machen Zeichen, wenn er ans Fenster klopft«, sagte sie. »Das gefällt ihm.«

Ellie stand erstarrt am Fuß der Verandastufen und hielt sich am Geländer und ihrer Handtasche fest. Diese idyllische Norman-Rockwell-Szene war zu viel für sie. Es war ja nicht so, dass sie sich alles Schlimme im Leben immer nur einbildete.

»Haben Sie alles bekommen, was Sie wollten«, rief Hannah ihr zu. »Beim Einkaufen?«

Daniel schnaubte und ließ einen Wortschwall los, den Ellie zum Glück nicht hören konnte.

Hannah sah von Daniel zu Ellie, nicht mehr so sicher jetzt. »Ist es okay, dass ich mir einen Schal genommen habe?«

Ellie atmete einmal tief ein, die kalte Luft stach in ihren Lungen. Neben ihren beiden Söhnen sah das Mädchen aus wie ein Kind armer Hinterwäldler, das man in der Kälte vergessen hatte. Der alte Schal stammte aus dem Wandschrank im Flur. Sie brauchte eine vernünftige Winterjacke und auch Stiefel. Sie brauchte noch viel mehr.

»Warum bist du nicht ans Telefon gegangen, Hannah?« Es war der einzige Gedanke, an den sie sich noch klammern konnte. »Ich habe ganz oft angerufen.«

Hannah wurde ganz steif, als sie spürte, wie die Stimmung sich veränderte.

»Hör doch auf, Mom.« Daniel sah sie wütend an. »Sie haben einen Schneemann gebaut. Niemand wurde mit einem Hackebeil niedergemetzelt.«

»Ich habe es nicht klingeln gehört«, sagte Hannah kaum lauter als ein Flüstern.

»Hilfe«, rief Sammy, der versuchte, den schiefen Kopf auf seinen Schneemann zu bugsieren. Thorn sprang zu ihm auf, fiel wieder in den Schnee und versuchte es erneut.

»Sind deine Socken in den Stiefeln noch trocken?«, rief Ellie ihm zu. Er war doch gleich dort drüben, alles bestens. »Ist dir warm genug?«

»Zu warm.« Er ließ den Kopf fallen, und ein Stück bröckelte ab.

»Komm. Wir machen das Ding jetzt mal fertig.« Daniel zog Hannah rückwärts am Arm durch den Schnee auf Sammy zu. Sie wandte den Blick nicht von Ellie ab, die jetzt die Stufen hinaufging.

Ellie drehte sich noch einmal um und rief: »Man kann das Telefon hören, auch im Garten«, was so eigentlich nicht stimmte, nicht mitten im Winter, wenn alle Fenster fest verschlossen waren. Aber sie fuhr trotzdem fort. »Es ist auf die höchste Lautstärke gestellt. Man kann es so klar und deutlich hören wie eine Glocke.«

Ellie wusste nicht, was Hannah gehört hatte, das Telefon, ihre Worte. Wenn sie zu genau darüber nachdachte, würde ihr Kopf explodieren. Irgendwie schaffte sie es durch die Tür und in die stickige Wärme ihrer Küche hinein. Walter saß mit einer Wolldecke über den Knien an dem Fenster, von wo man einen Blick in den Garten hatte, neben sich einen Beistelltisch, auf dem sein Lieblingsbecher, die blaue Teekanne mit dem Sprung in der Tülle und eine Zuckerschale standen, und auch ein Löffel auf einer Serviette fehlte nicht. Das musste Hannah alles hingestellt haben, um den dementen alten Mann im Auge behalten zu können, während sie den zappeligen Jungen irgendwie in den Schneeanzug und die Gesichtsmaske steckte und ihn blindlings und ohne weiteres Aufhebens in die große weiße Welt hinausführte.

Ellie ging durch die Küche und machte grundlos Schränke auf und wieder zu. Walter saß vorgebeugt in seinem Sessel und schaute interessiert aus dem Fenster. Sie weigerte sich, zu ihm zu gehen, auch hinauszuschauen.

»Diese Pflegerin …«, sagte er. »Die ist einsame Klasse.«

Ellie sog mit zusammengebissenen Zähnen Luft ein. »Sie ist ein Mädchen, Dad, keine Pflegerin. Nur ein normales kleines Mädchen, das sein Bestes versucht.« Kleine Mädchen hatten keine Verwendung für drei Minituben Handcreme. Die brauchten fruchtigen Lippenbalsam, flauschige Socken und Unmengen aufmunternder Worte.

Walter klopfte mit seinem Stock laut ans Fenster. Ellie konnte das entfernte Geschrei und Gejohle von der anderen Seite der Scheibe hören. Die Kinder führten eine Show für ihn auf. Sie machte den Kühlschrank auf, der Geruch von Brokkoli und Kohl stieg ihr in die Nase.

»Wer ist denn das da draußen?«, rief er.

Sein Sehvermögen wurde von Woche zu Woche schlechter. Er musste am grauen Star operiert werden, noch eine Sache, die sie aufgeschoben hatte.

»Sammy und Danny mit Hannah. Und Thorn. Thorn ist auch bei ihnen. Der wird morgen ganz steif sein nach all dem Herumgerenne.«

»Und der andere? Der Kerl in der weißen Jacke?«

»Das ist ein Schneemann, Dad.«

Kinder bauen Schneemänner und lachen und spielen.

Sie machte den Kühlschrank wieder zu, die vollgestopften Fächer boten nichts, was sie wollte. Sie würde die Kinder nicht hereinrufen. Es war zu schwierig, den richtigen Zeitpunkt abzupassen. Sie konnten bis zum Abend draußen bleiben, wenn sie wollten.

Sammy hatte bei der Telefonstation neben dem Kühlschrank Legos liegen lassen. Ellie schob sie sich in die Hand und suchte nach dem Tuppercontainer. Eingeklemmt zwischen Wand und Weihnachtsbaum fand sie ihn schließlich. Sie zog ihn auf den Knien aus dem Versteck, öffnete den Deckel und tat die Teile nach Farben sortiert in ihre Fächer, das Rad zu den anderen Extras in die Mitte.

Erst da fiel ihr auf, dass etwas fehlte. Das Telefon. Es stand nicht auf seiner Station.

Sie fuhr herum, Legosteine flogen aus den Fächern überall auf den Boden.

»Dad, hast du irgendetwas mit dem Telefon gemacht?«

»Ich muss einen Anruf machen«, rief Walter ihr statt einer Antwort zu, ohne den Blick vom Fenster abzuwenden. »Wo ist das Telefon?«

»Das frage ich dich. Weißt *du*, wo das Telefon ist?« Natürlich nicht. Was für eine Fehlzündung in ihrem Hirn. Warum war ihr das vorhin nicht eingefallen? Auf dem Parkplatz vom Peavey Mart, als sie sich so aufgeregt hatte. Oder in Dave's Drugstore, als sie hinter ihrem Sohn stand und sah, wie er sich weiß Gott was für ein Päckchen in die Tasche stopfte.

Walter rief immer wieder die 5-1-1 an, ganz fasziniert von den sprachgesteuerten Servicemeldungen zur Straßenlage. *Trocken, feucht, nass. Nebel, Schnee, Eis. Teils bedeckt. Schlechte Sicht. Keine Sicht. Von Fahrten wird abgeraten.* Er hörte sich genüsslich die ungeschönten Einzelheiten an und teilte der automatisierten Stimme am anderen Ende der Leitung seine Meinung mit.

Ellie marschierte zu der leeren Basisstation, drückte den halbmondförmigen Knopf für das Ortungssignal und wartete auf das Klopfgeräusch, das sie zum Mobilteil des Telefons führen würde. Sie folgte dem schwachen Ton, ging vorwärts und wieder zurück und den Flur entlang und in Walters Zimmer hinein. Hier wurde es wärmer und jedes Klopfen etwas deutlicher, als sie Bettdecken durchwühlte und Schubladen aufzog. Da. Es lag unter einem Stapel Altmännerunterhemden verborgen, und die Anrufliste zeigte acht versäumte Anrufe an, alle von ihr.

Am späteren Nachmittag klopfte Ellie bei Danny und wartete. Weil sie keine Antwort bekam, versuchte sie es noch einmal, dann schob sie die Tür einen Spalt auf und betrat sein Reich. Ihr Sohn saß zwischen Bett und Kommode an die Wand gelehnt auf dem Boden, die Beine ausgestreckt und sein iPad auf dem Schoß.

»Darf ich reinkommen?«

Er zuckte die Schultern, ohne aufzusehen. »Ist dein Haus. Und du bist ja schon drin.«

Sie ging ein paar Schritte und setzte sich auf die Kante des zerwühlten Bettes. Es roch nach verschwitzten T-Shirts und getragenen Socken und verdorbenem Hähnchen. Wie lange war es her, seit sie hier mit Putzeimer und Staubsauger durchgegangen war? Wochen? Monate? Sie saß, solange sie es aushielt, reglos da und widerstand auch dem Bedürfnis, ihre Blicke durch das Zimmer schweifen zu lassen.

»Was machst du hier unten denn so?«, fragte sie.

Seine Finger wischten über den kleinen Bildschirm. »Nicht das Haus abfackeln.«

»Ich störe hoffentlich nicht gerade bei einem Spiel.« Sie versuchte, locker und spontan zu klingen, doch ihre Stimme verriet sie.

»Was willst du, Mom?«

»Ich möchte noch mal von vorn anfangen.«

Nichts.

»Ich habe mich heute wie eine Hexe verhalten. Im Van. In Dave's Drugstore. Ich hatte kein Recht, dich so zu behandeln.«

»Wirklich?« Er wollte sie immer noch nicht ansehen, aber seine Antwort war ein Anfang.

Sie beugte sich vor, die Hände auf die Knie gestützt. »Ja, wirklich. Es ist nicht dein Fehler. Du hast nichts falsch gemacht. Ich habe uns den Tag ruiniert. Und das tut mir wirklich leid, Danny.«

Er legte das iPad beiseite und zog die Knie an die Brust. »Du drehst öfter ohne Grund durch. Nicht bloß heute.«

Sie holte einmal tief Luft und nickte. »Ich weiß, dass es so aussehen muss. Wie Jekyll und Hyde.«

»Genau.« Er schwieg einen Moment, dann fragte er: »Ist das der Film mit Christian Bale?«

»Äh, ich glaube, das war *Batman*.«

»Welcher von den beiden ist das Monster – Jekyll oder Hyde?«

»Das verwechsle ich auch immer. Der mit dem Doktortitel ist der Professor. Aber einen Mr Hyde gibt es eigentlich gar nicht, das ist der Punkt. Hyde ist nur der Jekyll, der sich in etwas Grässliches verwandelt hat.«

»Seitdem gab's eine ganze Menge bessere Monster.«

»Ich weiß. Sie sind überall. Im Fernsehen. Im Handy. Und manchmal sitzen sie im Van neben dir.«

Daniel musste unwillkürlich lachen. »Als Monster bist du allerdings miserabel, nicht gruselig genug.« Dann wurde sein Gesicht wieder düster. »Aber du kannst so richtig durchdrehen. Und das kommt in letzter Zeit ziemlich oft vor. Tja, ist so, 'tschuldigung.«

»Ich weiß. Wie eine Bären-Mommy, die immer wieder ihre Jungen verliert.«

»Das ist doch Quatsch. Mit Sammy wird alles klargehen. Und hallooo, ich existiere auch noch.«

Sie fing an zu befürchten, dass sie sich ein Leben lang entschuldigen würde, selbst noch als schrumplige alte Frau, die an ihren dürren Worten fast erstickte.

Ihr Sohn rieb sich die Stirn auf eine Art, die an Eric erinnerte. Dann sah er sie an und fragte: »Willst du dich scheiden lassen?«

Herrgott. »Wie kommst du denn darauf?«

Er zupfte Fussel von seinem Pullover. »Immer wenn eine Mutter sich mit ihrem Kind hinsetzt und sagt: *Es ist nicht deine Schuld*, kommt als Nächstes: *Daddy zieht aus, aber er hat dich sehr lieb, und du kriegst einen Welpen, bla bla bla.* Weiß doch jeder.«

»Das ist bestimmt nicht …«

»Ich bin ja nicht total blöd.« Er stand vom Boden auf und warf sich aufs Bett, hinter sie. »Du kannst ihn nicht ein einziges Mal angucken, ohne seine Fehler zu sehen. Du bist sauer, weil er Hannah mitgebracht hat. Du bist sauer, weil er uns hierhergebracht hat, obwohl es *deine* Idee war. Du bist sauer, weil Weihnachten ist. Du bist auf einfach alles sauer.«

Ihre Reue kannte keine Grenzen; sie krümmte sich geradezu unter ihrer Last.

»Ich werde mich bessern, Danny«, sagte sie und drehte sich um, um ihn anzusehen. »Wir lassen uns nicht scheiden, auf gar keinen Fall.« Auch wenn sie darüber nachgedacht hatte, damals, als Eric Tag und Nacht unterwegs war, um die Brände anderer Familien zu löschen. Sie hatte sogar dieses dämliche vollgekritzelte gebrauchte Buch bei Amazon bestellt, in dem sie über die ersten paar Kapitel nicht hinausgekommen war. Weder die Worte darin noch die Welt ergaben einen Sinn für sie ohne Eric. Sie konnte es sich nicht vorstellen, allein in einem Bett aufzuwachen, ohne klimpernden Schlüsselbund zu leben, in ohrenbetäubender Stille. »Ich liebe deinen Vater sehr«, sagte sie jetzt zu ihrem Sohn.

»Und was ist mit Hannah?«

Seine Frage traf sie unerwartet.

»Sie ist die, bei der du dich entschuldigen solltest. Du warst echt gemein zu ihr draußen im Garten. *Du weißt doch, dass man ein Telefon klingeln hören kann. Jeder Idiot kann ein Telefon klingeln hören.*«

Scham erfasste sie. »Hat es so geklungen?«

»So ziemlich.«

»Okay, dann erschieß mich einfach.« Sie hob eine Hand an den Kopf und zog mit dem Zeigefinger den Abzug.

Er warf seinen Kopf aufs Kissen. »Sie hat's wahrscheinlich gar nicht gehört.«

»Hat sie etwas gesagt?«

»Nee.«

Natürlich nicht. Wenn das Mädchen in dem abscheulichen Haus überleben konnte, war sie bestimmt in der Lage, ihre Gedanken für sich zu behalten.

Ellie griff nach einem seiner Füße in Strumpfsocken und drückte ihn. »Ich werde mich bessern. Können wir noch mal von vorne anfangen?«

Er versuchte, seinen Fuß freizumachen, aber sie hielt ihn fest.

»Bitte, bitte?«, bat sie.

»Glaub schon«, sagte er. Und er schien es ernst zu meinen.

»Okay, abgemacht.« Ellie stand auf. »Kommst du bald nach oben?«

»Ja, bald.«

Als sie die Tür erreicht hatte, drehte sie sich um und sah ihn noch einmal an. Er wirkte so unschuldig, wie ein kleiner Junge, der aus dem Mittagsschlaf aufgewacht ist. Ihr Junge.

»Danny, wonach hast du in Dave's Drugstore eigentlich gesucht? Du musst es mir nicht erzählen, wenn du nicht willst.«

»Ich habe nach nichts gesucht. Ich habe was zurückgegeben.«

»Oh. Alles okay bei dir?«

Er zuckte die Schultern. »Glaub schon.«

»Hat es irgendetwas mit diesem Mädchen zu tun?« Es gab ein Mädchen, davon war sie überzeugt.

Seine Augen wurden klein. »Welches Mädchen?«

»Die, zu der du in der Nacht wolltest, als du deinen … Unfall hattest. Du hast uns nie gesagt, wie sie heißt.«

»Wovon redest du?«

»Ich bin auch nicht total blöd, Danny. Du wolltest zu einem Mädchen.«

Daniel starrte sie ganze zehn Sekunden lang an. Dann sagte er: »Sie hatte mir jede Menge SMS geschrieben. Es klang, als wäre sie in Schwierigkeiten.«

»Du hast gedacht, das Mädchen braucht Hilfe, und deshalb bist du zu ihr gefahren. Oder hast es zumindest versucht. Habe ich das richtig verstanden?«

Er nickte, seine Wangen liefen rot an.

»Also das ist ziemlich ehrenwert, würde ich sagen. Es ist nicht so gelaufen, wie du wolltest, aber deine Absichten waren gut, und damit fängt Herzensgüte an.«

»Sie heißt Melissa«, sagte er. »Und sie hat mit mir Schluss gemacht.«

Ellie hielt sich am Türrahmen fest, um nicht zu ihm zu laufen. »Oh. Das ist hart. Wann?«

»Keine Ahnung. Könnte auch sein, dass ich mit ihr Schluss

gemacht hab. Es ist jedenfalls aus. War sowieso klar. Ich hatte ihr eine Kette zu Weihnachten gekauft. Deshalb musste ich zu Dave's. Um sie zurückzugeben.«

»Eine kluge Entscheidung.«

»Sie ist 'ne blöde Ziege. Ich weiß nicht, warum ich sie überhaupt mal mochte. Eigentlich bin ich richtig erleichtert.«

Ellie war selbst in nicht geringem Maße erleichtert. »Dann freut es mich. Sie verdient dich nicht.«

»Das hat Hannah auch gesagt.«

Ellie stockte einen Moment lang ungläubig der Atem. Das gebrochene Herz ihres Sohnes – das Mädchen hatte sogar dort hinein einen Weg gefunden? »Du hast mit Hannah über Melissa geredet?«

»Sie hat uns zusammen in der Kirche gesehen.«

»Melissa war in der Kirche?« Das hatte sie auch nicht mitbekommen.

»Ja. Ich hab Hannah erzählt, dass sie meine Freundin war und wir Schluss gemacht haben, und sie hat gesagt, ich könnte bessere Freunde finden. Sie wirkt irgendwie älter als elf.«

Das stimmte. Ellie beschloss, nichts weiter zu sagen – nicht über Hannah und auch nicht über das Päckchen, das Danny in die Tasche gesteckt hatte, bevor sie den Laden verließen. Wenn sie noch einmal von vorne anfangen wollte, konnte sie auch jetzt gleich damit anfangen und den Mund halten. Deshalb warf sie ihrem Sohn nur noch eine Kusshand zu und ging.

11

In Erics Scheinwerferlicht leuchtete ein Schneemann auf, als er um Viertel nach fünf die Auffahrt heraufkam. Bei Gerry hatte es länger gedauert als geplant, doch die Batterie seines Pick-ups war trotz aller Bemühungen nicht mehr zum Leben zu erwecken gewesen. Auf dem Weg nach Hause hatte er Betty angerufen. Sie war gerade von der Polizei gekommen und sagte, die Constables würden alle ziemlich mitgenommen wirken. Natürlich. Misshandlungen kleiner Mädchen gingen an die Substanz. Wilson war unter Auflagen freigelassen worden und wieder zu Hause, wo er vermutlich Hemden bügelte. Das Ermittlungsverfahren gegen ihn war auf den 16. Februar festgesetzt.

Statt gleich nach Hause zu fahren, hatte Eric noch ins Style Loft hineingeschaut und ein paar Weihnachtsgeschenke für Hannah besorgt. Das hätte er vielleicht erst mit Ellie besprechen sollen, aber irgendetwas hatte ihn von diesem Gespräch abgehalten. Ellie wusste all die richtigen Dinge irgendwie: wie man dem Mädchen das Haar frisierte, ihr ein nettes Zimmer herrichtete oder ihr ein Lächeln entlockte. Aber dafür hatte er ihr wiederholt versichern müssen: *Nur für ein paar Tage, das ist alles,* so als wäre sein Versprechen das Klebeband, das sie zusammenhielt. Nein, er durfte sie nicht merken lassen, wie sehr seine Gedanken um das Mädchen kreisten und darum, was aus ihr werden würde.

Laurie Haddon, die Ladenbesitzerin, war ein Problem ganz eigener Art. Sie machte ständig neugierige Anspielungen und warf verstohlene Blicke auf seine noch immer geschwollenen Handknöchel, als sie seine Einkäufe in die Kasse eingab.

»Was für eine hübsche Strickjacke Sie da ausgesucht haben, Sergeant Nyland.«

»Ohne Sergeant, Laurie. Einfach nur Eric.«

»Und so eine schicke Winterjacke. Die haben wir letzte Woche erst geliefert bekommen. Der Kunstfellbesatz wird ihr bestimmt gefallen, und wenn es mal anders aussehen soll, kann man die Kapuze ganz leicht abtrennen – so, mit diesem Reißverschluss hier. Was sagten Sie gleich wieder, für wen ist die Jacke?«

Er wechselte das Thema, indem er Laurie nach ihrem hohlköpfigen Sohn fragte, der inzwischen schon zweimal dabei erwischt worden war, wie er das Wort »Vagina« – er buchstabierte es W-a-g-i-e-n-a – an die Steinmauer vor dem Altenheim sprühte. Das brachte sie zum Schweigen, obwohl er annahm, dass sie Hannahs Geschichte bestimmt schon irgendwo aufgeschnappt hatte. So was machte in einer Kleinstadt wie Neesley schnell die Runde.

Er kam mit leeren Händen ins Haus, die Style-Loft-Tasche hatte er im Kofferraum des Autos gelassen, wo vor Kurzem noch die tote Katze gelegen hatte. Er zog seine Jacke aus, klopfte mit der flachen Hand auf seine Tasche, um sicherzugehen, dass sein Schlüsselbund noch da war, und tätschelte den Hund, der zur Begrüßung in den Flur getrottet kam.

»Hier riecht's aber gut«, sagte er.

»Makkaroni-Käse-Auflauf«, rief Ellie ihm zu, die gerade eine Auflaufform aus dem Backofen zog. Die Tatsache, dass nichts anderes als Makkaroni-Käse-Auflauf in ihrer Stimme mitschwang, steigerte seine Zuversicht beträchtlich.

Es herrschte eine seltsame Beschaulichkeit im Haus. Alle waren im selben Bereich versammelt. Walter und die Kinder saßen um den Esstisch herum, der bereits für eine Familie von sechs gedeckt war. Sammy hopste auf seinem Stuhl herum, aber er war bei ihnen, nicht in der anderen Ecke des Raums, wo er ins Leere starrte. Hannah hatte zu beiden Seiten des Tellers die Ellbogen aufgestützt und beugte sich vor, das Kinn in Händen.

»Und was ist dann passiert?«, fragte sie Walter, der in seiner Hosentasche nach einem Stein fischte.

»Erzähl die Geschichte zu Ende, Grandpa«, sagte Daniel.

»Was für eine Geschichte?« Walter blinzelte, als wäre eben erst Licht eingeschaltet worden.

»Die über die Ente!« Daniel konnte kaum an sich halten. »Du hast den Eimer runtergelassen …«

Walter fuhr sich mit der Zunge über die Lippen. »Genau das haben wir gemacht. Wir haben den Eimer runtergelassen, die Ente ist reingehüpft, wir haben sie raufgezogen, den Eimer gekippt, und dann ist sie rausgehüpft, hat sich das Wasser abgeschüttelt und ist davongewatschelt, als würde sie alle naselang in den Brunnen fallen.«

Hannah lachte unbefangen. Walter sah überrascht auf, als hätte er solch ein Gelächter in all seinen sechzig-und-einpaar-zerquetschten Jahren in diesem Haus noch nicht gehört. Daniel lehnte sich lächelnd und die Hände zufrieden auf der Brust gefaltet in den Stuhl, auch wenn er die Geschichten seines Grandpas schon tausendmal gehört hatte. Eric konnte sich nicht erinnern, wann sein Sohn das letzte Mal so viel Interesse gezeigt hatte.

»Wir essen heute etwas früher zu Abend«, sagte Ellie

fröhlich und strich sich, die Hand noch im Ofenhandschuh, das Haar aus der Stirn. »Wir sind alle am Verhungern.«

»Kein Wunder.« Eric ging zu ihr und gab ihr einen Kuss auf die Wange. »Da draußen steht ein ziemlich hübscher Schneemann. Weiß jemand, wie der dahinkommt?«

»Sammy«, warfen Daniel und Hannah wie aus einem Munde ein.

»Stimmt das? Du hast ihn eingeladen, Sammy?«

»Ich habe ihn gemacht«, sagte Sammy schlicht.

Eric spürte, wie seine Schultern sich zum ersten Mal an diesem Tag entspannten. »Wirklich? Wer hätte geahnt, dass du so großartige Schneemänner machen kannst. Wie heißt er denn?«

»Robert!«, rief Sammy. Die anderen Kinder kicherten. Thorn lag wieder unter Hannahs Stuhl und leckte an ihren nackten Zehen.

»Alle haben mitgeholfen.« Ellie trug die Auflaufform zum Tisch und stellte sie auf den Untersetzer. »Es war Hannahs Idee.« Sie fing seinen Blick auf und zuckte die Schultern, so als hätte sie in der Angelegenheit nichts zu sagen gehabt.

Eric stand am Spülbecken und wusch sich die Hände, das heiße Wasser brannte auf seinen wunden Knöcheln. »Hm, ich glaube, Schneemann Robert wird sehr lange bei uns bleiben. Der Winter dauert noch eine ganze Zeit. Vielleicht braucht er einen Bruder, damit er nicht so allein ist. Oder einen Sohn. Robert junior.«

»Oder 'ne Freundin«, sagte Daniel und zeichnete mit den Händen eine kurvige Gestalt in die Luft. »Wär interessant zu sehen, wie Sammy die macht.«

Sammy sprang vom Stuhl und rannte zum Wandschrank im Flur.

»Halt, doch nicht jetzt, Rabauke.« Eric ging ihn wieder

einfangen. »Zuerst müssen wir mal was essen. Vielleicht morgen, okay?«

Eric manövrierte Sammy zu seinem Stuhl zurück, indem er sich mit ausgebreiteten Armen dicht hinter ihn stellte und ihn mit kleinen Schritten vorwärtstrieb. Eine Methode, die auch bei Stomp funktioniert hatte, Erics Lieblingspferd unter all denen, die durch seine Kindheit getrottet waren. »Stellt einer von euch Kindern jedem mal ein Glas Wasser hin?« Ellie war schon wieder am Küchentresen und hob mit dem großen Holzbesteck den Salat durch.

Hannah rannte zu genau dem richtigen Schrank.

»Danny, du holst das Ketchup und die Salatdressings.« Danny sprang auch gleich auf. »Und die Mayonnaise für deinen Grandpa.«

Inzwischen hatte Walter sich bereits die Serviette in den Kragen gesteckt und saß, mit der Gabel in der einen und dem Messer in der anderen Hand, wartend da. Eric musste nichts mehr tun, nur noch auf seinen Stuhl am Tisch sinken, und dafür war er dankbar, während die anderen herumflitzten und ihre Aufgaben erledigten.

Das Essen war aufgetischt, und alle saßen, bis auf Hannah, die mit vorsichtigen kleinen Schritten noch das letzte Glas Wasser, das für Eric, hinter Sammy und Walter entlangtrug, um nichts zu verschütten. Doch dann blieb sie irgendwo mit dem großen Zeh hängen, Eric konnte es nicht genau sehen, und griff im Hinfallen nach Walters Rückenlehne, um nicht vollends zu stürzen. Das Glas fiel ihr aus der Hand, und die Scherben flogen in alle erdenklichen Richtungen, als es auf dem Boden aufschlug.

Eric sprang auf und befahl ihr, sich nicht vom Fleck zu rühren. Er hörte keinen Laut, weder Ellies Aufkeuchen noch Sammys Tischgeklopfe. Er sah nur ihre kleinen Zehen und die wie einen See um sie herum verteilten Glassplitter. Aber er hatte in zu barschem Tonfall gesprochen, vielleicht sogar geschrien, denn jetzt wich sie sich duckend vor ihm zurück, mit genau demselben Gesichtsausdruck wie auf der Rückbank seines Autos, als er auf die Straße zu Nigel Wilsons Haus abbog.

Sie war umgeben von Glassplittern, ringsum, und würde sich am Fuß verletzen, wenn sie auch nur einen Schritt machte. Es blieb nichts anderes übrig, als sie daraus herauszuheben. Er griff nach ihr, doch sie hob sie Arme, als wollte sie einen Schlag abwehren, und da erfasste ihn eine Wut. Er sah sich selbst in ihrem Verhalten – genau so hatte auch er die Arme gehoben, als Walter auf ihn losging. Er lüpfte sie mit Schwung vom Boden, raus aus der Gefahr. Sie war geradezu ein Fliegengewicht.

»Tut mir leid, Kleine.« Er setzte sie auf den Küchentresen. »Ich wollte nicht schreien. Du solltest dir nur nicht die nackten Füße aufschneiden, das ist alles.«

Hannah umschlang ihren Leib und sah zu Boden. Er drehte sich zu seiner Familie am Tisch um. Sie schauten ihn alle mit großen Augen an, um zu sehen, was er als Nächstes tun würde; so als hätte er selbst das Glas zu Boden geworfen, nur um es zersplittern zu sehen.

»Ich gehe den Besen holen«, sagte Ellie, ohne sich zu rühren.

»Warum trägt sie keine Socken?« Seine Stimme klang rau, ja, schroff, so als läge ein Angriff darin. Er bückte sich, weil er zwischen den Zehen einen stechenden Schmerz spürte, und zog einen rötlich verfärbten, glitzernden Splitter aus seiner Arbeitssocke.

»Sie sind nass, Eric. Vom Schneemann-Bauen. Sie hängen im Badezimmer. Ist dir das recht?«

»Es sollte kein Vorwurf sein.«

Ellie seufzte. »Also, was war es dann?«

Hannah schlug sich die Hände vors Gesicht und brach in lautes Weinen aus. Es waren genau dieselben verzweifelten, feuchten Laute, die sie in Wilsons Haus von sich gegeben hatte.

Er wagte nicht, die schluchzende Hannah anzufassen, die immer noch genau da, wo er sie hingesetzt hatte, aufrecht auf dem Küchentresen saß. Hilfesuchend warf er einen Blick in die Runde am Tisch, doch der Anblick verunsicherte ihn noch mehr. Sammy saß vollkommen still da – er hatte sich ausgerechnet diesen Augenblick ausgesucht, um ein einziges Mal überhaupt nicht herumzuzappeln – und Daniel auch, dem schienen seine Teenagerweisheiten plötzlich ausgegangen zu sein. Thorn lag noch unter dem Stuhl, auf dem Hannah sitzen sollte, und leckte wie wild an einem der Stuhlbeine. Walter griff mit der Hand quer über den Tisch und zog verstohlen das Makkaroni-Gericht an der Schlaufe des Untersetzers zu sich heran.

Ellie stand auf. Doch statt zu Hannah zu gehen oder ihr wenigstens ein Taschentuch zu suchen, ging sie den Besen holen. Hannah hörte auch nicht auf zu weinen, als Ellie mit langen, kräftigen Schwüngen um sie herum fegte, die nassen Scherben in die Schaufel schob und die kleinsten Splitter und das verschüttete Wasser mit Unmengen von Küchenpapier auf den Knien vom Boden wischte. Penibel drückte sie an ihren Fingerspitzen herum, um ein paar hartnäckige winzige Splitterchen zu entfernen, und Eric versuchte, ihr bei all dem, so gut es ging, nicht im Weg zu sein. Schließlich warf sie die feuchten Überbleibsel alle in den Mülleimer unter dem Spülbecken, lehnte den Besen an und musterte den Boden eingehend.

»Ich habe alles erwischt, glaube ich«, sagte sie über Hannahs Schluchzen hinweg. »Sieht jemand noch irgendwelche Splitter?«

Kein Mucks vom Tisch. Hannah hielt ihr Gesicht immer noch in den Händen, und in ihr Schluchzen mischte sich jetzt ein lauter Schluckauf, der nur von geräuschvollem Schniefen und Schluckgeräuschen unterbrochen wurde.

Ellie stellte erst einmal den Besen wieder weg, bevor sie sich vor das Mädchen stellte. »Möchtest du dich jetzt an den Tisch setzen?«, fragte sie forsch-fröhlich. »Hannah, sieh mich an.«

Hannah schluckte und schniefte und krächzte wie ein sterbender Frosch und blinzelte Ellie tränenblind an. Ihr Gesicht war in allen erdenklichen weihnachtlichen Rottönen gesprenkelt, und Schnodder lief ihr aus der Nase.

»Darf ich in mein Zimmer gehen?«

Eric trat neben Ellie. »Nun komm schon. Es war doch nur ein kleines Versehen. Ist alles schon wieder weggewischt.«

Ellie grub durch ihren Pullover hindurch die Fingernägel in den Arm. »Geh ruhig, Hannah. Und lass dir so lange Zeit, wie du brauchst.« Sie hob sie auf den Boden und flüsterte: »Ich lasse dir vom Auflauf etwas übrig.« Hannah rannte weg, und Thorn tat mit auf dem Linoleum schabenden Krallen sein Bestes, um sie einzuholen.

Ellie setzte sich an den Tisch, breitete ihre Serviette auf dem Schoß aus und trank einen großen Schluck Wasser. Eric sank gegen den Küchentresen. Er staunte, wie schnell sich alles ändern konnte.

»Erde an Danny«, sagte Ellie. Ihr Sohn wirkte benommen, so als würde er gerade aus einem Koma erwachen. »Nimm dir doch von den Makkaroni und schieb die Auflaufform dann zu mir. Ich werde Sammy helfen.«

Daniel wollte danach greifen, änderte dann jedoch seine Meinung und ließ die Arme so hart auf den Tisch knallen, dass sein leerer Teller klapperte. »Darf ich aufstehen, bitte?«, sagte er so aufsässig, als würde er einen Streit erwarten.

»Aber natürlich«, erwiderte Ellie, ohne einen Augenblick zu zögern.

Sammy hockte plötzlich auf den Knien auf seinem Stuhl und sah seinem Bruder nach, der jetzt auf den Flur zuging.

»Und du auch, Sammy. Du darfst mit deinem Bruder gehen, wenn du willst.«

Er hüpfte vom Stuhl und rannte Daniel hinterher, den offenen Tunnelzug seiner Jogginghose festhaltend, damit sie ihm nicht herunterrutschte.

Ellie nahm Walter den Makkaroni-Auflauf weg, der sich bereits ein ordentliches Stück davon genommen hatte, und tat sich eine Portion auf den Teller.

Sie waren alle in Hannahs Zimmer gegangen, die Kinder, der Hund. Eric spürte, wie die Feuchtigkeit unter seinen Achseln in die Wolle seines Pullovers sickerte.

»Vielleicht sollte ich mal nach ihnen sehen«, sagte er.

»Oder dich zu uns setzen und etwas essen«, erwiderte sie, immer noch ihren Teller füllend.

»Was für einen Kuchen gibt's?«, warf Walter ein.

»Heute Abend gibt es keinen Kuchen, Dad«, sagte Ellie. »Möchtest du etwas Salat? Hier ist die Mayonnaise.«

Eric hörte ein seltsames Geräusch aus seiner eigenen Kehle kommen, ein Summen, das er wieder herunterschluckte.

»Was ist mit der Zitronen-Baiser-Torte?«, fragte Walter.

»Das war gestern«, log Ellie. Sie backte nie Kuchen und erst recht keine Zitronen-Baiser-Torte. »Heute Abend gibt es Schokoladeneis. Mit Kirschen, wenn du möchtest. Aber du solltest erst mal etwas Salat essen, Dad.«

Wie konnte seine Frau Hannah gegenüber nur so unsensibel sein? Eric bemühte sich, irgendwelche Geräusche aus ihrem Zimmer aufzufangen. Weinte sie noch? Was machten die Jungs darin?

Ellie tat einen Löffel Mayonnaise auf Walters Salat und lachte über etwas, das er zu ihr sagte. Eric überließ die beiden ihrem Abendessen und ging den Flur hinunter, bis er das Ohr an das kalte Holz ihrer Tür legen konnte. Helles Licht fiel durch den Türspalt auf seine Strumpfsocken.

Er hörte Geflüster und Daniels Lachen, ein Rascheln und dann rhythmisches dumpfes Aufprallen, bestimmt Sammy, der auf ihrem Bett herumhüpfte. Thorn winselte, so wie er es immer tat, wenn es ihm gelungen war, sich auf den Rücken zu rollen und die Läufe in die Luft zu strecken. Dann hörte er das Mädchen, einen ganzen Schwall von Worten, die er nicht verstehen konnte. In dieser Stimme lag kein nachklingender Kummer und auch kein Schluchzen mehr. Daniel lachte noch einmal, tief und laut. Sammy rief *mehr, mehr*.

Er musste an all die Schwestern und Brüder denken, die sich auf der ganzen Welt mit ihren Hunden in Kinderzimmer verkrochen wie in ein anderes Universum, zu dem Erwachsene keinen Zutritt hatten. Und da war es auch vollkommen egal, ob man ein Ex-Polizist war, ein ausgebildeter Ermittler, man war immer einen Schritt hinterher. Er ging wieder in die Küche zurück und setzte sich an den Tisch.

»Alles okay bei den Kindern.« Er starrte auf seinen Teller.

»Ich weiß«, sagte Ellie.

Woher? Er sah sie genauer an. »Woher weißt du das?«

Sie erwiderte seinen Blick, mit klaren Augen, die nichts verrieten. »Soll ich dir ein Glas Wasser holen?«, fragte sie.

»Herrje, bloß nicht.« Er spürte, wie seine Stirn heiß wurde.

Sie hielt sich den Mund zu, um den Laut zu ersticken, und schnaubte in ihre Hand hinein. Er konnte erkennen, dass sie sich bemühte, wirklich bemühte, feinfühlig zu sein, aber spektakulär scheiterte. Ihr Gelächter ergoss sich über ihn, umspülte ihn und wurde immer lauter. Und dann riss es ihn mit sich wie eine Flut, der er sich nicht entziehen konnte, bis sie beide geradezu wieherten.

»Was hat euch denn in blödelnde Pferde verwandelt?«, spottete Walter. Er hatte seine Steine zu einem Lächeln auf dem Tisch aufgereiht.

Das löste erneut eine Lachsalve aus. Dann wischte Ellie sich schließlich die Augen, klopfte sich das Gesicht und zog ihre Bluse glatt. Eric schwang seine Beine unter dem Tisch hervor und ging zu ihr hinüber, um sie an sich zu ziehen, sie in seinen Armen zu spüren, doch der Moment war schon verstrichen. Er legte ihr eine Hand auf die Schulter, und sie legte ihre darauf und drückte sie. So hätte er die ganze Nacht dastehen können, seine Hand von ihrer bedeckt.

»Ich habe heute im Style Loft ein paar Sachen gekauft«, flüsterte er übervorsichtig. Wenn ihr Radau die Kinder bis jetzt nicht aus dem Zimmer gelockt hatte, dann war nichts dazu in der Lage. »Einen Pullover. Und eine Jacke. Ich dachte, die könnten wir als Geschenke verpackt unter den Baum legen.«

Sie erstarrte, oder bildete er sich das nur ein, dieses leichte Zittern unter seinen Fingern. Doch dann stand sie plötzlich auf. »Hilf mir, alles auf ein Tablett zu tun, Eric«, sagte sie, wieder ganz geschäftig.

»Was?«

»Wir machen ein Picknick draus. Dann können sie in Hannahs Zimmer essen.«

Sie lief um den Tisch herum, stapelte die Teller übereinander und stellte wie bei einem Kirchenbüfett die Speisen daneben. Seine schöne Frau, noch ein ungelöster Fall, den er auf sich beruhen lassen musste.

Eric holte die Geschenke ins Haus, als Sammy im Bett war und Daniel und Hannah nebeneinander am Küchentisch saßen und abgelenkt waren von dem lustigen YouTube-Video, in dem Mr Bean zu Weihnachten mit dem Kopf im Truthahn stecken bleibt.

Als er mit der großen Tasche im Arm aus der Kälte wieder ins Haus kam, griff er nach Ellies Hand und zog sie gleich den Flur entlang ins Schlafzimmer. Erwartungsvoll hielt er die Jacke und den Pullover aus der überfrorenen Style-Loft-Tasche in die Höhe. Ellie hielt den Atem an und versuchte, nicht an die furchtbare Szene zu denken, die sie heute in Dave's Drugstore gemacht hatte. »Wir kennen ihren Geschmack ja nicht«, war alles, was sie herausbrachte.

Sie hasste sich selbst in diesem Moment, als sie sah, wie Eric die Schultern hängen ließ und seine Augen ihrem Blick auswichen. »Entschuldige«, sagte sie. »Die Sachen sind sehr hübsch.«

»Ich dachte, wir sollten ihr ein paar Geschenke machen«, sagte Eric so, als ob ihr das niemals in den Sinn gekommen wäre. »Laurie Haddon war dieselbe Nervensäge wie immer. Sie wollte mir alle pikanten Einzelheiten aus der Nase ziehen, um sie mit ihrem Weihnachstruthahn servieren zu können.«

Ellie verdrehte lächelnd die Augen. »Diese Frau lebt für Klatsch und Tratsch. Hannah geht sie gar nichts an.«

»Natürlich nicht.«

»Und wir auch nicht.«

Er seufzte. »Das stimmt, El. Wir auch nicht.«

Er wusste natürlich, dass sie an Sammy dachte und an all die unbeantworteten Fragen, die sie überallhin verfolgten. Ellie hätte ihrem Mann gern eine Hand an die Wange gelegt, doch stattdessen ging sie zu ihrer Kommode. »Wir brauchen auch noch einen Weihnachtsstrumpf«, sagte sie mit dem Rücken zu ihm. »Und ein paar kleine Geschenke. Wir haben hier doch bestimmt ein paar Sachen, die wir ihr geben können.«

Sie wühlte die Schubladen durch und den Wandschrank und den Schuhkarton mit Krimskrams, den sie unter dem Sessel aufbewahrte. Eric saß auf dem Bett und sah ihr zu. Sie fand einen noch nicht angebrochenen farblosen Nagellack, ein Tütchen Glitzersticker, einen Herz-Schlüsselanhänger, eine Parfümprobe in einem Flakon und ein Päckchen Taschentücher mit Gänseblümchen. Und dann griff sie in ihre Handtasche und tat die um fünfzig Prozent reduzierte Handcreme auch noch dazu.

Eric ließ die Sachen, die sie auf seinen Schoß gelegt hatte, durch seine Finger gleiten. »Das ist gut, oder?«, fragte er. »Das wird ihr gefallen?«

Er wollte von ihr hören, dass es genug war, so als könnte er das Kleinliche in ihrem Herzen nicht spüren, als wäre es tatsächlich an ihr, ein solches Urteil abzugeben. Sein Vertrauen in sie war erstaunlich.

Sie bemühte sich immerhin und versuchte, überzeugend zu klingen. »Wir könnten Sammys alten Weihnachtsstrumpf mit dem Loch im großen Zeh nehmen. Da stopfen wir einfach ein Taschentuch hinein. Er liegt ganz unten in der Schachtel mit dem Weihnachtsschmuck.«

»Ich gehe ihn holen«, sagte er und war auch schon zur Tür hinaus. Sie setzte sich dorthin, wo er gesessen hatte, und ließ seine Wärme in ihre Haut sickern.

Als er zurückkam, packten sie die letzten Geschenke ein. Es beschämte Ellie geradezu zu sehen, was für schöne Sachen Eric ausgesucht hatte: die Farben einfach perfekt, die Größen genau richtig.

Für die Strickjacke fanden sie eine hübsche alte Schachtel, die sie mit dem restlichen Mistelzweig-Papier einwickelten; und weil das rubinrote Jäckchen mit den Samtpaspeln und den aufgesetzten Taschen aus so wunderbar weicher Wolle war, schlug Ellie es zuerst in Seidenpapier ein. Hannahs Winterjacke kam in einen großen Apfel-Karton, der unter silbernem Glanzpapier verschwand und mit einer glitzernden Schleife verziert wurde. Sie war richtig schick in dem leuchtenden Wasserblau und mit dem Kunstfellbesatz um den Kragen, mit dem Reißverschluss und den zusätzlichen Druckknöpfen, damit die Kälte nicht hineinkroch, und mit den extra tiefen Taschen, in denen man allerlei Schätze verbergen konnte.

Nach einigen misslungenen Anläufen schrieb Eric aufs Geschenkkärtchen: »Damit dir immer warm ist. Deine Freunde, die Nylands.« Mehr Platz war nicht, und die richtigen Worte gab es ohnehin nicht.

TEIL V

Diese unerklärliche und gigantische Veränderung

Dienstag, 24. Dezember

12

Ellie sah aus dem vereisten Schlafzimmerfenster in den wirbelnden Schnee hinaus. Ein einzelner Rabe hockte auf der Telefonleitung, den Kopf weit eingezogen und die Federn aufgeplustert wie die eines Pfaus. Bei Sonnenaufgang war der unbarmherzige Nordwind aufgekommen, vor Stunden schon, und zerrte mit eiskalten Böen und Windstößen an allem, was nicht fest verschnürt war. Eric hatte für Zeiten wie diese zwischen Haus und Schuppen ein Sicherheitsseil gespannt, man verlor den Weg einfach zu schnell aus den Augen. So etwas war in diesem Land weiß Gott schon passiert: Erdman Croegers Schneemobil war von einem Blizzard gedreht worden, und danach fuhr er immer im Kreis, bis der Benzintank leer war. Als man ihn am nächsten Morgen meilenweit von seinem Schneemobil entfernt fand, stapfte er halb nackt durch den tiefen Schnee und erkannte nichts und niemanden mehr. Er lebte noch eine Woche, dann hörte sein erfrorenes Herz auf zu schlagen, nur wenige Tage vor seinem einundsiebzigsten Geburtstag.

Ellie sah den zerwehten Raben an. Sie verstand nicht, wie das möglich war, wie der Vogel sich, nur mit seinen dürren Krallen am Draht festgeklammert, aufrecht halten konnte. Oder die Kühe draußen auf Jorgensens Feld, die an gestrandete Wale erinnerten, reglos wie Eisskulpturen. Wie hielten sie das nur aus, Stunde um Stunde und ohne Scheune oder

Windschutz, die vor dem Schlimmsten bewahrten? Sie war dankbar für ihre dicken Hausmauern, die trocken waren wie Reisig, und für die Wärme, die durch die Luftschächte vom bollernden Heizofen aufstieg.

Es war ein schöner Tag, schöner, als sie sich ihn hätte ausmalen können. Sammy und Hannah hatten den Vormittag damit zugebracht, mit den Buchstabenklötzen, die sie im Wandschrank von Hannahs Zimmer gefunden hatten, einen Zaun um Sammys Legostadt zu bauen. (Komisch, dass Ellie es inzwischen als Hannahs Zimmer betrachtete und Myrtle wie die stocksteife Schneiderpuppe einfach beiseitegeschoben hatte.) Es begeisterte Sammy immer, wenn er zwischen dem, was seins war, und der Welt eine Barriere ziehen durfte. Das konnte Hannah nicht wissen – sie war noch nicht mal zwölf –, aber ihre Instinkte waren geradezu unheimlich, wenn es um Ellies jüngeren Sohn ging.

Auch Daniel wirkte erstaunlich fröhlich. Schwungvoll und mit einem albernen Grinsen im Gesicht, das er nicht mal zu verbergen suchte, lief er immer wieder die Treppe rauf und runter, zuerst, weil er eine Schachtel brauchte, dann eine Schere, dann das Klebeband, dann einen Kugelschreiber, und dabei rief er jedes Mal: *Es darf keiner runterkommen, auf keinen Fall runterkommen,* so als hoffte er, sie würden sich vor seiner geschlossenen Zimmertür darum schlagen, wer als Erster hineindurfte.

Eric war die ganze Zeit in der Nähe geblieben, was selten vorkam, und fand immer wieder einen Anlass, um Sammy und Hannah nicht von der Seite zu weichen: Er bewunderte ihren Buchstaben-Zaun, klopfte ans Tor und warf sich knurrend als der große böse Wolf in Pose. Er breitete auf dem Couchtisch eine alte Zeitung aus und klebte dem alten Holzrentier, das Myrtle vor Jahrzehnten selbst gemacht hatte, das Ohr wieder an.

Jedes Mal, wenn Ellie zu ihm hinübersah, hatte Eric eine neue Beschäftigung gefunden. Zuerst arrangierte er auf den obersten Zweigen die Lichter neu, blaue neben grüne, rote zu gelben. Dann strich er mal hier, mal dort herum, füllte das Gefäß unter dem Baum mit warmem Wasser und bespritzte auch den Weihnachtsstern an der Wand. Und einmal ging er sogar auf die Knie und fummelte am Wackelbein von Walters Tisch herum.

Als er sich umsah, was er als Nächstes in Angriff nehmen könnte, bat sie ihn um Hilfe, und er kam, dankbar für eine weitere Aufgabe, zu ihr in die Küche geeilt. Sie arbeiteten Seite an Seite und schwangen die Hüften zu den Weihnachtsklassikern, während Hannah weiter hinten im Raum laut mitsang. *Let It Snow. Have Yourself a Merry Little Christmas.* Sie schälten Kartoffeln und Rüben, schnitten Zwiebeln und Karotten, mischten die Cranberrys mit Zucker, Orangensaft und einem Schuss Bourbon, nahmen verstohlen ein paar Schlucke aus der Flasche und rührten das Gemisch auf der heißen Herdplatte, bis die Cranberrys knallend poppten wie kleine Gewehre. Eric holte den riesigen Bräter unter Walters Bett hervor und scheuerte ihn mit einem glänzenden Stahlwollknäuel. Der Truthahn lag noch im Haushaltsbecken unten, in kaltes Wasser eingetaucht und beschwert mit einem Ziegelstein, damit er auch unter Wasser blieb.

Ellie hatte fast alles von ihrer zweiseitigen To-do-Liste streichen können, während sie mit spielerischen Bewegungen wie schwerelos durch den Vormittag glitt, vom Küchenschrank zur Kommode, vom Kühlschrank zum Herd, von der Speisekammer zum Wandschrank, Eric immer mittendrin und die Kinder mit ihren wichtigen Dingen beschäftigt.

Sie schlug sich nicht ein Mal mit der Hand vor die Stirn oder stimmte eins ihrer albernen Mantras an, sie machte sich keine Sorgen um Sammys Zukunft oder um Daniels Kollisionskurs auf seinem Weg zum Mann.

Jetzt stand sie vor ihrem Bett und warf einen Blick auf all die Geschenke, die sich auf der Steppdecke stapelten. Nur die gefüllten Strümpfe vom Weihnachtsmann waren noch im Schlafzimmerwandschrank versteckt, alles andere hatte sie herausgeholt. Nun fehlte nur noch eines, sie mussten unter den Baum geschafft werden.

Sie hörte ein leises Geräusch, und als sie sich umdrehte, sah sie Hannah mit großen Augen und offenem Mund in der Tür stehen. Hannahs atemloses Staunen brachte sie zum Lachen.

»Komm herein. Ich kann deine Hilfe gut gebrauchen.«

Hannah trat zögernd aufs Bett zu. »Das sind aber viele«, sagte sie.

»Ich weiß, ich weiß, es ist verrückt.« Ellie warf die Hände in die Luft. »Wir haben es dieses Jahr ein bisschen übertrieben.«

»Das Papier ist so hübsch.« Hannah kam näher ans Bett.

Ellie lächelte sie an. »Schau nicht zu genau hin. Beim Eckenfalten bin ich nicht allzu geschickt. Die müssen alle unter den Baum. Hast du Lust, mir tragen zu helfen?«

Hannah machte einen Satz, schnappte sich einen Stapel eingewickelter Schachteln und seltsam geformter Päckchen und war auch schon auf dem Weg den Flur entlang. Sie war so schnell weg, dass Ellie ihr nicht mal sagen konnte, wo die einzelnen Geschenke unter dem Baum liegen sollten: Sammys in einer Ecke alle nebeneinander, sodass sie sich nicht berührten; Walters weiter hinten für den Fall, dass er mit dem Stock daran herumfuchtelte, seinen Namen entdeckte und begann, das Papier aufzureißen. Aber egal, sie konnte die Geschenke heute Abend, wenn Hannah und die anderen im Bett lagen, immer noch anders hinlegen.

Das Geschenkpapier der Schachtel mit Sammys neuem Schlafanzug war an einer Stelle eingerissen, und so suchte sie in der Schublade ihres Nachttischs nach einer Rolle Klebeband.

Hannah war im Handumdrehen wieder da und wollte noch mehr hinübertragen.

»Was macht Sammy?« Ellie hatte die Nase in die Schublade gesteckt. Bei Sammy musste man immer vorsichtig sein, da konnte die Balance schnell kippen. Das Geglitzere sollte ihn nicht so überwältigen, dass er letzten Endes den Spaß an der ganzen Sache verlor. »Schleicht er um den Baum herum?«

»Darf er das?«, fragte Hannah.

»Aber natürlich.« Was für eine seltsame Frage, dachte Ellie, so als würde sie über jede Kleinigkeit bestimmen. Dann hatte sie das Klebeband endlich gefunden und drehte sich wieder zu dem Mädchen um.

Hannah konnte den Blick von all den Geschenken auf dem Bett gar nicht abwenden. »Sammy ist in seinem Zimmer. Er malt noch ein Bild. Soll ich ihn holen gehen?«, fragte sie eher unwillig, so als fürchtete sie, die Geschenke könnten unterdessen verschwinden.

»Nein, nein, ich wollte es nur wissen, das ist alles.« Ellie war es nicht gewöhnt, ein Mädchen um sich zu haben, das sich für Geschenkband und Schleifen interessierte und unbedingt helfen wollte. *Soll ich das Geschirr abwaschen? Kommt der Käse in einen Frischhaltebeutel? Welches Messer soll ich benutzen? Wo kommen diese Zeitungen hin? Soll ich Sammy holen gehen?* Ihre ewigen Fragen waren anstrengend. Aber sie waren mehr als das: Sie erforderten Ellies Aufmerksamkeit, ihre ganze Aufmerksamkeit, und zwangen sie so zurück in diese Welt.

Hannah fiel der Karton mit der Jacke auf, das größte der Geschenke, und sie hob ihn hoch, um zu sehen, wie schwer er war. »Das kann ich allein tragen«, verkündete sie und lief damit los.

Ellie nahm ein Stück Klebeband von der Rolle, um den Riss im Geschenkpapier für Sammys Schlafanzug zu kleben. Als sie es zusammenschob, zerfetzte es zu einem ausgefransten Loch bis hinunter zu Rentier Rudolfs Flanke. Fluchend packte sie das Geschenk mit dem Schneeflockenpapier aus der Schachtel unter dem Bett noch einmal neu ein.

Es dauerte eine Weile, bis es wieder schön verpackt war. Wo blieb denn Hannah? In all der Zeit hätte das Mädchen ja einmal in den Wald hinein und wieder heraus marschiert sein können. Als sie endlich wieder im Schlafzimmer auftauchte, kam sie mit schwerfälligem, schleppendem Schritt herein, und der Funke in ihr war erloschen.

»Auf dem Geschenk steht mein Name«, sagte Hannah, und es klang eher wie eine Frage.

Ellie lächelte. »Wirklich? Stell dir das mal vor.«

Hannah starrte Ellie ohne ein einziges Blinzeln an. Dann beugte sie sich über die restlichen Geschenke und schaute auf die Kärtchen. »Und auf dem hier auch.« Ihre Wangen waren blass und eingefallen. Was um Himmels willen war denn los mit ihr?

»Ist alles okay, Hannah?«

Sie kaute auf ihrer Unterlippe herum. »Sie haben ein Geschenk für mich gekauft«, stieß sie mit bebendem Ton hervor. »Zwei sogar.«

»Natürlich haben wir ein Geschenk für dich gekauft.« Ellie versuchte, die wachsende Enttäuschung zu ignorieren, sowohl ihre eigene als auch die des Mädchens. Es hatte eine schöne Überraschung sein sollen.

Hannah schien sich nicht von der Stelle rühren zu können und wollte anscheinend auch keine Geschenke mehr zum Baum tragen.

»Hätten wir mehr Zeit gehabt, wären es mehr geworden«, sagte Ellie. Wirklich? Oder hätten ihre kleinlichen Ängste so viel Raum eingenommen, dass unter dem Baum kein weiterer Platz gewesen wäre?

Sie sahen einander nicht an.

Hannah wippte hin und her auf den Füßen, Ellie biss sich auf die Lippe und trommelte mit den Fingern nervös auf ihrem Bein herum.

»Wissen Sie, wo Eric ist?«, fragte Hannah schließlich.

»Ist er nicht im Wohnraum?«

Hannah schüttelte den Kopf und strich mit dem Zeigefinger über die Steppdecke. »Ich muss ihn was fragen.«

Ellie wurde rot. Ihr war, als wäre sie dabei erwischt worden, wie sie diese dämlichen Handcremetuben auf den Kassentresen geworfen hatte.

»Worum geht es denn, Hannah? Du kannst auch mich fragen. Du kannst mich alles fragen.«

Hannah blieb noch eine Ewigkeit neben Ellie stehen, die spitzen Ellbogen abgespreizt und die Hände an die Wangen gelegt. Sie sog vernehmlich Luft durch die Zähne ein.

»Schon gut«, sagte sie entschlossen. »Ich gehe ihn suchen.«

Ellie sah ihr hinterher. Die Welt um sie herum drehte sich, und sie geriet leicht ins Wanken.

Eric war keiner von den Dummköpfen, die dachten: *Es wird unsere Ehe retten, ein Kind zu bekommen.* Herrgott, genau das hatte all ihre Probleme überhaupt erst ausgelöst, all das unentwegte Probieren. Aber das hier war anders. Es ging nicht um Hannah an sich oder darum, woher sie kam, sondern um die wenigen Momente zwischen dem Vor-ihr und dem Jetzt. Es ging um diese unerklärliche und gigantische Veränderung ihrer Welt, so wie er sie kannte, und der Menschen, die er liebte, so als hätten sie zusammen wie Touristen ein neues Land betreten. Die Jungs schienen wieder mehr Interesse aneinander und an den Dingen um sie herum zu haben. Es gab Geflüster, Hänseleien und johlendes Abklatschen. Sammy hatte seine Pastellmalkreiden entdeckt und gab sich nicht länger damit zufrieden, Amöben in Höhlen zu malen. Seit den Schattengestalten interessierte er sich wieder für richtige Tiere und malte glückliche Kühe und Tiger, die einträchtig auf sonnigen Feldern grasten. Er ließ sich Zeit und fügte ein gekrakeltes, aber deutliches »Sammy« als Signatur hinzu, bevor er die bunten Bilder unter Hannahs Tür hindurchschob.

Daniel war in die Rumpelkammer unter der Treppe gekrochen und hatte nach dem Crokinole-Spiel gesucht. Und dann hatte er es auf dem Küchentisch aufgebaut und darauf bestanden, dass sie in Teams gegeneinander spielten, Daniel und Hannah gegen die Eltern und danach, zur Abwechslung, Mädchen gegen Jungs.

Doch es waren die Veränderungen an Ellie, die Eric am meisten verstörten. Sie sagte vollkommen sachlich Sätze wie: *Es sind nur noch ein paar Tage,* oder: *Sie ist ja bald wieder weg.* Aber es herrschte ein unübersehbares Ungleichgewicht zwischen diesen hingeworfenen Worten und der Art, wie ihre Augen Hannah von Raum zu Raum folgten, wie ihre

Schultern sich entspannten und ihr Gesicht weicher wurde, wenn Hannah mit Sammy auf dem Boden hockte, sich neben Daniel über das iPad beugte oder Walter bei seinem Puzzle half.

Im Zeugenstand hätte er über all das keine klare Aussage machen können. *Meine Frau ist anders, Euer Ehren. Wir haben ein Mädchen bei uns zu Hause aufgenommen, und das hat sie verändert. Ich habe Angst vor dem, was passiert, wenn wir das Mädchen wieder wegschicken.* Selbst wenn der Richter seine Vermutungen bis zum Erbrechen hinterfragte, würde Eric nichts Konkreteres einfallen. Er könnte nur wie ein vollkommen unzuverlässiger Zeuge verständnislos in die Zukunft starren.

Und hier saß er jetzt, im Van, mit Hannah neben sich, die ihre Hände im Schoß hielt. Es war der Tag vor Weihnachten, und er brachte sie zurück in dieses Haus. Jede Faser seines Körpers schrie: *Keine gute Idee,* aber zu diesem Zeitpunkt hätte das Mädchen ihn bitten können, einen Stern vom Himmel zu holen, und er hätte es irgendwie möglich gemacht.

Sie hatte nur sagen wollen, dass sie ein paar Sachen holen müsse. Es sei wichtig, sagte sie, sonst hätte sie nicht darum gebeten.

Er hatte ihr angeboten, stattdessen in die Stadt zu fahren und ihr zu kaufen, was immer sie brauchte, aber sie lehnte entschieden ab. Es war ihr Zimmer, in das sie hineinwollte.

Er hatte sogar Betty angerufen. *Hm, natürlich hat Hannah ein Recht darauf, ihre Habseligkeiten abzuholen,* sagte sie. *Aber sie sollte mit einem der Constables dorthin gehen!* Als er Betty erzählte, dass Hannah das nicht wolle, erwiderte Betty sehr viel strenger: *Sie ist ein Kind, Eric. Du musst ihr erklären, dass es das Beste für sie ist.*

Das hatte er bereits versucht. Er hatte zu Hannah gesagt,

dass die Polizei sie begleiten müsse und er dort jederzeit anrufen könne. Als sie den Kopf schüttelte, erinnerte er sie daran, dass Nigel Wilson dort sein würde. Sie hatte ihn nur ohne ein einziges Blinzeln angesehen und erwidert: *Aber Sie werden auch dort sein.*

Hannah konnte kaum atmen. Sie sagte sich, dass sie keine Angst haben würde, weil sie das Richtige tat. Eric war nicht glücklich darüber, sie zurückzufahren, Ellie noch viel weniger, und ihre Missbilligung hatte sie beinahe davon abgehalten. Aber sie hatten sich so viel Mühe gegeben, damit sie sich gut fühlte. Es lagen sogar Geschenke unter dem Baum, wunderschön verpackt und nur für sie. Zwei, nicht eins.

Es war ja gleich auf der anderen Seite der Straße, und sie gingen nicht zu Fuß, sondern fuhren mit dem Auto, sie könnte also so viele Sachen einladen, wie sie wollte. Sie hatte sich selbst versprochen, nicht zu weinen. Sie würde blitzschnell rein- und wieder rausgehen und sich von Nigel fernhalten. Sie wusste genau, wonach sie suchte und wo sie es finden würde. Eric hatte versprochen, an der Haustür Wache zu stehen, obwohl er kein Wort mehr gesagt hatte, seit sie in den Van eingestiegen waren. Sie wünschte sich, er würde es ihr noch einmal versprechen.

Als sie die Auffahrt hinaufgefahren waren, stieß Eric einen langen Atemzug aus und schaltete den Motor ab. »Bist du dir sicher?« Sein Blick war auf das Haus geheftet. »Es ist noch nicht zu spät. Noch kannst du es dir überlegen.«

Hannah löste ihren Sicherheitsgurt und machte die Tür auf. Sie stellte beide Füße auf den unebenen Boden, ihre Lungen füllten sich mit eisiger Luft. Und da war Eric auch schon an ihrer Seite – sie würde nicht weinen –, und als sie nebeneinander zum Haus gingen, griff sie nach seiner Hand.

Sie klingelte nicht, sondern ging einfach hinein. Eric jetzt hinter ihr, eine Hand auf ihrer Schulter.

Nigel kam aus der Küche, aber nicht weit. Er blieb am anderen Ende des Wohnzimmers stehen. Die Haut rund um sein Auge war grünlich violett verfärbt, und an der Seite hatte sein Gesicht eine Beule, als hätte er sich eine Orange in die Wange gestopft. Seine Oberlippe war aufgeplatzt. Er schien sich zu fürchten, als er sie beide dort stehen sah. Ob davor, was er ihr im Keller angetan hatte, oder davor, was Eric ihm jetzt antun könnte, wusste sie nicht. Mitleid erfasste sie einen Augenblick lang, als sie ihn so sah, so jämmerlich, doch dann fiel ihr Mandy ein, und sie knirschte mit den Zähnen.

Nigel knetete ein Geschirrhandtuch in den Händen. Sie wollte, so wie sie es von vornherein geplant hatte, die Treppe hinauflaufen, doch sie konnte die Beine nicht in Bewegung setzen.

»Ihr dürft nicht hier sein«, sagte Nigel. »Es ist mir verboten, in ihrer Nähe zu sein. Oder in deiner.«

»Sie bleibt nicht lange.« Eric drückte ihre Schulter, um ihr zu versichern, dass er immer noch da war. »Sie will nur ein paar Sachen holen.«

Nigel vermied es, sie anzusehen, und hielt stattdessen den Blick auf Eric gerichtet, der hinter ihr aufragte. »Dann ist sie jetzt also bei den Nylands. Eine große glückliche Familie.«

»Sie ist über Weihnachten bei uns.« Erics Stimme klang anders. Gemein. »Du hast ihr keine Wahl gelassen.«

Nigel legte sich eine Hand auf die geschwollene Wange. »Du hast immer gekriegt, was du wolltest, Eric. Letzten Endes hat sich für dich immer alles zum Besten gewendet.«

Eric stellte sich neben sie, sehr breitbeinig. Sie konnte sehen, wie seine Hand sich zur Faust ballte. Nigel konnte es auch sehen, ließ das Geschirrhandtuch fallen und wich zurück, bis er mit dem Rücken fast die Standuhr berührte. Keiner von beiden sagte ein Wort. Eric und Nigel starrten einander nur an, bis Nigel schließlich sagte: »Nimm den Pullover mit dem Rentier mit, Hannah. Es ist Weihnachten, und der hat dir immer am besten gefallen.«

Sie hätte ihn am liebsten angeschrien. Es war der Pullover, den ihre Mutter ihr gestrickt hatte. Aus dem war sie schon lange rausgewachsen. Sie hatte ihn nicht einmal mehr. Eric stupste sie leicht an. »Geh«, sagte er. »Geh jetzt deine Sachen holen.«

Das war alles, was ihre Beine brauchten. Sie flitzte die Treppe hinauf und in ihr Zimmer, machte die Tür zu und lehnte sich schwer atmend dagegen. Sie konnte kein Gepolter unten hören, kein Knarren auf den Treppenstufen, keine Mandy, die sie begrüßte. *Los, Hannah.* Sie grub sich die Fingernägel in die Handflächen, bis es wehtat. Und dann war sie bei ihrem Bett und zog auf den Knien den Karton darunter hervor, dann bei ihrer Kommode, zog Schubladen heraus und klappte den Deckel ihres Schmuckkästchens auf. Sie ging alles rasend schnell durch und reihte ihre Schätze auf ihrer Matratze auf.

Für Ellie ihr kostbarster Besitz: *150 der schönsten Lieder aller Zeiten*, das Buch, auf das ihre Mutter wochenlang gespart hatte. Als es endlich mit der Post ankam, rief ihre Mutter weinend: *Es ist da! Es ist da!*, und das brachte Hannah auch zum Weinen. Jeden Abend vor dem Schlafengehen ließ ihre Mutter sie die Lieder aussuchen, die sie singen wollten: *Climb Ev'ry Mountain, Fly Me to the Moon, A Dream Is a Wish Your Heart Makes, These Are a Few of My Favourite Things*. Ihre Mutter schien ihr so nahe zu sein, dass sie ihren Atem am Ohr spüren konnte.

Für Eric das Schlüsselbrett aus Holz, das sie im Sommerlager gemacht hatte. Die aufgemalten Herzen waren ihr zwar nicht so gut gelungen, aber es hatte drei stabile Haken, an die Eric seine ständig fehlenden Schlüssel hängen konnte.

Ihr Spielzeugkaleidoskop war für Sammy, ein Geschenk von dem alten Mann in dem kaputten Rollstuhl in Sunnybrook. Sie hielt es sich vors Auge und drehte es, um zu prüfen, ob es noch funktionierte. Ja, sie waren alle noch da, die kleinen wirbelnden Glassplitter, in denen Sammy bestimmt ganz viele Muster erkennen würde.

Es dauerte ein paar Minuten, bis sie in ihrer Steine-Schachtel etwas für Grandpa Walter gefunden hatte. Diese Steine hatte sie zusammen mit ihrer Mutter damals am Strand gesammelt. Sie entschied sich für einen, der klein genug war, dass er zu den anderen in seiner Hosentasche passte, den rosafarbenen, der so glänzte, als wäre er in einem Brennofen glasiert worden.

Daniel, das war am schwierigsten. Sie nahm schließlich den Engel an der Kette, den sie in ihrem Schmuckkästchen aufbewahrte. Als sie noch kleiner war, hatte sie ihn immer getragen. Sie hatte sich beschützt gefühlt mit einem Engel so dicht an ihrem Herzen. Bis das Gefühl weg war. Daniel würde ihn wahrscheinlich nicht tragen, aber sie hoffte, der Engel würde ihn beschützen, auch wenn er in einer Schublade landete und Daniel keine Ahnung hatte, dass er beschützt wurde.

Sie schaute ihre auf dem Bett aufgereihten Besitztümer an und fühlte sich klein und unwürdig. Sie hatte sich so sehr bemüht, sich besonders gut zu benehmen, seit sie in ihrem Haus war, doch sie hatte so viele dumme Fehler gemacht: Sie war beim Schneemann-Bauen nicht ans Telefon gegangen; hatte am Frühstückstisch einen Trotzanfall gehabt; und noch einen beim Abendessen; hatte wegen etwas verschüttetem Wasser geheult wie ein Baby; hatte zu viel geredet, zu wenig, zu laut, zu leise.

Als sie noch kleiner war, hatte sie Pakte mit Gott geschlossen. *Ich will immer lieb sein, wenn du sie mir wiederbringst. Ich will keinen Pieps mehr sagen, wenn du ihn wieder nett machst.* Sie hatte all das, was ihr am allerliebsten war, als Einsatz angeboten: Eiscreme, ihre Singstimme. Es hatte damals nicht funktioniert, und es würde bestimmt auch jetzt nicht funktionieren.

In ihrem Wandschrank fand sie eine leere Schachtel, in die legte sie die Geschenke hinein. Und bevor sie wieder hinunterging, griff sie noch nach dem kleinen Kissen, das unter ihrer Bettdecke verborgen lag. Das Feen-Kissen, das ihre Mutter für sie genäht hatte, mit dem aufgestickten *Ich liebe dich am allermeisten.* Das würde sie immer ganz nah bei sich behalten, egal, in welchem Bett sie landete.

Hannah sah sich ein letztes Mal in dem Zimmer um. Es gab nichts, was sie noch mitnehmen wollte. Und wenn die Sachen in ihrer Schachtel auch noch so albern sein mochten, es war alles, was sie besaß.

Zum sechsten Mal an diesem Nachmittag klappte Daniel den Deckel des Samtkästchens zu. Ein Armbandanhänger ohne Armband war vielleicht ein ziemlich blödes Geschenk, aber morgen war Weihnachten, und dann wäre sie weg. Den Anhänger hatte er im Umtausch für Melissas Medaillon gekriegt, was wie ein nicht so tolles Geschäft aussah, denn er war nicht größer als sein Daumennagel, und eben ohne Armband. Aber Dr. Dave sagte, dass dieser Anhänger zu seiner teuersten Kollektion gehöre und dass die Mädchen so was jahrelang behielten, jahrzehntelang sogar, und einen

Anhänger nach dem andern kauften, bis ihr Armband so schwer war wie ein Silberklotz.

»Vogelhäuschen« hieß der Anhänger – kein Wunder, es war ja auch ein quadratisches Vogelhäuschen mit herzförmigem Loch, auf dessen detailgetreuem Dach ein winzig kleiner Vogel mit gehobenem Kopf und weit aufgerissenem Schnabel hockte.

»Was für ein Vogel ist das?«, hatte er Dr. Dave gefragt, der ihn sich dicht vor die Nase hielt und mit der unteren Hälfte seiner Brillengläser musterte.

»Also, wenn ich raten soll, würde ich sagen Rotkehlchen. Oder irgendeine Drosselart.«

»Rotkehlchen singen, oder? So am Morgen, mein ich. Klingt das schön, wenn die singen?«

»Das nennt man Tagelied«, sagte Dr. Dave. »Dafür sind sie berühmt. Die ersten Vögel, die am Morgen singen. Sie tun gern allen kund, dass sie stark und gesund genug waren, um die Nacht zu überstehen. Ihr Revierverhalten ist ziemlich ausgeprägt …«

»Den nehm ich. Und das Samtkästchen auch.«

Dr. Dave begann eine weitschweifige Erklärung darüber, dass das Samtkästchen zum Medaillon gehöre und nicht zu dem Anhänger. Doch dann warf er einen Blick auf die immer länger werdende Schlange am Drugstore-Tresen, schüttelte den Kopf und sagte: »Also gut, du kannst das Samtkästchen haben.«

Und gerade noch rechtzeitig, denn Daniel hatte das Ding kaum in seine Tasche gesteckt, da tauchte hinter ihm wie eine Durchgedrehte seine Mom auf.

Inzwischen hatte er Zeit gehabt, ein bisschen darüber nachzudenken, und es kam ihm so vor, als wenn Hannah gar nicht der Typ wäre, der Zeug sammelte, und schon gar keine

Anhänger. Als er in ihrem Zimmer gewesen war, um ihre Anziehsachen zu holen, war da alles total kahl und aufgeräumt gewesen, so als hätte gerade erst eine Putzfrau sauber gemacht. Es hatte nirgends etwas herumgelegen. Entweder gefiel ihr das so, oder sie hatte keine andere Wahl gehabt.

Er wusste nur eins: Seit sie im Haus war, gefiel es ihm viel besser, einen Bruder zu haben. Solange er zurückdenken konnte, stand Sammy im Mittelpunkt und war wichtiger als alles andere. Es kam ihm leichter vor mit Hannah an der Seite. Heute Morgen erst hatte sie Sammy ein Klatsch-Spiel beigebracht, und er hatte seine unruhigen Hände zusammen mit ihr zur Musik aneinandergeschlagen und dabei gelacht und gejohlt wie ein normales Kind.

Er würde keine große Sache daraus machen und Hannah das Geschenk geben, als wäre es bloß ein Paket Taschentücher. Ihr Gesichtsausdruck würde ihm schon verraten, ob er die richtige Wahl getroffen hatte.

TEIL VI

Diese Worte konnten alles Mögliche bedeuten

Mittwoch, 25. Dezember

13

Hannah stieg ein Schrei in der Kehle auf. Er hatte sie irgendwie gefunden, war aus ihren Albträumen heraus auf ihre Bettkante gekrochen und hielt ihr jetzt mit feuchten Fingern den Mund zu. Sie konnte seinen heißen keuchenden Atem an ihrem Ohr spüren. Sie versuchte, ihn wegzustoßen, dem zu entfliehen, was als Nächstes kam, doch sie traf auf warmes weiches Fell und eine feuchte Nase, die an ihrer Wange schnüffelte.

Es war nur der Hund, nicht Nigel. Sie blinzelte in die Dunkelheit hinein und wartete darauf, dass die hässliche Gestalt verschwand, dass ihr Herz aufhörte zu hämmern.

»Schon gut, Thorn.« Sie schlang die Arme um den Hund, der inzwischen ihr Gesicht abschleckte. »Du bist ein guter Kerl.«

Die Uhr neben ihrem Bett zeigte zehn nach drei an. Der Weihnachtsmorgen. Es würde noch Stunden dauern, bis die anderen aufwachten, bis sie unter ihr Bett greifen und die Geschenke hervorholen konnte, die sie ihnen geben wollte. Sie hatte das braune Papier von der Rolle bei ihrem Fenster benutzt und für jeden ein andersfarbiges Schleifenband und Glitzersterne für Sammy.

»Es ist noch nicht so weit«, sagte sie zu dem Hund. »Sei still. Es ist noch Nacht.«

Sie versuchte, Thorn dazu zu bringen, sich neben ihr auszustrecken, doch er wollte nicht still liegen. Er winselte und jaulte, sprang von ihrem Bett herunter und wieder hinauf, dann wieder herunter, was wehgetan haben musste, denn danach ging er auf drei Beinen im Kreis statt auf vier.

»Musst du dein Geschäft machen?«

So aufgeregt hatte sie ihn noch nie gesehen, noch nicht einmal, als sie den Schneemann gebaut hatten. Sturmböen peitschten ans Fenster, als wären es lebendige Gestalten.

Sie schaute Thorn genau an, während er immer auf und ab humpelte. »Also gut, dann bringe ich dich raus.« Sie schlug die Bettdecke zurück und setzte ihre nackten Zehen auf den kalten Boden. Sie könnte sich mehrere Schichten anziehen, bis nirgends mehr Haut herausguckte, und dann so leise wie eine Maus aus dem Haus schleichen, damit niemand aufwachte. Sie zog ihre Jeans über die Schlafanzughose, zog zwei Paar Strümpfe an und schlüpfte in ihren dicksten Pullover. Sie würde Thorn vor die Haustür bringen und ihm bei den Stufen helfen, so wie Ellie es immer machte.

»Dann komm, du alberner Kerl«, flüsterte sie und schlich den Flur entlang an den Türen der anderen vorbei, die alle, bis auf die von Grandpa Walter, geschlossen waren. Als sie auf Zehenspitzen die Haustür erreichte, hatte sie sich schon mehrmals umgedreht und aufmunternd ans Bein geklopft, doch Thorn ließ sich nicht überreden mitzukommen. Er lief wieder in den Flur hinein, durch die offene Tür in Grandpa Walters Zimmer rein und wieder raus. Immer rein und raus, während sie an der Haustür stehen blieb und betete, dass das Geklicke und Geklacke seiner Krallen nicht das ganze Haus aufwecken möge.

Sie hatte es nicht gewagt, in Grandpa Walters Zimmer zu gehen – *Die Zimmer sind ihr Zuhause, Hannah. Du würdest doch von der Straße auch nicht einfach in irgendein Haus hi-*

neinspazieren! Sie könnte ja einmal kurz den Kopf durch die Tür stecken, nach Grandpa Walter sehen, dann den Hund am Halsband packen und gleich wieder gehen.

Nur dass Grandpa Walter nicht zu sehen war. Er war weg. Sie schlich an sein Bett, der Sunnybrook-Geruch stieg ihr in die Nase. Sie tastete über die zerwühlten Decken, hob die Kissen und die Laken hoch. Thorn hockte aufrecht da und musterte sie mit geneigtem Kopf, so als erwartete er mehr von ihr als nur das. Sie hörte nichts, nur den Wind und das Ächzen von Zweigen, die gegen den Sturm ankämpften.

Und dann rannte sie, so schnell ihre Beine sie trugen, und schaltete alle Lampen an. Im großen Wohnraum drehte sie sich im Kreis herum, all seine Lieblingsplätze flackerten vor ihr auf: der Sessel mit dem durchgesessenen Polster, das halb fertige Puzzle, sein Platz am Esstisch. Sie lief zum Fenster und versuchte, durch die Bäume hindurch eine Gestalt im Schnee zu entdecken. Doch das Einzige, was sie sehen konnte, war ihr eigenes erschrecktes Gesicht, das sich in der Scheibe spiegelte.

Thorn saß mit der Nase an die Haustür gepresst da. Panik ergriff sie, ein Kribbeln lief ihr den Rücken hinunter und machte ihre Brust ganz eng. Grandpa Walter war irgendwo da draußen. Allein. Der Wind würde ihn in die Luft wirbeln und verschlucken.

Sie hämmerte an die Tür von Ellies und Erics Schlafzimmer und riss die Tür auf. Sie lagen eng aneinandergekuschelt an einer Seite des Betts.

»Wachen Sie auf! Bitte, wachen Sie auf!«

Arme lösten sich voneinander, schlaftrunkene Bewegungen waren wahrzunehmen. Das ging ihr alles nicht schnell genug, deshalb rannte Hannah zum Bett und klopfte auf die Decken. Eric schrak mit ausgestrecktem Arm auf und traf sie fast im Gesicht. Sie wich nicht zurück, sondern richtete sich nur auf.

Ellie stützte sich auf einen Ellbogen und blinzelte in das helle Licht, das aus dem Flur hereinfiel. »Ist ja gut, Schatz«, flüsterte sie groggy. »Es war nur ein Albtraum.«

»Er ist weggelaufen.« Sie versuchte, nicht in Tränen auszubrechen.

Eric schlug die Decken beiseite und setzte sich auf, während Ellie nach Hannah griff und sie an sich zog.

»Es war nur ein Albtraum«, sagte Ellie noch einmal und hielt sie fest im Arm.

Da wäre Hannah am liebsten geblieben, so nahe bei Ellie, aber sie durfte nicht noch mehr kostbare Zeit verschwenden. Sie machte sich los, holte tief Atem und sagte sehr langsam und jedes Wort deutlich aussprechend: »Er ist nicht in seinem Zimmer. Nirgends. Er ist verschwunden. Thorn ...«

Als hätte er seinen Namen gehört, bellte Thorn von seinem Posten an der Haustür. Ellie setzte sich auf, jetzt war sie richtig wach, griff nach Hannahs Schulter und hielt sie auf Armeslänge von sich entfernt, um ihr ins Gesicht sehen zu können. »Sammy?«

»Walter.« Eric fluchte. Er hatte sich in seine Jeans hineingekämpft und einen Pullover über den Kopf gezogen. »Oh Gott.« Ellie schob Hannah weg und sprang auf. »Wie kann er denn da hinausgehen!« Der Wind brandete in Wellen gegen die Hauswand.

»Er ist bestimmt auf dem Weg zum Schuppen«, sagte Eric. »Ich gehe ihn holen.« Und dann stürmte er auch schon wie eine ganze Armee Soldaten den Flur entlang. Thorn bellte aufgebracht. All die Unruhe hatte Sammy aufgeweckt, der jetzt nach seiner Mutter rief. »Ich gehe helfen«, sagte Hannah, die nicht wegwollte, aber auch nicht stillstehen konnte. Sie spürte, wie die Kälte in ihre Zehen kroch, in den alten Mann hineinkroch. Hatte er an seine Handschuhe gedacht? An seinen Schal?

»Das wirst du nicht tun!« Ellie warf sich den Hausmantel über und zog ihn dann gleich wieder aus. Sammys Rufe wurden lauter. »Ich will dich nicht auch noch verlieren.«

Hannah hielt den Blick gesenkt, als Ellie ihr Nachthemd abstreifte und die Beine in eine Jogginghose und die Arme in einen großen Pullover von Eric steckte. *Ich will dich nicht auch noch verlieren.* Unsinn. Unsinn. Unsinn. Diese Worte konnten alles Mögliche bedeuten. Sie pulte mit dem großen Zeh am fransigen Rand des Teppichs. Sie war ja nur ein Mädchen, auf das man aufpassen musste, bis es irgendwo anders hinkam.

Jetzt konnte man Sammy in seinem Zimmer schluchzen hören, ein fieberhaftes Rufen, zum Steinerweichen.

»Ich muss Sammy beruhigen«, sagte Ellie mit einem Anflug von Panik in der Stimme, als sie auf die Tür zueilte. »Hol Danny. Sein Vater braucht ihn bestimmt.« Dann kam Ellie noch einmal zurück, ging vor ihr in die Hocke und fasste sie bei den Schultern. »Du gehst da nicht raus, Hannah. Du kennst dich nicht gut genug aus, und man verläuft sich sehr schnell. Versprich mir, dass du nicht rausgehst.«

Hannah schrak unter dem festen Druck von Ellies Hand zusammen. »Ich verspreche es«, flüsterte sie.

Und dann rannte sie in den Flur hinein, die Treppe hinunter, den langen Betonboden entlang. Hannah war noch nie in Daniels Zimmer gewesen, ja, überhaupt noch nie im Zimmer eines Jungen. Sie machte das Licht an. Überall war irgendwelches Zeug – an den Wänden, auf dem Boden. Sie stieg über einen Kleiderhaufen, zog ihm die Decken weg und schüttelte ihn an der nackten Schulter.

»Wach auf!«, rief sie keuchend. »Grandpa Walter ist weg.«

Daniel lag da wie tot, nur seine Brust bewegte sich auf und ab. Sie zog seine Decken auf den Boden – er trug nur Shorts – und schüttelte ihn heftiger. »Daniel! Steh auf! Jetzt sofort!«

Mit zusammengekniffenen Augen streckte er eine Hand aus und versuchte irgendetwas zu fassen zu kriegen, das ihn gegen die Kälte schützte. »Was? Was ist los?« Seine Stimme war schlaftrunken.

»Wach auf. Es geht um Grandpa Walter. Er ist irgendwo da draußen im Sturm.«

Daniel saß plötzlich kerzengerade da, der Schlaf fiel von ihm ab, und er sah Hannah neben seinem Bett stehen und ihn anschauen.

»Grandpa ist draußen?«, rief er und griff nach einem Kissen, um seine Blöße zu bedecken. »Heilige Scheiße. Wie viel Uhr ist es?«

»Schnell. Zieh dich an. Du musst sofort mitkommen.«

Sie wusste nicht, wo sie hinschauen sollte, als er seine Hose und seinen Pullover anzog.

»Sag meinem Dad Bescheid«, sagte er.

»Er ist schon draußen.«

Sie rannten die Treppe hinauf. Hannah sah zu, wie Daniel sich bei der Haustür Stiefel, Jacke, Mütze, Handschuhe und Schal anzog. Thorn lief winselnd und jaulend zwischen ihren Beinen herum. Sie konnten Sammy hinter seiner geschlossenen Tür jammern hören, und Ellie, die ihn mit gedämpfter Stimme zu beruhigen versuchte.

»Kommst du nicht mit?«, fragte Daniel unter seinem Schal hervor. Thorn schob ihm seine Schnauze zwischen die Beine. »Du doch nicht, alter Junge. Du musst hierbleiben.«

»Ellie hat's mir verboten.« Hannah sah ihn eine Taschenlampe aus dem Stiefelfach des Wandschranks nehmen. »Dein Dad ist auf dem Weg zum Schuppen.«

»Ich weiß«, sagte Daniel. »Da geht Grandpa immer hin.« Hannah hielt Thorn am Halsband fest, als Daniel die Haustür aufmachte und von der Nacht verschluckt wurde. Sie erschrak darüber, wie beißend kalt es war, bevor sie die Tür wieder zuschob.

Sie lief vor der Haustür auf und ab, Thorn immer auf den Fersen, der wieder alle vier Pfoten belastete. Sie zählte die Schritte, die Daniel ihrer Meinung nach brauchte, um zum Schuppen hin und mit Grandpa Walter wieder zurückzukommen. An Unterkühlung konnte man sterben. Das hatte die Erste-Hilfe-Lehrerin gesagt. Wenn die Körpertemperatur zu weit sank, fing man zuerst an zu zittern, dann setzte Verwirrung ein, und man konnte sich nicht mehr erinnern, wer man war, und stolperte herum, und dann lief man blau an, und das Herz schlug langsamer und langsamer, bis es ganz aufhörte. Vor allem, wenn das Herz alt und schon verbraucht war.

Sammy weinte nicht mehr. Hannah sehnte sich danach, Ellies Stimme in dem stillen Haus zu hören. Sie wollte zu ihr gehen, sich neben Sammy aufs Bett setzen und sich von Ellies Stimme umfangen lassen, doch sie war noch immer bei dem, was ihre Lehrerin über die Behandlung von Opfern einer Unterkühlung gesagt hatte. Zuerst musste man sie natürlich hereinholen. Und dann machte man ihnen am besten ein warmes Bad oder einen heißen Tee, hatte sie gesagt, oder holte ganz viele Decken. Eric würde wissen, was zu tun war. Nur, dass sie noch nicht zurück waren – keiner von ihnen. Es schien Jahre her zu sein, seit Thorn sie aufgeweckt hatte, seit sie sich auf die Suche nach Grandpa Walter gemacht hatten. Es sollte nicht so lange dauern, im Schuppen nachzusehen und einem alten Mann ins Haus zurück zu helfen.

Und dann wusste sie es plötzlich. All die verworrenen Wiederholungen am Puzzletisch, jedes Mal entschlossener. Grandpa Walter hatte gesagt, dass die Zündkerzen gewechselt werden müssten. Dass der Vergaser repariert werden müsste. Dass er seinen Pick-up von PoPow's Garage abholen müsste. PoPow's war in Neesley. Wenn Grandpa Walter diese Pläne in die Tat umgesetzt hatte, war er auf dem Weg zur Straße und nicht zum Schuppen.

Hannah rannte zu Sammys Zimmer und stieß die Tür auf, doch Ellie hielt abwehrend eine Hand hoch, damit sie blieb, wo sie war. Ellie saß neben Sammy auf dem Bett, der wie wild hin und her schaukelte.

Ellie formte lautlos das Wort *Geh* und scheuchte sie mit einem Wedeln der Hand hinaus. Hannah machte die Tür zu und lief den Flur auf und ab, denn irgendwann musste Sammy sich doch beruhigen. Der Gedanke traf sie wie ein Stein gegen die Brust. Sie kannte den Weg zur Straße. So schwierig war es gar nicht. Sie würde Grandpa Walter alleine finden, ihn bei der Hand nehmen und nach Hause zurückbringen. Und wenn er erst mal wieder da war, wo er hingehörte, in Sicherheit, in der Wärme, würde sie dann nicht in Ellies Augen, in den Augen aller etwas Besonderes sein – jemand, den man gern bei sich behielt?

Sie rannte zurück zum Wandschrank im Flur und nahm sich eine alte Daunenjacke, die an einem Ärmel eingerissen war, und eine gestreifte Mütze, die zu groß war für ihren Kopf. Es war noch eine Taschenlampe im Stiefelfach, und als sie den klebrigen schwarzen Knopf drückte, tanzte ein schwaches Licht an der Wand. Sie steckte sie in die Tasche der Jacke zu einem alten Päckchen Kaugummi. Ihre verschlissene Decke mit dem Schmetterlingsmuster – die aus ihrem Zimmer, in die sie auf dem Weg hierher gewickelt war – lag zusammengelegt in der Ecke des Wandschranks. Die nahm sie mit, und dann flüsterte sie Thorn zu: »Du musst hierbleiben. Ich hole ihn zurück.«

Sie machte die Haustür auf und hatte Mühe, den metallenen Türknauf festzuhalten, der Sturm riss ihn ihr fast aus der Hand, und sie musste sich mit dem ganzen Gewicht ihres Körpers gegen die Tür stemmen, damit sie wieder zuging. Trotz ihrer zwei Paar Socken, ihres dicksten Pullovers und der zu großen Jacke fuhr ihr die Kälte durch Mark und Bein. Sie stopfte die Decke unter einen Arm und klammerte sich am Geländer fest, während sie blind die Stufen hinuntertapste. Die Verandalampe war keine Hilfe, ihr schwacher Lichtstrahl konnte gegen den wirbelnden Schnee nichts ausrichten.

Auf der untersten Stufe stolperte sie über einen festen, unerwarteten Buckel und hörte Thorn aufjaulen. Es war ihm irgendwie gelungen, sich mit ihr durch die Tür zu drücken, und jetzt lag er hier im Sturm, damit sie über ihn fallen konnte.

»Du musst wieder reingehen«, rief sie, doch ihre Stimme wurde von dem ohrenbetäubenden Wind verschlungen, der rund um sie herum Schnee aufwirbelte. »Thorn, bitte.« Sie griff nach seinem Halsband und versuchte, ihn die Stufen wieder hinaufzulotsen. Doch er weigerte sich und zog sie in die entgegengesetzte Richtung.

»Eric! Danny!«, rief sie, obwohl sie es schon aufgegeben hatte, etwas zu sehen oder gehört zu werden. Die Welt war auf einen Meter vor ihr zusammengeschrumpft. Der Schuppen, der Van, der Schneemann – es war, als hätte es sie nie gegeben. Thorn zog sie voran, die Nase dicht am Boden, und sie hielt sich benommen an seinem Halsband fest. Die Kälte stach ihr in die Wangen. Sie wagte nicht, ihn loszulassen, sonst würde er auch noch verschwinden, und sie wäre ganz allein.

Sie sah zurück, sooft es in dem treibenden Wind möglich war, und versuchte, die Verandalampe im Blick zu behalten. Doch sie wurde zu einem immer kleineren Punkt, einem weit entfernten Stern. Sie konnte das schwach schimmernde Licht im Küchenfenster noch sehen, aber auch davon bewegten sie sich immer weiter weg, auf die Straße zu, auch wenn sie sich darüber in dem heftigen Schneetreiben, ohne einen festen Anhaltspunkt, nicht ganz sicher war. Thorn drängte vorwärts, die Schnauze voller Schnee und ohne zu hinken, mit geduckter Schulterpartie, so als müsste er einen schweren Wagen einen steilen Hügel hinaufziehen.

Sie setzte einen Fuß vor den anderen. Ihre Finger waren trotz der dicken Handschuhe schon taub und wollten ihr nicht mehr gehorchen. Als sie aus Thorns Halsband glitten, wollte sie seinen Hals umschlingen und warf sich auf ihn, doch sie bekam nichts als Wind und Schnee zu fassen. Er war bereits weitergeeilt und hatte sie zurückgelassen.

»Thorn«, schrie sie, und die schwere Decke fiel in den Schnee. Sie drehte sich um, weil sie sich orientieren, die Entfernung bis zum Haus abschätzen wollte, doch das Licht im Küchenfenster war spurlos verschwunden. Das ganze Haus war verschwunden.

Sie sah in alle Richtungen, verzweifelt darum bemüht, im dichten Schneetreiben irgendetwas zu erkennen. Was, wenn sie sich herumgedreht hatte? Was, wenn sie immer im Kreis lief? Welcher Weg führte zum Haus, welcher zur Straße? Sie zitterte unbändig, Sturzfluten rannen über ihre Wangen, ihre Nase lief unaufhaltsam, ihre Zähne klapperten hinter fest zusammengepressten Lippen. Sie war keine Heldin. Sie hatte das genaue Gegenteil dessen getan, was sie Ellie versprochen hatte, dem Menschen, dem sie am allermeisten auf der Welt gefallen wollte. Sie hatte alles und alle verloren, einschließlich sich selbst. Sie konnte die Hand vor Augen nicht sehen, geschweige denn Grandpa Walter – und auch Thorn nicht, der inzwischen wahrscheinlich schon unter einem Schneeberg begraben lag.

Sie durfte hier nicht länger stehen bleiben, sonst würde der Sturm sie irgendwann mitreißen. Aber sie hatte keine Ahnung, wohin sie gehen sollte. Mit der Hand im Handschuh griff sie in ihre Jackentasche, und da, sie bekam den kalten metallenen Griff der Taschenlampe zu fassen, die sie tief in die Tasche gesteckt hatte. Sie zog sie heraus und drückte unbeholfen den Knopf, bis die Welt aufleuchtete, oder zumindest ein Stück davon, auch wenn es nicht größer war als das, was man durch ein Mikroskop sah. Zitternd hielt sie den Lichtstrahl in alle Richtungen, aber umsonst, sie konnte nichts als wild wirbelndes Schneetreiben sehen – weder das Haus noch den Hund –, die Welt war ausgelöscht, und sie mit ihr. Es fiel ihr immer schwerer zu atmen, so als läge ein Gewicht auf ihrer Brust, und ihre schmerzhaft kribbelnden Füße schienen mit dem eisigen Erdboden zu verschmelzen.

Irgendwo hinter ihr ertönte schwaches Gebell. Sie drehte sich um, strich sich mit den nutzlosen Handschuhen Schnee aus dem Gesicht und schrie den Namen des Hundes. Doch sie hörte nichts mehr von Thorn, nur noch ihre eigenen Schreie und ihren panisch keuchenden Atem, bis sie sich schließlich zwang aufzuhören. Die Erste-Hilfe-Lehrerin in ihrem Kopf nickte wissend angesichts ihrer Verwirrung.

Aber dann war er real, ein Gewirr aus Beinen, kein Traum. Sie sackte zusammen. Da war er, der gute alte Hund, direkt neben ihr, hechelnd und völlig unbeeindruckt davon, sie auf Knien zu finden, als hätte sie nur darauf gewartet, dass er das Stöckchen zurückbringt.

Sie stopfte sich die Decke wieder unter den Arm, stand auf und lehnte sich an den eisverkrusteten Thorn, damit sie ihn nicht noch einmal verlor. Darin waren sie sich einig. Jedes Mal, wenn er ein paar Schritte vorauslief, hielt er inne und wartete laut bellend, bis sie ihn eingeholt hatte, so als wollte er sie zur Eile antreiben. Die Taschenlampe schlug gegen ihr Hosenbein, das funzlige Licht war ihr keine Hilfe.

Sie stapften bis ans Ende der langen Auffahrt. Dass sie die Straße erreicht hatten, konnte Hannah daran erkennen, dass der Boden unter ihren Füßen fester wurde. Der Wind peitschte unbarmherzig im offenen Gelände. Sie sank nicht mehr bei jedem Schritt so tief in den Schnee ein, ihre Turnschuhe trafen auf vereiste Reifenspuren. Die Nylands waren über genau diese Stelle gefahren, das Gewicht ihrer Autos hatte den Schnee zusammengepresst. Der Gedanke, dass sie hier gewesen waren, tat ihr gut, bis sie dorthin zurückschaute, wo das Haus sein sollte und nicht war.

Sie konnte ihre Zehen nicht mehr spüren und sah auf ihre Füße, ob sie noch da waren. Thorn lief bellend und jaulend voran. Die Decke war unglaublich schwer und machte sie zu langsam. Sie wollte sie gerade fallen lassen, als der Hund keine zwei Meter vor ihr stehen blieb. Sie konnte noch die schwachen Umrisse seines wedelnden Schwanzes erkennen.

Walter war nicht weit gekommen, nur wenige Meter die Straße hinunter. Er war nach rechts abgebogen statt nach links, weg von Neesley, nicht nach Neesley, und in einer Schneeverwehung gestrandet. Mit ausgestreckten Beinen und zur Seite gekipptem Oberkörper saß er reglos da, zu reglos. Er reagierte überhaupt nicht auf den Hund, der ihn von oben bis unten abschleckte.

Hannah hatte Angst, dass er tot sein könnte, schlidderte aber trotzdem auf ihn zu und kniete sich vor ihn hin.

»Grandpa Walter! Grandpa Walter!«, rief sie mit vom Wind fortgetragenen Worten. Sie hielt ihr Ohr an seinen Mund und hoffte, ihn atmen hören zu können. *Bitte, bitte, bitte atme.*

Ruckartig richtete er sich auf, stieß mit dem Kopf an ihre taube Wange, und sie fiel rücklings in den Schnee. Wieder etwas bei Sinnen, fuchtelte er mit den Armen und versuchte aufzustehen.

Bring ihn ins Haus. Bring ihn raus aus dem Sturm. Thorn, der seine Aufgabe erledigt hatte, trottete am Straßenrand entlang und steckte seine Nase in die sich dort türmenden Schneeverwehungen. Hannah legte Walter die Decke über Kopf und Schultern, packte ihn bei den Armen und versuchte, ihn auf die Beine zu ziehen.

»Steh auf!«, schrie sie und zog an seinen Armen. »Steh auf, jetzt!«

Sie hatte einfach nicht genug Kraft, um ihn hochzuziehen. Jetzt bellte Thorn wieder, er hob sogar seine Pfoten. Hau ruck. Hau ruck. Zieh. Zieh fester. Aber es nützte nichts. Er war zu alt, zu schwer.

Sie konnte nicht mehr richtig denken. Konnte ihn nicht hier zurücklassen. Konnte ihn nicht mitnehmen. Konnte ihre Beine nicht in Bewegung setzen. Sie versuchte noch ein letztes Mal, ihn aus dem Schnee zu ziehen. Dann setzte sie sich neben ihn – es war das Einzige, was noch blieb – und lehnte sich unter der Decke an ihn, bis er aufhörte, sich dagegen zu wehren, und sich auch an sie lehnte. Thorn stand Wache vor den beiden und bellte unaufhörlich.

Ein Jahr verging, oder eine Minute, bevor die Rufe, ganz undeutlich zuerst, dann immer klarer und eindeutiger, näher kamen.

Ihr Verstand funktionierte noch gut genug, um heiser zu schreien: »Hier. Hier sind wir.«

Der Sturm hatte zu einem Stromausfall geführt, vermutlich wegen eines abgebrochenen Astes oder eines umgefallenen Baums. Ellie konnte den Notstromgenerator nicht in Gang setzen, der Hebelschalter war zu eigensinnig und wollte sich einfach nicht bewegen. Aber sie fand die Sturmlaterne mit dem kleinen Petroleumdocht und stellte die Kerzen aus dem Notfallvorrat hübsch zu mehreren arrangiert auf Tischen und Fensterbänken auf. Der Raum leuchtete von all den kleinen flackernden Flammen, und in den Ecken hingen malvenfarbene Schatten.

Ellie setzte Sammy in den Sessel seines Grandpas, wo er sich hin- und herwiegte. Sie hatte ihm in einfachen Sätzen erklärt, dass Grandpa in den Sturm hinausgegangen sei und Dad und Hannah und Danny auch und dass sie beide geduldig warten müssten, bis alle wiederkämen. Sammy lauschte mit geneigtem Kopf auf die bösen Nachtgeräusche, die draußen vor dem Fenster tobten, und schien das ungeheure Ausmaß der Situation zu verstehen.

»Kommen sie jetzt?«, fragte er immer wieder, worauf sie immer wieder antwortete: »Bald, Schatz, bald«, und betete, dass sie recht behalten möge.

Dann endlich hörte sie ein Rumoren vor der Haustür. Ellie rannte zur Tür, riss sie auf und streckte die Arme aus, bereit, alles aufzufangen, was ihr entgegenfallen würde. Und sie fielen tatsächlich geradezu ins Haus – eins, zwei, drei, alle vier –, durchgefroren und windzerzaust, das Fell des

Hundes silbrig von Eis und Schnee. Ellie schlug sich bei ihrem Anblick die Hand vor den Mund.

»Er ist bis zur Straße gekommen«, stotterte Danny mit vor Kälte fleckigem Gesicht.

Hannah sah so klein aus in Dannys alter Jacke und stand zusammengesunken und zitternd da. Sie trug Turnschuhe, Stiefel hatte sie nicht.

»Macht bloß die Tür zu!«, rief Ellie. »Kommt alle rein, schnell. Die Schuhe könnt ihr auch hier ausziehen.«

»Dan, mach Feuer im Kamin«, ordnete Eric an, während er Walter halb hereintrug, halb hereinschleifte und ihn aufs Sofa legte. Er sah erschreckend gebrechlich und runzlig aus, seine Lippen waren ganz bleich und blutleer, und sein lautes Mundwerk stand still.

»Hannah, bleib bei Dan und wärme dich auf. Und zieh diese Turnschuhe aus.«

Walter erwachte langsam wieder zum Leben und wehrte sich jetzt gegen Eric, so als wäre der ein Dieb, der versuchte, ihm seine Kleidung zu stehlen.

»Hör auf, mich zu schlagen, Dad«, sagte Eric. »Ich muss dir deinen Mantel ausziehen.«

Ellie sah Eric erstaunt an. Er hatte ihn *Dad* genannt, nicht Walter. Sie schob Myrtles Sessel vor den Kamin. »Hannah, setz dich hier rein.« Sie hockte sich vor das Mädchen hin und begann, an den gefrorenen Schnürsenkeln herumzufummeln. Aber es dauerte ihr alles zu lange, deshalb zog sie schließlich einfach an den Fersen. Die Socken des Mädchens waren steif gefroren, wie Fleischstücke aus dem Gefrierschrank.

»Es tut mir leid«, stieß Hannah hervor, fast ohne die Lippen zu bewegen.

Es war Ellie vollkommen egal, was das Mädchen ihr versprochen hatte. Sie war heil wieder zurückgekommen.

»Tun dir die Zehen weh?«, fragte sie und zog Hannah die Socken aus.

»Es tut mir leid«, sagte Hannah noch einmal und fing an, unkontrollierbar zu zittern.

»Oh, Liebling.« Ellie staunte über sich selbst: *Liebling* war ein Wort, das sie nie benutzte. »Du bist in Sicherheit. Alle sind in Sicherheit.« Hannahs Zehen waren nur milchig weiß, nicht angeschwollen und bläulich, aber Ellie wollte, dass Eric noch einen Blick darauf warf, um sicherzugehen.

Danny schürte mit Kienspänen ein Kaminfeuer an und legte danach drei Holzscheite aus der Vorratskiste auf. »Wird Grandpa es überstehen? Wir dachten, er wollte bloß in den Schuppen, so wie sonst immer.« Er wirkte richtig bestürzt, so als wäre es ihm vorher noch nie in den Sinn gekommen, dass sein Grandpa unwiederbringlich von ihnen gehen könnte. Sonst hatte Danny sich immer nur beschwert, wie nervtötend diese Suchen seien. »Thorn ist fast ausgetickt. Zum Glück bellt er so laut, sonst säße Grandpa jetzt noch in dem Schneehaufen.«

Ellie drückte Dannys Hand. »Du bist sehr tapfer, Danny. Ihr alle beide, du und Hannah.«

Sie sah über die Schulter zum Sofa hinüber. Jetzt musste Eric Fußtritten ausweichen, weil er Walter die Stiefel ausziehen wollte.

»Immerhin wehrt er sich.« Danny machte den Reißverschluss seiner Jacke auf und zog sich die Mütze vom Kopf. »Das ist doch gut, oder?«

»Grandpa wird es überstehen«, sagte Ellie. Walter musste durchhalten, schon um Erics willen.

Die Flecken auf Dannys Wangen waren fast schon verschwunden, auch wenn es im flackernden Kerzenlicht schwer zu beurteilen war. Er hatte seine Stiefel noch nicht ausgezogen, die schützten bis minus vierzig Grad. Seine Zehen hatten es also gut überstanden – wie er auch insgesamt alles gut verkraftet hatte.

Ellie sah von einem Sohn zum anderen. Sammy hatte seinen Sessel am Fenster nicht verlassen und schaute mit besorgtem Gesicht zu seinem Grandpa hinüber.

Ellie machte sich am meisten Sorgen um Hannah, die nicht zu zittern aufhörte. Sie wickelte das Mädchen in eine der Decken, die sie aus ihrem Schlafzimmer geholt hatte, und warf Danny auch eine über die Schultern. Ellie war selbst kalt, doch sie fühlte sich stabiler, fester auf den Beinen, als sie jetzt die kräftige Gestalt ihres Mannes ansah, der neben Walter kniete. Überzeugter, dass sie es schaffen würden.

14

Eric konzentrierte sich auf das, was als Nächstes zu tun war. Sein Gedankenstrom floss langsamer, und er bedachte jeden seiner Schritte so sorgfältig, als müsste er eine Bombe entschärfen: seinen Vater aufwärmen, aber nicht zu schnell; besonders Brust, Hals, Kopf, Lenden; Arme und Beine überprüfen, die Stärke seines Herzschlags. Hannah auch – Zehen, Finger, Wangen.

Es war ihm gelungen, den sich wehrenden Walter aus Mantel und Stiefeln zu schälen, aber er brauchte mehr Wärme. Mehr Licht.

»Ellie, hol mal das Thermometer. Und die elektrische Heizdecke. Und Hannah, rück etwas zurück, du bist zu nah am Feuer.« Wenn ihre Haut Schäden davongetragen hatte, könnte sie sich verbrennen, ohne es zu spüren.

»Ich bin gleich wieder da«, sagte er dann zu ihnen. »Ich gehe nur runter und werfe den Generator an.«

Mit einer Taschenlampe in der Hand lief Eric die schmale Treppe ins Untergeschoss hinunter. Er folgte dem auf die Betonwand treffenden Lichtstrahl, vorbei an den Regalen mit den dahinschwindenden Einmachgläsern seiner Mutter, vorbei an Waschmaschine und Trockner und dem im Haushaltsbecken in Wasser getauchten Weihnachtstruthahn. Als er den Generator erreicht hatte, musste er beide Hände benutzen, damit der schwergängige Hebelschalter sich bewegte, der ihr Haus vom allgemeinen Stromnetz trennte und die Notfallversorgung in Gang setzte. Der Heizofen fauchte und ächzte, und aus Dans Zimmer fiel ein kreisrunder Lichtstrahl.

Er hatte es an Wachsamkeit fehlen lassen. Ausgerechnet in dieser Nacht. An Weihnachten. Und bei diesem gottverdammten heulenden Sturm, der allein schon einen Menschen auskühlen konnte. Ja, Walter war sein Leben lang ein garstiger Kerl gewesen, doch jetzt war nur noch ein unzurechnungsfähiger alter Mann von ihm übrig, der des Schutzes bedurfte – und diesen Schutz hatte Eric ihm nicht geboten. Wie lange war er dort draußen gewesen?

Und Hannah! Als er sie unter der Decke an Walter gedrängt in der Schneeverwehung hocken sah, meinte er, geradewegs in einen Albtraum katapultiert worden zu sein, so surreal war es gewesen. Und dann stürmte sie auf ihn zu, klammerte sich an seine Jacke und stammelte mit klappernden Zähnen etwas davon, dass Grandpa seinen Pick-up holen wollte. Er hätte es sich nie verziehen, wenn er Walter nicht rechtzeitig gefunden hätte. Aber Hannah zu verlieren – er hatte Angst davor, sich das auch nur vorzustellen.

Als er wieder hinaufkam, glitzerten die Weihnachtslichter und brachten einen riesigen Haufen fröhlich eingepackter Geschenke zum Vorschein. Die Kinder saßen nebeneinander auf dem Boden, in sicherer Entfernung vom lodernden Feuer. Dan, jetzt nur noch im T-Shirt, drehte mit dem Schürhaken die Holzscheite um und quasselte ununterbrochen. Hannah war in ihre Decke wie in einen Kokon eingewickelt, nur ihre Füße lugten hervor, warm verstaut in Ellies witzigen Gorilla-Hausschuhen. Sammy saß ungewöhnlich still in Walters Sessel drüben, hielt seinen roten Lastwagen mit beiden Händen fest und ließ das zugedeckte Bündel auf dem Sofa, das sein Grandpa war, nicht aus den Augen.

»Ich habe versucht, auch Thorn zuzudecken, aber das passt ihm nicht«, sagte Ellie. Sie hatte das Verlängerungskabel in die Steckerleiste beim Weihnachtsbaum gesteckt, es durch den ganzen Raum geführt und die elektrische Heizdecke daran angeschlossen, unter der Walter lag.

»Ist sie auf die niedrigste Stufe eingestellt?«, fragte Eric. »Wir dürfen ihn nicht zu schnell auftauen.«

Ellie beugte sich über Walter und fummelte am Wärmeregler der Decke herum. »Ich habe seine Temperatur gemessen.« Sie hielt Eric besorgt das Thermometer hin. »Fünfunddreißig Grad, Eric.«

»Damit kommen wir zurecht«, sagte Eric. »Das wird er überstehen.«

Erleichterung erfasste Ellie. Sie hatte schon gefürchtet, sie müssten Walter ins Krankenhaus bringen, und das hätten sie bei dem Wetter sicher nicht geschafft, jedenfalls nicht mehr rechtzeitig.

Eric beugte sich über seinen Vater, etwas ungelenk wegen des Hundes, und drückte Walter einen Finger an den dünnen Hals.

»Sein Puls ist zwar schwach, aber gleichmäßig. Der wird so schnell nicht aufhören zu schlagen.« Er hob die Decke, suchte nach fleckigen Verfärbungen und prüfte, wie seine papierdünne Haut sich anfühlte. »Ich kann keine Anzeichen von Erfrierungen sehen.«

»Er sagt, er möchte sein Abendessen«, flüsterte Ellie. Sie war es gewesen, die Nein gesagt hatte zu einem Schloss an seiner Tür. »Ich backe ihm einen Kuchen – irgendwas mit Baiser.«

Eric drehte sich mit einem kleinen Lächeln zu ihr um. »Walter sollte öfter verloren gehen.« Er drückte ihre Schulter. »Er schläft jetzt. Er muss sich erst mal ein bisschen erholen.«

Walter machte die Augen auf und schlug mit einem Arm gegen das Sofa, um die Aufmerksamkeit aller zu erregen. »Mach ein Fenster auf, Myrtle«, befahl er. »Herrgott, es ist viel zu stickig hier.«

Ellie sah, wie Eric langsam einmal tief Luft holte. Wenn sein Vater noch nicht bereit war zu gehen, war vielleicht auch er noch nicht bereit, ihn gehen zu lassen.

Er sah die Kinder an, die sich auf ihren Decken zu ihm umgedreht hatten, das Feuer jetzt im Rücken. »Alles okay bei euch? Ist euch schon warm?«

Daniel zog sich mit einem Keuchen das T-Shirt von der Brust. »Soll das 'n Witz sein? Ich hab drei Holzscheite aufgelegt.«

»Und was ist mit dir, Hannah?«, fragte er. »Ist dir warm?«

Daniel antwortete für sie. »Sie ist warm wie ein Toast. Stimmt's, Hannah?«

»Blas bitte mal die Kerzen aus«, sagte Eric zu Daniel, der sofort aufsprang, durch den Raum stapfte und überall winzige Rauchfahnen zurückließ.

Eric fragte Hannah: »Hast du Gefühl in deinen Zehen und deinen Fingern?«

Hannah nickte, ohne aufzusehen.

Ellie hatte Eric aufmerksam beobachtet, wie er mit fester Hand anpackte, wie er den Blick durch den Raum schweifen ließ, wie er noch die kleinsten Einzelheiten wahrnahm. Er funktionierte am besten, wenn er Verantwortung übernehmen musste. Dafür liebte sie ihn. In diesem Moment liebte sie ihn mehr als je zuvor.

Hannah hatte nicht ein Wort gesagt seit *Es tut mir leid*. Ellie kniete sich vor das Mädchen hin, umfasste Hannahs Hände und pustete auf ihre Fingerspitzen.

»Danny hat recht. Sie sind warm wie Toast.« Hannah zog

ihre Hände nicht weg. »Und deine Zähne klappern auch nicht mehr.«

Eric kam zu ihnen, hockte sich auf ein Knie und schob seine Finger unter Ellies Hände. Er suchte nach Hannahs Puls und begann, ihre Herzschläge zu zählen.

»Alles okay, Kleine? Lass mich mal einen Blick auf deine Zehen werfen.«

Ellie sah zu, wie er Hannah zuerst den einen, dann den anderen Gorilla-Hausschuh vom Fuß zog, Hannahs Zehen in diese und jene Richtung bewegte und unter ihren Fußsohlen entlangstrich.

»Dir geht's gut«, sagte Eric. Und dann fügte er hinzu: »Aber ich möchte, dass du das nicht noch mal machst. Nie wieder.«

Hannah sah auf. »Sind Sie böse auf mich?«

»Aber nein!«, sagten Eric und Ellie wie aus einem Munde.

Ohne sich darüber im Klaren zu sein, hatte Ellie die ganze Zeit die Stunden gezählt, bis Hannah sie wieder verlassen würde. Neunundzwanzig, achtundzwanzig. Nur noch etwas mehr als ein Tag. Furcht überkam sie. Wie hatte sie es wagen können, auch nur eine Stunde ihrer gemeinsamen Zeit zu verschwenden? Während sie sich über die kleinen Alltagsprobleme ihrer Familie aufregte – und immer mit dem Schlimmsten rechnete –, war ihr in ihrer Selbstbezogenheit entgangen, dass das Mädchen direkt vor ihr stand, strahlend wie die Sonne.

»Ich könnte deine Hilfe gebrauchen«, sagte Ellie zu ihr. »Wir brauchen etwas Warmes zu trinken. Heiße Schokolade oder Tee? Was meinst du?«

»Heiße Schokolade«, sagte Hannah, die langsam wieder Farbe bekam.

»Eine gute Wahl«, erwiderte Ellie, zog sie an einer Hand auf die Beine, und weil auch Sammy sich plötzlich zu ihnen gesellte, trotteten sie zu dritt in die Küche.

»Ich hab Hunger«, rief Daniel ihnen hinterher.

»Wann zum Teufel gibt's Abendessen?«, fragte Walter. »Ich will meine Pommes.«

Eric lachte. »Das besiegelt es. Dan hat Hunger, und Walter will seine Pommes. Die Nylands sind wieder in ihrem Alltag angekommen.«

In der Küche ging es geschäftig zu wie in einem Bienenkorb. Sie plünderten den Kühlschrank und schnitten Käse und Gewürzgurken. Eric half, eine ganze Platte voll Sandwiches zu machen und heiße Schokolade mit Marshmallows, die wie kleine Schneebälle darin schmolzen. Die Familie aß mit den Tellern auf dem Schoß, ausgestreckte Arme fuchtelten vor Nasen herum, Knie stieß an Knie, Brotkrümel flogen in alle Richtungen, und Hannah mittendrin.

Es war noch nicht einmal sechs Uhr morgens. Als sie alle dicht zusammengedrängt vor dem warmen Kaminfeuer saßen, die Mägen gut gefüllt, überkam sie Müdigkeit. Walter streckte sich auf dem Sofa der Länge nach unter der elektrischen Heizdecke aus, seine Temperatur stieg schon wieder; er schnarchte mit dem Hund um die Wette, der sich seit ihrem Ausflug in die Kälte nicht von seinem Platz gerührt hatte, nicht einmal, als Daniel etwas Schinken von seinem Sandwich direkt vor seine Nase fallen ließ.

»Fröhliche Weihnachten«, sagte Ellie. Sie saß dem Baum zugewandt, zwischen Erics Knien, der seine Arme um sie geschlungen hatte.

Eric nahm sie noch etwas fester in den Arm. »Komm, wir machen die Geschenke auf. Mal sehen, was der Weihnachtsmann gebracht hat.«

Sammy legte seinen Lastwagen beiseite. Walter schnaubte grummelnd im Schlaf. Daniel lief zum Baum, griff zwischen den Zweigen hindurch in die Ecke nach dem kleinen Geschenk, das er dort versteckt hatte, und ließ es ganz unfeierlich in Hannahs Schoß fallen.

Und mit einem Mal war Hannah aufgesprungen, Daniels Geschenk in Händen. »Wartet! Bitte wartet!«, rief sie und rannte in den viel zu großen, schlurfenden Hausschuhen davon.

Der Sturm ebbte ab, als wäre das alles nur ein Scherz gewesen, und wich einem harmlosen blauen Himmel mit hellem Sonnenschein, in dem die Schneewüste noch umso gleißender funkelte.

Um kurz vor zwölf rief Betty an und wünschte allen eine fröhliche Weihnacht. Sie war auf dem Polizeirevier gewesen, um dort Schokolade zu verteilen, und gab Eric einen kurzen Überblick über die Neuigkeiten in Neesley. John Welsh war schon wieder aus seiner Wohngruppe verschwunden. Der Leiter hatte um 8.15 Uhr auf dem Revier angerufen, ohne sagen zu können, seit wann genau er vermisst wurde. Die Constables King und Cruikshank waren bereits auf der Suche nach ihm, als eine Frau aus British Columbia, die in Neesley einen Weihnachtsbesuch machte, von ihrem Handy aus den Notruf wählte. Sie war John beim Joggen im Memorial Park begegnet. Beim Joggen! So als wäre das ein vernünftiger Zeitvertreib bei diesem Wetter! John hatte sich wie ein großer Bär aus dem Müllcontainer beim Picknickplatz erhoben und der Frau einen Heidenschreck eingejagt. Die Constables sammelten schließlich alle beide ein, fuhren die verschreckte und frierende Joggerin zu einem Haus in der 13th Street und nahmen John mit aufs

Revier, wo sie ihm ein paar Zuckerstangen gaben, die sie aus der Weihnachtsdeko klauten.

Und als wäre das nicht schon genug, setzte der kläffende Chihuahua von Bill und Audrey, immer wenn er allein zu Haus war, ihre nutzlose neue Alarmanlage in Gang. Die Constables wurden so oft herbeigerufen, dass sie den Sicherheitscode schließlich auswendig wussten. Und sie hatten auch gelernt, in dem Haus die ganze Zeit kerzengerade stehen zu bleiben, die Nase in sicherer Entfernung von diesem hochspringenden lächerlichen Exemplar von einem Hund.

Um kurz nach zehn rief dann Albert Finning an, der mit sechsundneunzig immer noch allein zu Hause wohnte und die selbst gestellte Diagnose einer akuten Blinddarmentzündung meldete. King und Cruikshank trafen vor dem Krankenwagen ein und lockerten Alberts Gürtelschnalle. Problem gelöst. Und auf dem Weg zurück ins Revier konfiszierten sie noch George Lundys Kartoffelkanone, die er auf dem Parkplatz des Peavey Mart in irrwitziger Geschwindigkeit abschoss und nachlud.

Sonst, sagte Betty am Telefon, sei kaum was vorgefallen. Keine erfrorenen Gliedmaßen. Keine Karambolagen. Nicht eine einzige angezeigte Handgreiflichkeit unter Eheleuten. Die guten Menschen von Neesley verbrachten eine erstaunlich friedliche Zeit, die Gewalt des Winters schien ihnen die Kräfte zu rauben.

Eric lachte über Bettys Geschichten und war froh, dass er diese Runden nicht machen musste. All die Weihnachtsfeste, die er verpasst hatte, weil er die Probleme anderer Leute lösen musste. Als Betty nach dem Treiben im Hause Nyland fragte, erzählte Eric nichts von ihrer entsetzlichen Nacht. Das war eine Familienangelegenheit, zu privat, um darüber zu reden.

Der Wagen des Stromversorgungsunternehmens tauchte um kurz nach eins auf, als Eric gerade die letzten Meter der Auffahrt freischaufelte. Larry Turner stieg aus der Fahrerkabine, leicht wankend – die Augen rot unterlaufen, das Kinn stoppelig. Er sah aus, als legte er es geradezu darauf an, einen Unfall heraufzubeschwören.

»Was für ein Sturm«, sagte Eric. Er kannte Larry seit der Schulzeit, ein mürrischer Kerl, der es nicht weit gebracht hatte. Zwei gescheiterte Ehen. Ein Sohn, der nicht mit ihm redete. »Wie ist die Lage?«

»Wie nicht anders zu erwarten«, raunzte Larry. »Die ganze Lincoln Road bis runter zur Baum-Farm sind die verdammten Leitungen tot.«

»Zum Glück funktioniert wenigstens das Stromnetz in der Stadt noch.«

Larrys Kahlkopf glänzte im strahlenden Sonnenschein, und auch die Anfänge des Veilchens oberhalb seiner unrasierten Wange leuchteten darin auf. Die ganze Stadt wusste, dass Larry im letzten Jahr aus mehreren Kneipenschlägereien herausgeholt werden musste.

»Vielen Dank, dass du so schnell gekommen bist«, sagte Eric. »Von wegen Weihnachten und so.«

Larry wandte sich schulterzuckend ab, als wäre für ihn ein Tag so miserabel wie jeder andere.

Als Larry an der Stromleitung arbeitete, ging Eric zum Schuppen. Ein Vogel kreiste in der Luft. Unwillkürlich sah Eric auf. Es war ein Rotschwanzbussard – der einzig wahre Vogel. Er legte den Kopf in den Nacken und betrachtete den beigebraunen Bauch, die majestätischen Schwingen und den breiten, gefächerten Schwanz. Und staunte noch genau so wie als Junge – nicht mehr, nicht weniger. Der Bussard glitt mühelos auf einem Luftstrom dahin, dann fand er einen Auftrieb und stieg in den Himmel auf und schwand aus dem Blick.

Eric musste sich einen Moment sammeln. Dann holte er die Spitzhacke aus dem Schuppen und stapfte durch verharschten Schnee bis ans andere Ende des Gartens. Der Apfelbaum stand leblos in seinem weißen Schneekleid da und daneben Walters altes, halb eingeschneites Wasserfass.

Eric bemühte sich schon seit vier Tagen, Schicht um Schicht Erde abzutragen, um ein Grab für Hannahs Katze zu schaffen. Es war ihm gelungen, das Feuer Tag und Nacht in Gang zu halten, das Fass schützte die Flammen vor dem schlimmsten Wind. Immer wieder war er hingegangen, hatte jedes Mal die glühenden Kohlen beiseitegeschaufelt, wenn die Erde weich war, und dann mit der Spitzhacke ein Stück weitergegraben. Gestern war er über einen halben Meter tief in die schwarze Erde gedrungen, längst tief genug, doch er hatte trotzdem weitergemacht und sich vorgestellt, Wilson läge dort auf dem aufbrechenden Boden vor ihm. Gott allein wusste, was er jetzt vorfinden würde. Gut möglich, dass der verdammte Sturm das leere Grab in der letzten Nacht wieder eingeebnet hatte.

Eric schaufelte das Wasserfass frei, kippte es an, und als er hineinspähte, sah er, dass das Loch noch ein Loch war. Auch der von Asche und Ruß bedeckte Boden fühlte sich noch warm an.

Er hatte getan, was er tun konnte, und alles vorbereitet. Die tote Katze lag in einer kleinen Käse-Kiste, die er im Schuppen gefunden hatte. Mit ihrem schwarz gemaserten Holz wirkte sie alt genug, dass Sammler auf dem Antikmarkt, der jedes Jahr in Neesley stattfand, dafür bestimmt gutes Geld hingelegt hätten. Er hatte all die toten Fliegen in der Kiste ausgeschüttet, die steife Katze hineingedrückt und den Holzdeckel zugeschoben. Und dann hatte er noch ein paar Nägel hineingehämmert, damit der Deckel fest verschlossen war, und das sollte er auch bleiben. Hannah musste nicht in die Kiste hineinsehen.

Das System wird sich um sie kümmern. Das hatte er Ellie in den letzten Tagen immer wieder gesagt: die Lüge, die er erzählte, um seine Frau zu schützen. Er wusste von Kindern, die so oft herumgereicht worden waren, dass sie sich nicht einmal mehr an die Namen ihrer Straßen oder Pflegeeltern erinnern konnten. Ehrlich gesagt, wäre das Mädchen genau hier am besten aufgehoben, auf diesem Stück Land, wo sie in Sicherheit war. Aber das war natürlich nicht möglich. Diese Gedanken musste er zusammen mit der Katze begraben.

Eric stieß die Schaufel tief in den harten Schnee und ging zurück ins Haus. Der Himmel war heiter und blau, nicht ein Windhauch war zu spüren, die richtige Witterung für ein stilles Begräbnis der Katze. Aber es kam ihm nicht richtig vor, nicht heute, nicht an Weihnachten.

Er hörte einen Motor starten, und als er sich umdrehte, sah er Larry bereits wieder hinter dem Lenkrad sitzen. Es war ihm irgendwie gelungen, die Stromleitung zu reparieren, ohne sich dabei selbst zu verkohlen. Merkwürdig, wie das Leben immer weiterging. Trotz Dummheit und Bösartigkeit, trotz Sorgen und Schuldgefühlen.

Die Katze konnte warten. Er würde sich morgen mit dem Mädchen unter den Apfelbaum stellen und versuchen, die richtigen Worte zu finden.

Die ganze Familie ging früh zu Bett. Hannah wünschte, sie könnte einschlafen, doch ihr tat der Bauch weh. Sie konnte ihre Gedanken einfach nicht davon abhalten, in ihrem Kopf herumzuwirbeln.

Das Weihnachtsfest war schön gewesen, ihr glücklichstes seit sehr, sehr langer Zeit. Sie hatten Thorn den ganzen Tag Leckereien zu fressen gegeben und sein Fell gebürstet, während er ununterbrochen Fürze losließ. Grandpa Walter war wieder ganz der Alte und konnte sich nicht mal mehr daran erinnern, dass er im Sturm verloren gegangen war. Wenn sie es doch auch vergessen könnte, dachte sie. Wenn sie doch einfach mit den Fingern schnippen und ihre Vergangenheit verschwinden lassen könnte.

Es hatte so viele Geschenke gegeben. Ellie weinte, als sie das Liederbuch auspackte, genau wie ihre Mutter, als es mit der Post ankam.

Als Ellie wieder reden konnte, fragte sie: »Spielst du Klavier, Hannah?«

Nein. In Sunnybrook hatte sie beim Kirchenlieder-Singen für Mrs Humble die Noten umblättern dürfen, aber seitdem hatte sie kaum noch ein Klavier gesehen.

»So eine Schande!« Ellie standen noch immer Tränen in den Augen. »Eine Stimme wie deine. Du solltest Gesangsstunden bekommen.«

Eric schlug sich aufs Knie und sagte: »Genau das, was ich brauche. Woher weißt du das?« Und dann ging er gleich den Hammer und einen Nagel holen und brachte das Schlüsselbrett neben dem Wandschrank im Flur an.

Sammy klemmte sich das Kaleidoskop vors Auge, neigte den Kopf Richtung Decke und marschierte im Kreis herum, lief in den Couchtisch hinein und rannte beinahe den Baum um.

»Hey, Rabauke, pass auf, wohin du trittst!«, rief Ellie, doch Sammy verkündete: »Die Welt ist hier drin«, und alle lachten.

Hannah und Daniel machten ihre Geschenke genau zur

selben Zeit auf. »Es ist ein Engel«, sagte sie und hätte ihn am liebsten wieder an sich genommen, bevor Daniel reagieren konnte.

»Cool«, sagte er mit einem breiten Lächeln. Dann wurde sein Gesicht rot, sogar seine Ohrenspitzen. »Deins ist ein Vogel. Ein Rotkehlchen.«

»So ein winziger Vogel!« Ein winziger Vogel, der auf seinem eigenen kleinen Haus saß.

»Man braucht noch ein Armband, da hängt man so was dran«, sagte Daniel, noch etwas roter. »Ist ein Anhänger. Mädchen sammeln die.«

»Oder ich hänge ihn an eine Kette, um den Hals.« Ihr Geschenk für ihn war nicht annähernd gut genug. »Du musst ihn nicht tragen!«, stieß sie hervor. »Du kannst ihn in die Schublade legen.« Doch als sie aufsah, hing ihr Engel schon um seinen Hals.

Die Nylands schenkten ihr mehr, als sie jemals auf einmal bekommen hatte. Eine flauschige Strickjacke und eine ganz neue Winterjacke mit weichem Fell. Einen Nagellack. Cremes, mit denen sie sich die Arme und den Hals eingecremt hatte, bis sie wie ein Garten roch.

Aber warum lief dann dieser wachsende Schmerz mitten durch sie?

Es lag an dieser Familie. Daran, dass sie hier alles fand, was ihr gefehlt hatte, dass sie das Leben der Nylands in glücklichen Fotos auf dem Kaminsims aufgereiht sah und es dann selbst erlebte. Die Wärme des Kaminfeuers; die Sorge in ihren Gesichtern; Ellies umsichtiger, liebevoller Ton – doch nichts davon konnte Hannah täuschen. Die Tage bei den Nylands hatten ihr eine neue Art von Einsamkeit beschert. Sie gehörte nicht dazu. Morgen wurde sie weggeschickt. Sie hätte genauso gut im Sturm verloren gehen können.

TEIL VII

Donnerstagskind, dein Weg ist weit

Donnerstag, 26. Dezember

15

Ellie erwachte früh. Sie zog sich im Dunkeln an, um Eric nicht zu wecken, und zog die Tür lautlos hinter sich zu, als sie ihr Schlafzimmer verließ. Ein Geruch von Truthahn und würziger Füllung lag im Flur, wurde heraufgeblasen durch die Heizschächte und kam ihr von den Wänden entgegen.

Sie schaltete die Lampe in der Ecke des Wohnraums an, setzte sich in Myrtles pompös bezogenen Sessel und wickelte ihre Füße in Myrtles Wolldecke. Überall lagen Überbleibsel ihrer Weihnachtsgeschenke herum, eigenwillige Schleifen und vagabundierende Bänder, die sich unter den Baum verkrochen hatten. Und unter dem Couchtisch lag noch eine Tüte voller zerrissenem Geschenkpapier.

Die Lampe warf gezackte Schatten an die Wand, die Blätter des Weihnachtssterns im mit rotem Crêpe umwickelten Topf. Sie reckte einen Arm und streckte die Finger ins Licht, doch sie bekam die Gestalten nicht richtig hin, die sie um die Silhouette des Weihnachtssterns herumschleichen ließ. Ihre Finger wirkten schaurig lang, wie schwarze Dolche, die sich in die Blätter bohrten, und schließlich ballte sie sie zur Faust und legte sie in den Schoß.

Ein alter englischer Kinderreim kam ihr in den Sinn: *Montagskind, wie schön du bist, Dienstagskind voll Anmut ist, Mittwochskind kennt großes Leid.* Beim Donnerstagskind hielt sie inne. Was sollte das heißen, *dein Weg ist weit*? Wie fand man heraus, wohin man gehörte?

Und was konnte sie Hannah bieten? Sie hatte die halbe Nacht wachgelegen und darüber nachgedacht. Rechtlich könnte es funktionieren. So viel hatte Betty gesagt, als sie gestern telefonierten und sie ihr eine lange Liste von Bedingungen herunterbetete – Papierkram, Auszug aus dem Strafregister, Befragungen, Hausbesuche –, bevor sie sie unverblümt fragte: *Ziehst du das ernsthaft in Erwägung, Ellie?* Ellie versicherte ihr, das sei nicht der Fall, sie interessiere sich nur für die internen Abläufe des Systems, in das Hannah nun hineingeriet.

Es war dumm von ihr, die Frage überhaupt zu stellen, den Gedanken ans Tageslicht zu zerren. Die Schwierigkeiten mit Sammy und Walter stapelten sich schon hoch genug, und noch ihre eigene Verrücktheit obendrauf. Wozu hatte es für sie denn geführt, Wünsche hartnäckig zu verfolgen? Nur zu Verlust. Nein, wie schön auch immer sie sich das Leben mit Hannah ausmalte – Gesangsstunden, Kinoabende, ein Buchclub zu zweit –, das Mädchen war in professioneller Pflege besser aufgehoben.

Heute kam Betty sie holen. In ein paar Stunden schon würde sie, mit lebhaftem Blick und tatkräftig, vor ihrer Tür stehen. Ein guter Tag, um eine weite Fahrt zu machen, um Hannah ohne über die Felder tobenden Sturm wohin auch immer zu bringen.

Walter hatte sein Briefpapierset mit Stift vom Agrar-Verein auf dem Tisch neben dem Sessel liegen lassen. Das oberste Blatt hatte er vollgeschmiert – mit seinen wilden Krakeleien und gekritzelten Wörtern, die nichts miteinander zu tun hatten: *Leisten, Gewehr, Dominoos, Baterien.* Ellie nahm sich ein leeres Blatt und begann, eine eigene Liste zu schreiben. Milch, Eier, Hüttenkäse. Schinken wäre nett als Abwechslung zum übrig gebliebenen Truthahn in den nächsten Tagen. Sie könnte auch ein paar Becher von diesem grünen Minze-Wackelpudding mitbringen, den Walter so gern mochte. Den hatten sie stapelweise im Kühlregal hinten in Dave's Drugstore, und er schmeckte fast genauso wie Myrtles selbst gemachter. Keks-Tiere für Sammy. Protein-Riegel für Danny.

Aber es führte zu nichts. Schon als sie mit dem Stift die Wörter schrieb, wusste sie, dass sie genauso albern waren wie die von Walter. Nichts davon war das, was sie wirklich brauchten. Sie faltete das Blatt ein ums andere Mal, bis es so klein war wie der Liebesbrief in der Tasche eines Teenagers.

Eric wachte auf, als Ellie aus dem Bett schlüpfte, doch anstatt aufzustehen, zog er an den Decken herum und vergrub sich noch tiefer darunter. Das Haus war gespenstisch still in dieser schwarzen Stunde vor Sonnenaufgang, auch draußen vor den Fenstern nicht ein Windhauch.

Sie hatten nichts weiter vor am zweiten Weihnachtstag, als die Katze zu beerdigen, Hannah einen Koffer zu suchen und sie dann wegzugeben.

Er sollte jetzt sofort aufstehen. Betty wollte sie um kurz vor zwölf abholen, und er musste sich rüsten für die unweigerlichen Nachwirkungen. Aber er konnte seine Beine nicht bewegen, konnte all das, was geschehen war, nicht loslassen. Wenn er hier im Dunkeln liegen blieb, konnte er das Weihnachtsfest noch einmal vor sich ablaufen lassen, Augenblick für Augenblick. Er wusste nicht, wie er sonst daran festhalten, es real machen konnte – wie er deutlich machen sollte, dass es etwas bedeutete.

Irgendwie hatten sie sich durch den Schnee gekämpft, es

erschien ihm im Rückblick fast absurd einfach. Walter auf dem Sofa, mal wach, mal schlafend und so grantig wie immer; Thorn auf dem Boden neben ihm; Ellie immer in seiner Nähe, die ihm alles brachte, was er sich nur wünschte – ein extra Kissen, das schnurlose Telefon, knusprige, nicht labberige Pommes.

Sie hatten ihre Geschenke langsam aufgemacht, eins nach dem anderen, und danach zusammen um den Baum gesessen, mal still, dann alle auf einmal redend. Auf dem Boden hatten haufenweise Kissen und Decken gelegen und dazwischen immer mal wieder einer, der alle viere von sich gestreckt eine Weile schlief, wie bei einer Pyjama-Party unter Kindern. Den Truthahn konnten sie mithilfe des Notstromgenerators garen, mussten ihn aber noch mal nachbräunen, als Larry die Leitung repariert hatte. Und anstatt danach noch lange mit dem schicken Weihnachtsgeschirr herumzutun, hatten sie sich alle mit den Alltagstellern an den Tisch gesetzt.

Noch viele Jahre später würden sie sich die Geschichten dieses Weihnachtsfests erzählen, als Grandpa es sich in den Kopf gesetzt hatte, mitten in der Nacht, bei rekordbrechend eiskaltem Wind, dem schlimmsten Sturm des Jahrzehnts, in die Stadt zu gehen. Daniel würde die Details übertreiben, und Sammy würde begeistert mitmachen: dass es unglaublich lange gedauert hatte, ihn zu finden; dass der Schnee enorm tief war; dass tagelang der Strom ausfiel; dass Grandpa sich wie ein Kind, das im Schnee gespielt hatte, blitzschnell wieder erholte.

Und obwohl sie es für sich behielten, würden sie auch an Hannah denken: vielleicht, wenn sie an einem bitterkalten Abend aus dem Fenster sahen; eine lieblich helle Stimme im Radio hörten; oder ihnen auf einem Gehweg ein

Mädchen in einem viel zu kleinen, schäbigen Mantel entgegenkam.

Die drei gingen hintereinanderher den schmalen Pfad entlang, den Eric vom Haus bis ans andere Ende des Gartens freigeschaufelt hatte. Hannah lief zwischen Daniel und Eric und hielt die Holzkiste im Arm. Daniel hatte gehofft, einen Blick hineinwerfen zu dürfen – er hatte noch nie eine tote Katze gesehen. Doch der Deckel war fest zugenagelt, und sein Dad hatte gesagt: *Auf gar keinen Fall.* Er hatte seinen Dad dreimal gefragt, wie Hannahs Katze gestorben war. Und da er nie eine Antwort bekam, nahm er an, dass es richtig schlimm gewesen sein musste.

Auf dem Weg zum Apfelbaum kamen sie an den Überresten von Schneemann Robert vorbei, der in den Bergen von Neuschnee jetzt nur noch ein Haufen schartiger Schneeklumpen war. Ein merkwürdiger Nebel war aufgezogen und legte einen grauen Schleier auf die weiße Welt. Der dicke Dunst strich ihnen wie eine feuchte Zunge über die Wangen, während sie in feierlichem Ernst voranmarschierten.

Daniel war bisher nur auf einer einzigen Beerdigung gewesen, bei der seiner Grandma. Sie hatte in der Kapelle in einem offenen Sarg gelegen und mit dem stark eingefallenen, glänzenden Gesicht überhaupt nicht mehr ausgesehen wie zu ihren Lebzeiten. Es war schockierend gewesen, sie so still mit gefalteten Händen in ihrem blauen Kleid und den dunklen Strümpfen daliegen zu sehen. Zu Lebzeiten war sie ständig in Bewegung gewesen. Sie neigte immer den Kopf und lehnte sich leicht zu ihm vor, wenn er etwas sagte, so als wäre er es wert, dass man ihm zuhörte. Doch als er an ihrem Sarg stand und ihre wächsernen Augenlider und gepuderten Wangen anstarrte, fiel ihm kein einziges Wort ein.

Daniel hatte seine Mom gebeten, auch mit in den Garten zu kommen, doch sie wollte Grandpa nach seiner Eskapade nicht allein lassen, und Sammy hatte Halsweh und durfte nicht nach draußen.

Als sie um das Loch herumstanden, sahen sie alle drei zu Boden. Die Luft roch, als hätte jemand ein Lagerfeuer mit Sand erstickt. Es war eine beeindruckend tiefe Grube, die Schaufel steckte in der Schneewehe daneben. Daniel hätte gern beim Graben geholfen, doch sein Dad hatte ihn nicht darum gebeten.

»Was meinst du, geht das so, Hannah?«, fragte Dad.

Sie sagte kein Wort, sondern stieß nur, die Kiste im Arm, mit der Spitze von Daniels altem Stiefel gegen ein Stück Eis und starrte in das Loch hinein.

»Der Baum war noch ein ganz zartes Zweiglein, als wir ihn eingepflanzt haben«, erzählte sein Dad. »Ich war in deinem Alter, als wir die Erde ausgehoben haben. Man kann es sich jetzt kaum vorstellen, aber im Sommer hängen ganz viele grüne Äpfel an diesen Ästen.«

»Ist ein richtig schöner Platz, so zum Herumsitzen und Nachdenken«, sagte Daniel. »Also, jetzt natürlich nicht. Im Sommer. Wenn er Schatten wirft.« Er holte einmal tief Luft, entschlossen, nicht noch mehr dummes Zeug zu reden. Warum musste sie weggehen? Es war ja nicht so, dass sie bei einer netten Tante wohnen sollte oder bei sonst jemandem, wo sie hinwollte.

Hannah hörte auf, gegen das Eis zu treten, und richtete sich gerade auf. »Nigel sagt, Katzen haben keine Seele.«

»Das stimmt nicht«, erwiderte Daniel sofort, obwohl er von Seelen keine Ahnung hatte. Aber er wusste, dass sie sich wünschte, ihre Katze hätte eine. Er hasste einfach alles an diesem Kerl.

Dad zog einen Handschuh aus und presste seine Finger an die Stirn, so als wollte er Kopfschmerzen vertreiben.

»Man kann nicht beweisen, dass Tiere eine Seele haben«, sagte er. »Aber man kann auch nicht beweisen, dass sie keine haben. Ich habe mal eine Katze in ein brennendes Haus zurückrennen sehen, nicht einmal, nicht zweimal, sondern fünfmal, um jedes einzelne ihrer Jungen zu retten. Diese Katze war ziemlich stark versengt – an den Pfoten, an den Ohrenspitzen –, aber sie hat nicht aufgegeben. Wer wollte da sagen, dass sie keine Seele hatte?«

Dad legte Hannah die Hand auf die Schulter. Daniel wusste nicht, was er als Nächstes sagen sollte. Nach dem Gottesdienst für seine Grandma in der Begräbniskapelle waren sie mit dem Auto zu Kaffee und Kuchen und Sandwiches ins Senioren-Freizeitzentrum gefahren. Sein Dad hatte in die Runde gefragt, ob jemand ein paar Worte sagen wolle, und einer nach dem anderen war vom Stuhl aufgestanden und vors Mikrofon getreten. Eine Frau las das Geheimrezept für die extra saftigen Brownies seiner Grandma vor. Eine andere zeigte an die Decke und rief: »Die frische Farbe da haben wir alle Myrtle Nyland zu verdanken! Sie war die Einzige von uns, die bereit war, auf das Gerüst zu klettern.«

Daniel wünschte sich, er könnte eine Geschichte über Hannahs Katze erzählen. »Wie war sie so?«, fragte er und drehte sich zu Hannah um. Weil die aber nur weiter in das Loch starrte, fragte er noch einmal: »Deine Katze, mein ich. Wie war sie so?« Er wusste nicht mal, wie die Katze hieß, aber jetzt war es zu spät, um zu fragen.

Hannah antwortete nicht, deshalb ergriff sein Dad das Wort. »Vor sechs Jahren hat deine Mom dir Mandy geschenkt – da war sie noch ein Kätzchen –, und du hast sie in einem Schuhkarton auf deinem Bett gefunden, eingewickelt in ein Handtuch, aus dem nur die rosa Nase herausgeguckt hat.«

Sie hieß Mandy.

Hannah legte eine Hand auf die Kiste und rieb sie hin und her. »Sie hat sich gerne versteckt.«

»Ja, das hat sie«, sagte Dad, so als ob er die Katze gekannt hätte.

»Wo hat sie sich denn am liebsten versteckt?«, fragte Daniel.

»In meinem Bett. Sie konnte sich so flach unter die Decke legen, dass es kaum eine Delle gab. Und sie hat auch gerne mit Tüten gespielt. Ich habe immer eine Papiertüte auf den Boden gelegt, und dann ist sie da reingekrochen. Es war so niedlich, wenn sie das gemacht hat.«

Max' Familie hatte eine riesige schwarz-weiße Katze, die allen aus dem Weg ging. Daniel war schon ziemlich oft bei Max zu Hause gewesen, aber in der ganzen Zeit hatte er die Katze nur ein einziges Mal gesehen, und das auch nur, weil sie quer durchs Wohnzimmer geflitzt war, um unter dem Sofa zu verschwinden.

»Welche Farbe hatte sie?«, fragte Daniel.

»Fast nur schwarz«, sagte Hannah. »Sie war richtig hübsch.«

Daniel wollte sich die Katze vorstellen können, wenn er unter dem Apfelbaum saß. Wenn Hannah schon nicht hier sein konnte, würde er sie besuchen.

»Sie hatte langes schwarzes Fell, drei weiße Pfoten und einen weißen Fleck auf der Stirn, und genauso grüne Augen wie Sammy.«

Ehe sie in den Garten gingen, hatte Daniel sich überlegt, was er tun würde, wenn Hannah anfing zu weinen: unauffällig dicht neben sie stellen, Klappe halten und ihr das Päckchen Taschentücher zuschieben, das er sich extra zu diesem Zweck in die Jackentasche gestopft hatte. Er hatte Hannah schon zweimal weinen sehen – einmal, als sein Dad sie aus dem Keller heraustrug, und einmal, als sie das Glas Wasser fallen ließ. Er wollte nicht, dass sie noch einmal anfing zu weinen.

»Ich bin so weit«, sagte Hannah und brach damit das Schweigen. Ihre Stimme krächzte kein bisschen. Und sie hatte auch keine Tränen in den Augen, als sie sich hinkniete und die Kiste in das Loch hineinlegte.

Erschrocken darüber, dass seine Wangen feucht wurden, suchte Daniel nach etwas, woran er sich festhalten konnte. Er hatte nicht damit gerechnet, selbst derjenige zu sein, der weinen musste. Als Hannah eine Handvoll Erde nach der anderen auf ihre tote Katze warf, stand er einfach nur da und klammerte sich an die Schaufel, so als wäre sie das Einzige, was ihn davor bewahrte, wegzuwehen.

Betty kam ein paar Minuten früher und trug einen Filzhut mit Troddeln und eine Weihnachtsmann-Brosche, die mit einer Sicherheitsnadel befestigt war.

»Ho, ho, ho!«, rief sie, als Eric die Tür aufmachte und sie hereinließ. Thorn kam wenig überzeugend knurrend den Flur entlanggetrottet, völlig groggy von seinem Wachdienst vor Hannahs geschlossener Tür.

Betty drückte Eric fest an sich. Thorn versuchte, sich dazwischenzudrängen, gab sich dann aber damit zufrieden, von hinten an ihren Hosenbeinen zu schnüffeln.

Ellie tauchte hinter den beiden auf und zögerte, Betty die Hand zu schütteln. Doch als Betty sich von ihrem Mann losgemacht hatte, wirbelte sie einfach herum, presste ihre großen Brüste wie wassergefüllte Ballons gegen Ellie und schloss sie ebenfalls in die Arme.

»Hast du noch mal über das nachgedacht, worüber wir geredet haben?«, flüsterte Betty Ellie ins Ohr, ohne sie loszulassen. »Du weißt doch, dass ihr beide genau das Richtige getan habt, Eric und du.«

Ellie kämpfte gegen die Tränen und wollte sie von sich wegschieben, doch Betty hielt sie fest, und so standen sie noch einen ganzen Augenblick lang aneinandergepresst da.

»Hi, Mrs Holt!«, rief Daniel, der zwei Stufen auf einmal nehmend die Treppe heraufgerannt kam. Doch als er seine Mom wie von einem Bären umschlungen dastehen sah, verlangsamte er seinen Schritt und wahrte Sicherheitsabstand.

Betty ließ Ellie los und sah lachend zu Daniel hinüber. »Na, du bist seit Freitag ja noch mal ein Stück gewachsen! Und du hast versprochen, mich Betty zu nennen.«

Daniel wurde tiefrot, lächelte aber.

»Und, war der Weihnachtsmann großzügig? Keine Kartoffelschalen im Strumpf?«

»Keine Kartoffelschalen dieses Jahr.«

»Hab ich mir schon gedacht.« Betty spähte in den Wohnraum hinein und rief laut: »Hi, Sammy, Walter!« Sammy ignorierte sie. Er saß ganz dicht vor dem Baum und platzierte seine Zinnsoldaten auf einem anderen Zweig. »Ihr Jungs habt's da drin ja urgemütlich. Fröhliche Weihnachten!«

»Sammy hat einen Schnupfen«, sagte Ellie. »Wahrscheinlich zu viel Aufregung in den letzten Tagen.«

Walter hatte nicht von seinem Puzzle aufgesehen. »Sie können gleich wieder kehrtmachen. Wo die Tür ist, wissen Sie ja«, rief er. »Hab schon eine Pflegerin.«

Daniel schnaubte. »Sie ist keine Pflegerin, Grandpa, sondern Sozialarbeiterin.«

»Hah! Eine Sozialarbeiterin kann ich nicht gebrauchen.«

»Dad, es ist Betty Holt«, warf Eric ein. »Ida Holts Schwiegertochter.«

Ellie hoffte, dass Hannah in ihrem Zimmer bleiben würde, hinter geschlossener Tür. Sie hätte sich selbst am liebsten hinter eine geschlossene Tür verkrochen, im Schlafzimmer, unter den Decken, damit sie nicht mit ansehen musste, wie das Mädchen abgeholt wurde.

Walter kratzte sich im Schritt, sein Arm bewegte sich heftig auf und ab unter dem Tisch. »Ist sie hier, um den Heizofen zu reparieren?«

Eric trat nach Luft schnappend ein paar Schritte zur Seite, um Betty den weiteren Anblick zu ersparen. »Walter glaubt, dass der Heizofen spinnt.«

Betty lachte laut. »Der Winter spinnt, wenn du mich fragst. Was war das nur für ein Sturm. Und den Nebel heute hätte man glatt in Scheiben schneiden können. Aber ich kann mit einem Schraubenschlüssel umgehen, wenn du im Heizkeller ein Problem hast.«

Ellie wollte sie von der Haustür weglotsen, weg von dem Blick auf Bettys SUV, der mit immer noch laufendem Motor in der Auffahrt stand. »Willst du nicht einen Augenblick hereinkommen, Betty?«

»Danke, Ellie, lieber nicht. Hannah und ich sollten gleich aufbrechen. Ich habe den Baxters gesagt, dass wir vor eins da sind. Sie warten mit dem Lunch auf uns.«

»Mom hat Hannah schon was zum Lunch gemacht«, sagte Daniel irgendwie defensiv. »Sandwiches und Kekse.«

»Wirklich?« Betty sah an Ellie vorbei auf den leeren Küchentresen. »Na, das ist doch ganz wunderbar.«

»Für die Autofahrt«, fügte Daniel hinzu, der das Thema anscheinend nicht fallen lassen wollte.

»Schon gut, Danny.« Ellie wich leicht von Betty zurück, die aussah, als würde sie sie jeden Augenblick noch einmal umschlingen. Hannah war noch immer nicht aus ihrem Zimmer gekommen, trotz Bettys ohrenbetäubender Stimme und Walters Geschrei über dies und das.

Ellie sah sich hilfesuchend nach Eric um, aber er stand nur angespannt und so breitbeinig da, als würde der Boden unter dem alten Farmhaus beben. Er war völlig neben der Kappe, seit sie Hannahs Katze begraben hatten. Heute Morgen hatte Ellie ihn, die Hände auf die Knie gestützt, auf der Bettkante sitzen und die Wand anstarren sehen.

»Eine Hobbyfarm«, hatte er gesagt. »Da schicken wir sie hin. Was für Scharlatane züchten denn Strauße in diesem Klima?«

Ellie hatte sich gerade innerlich gewappnet, um Hannah zu holen, als die Tür des Mädchens aufging. Sie trug die neue Strickjacke, die sie zu Weihnachten bekommen hatte, und zog den abgenutzten Koffer hinter sich her. Ihre Augen waren zu klar und sahen geradewegs durch sie hindurch.

Thorn ließ Betty stehen, tänzelte zu Hannah und stupste ihr Bein so lange an, bis sie sich bückte und ihn unterm Kinn kraulte. Sammy sprang ebenfalls auf und kam, vom Rumpeln der Kofferrollen angelockt und beide Hände voller Soldaten, angerannt.

»Darf ich ziehen?«, fragte Sammy.

Hannah lächelte Sammy an und gab ihm den Koffergriff. »Leg deine Soldaten obendrauf, dann können sie einen Ausflug machen.«

Walter rief: »Der Himmel ist fertig.«

»Das ist der schwierigste Teil«, rief Hannah zurück.

Sammy zerrte an dem Koffer herum, mal schob er ihn, dann zog er wieder, bis die Soldaten alle herunterfielen, sich in den Rollen verfingen und der Koffer mit einem lauten Knall umkippte. Daniel kam Sammy zu Hilfe, rettete seine Soldaten vor den Rollen und stellte den Koffer wieder hin.

»Langsam ziehen, Sammy. Dann fallen sie nicht runter«, erklärte Daniel ihm. Er drehte sich zu Hannah um und griff an den Engel unter seinem T-Shirt.

»Mein Vogel ist in seinem Kästchen, in dem Täschchen mit dem Reißverschluss«, sagte sie, als hätte er ihr die Frage gestellt. »Ich werde mir dafür eine Kette kaufen. Eines Tages.«

»Hier, meine Handynummer«, sagte er und gab ihr einen gefalteten Zettel. »Falls du anrufen darfst.«

Hannah nahm den Zettel und setzte sich an die Spitze der Prozession auf die kalte Haustür zu, auf die Leute zu, die Entscheidungen für sie trafen. Ihr Blick wanderte von einem Erwachsenen zum anderen.

Ellie konnte es nicht ertragen, Hannahs tränenloses Gesicht anzuschauen. Wenn man es ihr doch nur ansehen könnte, das Elend dieses Augenblicks, vielleicht würde Ellie dann instinktiv handeln, würde einen Arm auf eine Schulter legen, eine Hand drücken.

Aber Hannah wirkte jetzt vollkommen abgeklärt, geradezu geschäftsmäßig. »Ich bin so weit, wir können fahren.«

Keiner sagte ein Wort, deshalb sprang Betty ein. »Also dann. Lange Abschiedsarien haben ohnehin keinen Sinn. Mit etwas Glück ist es im Auto sogar warm. Ich schwöre es, an manchen Tagen hätte ich selbst dann noch Atemwölkchen vor mir, wenn ich bis nach Kalifornien fahren würde.«

Hannah drehte sich um und warf einen letzten Blick in den Wohnraum. »Vielen Dank«, sagte sie mit leichtem Zittern in der Stimme. »Vielen Dank.«

»Hast du meine Karte noch?«, fragte Eric.

Hannah klopfte auf ihre Jeanstasche.

»Du musst die Sandwiches mitnehmen.« Daniel rannte zum Kühlschrank, holte die große Papiertüte heraus und brachte sie in den Flur. »Kekse sind auch drin.«

»Wir werden unterwegs ein Picknick machen«, sagte Betty und griff nach der Tüte. »Ein Lunch vor dem Lunch ist gut für den Körper. Und wenn wir wollen, können Hannah und ich bei den Baxters ja bloß noch ein wenig knabbern.« Es sagte noch immer keiner ein Wort. Also brach Betty das Schweigen noch einmal. »Es kann nie schaden, den Verdauungstrakt zu überraschen, ihn aufzumischen. Dann bleibt er immer auf der Hut.«

Hannah zog ihre neue Jacke aus dem Wandschrank. Eric hielt sie ihr hin, als sie hineinschlüpfte, erst mit dem einen Arm, dann mit dem anderen. Ellie gab ihr den bunten Strickschal mit den Knubbeln, eine von Myrtles fröhlicheren Kreationen. Hannah wickelte ihn sich zweimal um den Hals und machte einen Knoten in die Enden.

Eric zog seine Jacke ebenfalls an, gab sich aber nicht weiter mit Reißverschluss oder Handschuhen ab.

Er wandte sich an Sammy. »Okay, Rabauke. Gib ihn mir.«

Sammy hatte seine kleinen Arme um den Koffer geschlungen, der jetzt aufrecht dastand, mit den Soldaten obendrauf. Er weigerte sich loszulassen. Seine Finger waren schon ganz weiß davon, dass er seine Hände so fest um die Kanten des schäbigen Segeltuchs klammerte.

»Jetzt komm schon, Sammy. Wir müssen Hannahs Sachen zum Auto rausbringen«, sagte Eric.

Hannah kniete sich vor ihn, aber nicht zu dicht. Sie nahm die Soldaten und ließ sie über den Koffer in die Luft hinein marschieren. Sammy klammerte sich immer noch an den Koffer.

»Du musst diese Männer zum Baum zurückbringen. Die Feinde könnten angreifen. Das hier sind deine besten Wachposten.«

Sammy wiederholte alles Wort für Wort. Und schließlich ließ er los, seine Arme zuckten, und dann streckte er sie aus und nahm seine Soldaten an sich. Sie lächelte ihn an, stand wieder auf und wollte nach dem Koffergriff greifen. Doch er rührte sich nicht vom Fleck, sondern blieb einfach stehen und fing an zu weinen.

Daniel starrte, auf seinen Strumpfsocken wippend, zu Boden.

Ellie war wie gelähmt und nicht in der Lage, irgendeinen Teil unterhalb ihres Halses zu bewegen. Obwohl sie doch ihren Jungen trösten wollte, alle beide Jungen, all ihre Jungen.

Walter kam quer durch den Raum zu ihnen geschlurft und stieß bei jedem Schritt seinen Stock laut pochend auf den Boden. »Sie fahren in Urlaub?«, rief er Hannah zu. »Schon wieder?« Das rief er mit noch lauterer Stimme, um Sammys Schluchzen zu übertönen.

Eric drehte sich um und versperrte Walter den Weg, damit er nicht zu nahe kam.

»Ich glaube, wir sollten gehen«, sagte Hannah zu Betty. »Jetzt sofort.«

»Da hast du recht«, sagte Betty und wandte sich zur Tür.

»Ich bringe deinen Koffer zum Auto«, sagte Eric.

»Nein, bitte nicht«, sagte Hannah. »Bitte. Es soll keiner mitkommen.«

Ellie sah Hannah den Koffer an den völlig mitgenommenen Gestalten ihrer Familie entlangziehen. Dann aber drehte Hannah sich noch einmal um und schaute sie an. Ihre Blicke trafen sich einen Moment lang. Ein bittender Blick. Ein hoffnungsvoller Blick. Ellie spürte, wie sein Funke ein Loch mitten in ihre Brust brannte.

Eiskalte Luft schlug Hannah ins Gesicht, und Sammys Schluchzen entfernte sich immer mehr, als sie die Stufen der Veranda hinabstieg. Der Koffer war zu schwer, und die Rollen drehten auf der unebenen Schneedecke durch, sodass Betty ihr mit Ellies großer Lunchtüte in der Hand zu Hilfe kam. Halb schleiften sie den Koffer, halb trugen sie ihn zum Auto, hievten ihn ins Heck und wischten noch den gröbsten Schnee weg, bevor Betty die Heckklappe fest zuschlug.

Betty sagte ihr, dass sie vorn einsteigen solle, und zwar schneller als der schnellste Blitz, weil es so verdammt kalt sei, dass ihnen sonst noch was unten herum abfrieren würde. Und so stieg Hannah ein, zog die Tür zu und wartete darauf, dass Betty sie hier wegbrachte. Sie hielt den Kopf gesenkt und starrte ihre Hände an, weil sie keinen letzten Blick mehr auf die Familie werfen wollte, die sie verließ.

Betty machte es sich auf der Fahrerseite bequem und schob den Sitz noch ein Stück vor, weil ihre Beine so kurz waren.

Bitte, bitte, bitte, reden Sie nicht mit mir, dachte Hannah. Betty musste ihre Bitte gehört haben, denn sie sagte nicht ein Wort, als sie das Auto rückwärts von der Auffahrt herunterfuhr.

Doch dann stieg Betty am Ende der Auffahrt, kurz vor der Abzweigung auf die Straße, so hart in die Bremse, dass das Auto hin und her schlingerte und Hannahs Sicherheitsgurt einrastete. Hannah drehte den Kopf herum und schaute durch die Heckscheibe auf die Straße, weil sie dachte, dass sie einen Elch oder ein Reh angefahren hätten. Doch sie konnte in den Nebelschwaden nichts entdecken, was diese plötzliche Vollbremsung verursacht hatte.

»Ist es zu fassen!«, rief Betty, die geradeaus schaute, und ein Lächeln trat auf ihren Mund.

Jetzt schaute auch Hannah durch die Windschutzscheibe, zum Haus. Da, Ellie. Sie kam durch den Nebel auf sie zugerannt, ohne Jacke, fiel auf dem spiegelglatten Boden auf die Knie, stand wieder auf und rannte noch schneller weiter, immer weiter auf sie zu. Eric kam kaum hinter ihr her mit ihrer Jacke in Händen.

»Wartet! Wartet!«, rief Ellie, die Arme schwenkend, um sie zum Anhalten zu bewegen, obwohl sie längst angehalten hatten.

Sie mussten nirgendwohin fahren.

Dank

Ich bin meiner Agentin Stephanie Sinclair sehr dankbar dafür, dass sie an mich und dieses Buch geglaubt und mir das Gefühl gegeben hat, das Zentrum des Universums zu sein. Das gesamte Team bei ECW Press war phänomenal, und ich weiß es sehr zu schätzen, mit welch eisernem Willen dort schöne Bücher gemacht werden. Ein besonderer Dank geht an meine wunderbare Lektorin bei ECW, Jen Knoch, die die Beste der Besten ist und mir auf der Suche nach den richtigen Worten stets eine große Hilfe war.

Ich verdanke der Gemeinschaft der Schreibenden in der Provinz Alberta, Kanada, sehr viel, die mich so herzlich aufgenommen hat. Besonders in der Writers' Guild of Alberta habe ich viele bereichernde und andauernde Freundschaften geschlossen. Viele Seiten dieses Buches sind während einer Schreibklausur in der Strawberry Creek Lodge entstanden, an einem abgelegenen, heiligen Ort in den dunstigen Wäldern nahe Edmonton, Alberta. Und ich stehe auch in der Schuld des Banff-Wired-Writing-Programms und von Marina Endicott, die mich wie durch ein Wunder mit Geduld und Weisheit durch meinen ersten »saumäßigen« Entwurf gelotst hat. Ein von Herzen kommender Dank an Leslie Greentree, Astrid Blodgett und Audrey Whitson für all ihre Vorschläge und dafür, dass sie mich immer auf die richtige Art ermutigt haben. Vielen

Dank an Patricia Andersen für ihren scharfen redaktionellen Blick.

Bei der Alberta Foundation for the Arts und dem Canada Council for the Arts möchte ich mich für ihre finanzielle Unterstützung bedanken.

Ein großer Dank voll Liebe an meine Familie, vor allem an meine Mädchen Breanna und Megan, und an meine große Liebe James Leslie. Du bist meine Heimat und das Licht in meiner Welt.